雙失山

邢世樟／著

线装書局

图书在版编目（CIP）数据

双尖山 / 邢世樟著. -- 北京：线装书局，2024.4
ISBN 978-7-5120-6013-5

Ⅰ．①双… Ⅱ．①邢… Ⅲ．①散文集－中国－当代 Ⅳ．①I267

中国国家版本馆 CIP 数据核字（2024）第 058050 号

双尖山
SHUANG JIAN SHAN

作　　者：	邢世樟
责任编辑：	姚　欣
出版发行：	线装書局
	地　址：北京市丰台区方庄日月天地大厦 B 座 17 层（100078）
	电　话：010-58077126（发行部）010-58076938（总编室）
	网　址：www.zgxzsj.com
经　销：	新华书店
印　制：	三河市华东印刷有限公司
开　本：	145mm×210mm　1/32
印　张：	10.5
字　数：	255 千字
版　次：	2024 年 4 月第 1 版第 1 次印刷
定　价：	78.00 元

雙尖山

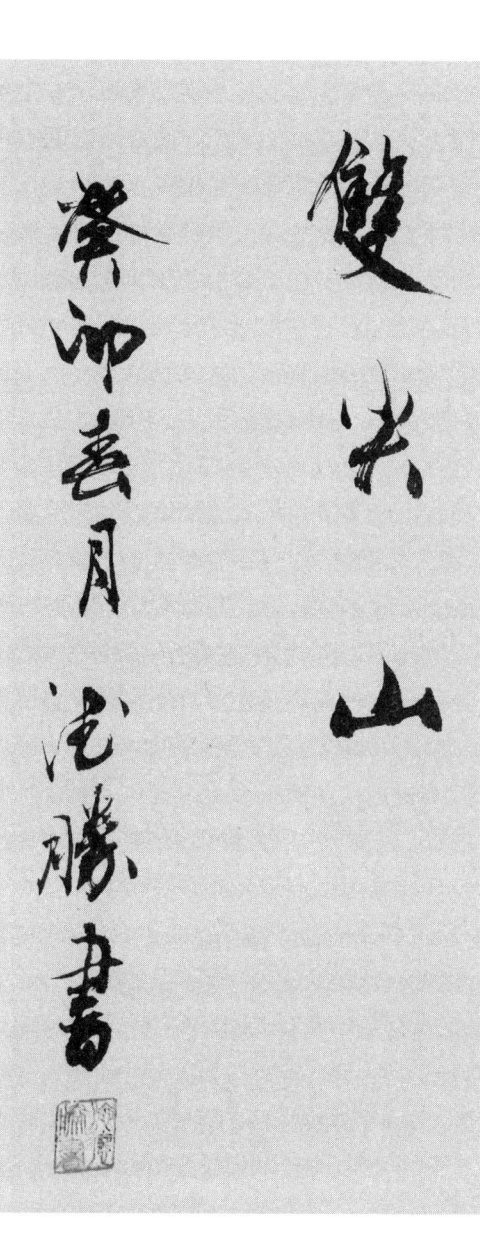

癸卯春月 沱勝書

从诗意的双尖山出发

《双尖山》是邢世樟的第二部作品,沿袭了他多年形成的写作风格,率真清新、不加修饰,这对一个乡土作家来说是非常不容易的。

邢世樟多年坚持业余写作,勤勉耕耘、不懈努力,并把散文作为主要文体,这也是他成功的基石,认准一种文体长年累月地孜孜以求,直至开花结果。散文是我们普通人群最熟悉的文体,应用性大有可为。中国台湾著名诗人杨牧曾经在一篇文章里写道:"诗是压缩的语言,但人不能永远说压缩的语言,尤其当你想到要直接而迅速地服役社会的时候,压缩的语言是不奏效的。"因此,虽然邢世樟的语言不是那种"诗的压缩的语言",恰恰相反,邢世樟不受主观思想的垄断,不受客观技巧的限制,或叙事,或游记,或议论,或抒情,濡墨信笔,不乏趣味。

邢世樟把眼光投向他生长的那片希望田野,双尖山成了他创作的意象和叙事现场。他就生活在诗意的双尖山那块土地上,他的家乡是桃花盛开的地方。在众多典籍中,双尖山历史上有历代文人骚客在此驻足,而且竟然有明朝"开国文臣"宋濂这样的一代文豪;还有现代的陈望道、冯雪峰、吴晗、施复亮、曹聚仁等一批文化名人;诗坛泰斗艾青、人民音乐家施光南在双尖山留下了坚定的步履和不朽的篇章。在邢世樟看来,一个诗神,幻化出的是一座金山,一个灵魂的光环;一个歌神,飞舞来的就是一条彩色的路,一座生命与精神整合的精神原乡。邢世樟从爱上写作开始,就有一种难抑的激情、一种创作的欲望、一种书写的责任。邢世樟并没有满足于"双尖山"主题,而是沉下心来、俯下身来,去细细观察时代滚滚向前的车轮在这片希望的田野上留下怎样的车辙,然后去用心地描摹、记录,因而使他的散文创作有了新的发现。他研究双尖山的地理地貌,搜集双尖山的美丽传说,探究诗人艾青、音乐家施光南和这片土地的关联。也许,"双尖山"会成为他创作的一座富矿,为他的写作赋予更开阔的视野和更有质感的意义。《双尖山下,剧透飘舞着的彩虹》正是对桃花盛开的村庄的深情回眸和心之礼赞。《青衿之志,履践致远》从村庄边的慧因禅寺写起,写施复亮小时候在这里接受启蒙教育,乡邻们记忆深处的儿时光景。他在文章中写道:"东叶村可是富庶之地,蜿蜒的小溪水从慧因禅寺前流过,旷野之上就是双尖山。山上密集的松林,阵阵松涛汹涌,说不上雄浑却总比说激越要来得恰当,伴着慧因禅寺的声声钟响,组合成一部浑厚的交响乐,给村庄镀上一层深重的底色。"可以看出,作者对施复亮这位乡贤的敬仰,对家乡故地的一往情深。《廊桥遗梦,竹叶风情》用深情的笔触记录了曹聚仁和王春翠的真挚爱情,写王春翠在1938年春天接办育才学园,从夫人的身份成了"王大先生";曹聚仁的情、王春翠的爱都凝聚在王春翠的《竹叶颂》之中。

身边的普通人成为他作品中歌吟的主角,正是这些普普通通的人创造了希望田野的绿意和生机,创造了社会财富的肌理和基石。也许,他们平时默默无闻,没有人去关注他们的生存空间,没有人去关注他们的日常生活。他们是他的祖父、父亲、母亲,是他的邻居、长辈,甚至是贵州来的小妹子,这些都成了他散文作品中的主人翁,并倾注了深深的情感。《父亲的牛和犁》写父亲一辈子和牛打交道,是村里数一数二的耕田犁手老把式,及至父亲教他耕田犁田。听着父亲的一席话,他眼睛里的泪情不自禁地滚落下来。在他看来,历史或者故事依然是活生生的。他始终在想、在悟，无论是父亲或是别人，无论是明天或是将来，皆在流逝的光阴中叙述着不老的人生。尽管是饱经风霜或风烛残年了，就像是流水流过四季，流过高山低谷，流过江河浅滩。那一份充斥山水含情的经典优雅，那一些留下的足迹或丁点印记，倒也是被情怀翻版成一个故事、一首歌、一幅画。也许，正是父亲的故事成为他的创作冲动，近乎神灵附体，心灵震撼，他只能借助散文这种文体来表情达意，向养育他的土地和土地上的父辈们致敬。正如《文心雕龙》说的："文之思也，其神远矣。故寂然凝虑，思接千载；情焉动容，视通万里。吟咏之间，吐纳珠玉之声；眉睫之前，卷舒风云之色。"

邢世樟从桃花盛开的双尖山出发，而诗意的双尖山则给了他创作的意象。他对生活充满了真诚的热爱，对写作倾注了无限的眷恋，在这块丰沃的文学土壤里，他找到了自我，找到了方向。尽管他的创作过程也许漫长而又艰辛，但只要付出总会有收获，只要历练总会有进步，相信邢世樟会有更好的收成。

李英
2023年3月12日

（作者系中国作家协会会员、中国报告文学学会理事、浙江省作家协会主席团成员、浙江省作协报告文学创委会副主任、浙江省电影家协会会员、金华市作家协会主席、金华文史馆馆员。在《中国作家》《北京文学》《散文选刊》《江南》《电影文学》等刊物发表作品多部，在人民文学出版社等出版机构出版作品12部，编著各类文集60余种，500余万字。著有长篇报告文学《让百姓作主》《孟祥斌，一个人感动一座城》《感动之城》《第三种权力》等，先后荣获中国短篇报告文学奖、北京文学奖、徐迟报告文学奖、浙江省"五一个"工程奖、浙江省优秀作品奖等重要奖项。）

心之所向，素履以往

欣闻文友邢世樟老师新作《双尖山》已定稿，即将筹划出版，高兴之余，顿生钦佩之意。

邢世樟老师是浙江金华市金东区源东乡人。源东乡在美丽而神秘的金华北山山脉双尖山的脚下，是新民主主义革命时期英勇战士、中华人民共和国第一任劳动部副部长施复亮先生的故乡。施复亮先生倡导的半耕半读家风在源东洞殿里蔚然成风，世樟老师就是在这样一个半耕半读、崇文尚美的氛围中笔耕不辍。

在继《从跌水岩飘来的歌声》散文集出版以后，邢世樟老师怀着对家乡的深切情谊，以更加详尽的笔墨描绘出诗坛泰斗艾青笔下的双尖山区域的乡土风貌、风物人情。双尖山雄踞在浙中金华山北山山脉东北部，距金华城区约35公里的金东区源东乡，绵延金东区傅村镇、义乌市上溪镇、兰溪市横溪镇等周边地毂几十公里，乡村山庄星罗棋布。双尖山文脉深厚，域内文化名人辈出。有明朝"开国文臣"之首宋濂大学士，《共产党宣言》首译陈望道先生，诗坛泰斗艾青先生，新民主主义革命时期的英勇战士、著名社会活动家施复亮先生，人民音乐家、改革先锋施光南先生，诗人、文艺理论家冯雪峰，历史学家吴晗，作家曹聚仁先生等；雄浑奇伟的双尖山在历史的长河中滋养出一代代的文豪大家。有这样一种历史文化底蕴，根植于这样一片文脉深厚的沃土，邢世樟老师的《双尖山》散文集更是彰显了金华双尖山的深厚文脉传承。

《双尖山》散文集分为流金岁月、流丹溢彩、克绍箕裘、见微知著四个篇章，共有20多万字。每一个篇章无不体现着世樟老师这个双尖山脚下的农人,对这片地域深厚的情感以及对改革开放以来巨大的乡村面貌变迁的感怀。可以这样说,他是农民新生代乡土作家的典范。文笔勤耕不辍,歌颂新时代的农民在党的政策指引下通过不屈不挠、艰苦奋斗,以撸起袖子加油干的奋进姿态,擘画乡村的巨变。金齑玉脍,只是舌头品尝到美味,而心有繁星、沐光而行才是他业余潜心创作的生活必然。"卑以自牧,含章可贞。"一个人实在闲得无聊,倒把时间执着在一些无意义的事情上去无病呻吟所谓的痛苦,而他,却是把哪怕是一丁点的时间都花在了努力的奋斗之上。

而且,令人欣喜的是邢世樟的散文创作与新时代文化发展自然俱进。首先,他的散文写作思路行远自迩,突破主题先行的陈腐模式,借鉴且运用各种体裁的优势而给散文以蓬勃向上的空前态势,有充盈、有拓展、有活力、有灵性的真实。无论是《双尖山下,剧透飘舞着的彩虹》《青衿之志,履践致远》《树再老,烙上的只是岁月的印记》,还是《盛夏》《月光淌的情债》《稻香味儿浓》,尤其是《狼烟烽火铸丰碑》,以长篇散文的格局放大抗战时期的中华儿女不畏强寇奋起斗争的故事,以小说文体展现事件,有引人入胜的可读性、扣人心弦的故事性,有鲜活跳跃的拔高又不致其沦为小说的附庸。这是一个散文作家对文学创作的一种大胆奋进,固然颇有艺术感染力。其次,《父亲的牛和犁》《月光淌的情债》以描写人物本能的原初因情感欲望的煽动,于细节描写与心理刻画来达到散文的表现手法和艺术功效了。看《双尖山》散文集,它打破了散文传统思维格局,不是凭概念说话,而是一个作家感性与理性互相结合又互相渗透之后,一种用形象说话的创造性想象;感知、联想、情感紧紧交融在一起,从领悟、推敲、品味的思维和理解的审美感受中,让我们受其感染而引发充满一种情趣的超脱、向往的善意而引发共鸣。这也是邢世樟散文创作不同于他人的一个点，执着于人间的美好，关注现实，从来都理智而热烈的内化情感。

读《双尖山》，体味作家对知识的敏锐触觉和剔透悟性，以及创作经验牵萦于乡土情怀内化后的灵魂原生地归属。读过这本散文集，让我们能更加深切地体会诗人艾青笔下"为什么我的眼里常含泪水，因为我对这土地爱得深沉"的亘古不变的乡情。读过《双尖山》，心灵深处回旋起人民音乐家施光南的《在希望的田野上》的乡村振兴的旋律。乡情乡音是那样让人魂牵梦绕，午夜时分，桃花深处，三月的双尖山郁郁葱葱。看他、读它，任岁月流淌，分享一股心灵的醇酿！

源东乡文联常务副主席、源东乡文化站站长　周承东
2023年3月20日

目录

流金岁月

中国共产党成立100周年献词 …… 002

双尖山 …… 004

双尖山下，剧透飘舞着的彩虹 …… 011

青衿之志，履践致远 …… 024

施复亮的躬光俭朴与清以持身 …… 036

横店埠，撑出人间满满烟火气 …… 039

尊道书院 …… 048

北麓书院 …… 053

廊桥遗梦，竹叶风情 …… 058

那一抹星火，韶光流丹 …… 066

狼烟烽火铸丰碑 …… 072

流丹溢彩

鸿归鹤岩，襟翼情浓 …………………………… 134

缘往四达亭，山水问情 …………………………… 142

珠山脚下的长公塘水库 …………………………… 150

雨痕，雕刻不了普济桥的记忆 …………………… 160

树再老，烙上的只是岁月的印记 ………………… 163

燕窝养玉，水滋昌山福地 ………………………… 169

悠悠沉香，于乡魂深处蔓延 ……………………… 174

桃之夭夭，满满一树枝（一） …………………… 178

桃之夭夭，满满一树枝（二） …………………… 181

梅江长情，廊桥韶秀 ……………………………… 187

寻梦，相约扬子江湿地公园 ……………………… 193

克绍箕裘

乡村，炊烟，母亲的目光 ………………………… 200

我的爷爷 …………………………………………… 208

父亲的牛和犁 ……………………………………… 220

贵州来的山妹子 …………………………………… 233

岁月，醇情依旧	239
盛夏	250
月光淌的情债	257
"宽慢"二字，串上人间的情与味	269
爱心天使莲心儿	274

见微知著

报恩井	284
游埠早茶，江南人间烟火气	290
稻香味儿浓	297
春分	302
《洞井村，千年古村落的涅槃》的写意	304
乡韵，乡愁，诗里集结的深情	308
采访柳小妍当年的家谱制作随感	311
读《陪你到生命的最后一刻》随笔	313
读张洪明散文《牛二好吹》偶感	314
贺胡兴来顺口溜一书的出版	315

跋　安之若素　笃行致远	318

流金岁月

中国共产党成立100周年献词

　　时维庚子，中国共产党建党百年华诞，傲世彪炳，昔往未有矣。溯源求因，漫漫路，峥嵘岁月，任风云变幻，几番喋血，几番曲折，华夏上下五千年，唯党旗飘扬神州大地。拙笔小墨施笺，讴其歌，志其荣，生其彩，风华浸远，垂世流芳。

　　泱泱中华，万里河山，云绕逶迤崇山峻岭，汾绛旖旎河流平川，奈方寸浩荡乾坤亦天地万象，更数家园衔沐毓秀。难忘曾经被列强任意瓜分、宰割。典列家国耻辱，不堪回首。

　　东方破晓，曙光普照，南湖红船起航。盖欲穷研建党之史，但宜先求原象，固有华表卓卓呈辉。昔五四，首肯马列之鸿篇巨制，以天运籁光明有时而生辉灿烂；党建七一，开天辟地燃星火，河山带砺，前赴后继唯革命是瞻。北伐之滚滚洪流，更难忘腥风血雨。痛定思痛，唯有武装革命。南昌之枪声，秋收之火炬，星旗电戟。井冈火炬，红遍湘赣浙闽。五次反围剿，肉薄骨并，突湘江，四渡赤水战旗红。遵义会议，力挽狂澜，中流砥柱。万里长征，北泽延安塔。革命之路虽漫长，战地黄花分外香；红色不减，信念弥坚。赖陕北之陲，滔滔黄河之屏障，逐鹿黄土塬上而重兴，鲲鹏翱翔，千钧撼岳。

　　夫始九一八，失河山于丙子。狼烟烽火烈，日寇铁蹄践踏，山河破碎，生灵涂炭，社稷沉沦。风潇潇兮雨未歇，塬域旷宇，土肥马儿壮；军民齐心，铁流沙场雪耻恨，深入敌后铭功勋。英雄豪杰脊梁挺，大刀土枪杀倭寇；烈火焚天，浴血恒河沙数，桀凭忠义勇存。八年抗战，艰难困苦，英勇顽强，驱逐外敌，功成威武；然外侵方拒，内战又啸尘。介石愚民，萧墙纷争，祸起战端。毛公高瞻远瞩，临危不惧，亲赴重庆，为和平，为民主，力陈主张，肝胆昭世。挥师遁中原，气贯长虹。战辽沈，下平津，胜淮海。雄狮百万，横渡长江，军号惊魂，席卷大江南北，尽荡蒋家独裁之没落。江山社稷，十月庆典，催生中华民族共和之崭新，改写历史之朝纲，启开国泰民安。

盖天地之万物，始肇鸿蒙，大道在天，自瑞嘉祥。谁织此霞锦，阴阳何分明。曾经沉浮，曾经逆浪，曾经拼搏，方显英雄本色。邓公改革开放，投袂而起，气象复新；三中全会，拨开阴霾，步道正轨，神州焕彩，鸿猷光前裕后。港澳回归，一国两制体丹青。习公身体力行，发愤图强，遂以破壁之恒心，施爱于民，重民为本；反腐倡廉，戒骄戒躁；问计于贤，腾龙盛世。上天，入地，下海，扬我国威军威。举国上下，雅乎礼仪倡文明，享之娱悦匡民生。且老有所养，少有所学；贤达赫赫，豪杰历历。几经拼搏，浮厚土之天境，怀揣中国腾飞之大梦。林荫垂纶悠然，紫陌闻莺陶然，花木竞艳；华灯挂月璀璨赢银汉，开轩撷翠胜景觅醉。绿水青山，金山银山也。金阆苑之崇，梦幻之境，且步亦步，庑亭如菇，小桥流水，银练疏迂。城市繁华，乡村美丽，国强民富，鼎盛空前，不负征程之壮志，决胜新时代中国精神，共舾小康之辉煌。

嗟乎！百年沧桑，岁月留痕；百年党史，一部巨篇。丰功伟绩，创时代之鸿业；不忘初心，牢记使命，党之魂；继往开来，振兴中华，国之魂。浩荡乾坤，臻泰万象，民意所在，民心所向。壮哉，中国共产党！美哉，中华人民共和国！

作于2021年6月26日

双尖山

双尖山，在金东区源东乡境内，人们抬头举目便可一览无余，近在咫尺。

巍峨壮丽的金华山，亦叫长山、常山、北山，但人们多习惯叫北山，位于金华城北。金华东邻台州，南毗丽水，西连衢州，北接绍兴与杭州。从航拍实图中可以清晰地看出，金华境内的东、东北与大盘山、会稽山相连；北、西北与龙门山紧接；金华南面的山脉从闽、赣交界的武夷山延伸入境，至武义县、婺城区南部和永康市的仙霞岭，也就是人们常说的金华南山。向东北延续为大盘山和天台山脉。大盘山是钱塘江、曹娥江、椒江和瓯江部分支流的源地和分水岭，西南段位于磐安、东阳、永康和义乌，主峰在磐安县安文镇东南。会稽山为天台山支脉，主体朝东北方向伸展，西南段延伸至东阳北部和义乌，主峰东白山位于东阳、诸暨、嵊州交界处。龙门山界于富春江与浦阳江之间，分布在浦江、婺城区和金东区北部、兰溪及义乌，其余脉大多呈块状山地，则为人们统称的金华北山。显然，南山北山纵穿金华地区八市县，形成了"三面环山夹一川，盆地错落涵三江"的金华盆地的丘陵地貌。金华北山面南，蜿蜒起伏，势如游龙，雄压万峰；左右分支回峦，连屏拱卫，整个北山周三百六十里，宛如天然屏障雄镇婺城金东北关；诸峰数重，山岭双峦对矗，气势磅礴，成为耸立在金华北边的一道天然绿色屏风。

金华山山脉自兰溪市洞源—北山的大盘山—义乌市溪华一线呈北东东向，延展40多公里，由东西向山脉主脊和南北向延伸的峰岭与深切的河谷组成，为屹立于金华盆地和墩头盆地的一座断块山。而在源东乡境内的双尖山就在这组山脉之中，面南。

双尖山的山体是尖的，与金华山的尖峰山同是五行属火，或许该火是克着金华的"金"，对源东或亦有一定的制约。但不同的是双尖山固然是从莽莽的北山龙脉山脉开屏列帐的山峰，为群山生育之所，藏风聚气之处，护送有力，却也代表吉利。在众多的典籍中，对双尖山的称谓有：华金尖、法华尖。

双尖山处在源东乡与傅村镇的交界，地跨金东、兰溪（浦江）、义乌，海拔833米，为金东第一高峰。

双尖山是一座奇葩、奇妙、奇异的山。且不说从梁武帝萧衍到明太祖朱元璋等众多帝王文化与金华山结缘，在中华人民共和国成立以来，党和国家的领导人也留下了曾经的脚印。在众多典籍中，双尖山历史上有历代文人骚客在此驻足，而且竟然有被明洪武帝朱元璋钦誉的"开国文臣"古代文豪宋濂，现代的有艾青、陈望道、冯雪峰、吴晗、施复亮、施光南等一大批世界顶级文化名人；中国著名诗人艾青、人民音乐家施光南在双尖山留下了坚定的步履和不朽的篇章。艾青1954年春写的《双尖山》，把家乡的昨天、今天、明天深深地寄托在充满生命温情的怀乡之心中，"是什么鸟在窗户外面，唱着，唱着，唱着，在早晨的清静的空气里，它的歌声这样嘹亮而又圆润。这歌声引起了我的记忆，我在家乡双尖山的峰顶，也听见过这迷人的歌声……"故乡原本就是这个模样。别说是人的情怀了，飞鸟尚亦思故乡，"为什么我的眼里常含泪水，因为我对这土地爱得深沉"。都说诗与歌有着本质上的"同源双流"，就是缘了对土地的热爱、对故乡的深情，还有对光明时代的向往，在那桃花盛开的地方，希望的田野。艾青、施光南在金东，在双尖山。一首诗、一首歌，穿越大江南北，深入千家万户。一个诗神，幻化出的是一座金山，一个灵魂的光环；一个歌神，飞舞来的就是一条彩色的路，一座生命与精神融合的学校。令人没想到的是，双尖山已形成的奇特仙境、风光美景，竟然在潜移默化之中拉近了读者与双尖山的距离，当然也在无形之中让人增添了许多无法破解的神秘符号。双尖山岩高峰尖，却也森林密布，雾漫接天。按照《旧唐书·地理志》的记载，金华府、金华县之名称谓，实与"隋改长山为金华，取州界山为名"之述而统一了口径。又与《道光金华县志》在孝顺镇、源东乡的"其镇面北一峰曰华金尖，其西南面曰法华尖，双峰矗立云霄"之说而相符。《光绪金华县志》记载："自东阳大盆山而来蜿蜒起伏递入义乌之香山五云山，复西行数十里至花锦峰过萧王岩，入县（金华）界西行至金华尖，县东九十五里高百余仞。折而北而南至法华尖。法华尖，俗名双尖，为郡城之远祖山也。县东八十里高百余仞有法华寺废址。"

双尖山地形复杂且多变，山体海拔高差不小，气温变化呈垂直候象。在盛夏平均气温比周边的傅村镇、鞋塘镇、曹宅镇低2℃—3℃。美景众多，无论是在山上还是在山下或在源东各个景区，这些亮点串成链、连着线。在双尖山上避暑，并不亚于普陀山或青岛湖来得惬意，是绝好的清凉世界、避暑胜地，是金东人、源东人自己家门口的花园。站在双尖山下远而望之，双尖山山峰沟壑纵横、苍翠幽深。特别是雨后天晴，乳白的薄纱笼罩在涧涧谷谷间，朦胧世界，虚无缥缈。雾锁山顶，揽腰环抱，更是说不清的似幻似梦，辨不明的东南西北。双尖山的龙脉所含蕴的精气凝重，收纳精气，结敛山势过脉而突兀，是源东乡强大的靠山。双尖山东侧（青龙、震位）的花锦峰与萧王岩，东方之神，阴阳相和乐；西面（白虎、兑位）的大盘尖是绵绵北山的主峰，宇宙时空开阔之门，纳祥主金。青龙白虎有侍卫护持着；正南方（朱雀、离位）低矮的浅山（自法华尖南下乌鸢岩、大青尖、七星山、青逎尖、丁阳岭、天马山、真坑、拱极峰、尖岭背、仰天海螺、阳坞、落坞宫尖）为砂，相互缠绵，相互衬垫，形成托多、护多、缠多之府，为龙神大贵。因为，太祖山发脉之后，再冲起的高山，按五行的说法，称为应星了。

古语曰："辞楼殿下峰密秀，预似前头异气钟。"一种无法解释的理念，冥冥之中该是远祖任重而道远的担当，更为人伦继志当事，克绍箕裘。正如《世说新语》的孙子荆所道："其山嶵巍以嵯峨，其水浃渫而扬波，其人磊砢而英多。"

双尖山山腰的荷花塘，至今仍有荷花仙女的美丽传说；荷花仙女与吴政儿的结缘，也就有了现在的萧皇塘村之说，流传至今，尽管有待考证，尚也脍炙人口。明末清初建有的荷花寺现今虽已废湮，但朱基和尚造反的故事还在民间广泛流传。宋时，双尖山西侧的升天山当地人多叫"白殿尖"，离石塔千余米，建有升天殿。其山腰有一碧水湖，湖边四遭自成岩石石门槛，遇雨尽在低洼处流泄，也引得鲤鱼跳得了龙门呢。碧水湖可蓄水五六万立方米，终年清澈见底，双尖山以及四周丛林灌木倒映水中，美煞之妙尽在其中。微风拂来，碧波粼粼，股股清新的空气扑面而至，犹如身置天上的仙境瑶池，竟让涉足于此的人儿也都情不自禁地心旷神怡起来了。湖的西边有个漫山头，在汉代就建有的叫"碧殿"，俗称"白殿"。殿旁有个石猫，湖下人称百丈岩，悬崖峭壁，常年流水潺潺，下雨天形成的瀑布更是壮观，远远望去，一道瀑布飞流直下，宛如一条白色的玉带倒泻在巨石之间，神工天巧。

古人曾孙霄赋诗《白岩泉喷》：

> 谁挽天潢一派流，云根泻下白云头。
> 瑶琴自古鸣无断，素练晨昏瀑亦休。
> 沁出冷光冰片叶，透来寒气雪礼浮。

登高顿觉人清爽，如在水帘洞里游。

贾人虬和其诗亦曰：

龙涎琢瀡向东流，借问真源最上头。
山下发蒙行始进，途中习坎去才休。
溅珠澄湛涓涓滴，漱玉琮琤点点浮。
若在长城堪饮马，便成虎跑亦供游。

而吴纯予赋诗更是绝妙奇词，锦上添花了：

漱玉奇泉逞异流，源源混混碧山头。
银河撒阐应难御，邃阁倾瓴永未休。
白练长拖岩外挂，明珠乱撒水中浮。
瀛洲胜境殊无异，拟泛仙槎乘兴游。

而百丈岩岩石又分两侧，一曰解板岩，一曰野猫岩。据传，野猫岩有个山洞为仙狐所居。但凡被狐仙遇见过的凡夫俗子，即便是个反裘负薪之人，从此，或也被恩进爵而飞黄腾达，或也"运至何须出远门，自然财宝聚伊旁"而成一方富户过上逍遥快活的日子。

双尖山下，古时的源东乡之东与傅村镇之北乃属金华乡，直至现今仍有金华畈之称。源东乡境内东、北、西、南地势较高，仅东南的洞殿口较低而形成小型自然湿地，符合"洞源小盆地"之美誉。1957年4月始建了的洞源水库，使洞殿风景区的发展得到了充分的提升、深化；2014年，金东区政府花巨资建设的洞源桃花岛源东乡的主入口增添了一个自然、独特而美丽的"浙中桃源风景区"。余也感慨万千而即兴奉笔《走进洞源桃花岛》咏之：

多彩的颜色，一帘水幕烟雨中
亲着山，亲了水
无声的涌动开始剧变
云和风的碰撞
几丝渴望，又是几丝悸动
天庭遗落的瑶池里，遗落的轻纱
洞殿口，转眼布起巨大的桃花阵

风停在了树梢，抖下一身的妖娆
蓬勃的心念，剪除赤裸裸私欲
疯狂拉长记忆的安然
草长莺飞了，虬枝惹翻蝴蝶
蜜蜂吹起了横笛
不问花开几许，只问嫣然一笑
惊艳，锁云山上一洞天览翠

永镇桥，静下心儿听流水
潺动斑驳的心事，清远
小楫轻舟，飘来的吱呀声
飘进吴歌，飘进雨伞的肋间
花深处，黄蓉舀上洞殿湖水
酿起甜透的桃花酒……

双尖山
SHUANG JIAN SHAN

洞殿古寺钟声似乎敲醒了木鱼
尘世的喧嚣声，触动地幔
没有任何彷徨，不用任何理由
倾泻喷涌岩浆，堆积土壤
终于懂得丝雨花露纷扬
只因一汪清泉
只因一叶菩提
从此，行襀里深藏的生命
朗诵无字经文

佛典里说，远行的日子里
总有一个话题会串上过往
却说不因荼蘼花开
一个转身
你在，我竟忘却了自己

双尖山下,剧透飘舞着的彩虹

"人间没有永恒的夜晚,世界没有永恒的冬天。"

诗歌桃源风景线是从金东区曹宅镇莲塘潘村的鱼塘山南侧入口的。她,如是一条雨后优美的彩虹,绕白渡村的村后,曲曲折折地过麻堰水库向北伸至太阳岭古道,在分水岗村又向东蜿蜒进入源东乡。诗歌,金华山缠缠绵绵的锦鲤禅缘;桃源,双尖山缱绻旖旎的不了情结;风景,源东乡珠联璧合的倾城倾貌。于是乎,诗歌桃源风景线飘动了,亦裸甩着了。酷以清逸翛然而动漫化的舞姿,惹我久怀慕蔺不说,倒也羡煞你肃承明唤而星辰凤驾会都源东,乐疲其流风遗躅而孜孜不倦,瞻观其寒木春华而流连忘返,陈归其风华浸远而穷原竟委,剧透其铮铮佼佼而戚戚具尔。

"翻过了一座山,越过了一道弯,撩动白云蓝天蓝……"一首美妙的《最亲的人》歌曲,不消说牵动着无数在外的人和心。但是,在金东区源东乡的"荷花形"三岔口竖立的大型展示牌上,"源东乡全景导览图"赫然醒目,路过这里谁都忍不住要多看上一眼。一幅巨大的绚丽多彩的图画撞进了我的眼球,撞进了每个人的眼帘,也撞进了21世纪初的2021年的福泽之秋。无论是在全国的各个城市,还是在偏远的小山村,那可不是一个小数据。就看看偌大的金华东部的金东区,一座新兴的城市正在崛起,她叫金义新区。这座新城,人们已不陌生,缘自施复亮、施光南、沈约、宋濂、艾青、陈望道等诸多名人的连连效应,享誉海内外。偏隅金华大北山东部山脚下的源东乡自然而然地被这座新城盛誉为"后花园"了,且已被其深深渲染,且亦在全力以赴迎光而行节节攀升之中。

　　首先，目光触摸源东境内的塘源线、长跃线两条公路主干线，在2021年的国庆节后，旧貌换新颜，无疑又是一次灵魂的触电。美丽乡村彩色大道——接轨诗歌桃源风景线主入口，接轨省道到潘石线公路，西至太阳岭下的阳郑村与洞井村下来，经分水岗村、半垄村、花花世界、禾丰园、邢村村，过前溪桥北折向西高垄方向的沃然农场走，经长塘村向东延伸至人民音乐家施光南的家乡东叶村，紧跟彩色大道绕着优乐滑草场，转过雅高村、山下施村直至桃源村……好一条诗歌桃源风景线。就连蓝天、碧水、朝阳、夕霞也显得异常兴奋，甚至有了更多的得意；还有莽莽的金华山犹如一条腾飞的巨龙，奔腾在金东区的东北部。这一条诗歌桃源风景线在源东乡飞舞，看着有些迷人、醉心、超然。难怪有人不屑说过"春风得意马蹄疾，一日看尽长安花"了。可是，在源东等你走了看了会有如此心境吗？源东乡在全面建成小康社会的历史时期，绿色生态文明建设、人与自然和谐共生绘就了的绿色共富新画卷，也就近在眼前。全新生态优势已成为源东乡高质量发展的支点，不但厚植了且纵横捭阖地守好原本厚重的革命历史和峥嵘岁月的"红色根脉"，又有了合众连横的记忆重拾的整体提升。源东乡美丽乡村串成景的整体蝶变，即使你想悄然转身，仍无法拒绝美丽的诱惑。因为你身陷其中，这些有秩序的生活自然因素融入现代审美观念的全心领域，把你深深地拴住了。相较感受岁月的滋味，这里的山、这里的水、这里的绿色、这里的花，都是给撩起因时代脚步的驱动而闻声起舞却又被淹没的人间城郭的面纱以点缀，诚是云遮雾掩的，远离城市的喧嚣，但也不乏钟秀独延、趣心固塬。留给世界一个伟大的创举的，全然不是万有引力所赋予的，也不是计算机功能回路的有机操作。因为当代人民音乐家施光南，因为浙中桃源基地桃花的妩媚和盛誉,"金义后花园"奏响了乡村城市化的生活新乐章。

山清水秀是源东乡的基质,自然得再自然不过了。千百年来,源东乡原本就有一个很好的格局。四面环山,钟灵毓秀,让人有请君入瓮的味道。凭着这种颇具诡吊的天性走进来,允许你偷窥,拿起你的水笔去精心勾勒心中的立意和构图;允许你觊觎,揭开云遮雾掩的面纱,倾听没有说出的画外音;也允许你摄像,但如何表现主体或主题的大小,抑或用蒙太奇的手法,可要看你的技能或手笔等潜力如何发挥的了,还有让你自己有足够的时间去调试美妙的配音;也就更允许你去幻想了,或者收拢起你那一笔清远的惊艳,放浪一下曼妙而律动的绿色生命和灵魂,还有那一份渴望深处里久违的浓浓乡情。

进去吧,这里的风景独美!

多于惊愕与诧异的,只是塘源线、长跃线两条公路上的诗歌桃源风景已打开了镜头,从来允许你去寻找,允许你来体察。虽然不做解说,却也可以在时间上横跨古今,也可以在铺天盖地并恰好到逼着人的天性的同时,构建一座灵魂与情感交织的大厦。自然属性泛滥,更少不了流行文化普世携裹传统国粹文化的颠覆,就像美女伸展圣洁而优柔的身姿,先是引领你的眼神,俄而刺激你的大脑皮层,容不得你要浊浪拍岸、乱石穿空。然,在此,能让你足够开悟、明心、见性了。

总觉得北方的雪来得更早一些,不过,江南的雪花飘舞起来却远比北方的雪来得秀气、灵气!谁都不会忘记2016年的3月9日吧?本来是艳阳昭天的,谁承想到这天的夜,却是突遭百年一遇的暴风雪肆虐,巍峨雄壮的金华山上皑皑白雪;而山下的源东乡万亩桃花仍然红霞满天、绚丽多彩,半山雪白半山艳红的壮丽景观,世有罕见:

流金岁月

> 长山起伏霭云轻，涧谷嶙峋乱玉霙。
> 陇亩叠芳风月暗，苍穹涌彩霁光明。
> 桃花烂漫胭脂染，陌草茵浓会流莺。
> 紫燕撩情穿柳裥，婵娟拢鬓留姣嬴。

源东乡年年举办桃花节，年年红红火火。也就有了生态绿色，多了些特别的景观，多了些多元的生态圈。源东，赢得了天赐的桃花缘，赢得了时代的大爱期，赢得了时空交织的绝版块。

2021年9月，年轻的华勋同志恰好赶上了收获丰硕的金秋季新任源东乡党委书记，也赶上了诗歌桃源风景线拉开了序幕的这趟列车。他初来乍到，虽然乡政府事务繁多，但原本对源东乡的情有独钟，云程发轫，千霄凌云而尽心尽职做好工作，志以敦世厉俗。其实，他心里也免不了有一些忐忑不安，毕竟搞农村工作还不是像老领导们那样轻车熟路呢。华书记初心如磐，奋楫笃行，时常下村走访调研，并很快熟悉了工作环境，对源东乡未来五年的发展前景谋划充满信心。他说，在"十四五"时期，立足"旅游+农业"发展方向，强调发挥基层党组织战斗堡垒的作用，科学编制村庄发展规划，因地制宜发展乡村休闲、生态旅游、文化创意等新产业新业态，持续发力乡村振兴、产业发展、生态文明建设，揭开源东乡"农旅兼美、社会和美、生态秀美、民生谐美、党建荣美"壮丽宏图。

在源东，可以不用找向导带道了，直接跟着诗歌桃源风景线的彩色大道走，保准没错。源东乡纵深不过十公里，你想看个究竟，最好是安排两三天的时间。道是人间有味，那么就玩个味出来吧。这世上原本就是纷呈百味，能以适合自己的方式寻找更好，该是人生在世一遭不枉虚度的一回。偌大的源东，想必每一处都是合适的地点，又在这合适的时间里恰好遇见你。

"长亭外,古道边,芳草碧连天。"唱着,唱着,一遍又一遍地唱,也就像如今已寂静的太阳岭古道一样,凡心随水,拂了一路风尘,只为永恒。看来,太阳岭古道是千年古村落洞井村的生命线,光年流转,时光深处仍然拥有一盒精美而珍贵的彩笔,欣喜地临摹着你眼里一切美好的风景。岁月悠悠,地老天亦荒。洞井村为太阳岭古驿道的起点,以前往来太阳岭古道的人很多,无论是暴风骤雨,还是冰天雪地,留下一个个沉重的背影。不过,冷冷的石阶只是撑着厚实的身板,从来都不屑一顾。一座大山,一步石阶,一个脚印,仍然留着太阳岭古道上一山一水、一草一木的前世今生的烙印。中国明代"开国文臣"之首宋濂也曾几涉太阳岭古道,出潜溪,转益多师而授经麟溪,参订《家范》,眷眷吕学而文名籍甚。清代《四库全书》馆臣曾将宋濂的文与刘基的诗进行比较,其中道:"观二家之集,濂文雍容浑穆,如天闲良骥,鱼鱼雅雅,自中节度。基文神锋四出,如千金骏足,飞腾飘瞥,驀涧注坡。虽皆极天下之选,而以德以力,则略有间矣。"所陈之语,足见世人对宋濂的高度评价并非虚言。当年,十三岁的曹聚仁先生站在太阳岭的高处,让《金华的另一半》走出金华,带向全中国,带向全世界。

如今的洞井村依然保留着古风古貌,老街还是老街,洞泉井还是洞泉井,还有古驿道旁的邵氏牌坊默默地还在。纵道穿廊,深巷回街,阡陌交错,一足一拾级,一步一回头,更甚川云深庐之山城。倘若你想领略一下洞井山村的自然风光,千万别心急,别走马观花似的快步,得细嚼慢咽才会品出味来。

从洞井村下来,可以顺道拐进尖岭足逛逛太阳岭古道的次站,也爬爬尖岭背。然后折回迎着彩色大道往东走就是"二师兄的花花世界""禾丰园"。每年的春分,双尖山下的源东,山上桃花姹紫嫣红,山下百花争相斗艳,大有宋代吴曾之说:"名品相压，争艳斗奇，故者未厌，而新者已盛。"百合花、牡丹花、菊花等名贵品种应有尽有，举着你的眼神不用探也就信手拈来。再说，我告诉你一个秘密，就是千万别像《红楼梦》里的刘姥姥那样第一次逛大观园什么都觉得新鲜。进去瞧瞧的确不错，这里的奇花异卉还真会让你爱不释手呢。不过，要是你喜欢看源东乡古村落的话，不妨先放下欣赏百花的盛宴也是不要紧的。除了洞井村还有邢村、长塘村、东叶村、后施村、源东乡烈士陵园、长塘徐村，古村落地理文化和古文化底蕴厚着呢，可以实实在在地接受系列红色记忆和革命红色斗争史的深刻教育。

假如你想在一天的时间里走完整个源东乡，自不能够实实在在地欣赏源东乡的自然风光，一定会留有遗憾。全乡现有十七个行政村，按以前说的四十几个的自然村去走一走，虽说恐怕也一时逛不完，但如今的交通条件好，又何恐有困乏之谈呢？不过，我就怕你走在一地，双脚都不愿抬起去另外的地方了……

邢村与"花花世界"近在咫尺，站在荷花影或在禾丰园也可以看得见。走上不多的路就是太阳岭古道要冲的村西口，四达亭已不见，唯有长跃线公路边上的"新店桥"已是满目疮痍，也只有趴在桥沿的细叶木莲藤欣喜地临风而立，满身清浅、满身黛绿、满身盛情，怡然轻盈摇曳、风姿绰约。似乎大千世界的寒凉凄楚与它毫无关系，繁华与更漏，更比不了它自己所拥有的那一份嗜春的执念了，多多少少的从容优雅就是它生命飞扬的情结和灵气。虽然四达亭不见了，也只有小紫溪淌着细细潺潺流水与新店桥默默地守在村口。它们看着公路上车来人往的，自也不那么孤寂悲凉，反而乐以忘言自显得风华浸远起来。因为邢村瞧着也算是个大村子，虽并不那么起眼，可是，她的历史及文化悠久而蕴厚着呢。宋皇赵构第一皇后邢秉懿的后裔支脉世居于此。其父邢焕为北宋朝请郎、南宋庆远军节度使、安恭简王；绍兴九年，邢秉懿崩于五国城后，被册谥"懿节"，附葬"永祐陵"；淳熙十五年，改谥"宪节"，附高宗庙，并赐御笔"大积堂"，世代稽首拜谒。邢村邢氏祠堂和始祖地的赤松镇北山口村及曹宅镇午塘村里都挂有"大积堂"的牌匾。千百年来，邢氏后人一直崇尚儒家思想的理学观念，敦厚、诚实、勤勉，为浙中独享盛誉的"理学世家"。村里明、清古建筑群除了1942年9月被日本鬼子放火烧掉的一百多间砖木结构的大厅楼外，还尽数犹存。走进村里，仍然生气尚源，而且仍然保留着的邢氏三大家族传统族居的格局轮廓。更有甚者，2015年，邢氏祠堂修建竣工时，一位报社记者这样说："欣赏一座古祠，犹如穿越一段历史的长河；会晤一座古祠，犹如聆听一位苍老明世的长者的心声。"

村落亘古，庭院深深，风里青野浮烟，月下粉墙黛瓦，留得住的乡愁，但留不住涉世创业奔波的心了。千百年了，邢村人并不甘于贫穷、落后。正是因为邢村雄踞洞源西南中部，地理位置为全乡最佳，平缓、肥沃。所以，自古不分贫穷殷富人家的姑娘都十分愿意嫁入，看中的就是这里的天好、地好、人也好。自中华人民共和国成立以来，秉志于善良、勤劳，愣是把历经了封建社会制度的压迫和战火纷飞的残酷洗涮得"一干二净"，渐渐地殷实起来。20世纪七八十年代，邢村可是金华地区闻名各地的农业生产、文明先进村，省里、县里的嘉奖雪片般地飞进村里的办公室墙壁上，党员干部高兴，社员们欢欣鼓舞。自改革开放以来，在村两委的领导和带动下，尤其是今辈年轻有为的领头人邢国兴，德礼兼具、乐业秉承，倡文明、雅礼信，干部群众奋发踏步康庄大道；从空间形态、景观、建筑、产业等层面，以村庄空间结构的"一心一带四轴三片"优化用地布局，建设美丽新农村，切实改善村庄人居环境，统筹并实现农村经济发展。村貌大变，赫赫历历。

双尖山

一路彩虹,一路诗;一路阳光,一路歌,"凭仗东风吹第开,未攀已得好香来"。

韵味就是诱人的,只不过是深藏不露抑或潜滋暗长的一种静谧;而岁月,虽也有冷漠的时候,却总在特有的不解的情结中裸露着尘世的风光。因了青山,因了绿水,因了肥沃的土地,陷人于仙境而媚态百生,且又俯仰生姿。走进邢村西高垄的"沃柑基地"不免又会让你来到另一个世外桃源,自也别有一番意境享受。肥大又橙黄的"红美人"给你尝上一口,肯定不会说我"垂涎三尺"的夸张。沃柑基地完全是花园式的格局设计,远不止以农业转型的模式构思去唤醒人们仅仅为流光溢彩的标榜。因为过去的农业生产模式纵然是沉淀生命的印记,也还是写满沧桑标签的一本厚重的古典书;家庭农场已经走进了现代农村农业实体经济高质量发展的设计方向,挑亮了农村生态环境效益与经济效益并举的一盏灯。深秋,在沃柑基地不仅欣赏了绿色与硕果累累的丰收景象,还可以品尝到就连梦呓都无法盘营的滋滋美味。

穿过沃柑基地,跟着彩色大道向北愈近金华山脚了。不过,先去目睹一下方井自然村的"方井"和井中曾出土的镇村之宝"祈雨石佛"也是好的;再走几分钟,又可以在长塘村里看看古香古色的古建筑;有兴趣的话,让村里的长老指点一下宝藏地,兴许还能再挖到一些"金砖"呢。

史料考证,"古金华"原本就在金东在内的孝顺区,不难说金华的嘉名,由来尚也确切。再者,众所周知,源东乡双尖山上的两座山峰就叫"华金尖""法华尖",又与金星、婺女两星争华之地的传说相关,似乎又是双尖山两座山峰的中间一个字来命名,十分恰当。还是回过头来看看,细细地品味诗人艾青的《双尖山》:"亲爱的双尖山/你是我的摇篮/双尖山,双尖山/纵然你显得很高/你也不孤零/你的东面是伏虎岩/你的西面是太阳岭/双尖山，双尖山/你是群山的母亲……"

其实，双尖山也就是这样的豪壮！钟灵毓秀，人才辈出，不消说她贯朽粟陈的原原本本，但言她霞明玉映的自然，当数英才齼蔀黻纪尚也卷帙浩繁了。恰好，恰好，双尖山走出了施复亮和施光南父子俩。人民音乐家施光南谱出的歌曲《在希望的田野上》，为金华为金东为源东打出了响亮的牌子，不断提高了金东名人和源东的知名度，也全面提高了源东农林农旅产业知名度；东叶村拥抱着大山，土地、绿色、桃花、诗歌，还有远方，成了诗歌桃源风景线的总枢纽。因而，红火了源东，更红火了东叶村，没得说。

东叶村就在源东乡的北部，双尖山的山脚，依山而居，想必每个人已经不陌生。一首《在希望的田野上》在源东响起，在浙中大地响起，在祖国各地穿行。揣摩着她的壮美或激奋里引燃的浩瀚，心里是一种说不出的感动，甚至陷入梦中也萦绕着她被金华山的雄伟和壮美而激越的理想欲望，还有一种永恒的精神信念寄托了的那一份深情激扬而明快、悠长。在明净的天底下，活泛着的桃花魂魄的精灵，做起了万物传情的信使，又在流淌着生命里渗透进浓浓的亲情，更在动人的故事中润滑着悠长的乐曲。她，唱响了祖国的山山水水，沸腾了大地的角角落落，温暖了人们的心扉。纵是漂泊千里，也是蓬身可转的归巢，此乃施复亮、施光南的根之所在。安栖双尖山下的麒陇殿岗，时刻让众民瞻仰。时光如手，不过是三尺之长；然，游子有心，故乡亦有情。当今的东叶村已不再是那片风中摇荡的黄花，拙朴而拙朴了；到处充满了开发的气象，架桥铺路，平地竖楼，且亦"榴塘春水漫，花坞夕阳迟"，让人目不暇接而流连忘返。

村东口，是东叶村政治文化和农旅文化的主题。原野，说是秋的层林尽染，仍不失春天的蓬勃生机，潇洒、清迷。"物时代"的泛滥,东叶村没有保持着一贯的姿态,而是以青山绿水生态空间为坐标,大做"文化为魂,旅游为体,产业为本"的红色名人文化,就连空气中都弥漫着人民音乐家谱出来的音乐气息,至少又多出一种奋力崛起、发展的雄浑实力,实现宜居宜业宜游的乡村;何况东叶村就是弦歌不缀,亦在芳华待灼,实实在在的表与里都该是东叶村春天独有的一种风景了。

在许多人中,有翻过大山的,有走过平川的,有闲逛过荫茵公园的,也有游览了北国风光的,都说全不及江南一隅的源东乡山乡自然生态的风景。也就是"梦入江南烟水路,行尽江南,不与离人遇。睡里消魂无说处,觉来惆怅消魂误"了的裸坦的心与情,自然不难与他充满了恢宏气势却又充满温柔乡里的醉惘惘而为伍;也就是在产生了一种如梦的感觉里被自然的秀气滋润得灵气都能掐出水来,更不难与一种原本裸坦的渴意的热烈而长出清新的思想,由然情不自禁地进入独特的精神高地,且暴露无遗。

东叶村本身也就充满深不可测的潜力,她的魅力,她的诱惑,她的景致。再则,想必本身自施复亮走出山村以后,自然也就更有了一种潜在的灵与肉的交融而深邃,又在敬仰的泛滥中愈深得民心所向甚至得到升华。可惜,我的学识实在太寡浅,从而我的纵容有些太嫩了吧?因此,自然也就诠释不了曾经的飘逸思绪和饱餐了的童趣的心境,唯是人们热辣辣的目光在施复亮、施光南故居穿寻积淀的红色历史故事和红色历史文化,那些故居建筑文化与人文文化更有了一层又一层的鲜明,更有了一沓又一沓的旷远。近在咫尺的目光,装满思想的行囊,直抵我的内心,没有理由不澎湃起来。说实话,真正与我或你备受鼓舞的,是他们高风亮节的风骨,那一种曾经沧海而卓然不群的宽容,那一种厚积薄发的人生积淀。他们的高度,从生命融进人生和生活,热烈地引燃激情而张扬着旷世才情与铭心刻骨的乡土情结,让我血液里有一股无可言状的亢奋迅速地渗透全身，抑或对我这个农民而言，恐怕一生也难以企及。常常耳闻人们谈及他们父子俩的，作为源东人不免脸上有光。生命的高地上，且与施复亮、施光南故居"一寸光阴总是爱国济世，无尽旋律何非时曲民声"切切相连，再与他们更多纯朴如泥的厚道岂不是更加实实在在地心照不宣？我也知道，如我那种诗意的浪漫在他们面前或者是严峻的现实中显得很是苍白，抑或在真实与虚幻之间，要回归浸濡过的淡泊中，也就无非是要摒弃过多的浮躁了。当然，无疑更得感谢这一份情感，让我明白了真实的自己和真实的心灵。

其实，在源东浪上一回，着实大开眼界不虚此行了。源东就这么小块地方，从崇山峻岭的雄伟而磅礴的气势中脱颖而出，恰是和美金东希望新城中走出来的天使，正静静地散逸着桃花的清香，接纳着千万民众的仰望。春天，山麓下万亩桃花红浪翻滚，爽心沁脾的清香，更显出她那诱人的魅力。双尖山下搅动的缤纷灿烂世界，搅动着灵魂中的另一种疼痛，春光泄漏。

有人曾把源东喻为天上瑶池、人间仙境。一到春天，便有无数的人纷至沓来，也就惹得旁人不由自主地趋之若鹜。这种时候，曾经的恍惚存疑待着实地游览了已经更加大了说不清楚的一种向往。而且，这种向往同时在这块充满激情和梦想的神奇土地上洋溢着山一重坡一迭的意蕴。向往的缘由很简单，就在于源东有那么一个响亮的名字，在于她有这么一个桃花盛开的地方。一年一度的源东桃花节，自2011年金东区决定举办以来，打响了"浙中桃花源"的品牌，源东白桃产业一直声名鹊起，享誉四方。文人骚客终于觉得非好好写写源东不可了，游人贾商更缘由仙境胜地非要闲情逸致地领略潇洒一番不行了。源东就是这样一个地方，就是这样一个让你只有品味桃花的温柔和桃子的清甜、却又一下子讲不清其中奥妙的地方。

一座山，一个图腾；一寸土，一路鎏金；一方水，一盈珠玉；一名村，一畿韶华，风情有约，红尘相遇，钟灵洞源，恰好，诗歌桃源得天独厚。

源东，也就更有了另一个被世人熟知的名字和世界。

亏得有人还记得工蜂采的蜜远不比桃花蜜来得醇香浓郁，且清洌甘爽，饮后尤其回味悠长。看来这桃花蜜的确够黏稠的，拥有主角光环的身份，凝成了红黄蓝的三条彩练，一路飘挂畅通无阻，一路拥向丁村水库，一路滑上丁阳岭去，喝上一口源东人自酿的桃花酒。喝了桃花酒，酣畅淋漓自是没得说了。因为桃花酒是金华山上的泉水酿的，本来就带有甘甜的鲜味，自不必说它是多好的酒了。我是从来不喝酒的，最耐不得醉，但耐得醉的，还是数桃花了。是桃花朵朵，朵朵桃花，"众里嫣然通一顾，人间颜色如尘土。一树亭亭花乍吐，除却天然，欲赠浑无语"了。这里，赤忱的美，艳红的美，又不由得你不悚然一惊！

三月的阳光，正浓
来了徐徐暖风
雨霁的湿润，刚好
撞上跌水岩飞瀑，汩汩泉流
蹚过北山的指尖
蹚过小溪、陇野
醒了我的梦，嫩了你的枝头
蝴蝶翩翩起舞，醉在你的香肩上
蜂儿很想吻你，抱暖的滋味
但只能渐渐地去读懂
惊艳处，是羞红了脸的莺儿
找寻别人并不知道的秘密

却晕在回眸的一笑中

双尖山已等不及乍春的悸动
没等王母娘娘玉口启唇
一个不留神，自己碰翻了瑶池
三千粉黛纷纷跌入红尘
展袖长舞，舞在源东
万枝丹彩，肆无忌惮地蒸腾

芳菲，石头缝隙里也乱窜
萋草忍不住大喊
身后，却已是逐浪嫣红
万亩桃花，在燃烧
万亩桃花燃烧了整个源东
自天而降的一场红艳艳的燃烧
那是任何颜料都调不出来的色彩

诗歌桃源串起的浙中地区最美的风景线，让你身在桃源，品出滋味；让你走在景中，游在画中；四季瓜果飘香，让你垂涎三尺，乐而忘返。

是的，我似乎都感到束手被擒，这种感觉似乎又是任何替代物不可以替代的快感所应有的，生动而强烈。我的文字冲动，少不了透过肌肤的那份膨胀的欲望而放大毛孔了，任桃花瓣肆意抚摸，吞噬着我的心旌神采飞扬的焰火，抑或是多少粗糙的真诚在碰触到了深层的筋骨而浓烈、炽热地涌来，恰好用诗说了出来。

青衿之志，履践致远

今天很早就来到了慧因禅寺。

本来很早就想去了，不过是因为琐事缠着终未能前往。原因也很简单，在几年前曾采访过东叶村施存达老先生，他说他的老乡施复亮先生就是在这里接受启蒙教育的。说起他们诸多儿时光景，虽然施复亮比施存达年长，瞧着他说话滔滔不绝的模样，并不亚于我与他初次见面向他讨教时的状态和心情。

清晨起来，来的路上还有点湿漉漉的，凌晨四点，天空就下过了一场小雨。小草和花瓣沾着雨点或是晨露闪着晶莹微透的亮光，瞧着特别清俏涓淌，氤氲出几分柔意和静美。满眸青草呈现的最初那种嫩嫩的绿，与北山上影影绰绰的葱郁黛色形成反差，显得距离接触的缘故尤其强烈。这一切告诉我，这是夏的味道。

我恍然大悟，谷雨早已过了。

我们沿着诗歌桃源风景线一路跟着，并不会迷路。第一次来到慧因禅寺，早已知晓源东还有她的存在却是初次目睹她的尊容。

很早就想写写施复亮先生的启蒙教育，思想里总在纠结该不该写，或者值得还是不值得。每个人自有其闪光点，且并不排除一些世俗的东西。一生中，求得温饱是生活常态，其所有的遗存则像来路与归途，离不了衰老的状或消匿尘世，离不了被遗忘。但在流逝的岁月中，也有一些东西被华丽地留守。比如慧因禅寺，裹着泥土清香味的田野，享受了大地富庶的献祭，不远处的小溪流水，后面的莽莽金华大北山，都是它的生命饱蘸了浓墨且又厚重的天籁演奏的降临。虽然没有前奏，却有雨滴滚动的音符；没有铺垫，佛门圣地又被镀上了一层浑厚的底色。诸如现在的东叶村便是一个鲜活而亮丽的标本，恰恰是大北山东北部双尖山的清丽所给予的绝佳风水宝地，因了洞源仙境般的钟灵毓秀，因了东叶村秀水之魂的恩泽与诱惑，因了施复亮先生走过的峥嵘岁月而谱就的一首红色而经典的老歌。施复亮先生的每一声乡音呼唤，拉长了掉落在故乡的山根根，点亮了故乡的明灯，诚如单薄的蝉翼不知为生命而怜悯，仍如孩提时光那样保持清廉者飘零的清白和风骨。

每个人都有自小被教育启蒙的时间段，何况是大名鼎鼎的施复亮先生。不过，对于自己的孩提启蒙教育或者渗透，相信很少人会去记忆了。而僭越关注施复亮先生的儿童秘史，我知道这种擅自妄为的行为纯属伺机窥探，抑或是对他的一种失敬、冒犯。显然，我是有些忐忑不安的。然而，这么多年来，极想了解施复亮先生启蒙教育的生活点滴，希望在记忆中、文字中留下过往的残章断片，哪怕是一丝的笑容，一次俏皮而滑稽的颔首，一个经意之中却又不敢张扬的回眸。这是我一直耿耿于怀的初衷，用一点微墨在文字缝隙里触摸他生命的印迹，仅此而已。

清光绪三十四年（1908），施复亮先生十岁，跨进了私塾读书。私塾是村里办的，学堂就在慧因禅寺。

以前农村里的孩子基本上都是这个年龄段才上学，施复亮却高兴得不得了。不是他家里供不起读书，那个时候根本没有现代人有学前教育的幼儿园之类的学校，即使有也是在大城市里才有寥寥无几的幼稚园。《三字经》是私塾必学课程，"人之初，性本善，性相近，习相远……"，施复亮不仅把全课文背得滚瓜烂熟，且也增加了不少的学问。私塾先生看他天资聪颖，常常给他讲一些"扬名声，显父母"的大道理。施复亮自然也很乐意接受私塾先生的谆谆教诲，又十分敬重他，就像敬重自己的母亲一样。也就是施复亮熟读了《三字经》后,初涉《孝经》一书,成了他从小孝顺父母的"孝",从而被他母亲格外地疼爱。不必说,施复亮从双尖山走出了一条光辉耀人的路来,与从小就得到了母亲的启蒙教育有着很大的关系。虽说是含辛茹苦,却也风华浸远。

施复亮很多时候一个人坐在自家门槛上呆呆地看着天上淡淡而又俏皮地眨着眼的星星。只有月亮挂在村子的上空,给大地洒上了清清朗朗的月光,细腻而幽灵般的光芒似乎也在暗伤唏嘘。还好施复亮已经习惯了这种情景,这种带有家的味道的温情,带着宁静与淡泊之妙,自也泰然祥和,又可以于微苦的岁月里品味出些许的香甜,从而让他在自然的状态下翻腾着上学前的幕幕往事。

施复亮是族里的长房长孙,在他这个大家族中的辈分最小。即使是那些刚刚出生的小婴孩,他都得叫他们不是爷爷就是叔叔,或者孃孃,或者姑婆了。更令他愤愤不平的,莫过于这些辈分大的人一律不准他直呼他们的名字,不然遭人白眼算是轻的;他们竟然可以在任何场合可以无端地嘲讽他,甚至是刻意地刁难他……

有一年的清明后,施复亮才八岁,跟着父亲到慧因寺附近的田里。这一天,天朗气清,惠风和畅,难得有这么好的天气。他趁着父亲忙活,自个儿溜到寺前空地上玩。他并不知道附近有块田里种的是荎枸(金东一带的俗称),就是人们常说的樱桃。他的几个比他年龄小的"爷爷"在偷摘着吃,一个大晌午,好几根已熟红了的荎枸几乎被一扫而光,然后他的"爷爷"们溜之大吉。主人来到田里,看到可以采摘了荎枸竟然所剩无几,顿时气不打一处来,骂骂咧咧地大声嚷嚷着。主人四周查找到底是谁做的,看到只有施复亮一个人还在慧因禅寺前玩,主人眼睛不禁一亮。他上前便像抓住了贼一样地拎起施复亮,说:"我家的荽枸是你偷吃了吧?真大胆还在这里玩。"施复亮稀里糊涂地被他抓着胳膊,瞬间的疼痛不言而喻,既迷糊又愕然,"哇哇哇"地哭起来。等施复亮弄清楚是怎么一回事,施长春也赶来了。他是听到儿子的哭声寻来的。

施长春看看田里荽枸树下的脚印,心里有数。他向田主说:"你家的荽枸肯定不是我家呆大儿偷吃的,再说了,他一个人也吃不了那么多。你自己去里面看看,那么多的脚印,而且都杂乱无章的。"田主不相信,便又钻进荽枸树里,出来时搔着头皮嘟哝着:"咋的哪来的这么多脚印呢?不是他个人摘的,分明还有其他的人。"指着施复亮说,"那你这个呆大儿肯定知道那些取介鬼(源东乡土方言)的。你说说,还有哪些人。不然的话,你自己一个承担。"

施复亮说:"我哪里晓得咯,我也没摘你家的荽枸吃。"施复亮的确不知道,只是看到过那几个比他小辈分比他大的毛头娃,从塘塍上跑回村里去了。他想说又不敢说,嗫嚅着低下头,还时不时睨上父亲几眼,父亲正满脸铁色地注视着他呢。

田主原先也不过是气头正盛,只想晓得罢了。也已看出施复亮满腹狐疑,心界渐渐地开始有些软和下来,说:"存统乖的,我是晓得的。你看到过说出来,爷绝对不会怪你,我也不会说是你讲的……"

施复亮说了。田主到田里摘了一捧荽枸给施复亮,算是自己向施长春赔礼道歉了,便回村去了。

施复亮得到奖赏,想给父亲吃一点,父亲却倒背着双手气呼呼回自家田方向,他并没有看到父亲狠狠地甩给他的眼神。

施复亮舍不得全吃掉,家里有两个弟弟,同时也想到了母亲。于是,他把大部分全放进口袋里,也没有和父亲说一声自己回家去了。

施复亮穿过塘塍,还没跨过村边的小溪,四个愣头娃窜过来,一下子把他按倒在地打了个鼻青脸肿,"哗"地一下子又全跑得无影无踪。施复亮一点防备都没有,挨了痛一路哭哭啼啼地一路嚷嚷着:"又不是我偷吃荸荠的,是你们偷吃了还打我。你们也别快活,我以后一定要取气……"

母亲擦擦施复亮鼻子里流出的血,搂着他的头说:"呆子大儿,别难过。那个爷爷也没有来家里说你,你自己没做亏心事,不怕人家。以后少跟他们一起玩就是了,对什么事情都要留意着点,不然的话,将来吃大亏的还是你。"施复亮对这次被人欺负觉得很丢人也很愤慨,知道母亲最爱护他疼他,而他也爱听母亲叫他"呆子大儿",十分听从母亲的教诲,心情自然而然平复下去。

这件事,施长春晓得儿子没什么过错,但认为儿子太厐了,无缘无故地又被人家打了,想跟他们几家理论,但被妻子使眼色制止住了。这回施长春倒有些乖巧,也不便再说什么。因为是他带儿子到田畈的,自也有点愧疚,再者说儿子被揍是田主人的老婆嘴快而引发的,没有必要再次跟人家纠缠不休,多一事不如少一事好,也图个省心了,便也自顾坐在门槛上抽他的烟。不过,父亲很多时候还是心疼儿子的,嘴巴上总是持以长辈的姿态,心里还是另一番的滋味。老牛尚且懂得护犊呢,何况是为人父的自己,特别是这一次,自己儿子明明被别人家的孩子打了,心中不免十分恼火。

施复亮是个十分懂事的孩子。

施复亮小小年纪看到母亲在任何场合总是逆来顺受、忍气吞声,他看在眼里,疼在心中。施复亮五六岁时候,因为才从祖父家分出来,家底子薄,母亲除了家务事,还要到田里帮父亲插秧、耘田、割稻，回家洗衣、做饭、喂牛喂猪、做豆腐，还要砻米筛米糠，晚上又要在昏暗的油灯下为丈夫补衣服，为施复亮弟仁纳鞋底做鞋。天还没大亮，马上起床做早餐。虽然施复亮见母亲又苦又累，但也为母亲这种行为有些捉摸不透，无奈之余对母亲更加心痛、敬重了。这个心事直至他进入浙一师上学后才渐渐明白，也加重了他对母亲的热爱和孝道。于是，童年的记忆为他于1919年写的并发表的《非孝》一文埋下了伏笔，给予了社会以振聋发聩的震撼。于是，这一次事情以后，原本就喜欢听故事的施复亮越发爱听起母亲讲的故事，只要母亲一有空闲。而母亲自然巴不得儿子围在身边，她不是仅仅讲个简单的故事而已，重要的是施复亮听故事的"呆"劲，至少能够静心在家里而不像村里其他的小孩子一样整天疯在外面闯祸，由此也少了丈夫怼她的许多白眼。

施复亮对母亲特别爱，不只是母亲给他的宠溺，母亲说话的声音温柔、亲切，就像带有晶莹剔透露珠又娇羞的水莲花，与父亲说的话截然相反。他很喜欢母亲讲娓娓动听的故事，尤其是母亲笑起来的时候，那双黑豆似的眼睛，闪出一种惹人而难以想象的轻柔、和善、清新的光芒。在施复亮十二岁的那一年，正因为是爱他的母亲很深，而还待字闺中的小姨妈太像他母亲，他竟然向他的小姨妈表达爱慕之情。可施复亮自己连老婆是啥意思都还没弄明白，这个小祖宗，姨妈万万想不到他会有这样的念头。一时也被他莫名其妙的表白弄得满头雾水，让她顿生窘迫而惶恐不安的感觉。幸好姨妈智商高，巧妙地转移了话题，婉拒了他初开情愫而懵懂的心迹。他母亲很少洗牙，两排牙齿到了老年仍洁白细密，只要说话和微笑便展露出来，惹得施复亮经常要伸出小手去摸。他母亲便故意拉脸说："呆子大儿不学好，永远长不大的小子。"随即又换上笑容，抱住施复亮小头吻得他"咯咯咯"地笑个不停。

然而，好景不长，施复亮刚读了一年的私塾，不知道为何，私塾先生回了老家，他的读书梦破灭了。书没得读，施复亮老是待在家里觉得很无聊。好在施复亮在私塾学堂里比别的同学学得快、学得透。《三字经》《论语》《孟子》《大学》《中庸》等书籍，没有私塾先生教，他也能倒背如流，且神通贯会了。温习功课之余，也就是听母亲讲故事，听得恍然出神。这成了他唯一的生活方式。

施复亮辍学的日子里，为了减轻母亲的负担，除雨水天气外，差不多每天到村后的双尖山上捡些枯枝柴火、耙些松毛回家，这样的生活持续了两年的光景。

这两年，是他终生难忘的两年。比起还没上学前的那些不寻常的日子，他产生了一种从来没有过的特别感觉，母亲说他长大了许多。打那个时候起，施复亮变得乖戾了，也像母亲那样用怜悯之心去反省自己，且也观察别人。有人说，世间冷暖自知，终被时光漂洗过。无论是正在沉思、正在遗忘，现实如一把隐形的怪兽，稍不留神，便会把一个青春勃发的少年推向猶囊椟藏的深渊。在家，施复亮帮着母亲看护弟弟，做些力所能及的事情；对母亲仍是敬爱有加，却对待父亲不卑不亢，表里始终如一不起来。在外，他很少言语，不喜不悲而淡然入定，他在那些"爷爷叔叔"的眼里便成了自家人中的"另类"。

毕竟他还小，始终想不明白人生为什么会有那么一些刻骨铭心的瞬间，为什么私塾先生所讲的与母亲过去讲的不谋而合。回想着那些瞬间的心酸，其实大多与他母亲有关，也是一直激励他努力奋进的动力。

施复亮心目中，对母亲的爱远远超过对父亲的疼，相反还有些憎恶甚至反叛。父亲施长春是家中长子，施复亮是他的长子。

父亲的性格与母亲恰恰相反。父亲原本就是一个平凡的老百姓，于时光如梭岁月蹉跎之中垦着几块田地，四季风吹日晒雨淋自也认命。父亲爱财如命，做梦都想发财。这可能跟与祖父分家时偏顾于施复亮叔叔有着密切的关联，祖父分给父亲仅五亩薄田，而十亩良田祖父自己留着。因为祖父太偏袒施复亮的叔叔，生怕父亲平分家产和田地，态度极为坚决而坚持要把好的田块留着。分了家后的父亲心里一度闷闷不乐，性情由此变得暴躁，动不动就大发雷霆般地吓吡人，要么坐在门槛上谁也不理，自己一袋接着一袋地抽烟。偏偏这个时候，已经六岁的施复亮也想上学堂读书，而父亲不但从来不念及，反而常常领着他去田里，不管他会做不会做，一门心思要他看着父亲做活。再说了，村里还没有私塾学堂，要到外面去读书施长春自然极其不愿意答应。施复亮从来都想不到，父亲的思维与作为竟然真有些如佛经一般晦涩难懂。作为他的儿子，尽管难耐父亲一些不知所云的言行，特别厌烦父亲如刀锋一样闪过的刺眼目光，感觉天地一片空茫，有一种难言的隐忧在内心漫溢，却也任其侵蚀、任其吞噬。

一个个黎明悄然而至，又悄然而去。施复亮日复一日地背回一担担柴火，虽然没有像大人们那样一大捆，但在心中觉得很沉很沉。他相信母亲说的话，但绝不迷信那些比他大的大人们或比他小的"爷爷叔叔"说苦命的人永远是如此的语言。东叶村是一个普普通通的村庄，是他心中永远的家乡。他喜欢春天，但春天只是自己眼球中的风景。他喜欢秋天，喜欢秋天收割后的田野，因为这才是生命的希望和生活的大美。秋天的这些日子，不仅仅是他捡掇柴火的丰盛，让他轻松，重要的是人的一生虽在一个恍惚之间，毕竟奋斗了得到过丰富的赐予。他每每在这些日子里，除了走遍街巷弄堂，还走遍田间地角，那是多么惬意而又令人神往。他想过，家乡的一山一水、一草一木，家乡的炊烟，家乡的

流金岁月

味道，让他心醉神迷，就算走不出大山去也心甘情愿。大地经历了岁月沧桑狂风暴雨的历练，沉寂只是一场冰天雪地的覆盖，温暖的风温柔的雨丝轻抚后，仍是一片春光旖旎、姹紫嫣红的天地。看到这些，想着这些，想起母亲，想起父亲，施复亮信心满满、精神焕发。

两年后，村里又办起了私塾，施复亮得以再进学堂读书。又读了两年的私塾后，施复亮母亲怕村里的学堂又会停办，便托人通过关系把他转入金华长山小学。在长山高小的两年时间，他的学习成绩固然不错，但由于远离父母而疏于严管，酷爱课程外的小说书籍尚可让人理解，殊不知他竟染上好赌的恶习而使学习一落千丈，差一点被学校开除。

好在母亲特别疼他，没有多责备他，而是认认真真地给他讲《方卿》故事。本来在以前，施复亮母亲还是顺从父亲的意愿，让施复亮在村里私塾念书。原因是村里不会受到外界的干扰和侵犯，在平静无波的生活氛围中有个安全感。至于母亲决心要放施复亮到外面读书，自有她的考虑和远见。可惜她没有看到儿子的光明前途，这种遗憾是无法用任何言语表达的。施复亮以后走过的路坎坷跌宕，也是对母亲教导的一个最好的回报、一个最大的安慰。她是知道儿子能吃苦、会好好读书的，所以无论如何不能让家贫耽误了儿子的前程。

母亲是个精明能干、守礼、有骨气、讲道理的人。她从来不曾对他讲发财的故事，也从不曾对他说希望将来要发财的话。自施复亮开始懂事的时候，经常向他讲她看过大戏里的一些励志故事，讲得最多的是《方卿》。他听母亲讲故事有一种难以言传的欢愉，打心眼儿里特别喜欢听，听得入迷入窍。从此，逐渐地撬开了他懵懂孩提时的思维而提升他的觉悟。

施复亮不再赌博了，但他把大半的光阴都花在小说里的情节之中。别人在外面玩得疯，他便不以为然，一个人躲在寝室里看书。在课堂上也并不好好听课，偷偷地看小说或是其他的书，先生和同学以为他很用功呢，哪知道他这个秘密。他最爱看《三国演义》《说唐演义》《封神传》《说岳演义》和《纲鉴易知录》《古文观止》《论说文苑》《国文精华》等，尤其把《论说文苑》视为圣书，每一篇都读得心领神会。正是他的博览群书，使他写起文章来十分得心应手。先生说他的文章思维清晰、思路开阔、内容丰富、语言流畅、文字优美，同学们都羡慕他的文才。

1914年，施复亮十五岁那年，金华大涝大旱又遭疫疬暴发，庄稼颗粒无收，民不聊生，大批婴儿死亡。施复亮在学校受金华参议员张志余、仇克明等人的蛊惑，参加调查登记死婴名单工作。时年秋天的立秋日，农民起义"甲寅事件"暴发，这一次农民起义就是源东乡人施新玉施新金等人领导的。因施复亮是东叶村人，他的娘舅徐载金又是辛亥革命时期的革命党人，时任浙联军二十一团上校营长，在攻克南京时立了大功而晋升少将。施新玉等人念及徐载金为辛亥革命立功建勋，也为洞殿里人争了大光，亲不亲，还是家乡亲，施复亮一家自然避免了像张志余、仇克明两人那样狼狈不堪的遭遇。后来他父亲在慧因禅寺里磕头拜谢乡人对他家网开一面。

施复亮十六岁，母亲让他转学到威灵寺县立二等小学就读直到高小毕业。

施复亮进入浙江省立第一师范学校，多亏娘舅徐载丰的帮助。他在校期间，曾与其他进步学生一起组织"全国书报贩卖部"和"书报贩卖团"，力推《新青年》《少年中国》《星期评论》等进步刊物，并宣传其新时期的新思想。1919年与陈望道、夏丏尊、俞秀松等人出版《浙江新潮》刊物。但在不久之后，《浙江新潮》被北洋军阀政府查封，施复亮被开除，陈望道、夏丏尊等新派教员被解聘，经亨颐校长也受牵连，由此引发了"挽经护校"的"一师风潮"。1921年6月，中国第一个共产主义小组由陈独秀、施复亮（当时仍以施存统之名）、俞秀松、李汉俊、陈公培五名成员，在上海环龙路老渔阳里2号陈独秀寓所一起开会决定成立共产党。同时，起草了党的纲领、党纲草案共10条，其中包括运用劳工专政、生产合作作为手段，以达到社会革命的目的。这次会议选举陈独秀为书记，标志着中国共产党最早组织的产生。上海社会主义青年团是在陈独秀的倡导下，于1920年8月22日成立，施复亮也是其中的发起人之一。他从日本回国后，受党的指派担任青年团的临时中央局兼上海团的负责人。1922年5月5日，在广州召开的第一次全国社会主义青年团大会上，施复亮当选为第一任团中央书记。

时间不是俗物，陷入光泽中的颜色像雪花般疯狂，书写温暖而晕染虹霓。她会消失于历史的天空，而储存了的温度与大山的沉思和冲动的张力一样虔诚。换言之，时间的坠落与迷失不仅仅是一种背景的依托，更如星光熠熠成了一种献祭般的诱惑。记忆能在一个入口轻吟的歌倒是最适合在一片灿烂中涂抹时光，一如既往地投射秘密。就像四月的细雨落在我们头上，也落在灵魂深处。不要说江南红花仅独守内心的深刻，只是昙花一现的梦呓才让时光惊讶，即使心灵会随着已化成海洋的旷达，终极势必要留下水的澎湃一样。空中的白云也拒绝凋零，也拒绝脱俗为空无的洁白。因为又有着四季的花语更迭耳边的钟声，记得厚厚的白云留下风儿穿梭过的印记。

东叶村可是富庶之地，蜿蜒的小溪水从慧因禅寺前流过，旷野之上就是双尖山。山上密集的松林，阵阵松涛汹涌，说不上雄浑却总比说激越要来得恰当，伴着慧因禅寺的声声钟响，组合成一部浑厚的交响乐，给村庄镀上一层深重的底色。

"庭前双树尚依然，何处犹参无树禅。"

春天和深秋时节，慧因禅寺四周各有景致风韵犹存，桃花与桂花的浓香随处弥漫着，林子中或在不知哪个草丛中偶尔响起几声的鸟叫，让慧因禅寺笼罩在一片肃静而庄重的氛围里，不知不觉地使人颇觉已置身于情非得已的静谧，少了什么，又将多些什么，谁也不能说出个所以然来。有人说是对禅寺的另一种至高无上的肃敬之心，但我以为，这里至少是寺院原本的禅意所念，至少是佛家圣地原本就固有的真面目，至少慧因禅寺钟声亦如远山的呼唤，守住施复亮童年，就像雄伟的双尖山永在；有道是佛光普照，法水长流。慧因禅寺佛光九曜运数、籍著智慧、清明康宁，狂放而热烈的阳光始终温暖着施复亮的生命、灵魂。

施复亮的躬光俭朴与清以持身

金东,山川秀水青翠茏葱,山一程,水一程,绚丽多彩;源东,古往今来则钟灵毓秀、人才辈出。源东是红色革命历史老区,人文荟萃之地,延运地灵人杰鼎鸿。在源东,悉数文化卓绝印记、著创清廉地标的,但数出生于东叶村的中共创史小组成员之一、中国共青团历史上第一位书记的施复亮先生诚当首肯了。

施复亮先生的座右铭是:"清以持身,明以治学;忠以任事,恕以待人;恒以成功,乐以处世。"他深知中华人民共和国历经祖国的独立和民族解放,创巨痛深而举步维艰,百废待兴。自从他担任劳动部副部长后,虽然生活待遇比中华人民共和国成立前有了很大改善,但他仍不忘初心,时刻保持艰苦朴素的作风。1960年,毛主席曾送给他一台电视机,他十分感动。看着如此珍贵的礼物,自己一介布衣深受主席深情厚爱,感动不已。为此,他始终遵循毛主席的教导,兢兢业业为党工作,全心全意为人民服务。

施复亮自始至终保持着人民公仆的本色,奉"为民上者,务须躬光俭朴",时常以史为镜,谙熟史书。他与妻子常常谈起中国古代清廉官们的为官廉绩,心里很崇拜清朝的于成龙为官二十余年,屡屡被举"卓异",以天下第一廉史而蜚声朝野。施复亮虽身居高位,生活却更加艰苦,学古人的"日食粗粝一盂,粥糜一匙,佐以青菜,终年不知肉味"。早餐一碗清汤挂面,不喝牛奶;中餐、晚餐,米饭二两,一荤一素。这还不算,规定家人给他每日用餐时,有蛋不吃肉,有肉不吃蛋。而且,从来烟酒不沾,只喝白开水。穿着也很普通,一套会客穿的衣服平时舍不得穿，只有在重要场合才会拿出来穿。他上班时脚上穿着普通得再普通不过的布鞋，在家里更不用说了；只在每年的"五一"劳动节和十月一日的国庆节时，才舍得从床底下拿出皮鞋穿一下。施复亮的一生之中，最大的花销就是用两千块钱为儿子施光南买了一架旧钢琴。他妻子说，这是施复亮平生的"大奢侈"了。也正是这唯一的大奢侈，成就了著名的人民音乐家施光南。

从人们的心理状态观察，人与人之间虽说都存在差别，日子过得有好有坏，智商也有高有低，能力更是有大有小，但都要生活下去。而在刚成立不久的中华人民共和国，百废待兴，真正能体现日常生活情趣的，往往是那些能深知人民疾苦的党员干部，大到中央领导，小至地方干部。施复亮也不例外，他常常告诫家人，事事从自己做起，为官不傲，为民不庸，为人民服务是人生最大的追求目标。难怪人们把一句老话改成"人比人活着，货比货留着"，这就是一种对现实社会生活的认知，是以一种敦厚、阳光、积极的心态和人生世界观。

"君子慎独，不欺暗室；卑以自牧，含章可贞。"谁都没有生来就伟大，只是做出了伟大的牺牲才让众人所敬仰。人活着，固然有人为养家糊口而苦累；也有人皓首穷经而焚膏继晷。不过，再怎么着，且在一个极其微小的心愿中，撑起一片天的坚韧，即使平庸，也是伟大的。大地、阳光、雨露也始终与平庸为伍，即使是大树或小草一样的呵护，为美好装点绿色以生机、蓬勃。施复亮先生引以为傲，引以为豪。大家也好，小丑也罢，只要无愧于心，不被人理解或者知晓也无可厚非。做自己喜欢的事情，何乐而不为呢？即使平庸了，但享受着平庸，那才能真正体现平庸背后的伟大和坚强。

施复亮先生常说一句话："自己的钱不一定自己用。"1969年，他的病情加重，但他仍然不忘初心，将自己一生生活中省吃俭用下来的一点积蓄捐资建造老家小学校舍，支援河北水灾，1969年将22000元捐给越南南方民族解放阵线。同时，和妻子商量后，将他们最后的2000元积蓄寄给了东叶村大队，作为村里学校的办学基金。直到1970年11月在京离世，也没有给子女留下一分钱。施复亮一生始终清正廉洁、律己宽人，已然霞明玉映而冰壶秋月。正是他的清操苦节，赢得他毕生筚路蓝缕玉汝于成的卓越享誉。施复亮教子有方，其子施光南为当代著名人民音乐家。施复亮的《马克思学说概要》《马克思和达尔文主义》《劳动运动史》《资本论大纲》《经济科学大纲》《经济史纲》等留世著作，诚是后人的纡余为研，卓荦为杰而履践致远。

"民主斗士""民主革命的英勇战士"，这些后世赞誉不仅仅是对施复亮先生一生的肯定，更是当今对他的廉洁之举的推崇，实至今日他的高风亮节仍在传扬。

横店埠,撑出人间满满烟火气

横店埠在金华江东镇横店村,非东阳的横店影视城。一条大江,滔滔江水湍流深而急,紧紧抱着整个江东。就是这条武义江,横亘于雅畈与江东镇的一东一西。横店,自古一直沿江靠着,有了船,自然而然也就有了埠头。于是,横店埠渡船上的一根撑杆,渐渐地撑出了江东旺旺的人气和满满的烟火气,撑出了江东的松溪市,也撑出了江东的一片世界。

江东,浙中西南部的世外桃源。人间烟火气历史只是记载着远古的生命点滴,而滔滔不绝的武义江水诸如身体里流动的一条血脉,始终如一地紧紧黏结着横店不放,任岁月濯洗,任流沙堆积,并非没有无用之定义。殊不知,因了三江四水的积泽,经了千百年起"垣"而缘聚的横店人,拼版出又一块婺州的福地,如是水之韵,赢盘了横店人的欢愉且与人间烟火气的盛达与利好。

在江边埠头远眺近看,之于武义江的宽阔,不免让初来乍到武义江边实地走的人有太多的惊讶,不免让人无端地生出一些十分好奇的噱头。当然,也在不知不觉之中于心于眼都是一种神怡的惊喜而触景生情。生活在江边多好呀!可惜,自觉自己并没有这个好运,好生多了一些莫名的唏嘘而不能自已。漫步江边,阵阵微风从江边吹来,让午后的阳光显得越发柔和,简直要怀疑此时还是不是晚秋的时节了。

在远处,蜿蜒起伏的金华南山巍巍然守护在江东古镇的南面,在悠悠飘逸的山岚雾气和色彩斑斓的妩媚秋色中若隐若现。今天太阳不大,柔和之中,秋风带来些许冷意,褪去了刚走不久的酷暑,与古镇一起浸浴于秋池中恰也延津剑合,有一种安静和独守的自若，怡然把心情放逐。

虽然已是晚秋，但江南的彩色似乎不减暖春时节的茂盛，江边上的一些大树依然披绿茵茵，只是几棵柳树垂挂着几乎掉光了叶子的枝条在随风摆动。还好，江边的风才是埠头上最大的景致，给人一种别样的感受，期待、诚谶，重拾起零落的记忆，于情不再落寞而燃亮盏盏心灯，寄希望祥和兴达之中而又敢于担当。

明初时期，武义江原本就是从横店村边上流过。不过，大凡从大南山里出来的人们都在这里涉水过江。这里的木船便是最便捷的交通工具，可多多少少有人付不起船资而冒险遭遇不测。人称"朱和泰"的朱贡三发起组织的渡船会，在横店埠实施的过江渡船都不用钱的惠民措施，其修善积德之功霞明玉映，任缅邈岁月，仍仔仔缱绻平生。岁月跨入21世纪后的横店埠，仍有当年的韵味，唯一不同的是现在横跨武义江的"江雅大桥"已替代了艄公载客过江，唯独屹立在埠头的木船艄公形象石雕，以临风傲世的雄姿给人那饱经风霜的粗线条勾勒出来，可以真正体会甚至是回归当年埠头繁华的景象。

江帆过尽，舟船无几，走过了六百多年的横店埠自然不承想到码头会上演了如此清寡、寂寥，恰如码头边上布满厚积的青苔，还在微微地仰着头向滔滔不绝的武义江水和世人呐喊，但毕竟喊不出什么。然而，显得有些孤芳自赏的青苔，似乎只是噙着不愿意让人们看到它们披星戴月的露珠，却留恋起曾经同风雨共患难过的那块"渡不收钱"的石碑来，面对着江东与雅畈两岸日新月异的惊艳美景，倒是侃侃地述说着人世间的沧桑。江边码头那雕像里的汉子，终于将那艘老船拖回了古镇。无论是朱贡三太公，还是项、王、张、余、杜氏等诸公，希冀的愿望仍在21世纪里打造了时代航母，起动了它的引擎，借助着新时代的驱动力，经过了四年历史的沉淀仍保留着与众与不同的江南市井味。或也正是因为横店埠"渡不收钱"的这一份豁达与坦然,才让远乡近邻的船客有了这一份安宁,才让这里的松溪古街历经近千年还放射着她这一份充满诱惑的魅力,让住在这里的"百家姓"有了这一份兴旺。又在这白墙黑瓦之间,从古至今一直唱着现代版"义乌商贸城"式的生意经。

项公龙第十三代孙项镐"适南游而归",与归省的进士潘荣盘桓于松溪之地,"松湖之西可以结庐,湖之东可以卜吉,远观近眺,襟松湖而松溪,远朝插汉,四水归垣,婺州福地,洵为第一。以是知毕万之后必大,君固足以继武乎,前贤也。睇眄之际,予亦不觉欣然,兴乔迁之计焉"。时为明正德十年(1515),镐公乃横店村项氏之始祖。

这个镐公颇有智商,深谙生意经。他在金武古道必经之路的上王村和下王村之间,造了店面和房子并开上一间小店。正因店铺恰好横在路上,遂将其取之为"横店"。在这里开店做生意与别的地方的确不同,过路商贾往返,远乡近村船客路人过往,要想生意不好实在太难了。镐公真正的薄利自然赢得客人常来"回头"而多销,何况镐公亦为明朝时期博学多才的进士,人缘极佳,且又好施乐助,亦为当时金华梅花门内不可多得的首富,人称"项半邑"一点不假,名副其实。

清《光绪县志》记载,横店隶属惠日乡修善里二十一都三图,应该早在明代就已经是环境优美而宜居、宜嘉、宜兴的风水宝地。要不然,随之而来的横店渡、横店埠、横店街的形成,岂不是一个徒有虚名的松溪市了?不消说,松溪古街本就是横店埠带兴起来的,"树发千枝根同本,江水源同流万派"。虽说是百家姓聚集了同一个镇子,却也不乏"雪香云蔚,绿竹猗猗"而积盛远瞻了。穿行古街,三五成群的少妇姣娘或坐或站围在一块儿嗑瓜子，嬉笑花间，吴侬软语，有游客从她们身边走过时，她们便抬起头向游客投去嫣然一笑，与远方来客打着招呼。几位老人靠街边坐着，各自捧着茶杯呷上几口小茶，谈谈家常拉拉嗑儿，感觉那流淌着小镇的悠悠岁月，似乎这世界便是横店的唯一。

有山、有水、有船、有店、有家，已是每个横店人自豪、自信的地方，埋藏在心底那一份江南水乡里深深的庭院情结和浓浓的家乡情感，无不洋溢在脸上，荡漾在笑声中。

问起松溪古街上最显著的特色，江东镇文化干事盛菊莲更是津津乐道，与街上闲坐的一些老人似乎都有不约而同的看法，说起松溪古街上的医药店铺纷纷赞不绝口。整条街上中药铺就有四片：郭季樵的"恒德堂"、吴赞贤的"济仁堂"、方顺通的"太山堂"、胡志林的"种德堂"。尤其是郭季樵先生，是闻名遐迩的中医世家，远在杭州温州等地的衙门高官不惜重金请他出诊，人称"阿华仙"。1952年，金华市中医院的创办，郭季樵先生呕心沥血、竭尽所能，功德赫赫。

巾帼不让须眉，江东不乏皓首穷经焚膏继晷之辈的董秀英，在松溪街上也是出了名的西医妇产医生。她不仅是横店村周边乡村的"接生婆"，还是利用所学的西医疗法结合中医学术，给村民们治病疗伤。抗日战争后期，董秀英看见被日本鬼子飞机投放的细菌而感染，生疮、烂脚的人无数。她看着乡亲们揪心裂肺的痛苦，万分地义愤填膺。董秀英联合上文头村的胡载飞西医诊所和镇上所有的中药店铺，仅收取成本费或免费给乡亲们医疗病痛。此番义举，工力悉敌，更赢得人们交口称赞……

水甜，茶香，客就多，古往今来如此。松溪的热闹、繁华，离不开与茶楼自然联结。但是，以前在古街上喝茶的，多是附近村子里农闲了的村民，多是北来南往的商贾、歇脚的客。船客们过往次数多了，耳闻目睹的多了，便也喜欢上横店人的心地和善，更青睐这里地腴物阜的宜居，无论如何也要在此地讨个生活安居下来，或学着投资或也跟着"淘金"。久而久之，武义江畔一块空旷而平坦的二江冲积的平原渐渐地消失了，雅畈镇的人们也慢慢地瞧着对面岸边筑起了高高的渡船码头，羡慕之余更是赞誉有加。以前，水运也是人们最高等的交通手段。埠头是个大世界，那个时候的热闹繁忙可没得说，江上来回的船啊，多的是跑码头的，跟船的，对岸往来的，挤都挤不下！也就是这个江东吧。在通往埠头的大道两旁渐渐地盖楼设铺，也就有了横店村的乡镇集市里一条非同凡响的商贸街崛地而起。年复一年、日复一日，大街上如雨后春笋般地打出茶楼酒肆、面店旅馆、水碓磨坊、糖油酱坊、日用杂货店……

一曲婉约江南的陈情天歌，豪放一派江南水乡的繁华景致。

走在松溪古街，心头便有一种别样的情愫涌上来，先不言江南水乡的风貌突袭眼帘，然而，欲探其奇观必然要身临其境欣赏。你必须亲自跑一趟，也必然自有身受其益奇迹发现的时候。因为只有别具匠心的街景店面建筑在金东区可是一绝。加之就在附近的"法幢寺"，又是有1600年的东晋时期的古建筑，不愧"宗地初登东晋开源宗风盛，法幢竖立华厦千秋道□存"。千年香火袅袅，浙中佛教发源地带给松溪古街里的古风，至今仍然不减当年的繁华。如今古街上还居住着58个姓氏的居民，印证着作为金衢一带三江汇聚的水陆交通枢纽，一度商贾云集而兼容并蓄的市井气象。其开放、包容、互惠、互利，经营者大都来自各州县府，且奇葩阵容庞大不说，更令人惊叹的是街上所有的商铺店主几乎无同一姓氏，倒可以让人念念不忘。

有山、有水、有船、有铺、有家，这便是江东人最向往的家乡。家乡的山绿，家乡的水甜，家乡的人好。繁荣，衰落，只是沉溺于古诗词阕中的一些禅境。江南水乡的辽阔，真正上演的还是江南水乡里的婉约。当然，少不了江南水乡人家铺展的百景图而要描述的故事。横店人的智慧与豁达却在襟袖之著，已经断然不亚于唐·刘知几《史通·断限》所说"夫《尚书》者，七经之冠冕，百氏之襟袖。凡学者必先精此书，次览群籍"的通透与其中之典望了。横店人的好德崇文，在婺州是屈指可数。其中之义学，成了横店人最自豪的资本。

从拥挤的人群拐进小巷里，这便是横店以前的私塾学堂。据说是朱姓朱和泰（原名朱贡三）三个儿子，将自家"小花厅"创办的私塾改办为"三友小学堂"。距离此学堂不远的张家大院，自是横店在明朝时代就有了的"书房院"，规模颇大，敞亮、旷达。难得古时文人墨客对文化教育的重视和博爱精神，诸如孔夫子"饭疏食饮水，曲肱而枕之，乐亦在其中矣。不义而富且贵，于我如浮云"。捧一纸书香，从此知书识字而亮堂心胸世界。莘莘学子不乏张榜题名，秀才举人代有辈出……我是在穿越时空隧道的茫茫人群中，用心地倾听着一阵高过一阵的琅琅读书声。就是这一种声音彻底地挑动了我的欲望，一群天真无邪的稚童发出的声音，是在这个古街小巷收藏起的记忆。而在这些记忆里，仿佛又听到了不远处的武义江有船桨划破水面，轻轻地在埠头靠岸。然而，不料还是被南山中飞来的白鹭划过天空的翠鸣，蛊惑起漫山花香盛开的絮语，惹动着古街里飘来的米酒刺鼻的清香，挑动了在水杯里翻滚的清新茶叶。我的世界迅速填满了一曲婉约江南的陈情天歌，以至于畅想豪放一派江南水乡的繁华景致。

松溪古街，一缕古香守住了的千年繁华，缘故本一不二。不过，故事一直上演的繁华通常演绎在这青砖黛瓦的江南小镇，吟诵这里不变的江南水乡的婉约。

在江南，细数众多的古镇、古街、古村落，大都已经日渐凋零，想要真正地体验到其完整的古香古色原味的，还真的不敢说呢。残垣断壁是最常见的，村中仅剩些风烛残年的那些老人族，令人唏嘘不已。我曾走访过许多古村落，说不上已探访了省域内所有的，但浙中地区里几乎跑了个遍，有的曾数度造访。唯松溪古街，我却不知道这里到底还是以古色古香古味守住了千年的繁华。要说松溪古街原汁原味的古貌古韵，与其他一些名镇古街比较，是不是大有"梅须逊雪三分白，雪却输梅一段香"呢？

人们住惯了水泥钢筋混凝土的高楼大厦，或许会更留恋山乡野趣之中砖木结构的楼阁，其中得到的韵味自然是任何想象难以抗拒的。想必在任何时候都得拥进乡村，享受淳朴而原始的人间烟火。好在浙中有的是名山大川，浙中有的是堪比人间瑶池的古街、古村落，浙中有的是像松溪古街一样的古老。岁月沧桑、时光如流，承载数百年来横店的兴衰成败，尽管带走的是一段段难以忘却的往事，却带不走那古街上一堵堵老墙不堪的斑驳陆离。然而，横店人仍然百折不挠、奋力拼搏，一代代人在诠释着古老的文明文化和自信自强精神。

我曾数度暗想在松溪古街居住，那该多好。许多时候，也曾数度暗想是不是把自己的魂儿丢在了那里。难怪同我们一起去过的老师说，松溪古街有腔调，是个宜居之地。清晨，喝着茶可以再来点瓜子儿，看着热闹的人流如潮水般地从四处前来，又在老街上渐渐散去；或邀几友邻，翻翻报纸，看看书，唠着嗑儿谈谈各自的心事，叙叙衷肠。反正是闲着的时候多了，去文化礼堂里或者去江东书局里，想看的书籍应有尽有，各类学科文化及科技文化知识多得是。说实话，我喜欢在某个傍晚夕阳西下的时刻，在江边随意地走走，随意地坐坐；也喜欢看着夕阳落入西山却跌进江水时那一瞬间的美景。清晨中的松溪古街无疑是最美的，虽然已没有往日的人山人海，倒也不是很肃静。太阳终归每天依然在打发岁月的斑驳，古街上包子铺里飘出袅袅娜娜的烟气，掀开了寂静的晨幕，继而转合成街市繁忙热闹的喧嚣。我和其他人一样，都把自己藏在一群早餐的客流之中，看酥香的油条裹着营养胴体，满怀一腔热情与燃烧着的包子肉香，丝丝入扣，配上一碗鲜鲜瓜汤，爽滑绕绕，透过古镇、透过云层、透过天空，想不馋都难……

雄奇的金华南山群山麓，流出了威武霸气的武义江，因而延动着神奇的横店"三义"历史文化痕迹。一个"义"字，延伸着古街市井的喧闹，多少个峥嵘岁月，一直在慰帖着这个小镇里最吸引人的一切。且不说她诱人的精神文明精髓的内核，单其整个古街古貌别具匠心的独特，都在忠诚地延续着近千年的文化自信。

伫立，凝眸。

阳光，总是温和的。食物，都是温热的。而个中飘动着心绪怎么平静，总不至于文文弱弱地摊丁入亩吧。比此更入心的，抑或是惊讶与神叹了。在金东西隅，一方江南水乡畔的神奇，偏偏惊喜了不少人不得而知的神圣与奇迹而正中入怀呢。我惊叹横店人拼搏的"淘金"理念，却以敦实、善良、博爱的方式传承着水乡精神。曾经走访过不少地方，且都是名镇古街。松溪古街给我印象最深的无非是这地儿人缘极佳，要不然，哪个地方的古迹比他们保护得如此完整？且说项氏宗祠完好无损地矗立于古街之首，看着宗祠斜对面的土房子，整座屋子都是用江滩里捡来的小小鹅卵石砌成的，更不用说古街上的那些店铺和纯木结构的"三层楼"或民居了。当然，街市的繁华，自是少不了早茶那闲适的氛围与美食。相比较离城市较远的集市，松溪古街来得更务实、更简单。茶铺的生意是一天到晚地开张，大多是本地的人喝着清明头青茶，是人们农闲"慢生活"的消遣方式了。即便是再忙的时候，也有不少茶客光顾，除了品上茶的色香味而解渴外，更多地为了信息的交流沟通，毕竟来的都是商贾路客。

原来，一个乡村的温暖都藏在祥和的细节中。

景在情住，福镇惜缘。

举国上下开展的美丽新农村建设趋之若鹜，实质上都在优化自身文化底蕴和文化自信，乡村建设融入乡土特色文化并举，颇具典范。在松溪古街沿街的店面，那些被岁月包容的古老建筑物与众不同，说不上的琳琅满目却在晾晒着藏功与名的款款深情和记忆。

大江东去，水通南国三千里。武义江上高高架起的江雅大桥，绵长着金东最雄伟的江南水乡传奇。千帆远影，恰如银河湾猎染，抑或是横店人的记忆，抑或是亘古的苍星。我们已无法重回古街曾经的岁月，是否邀上英国民歌手马汀·卡西（Martin Carthy）一起试着去《斯卡布罗集市》，全然因为"……那里有欧芹、鼠尾草、迷迭草和百里香，代我问候那儿的一位姑娘，她曾是我心上的人"吧？但必然要卸去忧伤，让快乐、幸福鲜活地存在于心中，永久搁置于脑海里。

站在松溪古街东的拱桥上，看古街口便知道这里非同一般。沿街最耀眼的摇曳着的红色灯笼，给古街增添了强劲的感染力。今天，我也不知道是个什么好日子，街上人山人海、锣鼓喧天，音乐声声，特别悦耳。我想应该是从埠头那边传来的。古街上出现一队穿着娇艳旗袍，迈着款款舞步的女人。哦，这可是江东镇旗袍秀的队员们。瞧瞧，着装的色调统一，更显她们圆润的曲线和当代女人的韵味，不让人多看一眼都不行。当然，这种情景自始至终自也让人情不自禁地回想起潇潇雨巷中的那个窈窕淑女和那柄油纸伞，抑或并不是在那遥远的岁月里了……

流金岁月　047

尊道书院

尊道书院是金东历史上一所影响颇为深远的书院,更是金东义西地区人们心目中期待与希冀的求知场所,有口皆碑。书院原址坐落在中国著名诗人艾青的故乡,地处浙中腹地双尖山下潜溪水旁,傅村镇西南的傅氏宗祠后面的节孝祠内,建于清乾隆五十七年(1792),称节孝书院。创办人傅绍炉,字丹士,号九成,更名士金(清乾隆二年丁巳十二月—道光三年十二月),并收徒讲课、传授知识。据《东山傅氏宗祠》记载:"(傅绍炉)治诗经邑庠增广生,总理祠事。公,性明敏,善挥霍,重建宗祠,倡捐率厥功甚。伟祠赠额曰:功存桑梓。春秋给胙胵之,又助木造关庙门楼,捐田助赈施孤老。创造节孝书院,再成航慈溪桥,又助蜻蜓坞义塚山一片,计五亩。种种义具详见传。"

至清道光年初期,节孝书塾矗节孝祠之大矗,昌傅氏之宗风,谨饬律陈,予应德庇,稚幼启蒙,度虔惟善而教泽;傅氏人丁兴旺,稚幼广增,加之塾师博学,其声誉播远,才子接踵,学子云集,故有檀越望倾而非另择宽敞之所或扩建不可。于是,在节孝书院进行了修缮后而又想再扩书院。《东山傅氏宗谱》(文集卷之四)记载"节孝书院碑记":

道光九年春,公(即傅绍炉)之从侄,号在田者欲成公志,慨然捐己产若干以为首倡。而一时总理若公之次子,号元蓺,并公之房侄号锦堂,及祠理诸公等鸠聚房族,悉通劝捐傅姓本大族,且多殷实之户或产或钱,各踊跃争先登名于簿,以便建立讲堂延师会文资有所出,学日以兴复有。

公之房侄号谦光者，富而好礼捐产外，出千金以建文昌阁。其乐善尤足多已嗟乎，书院所以造人才也。傅姓凤称文薮竹溪先生已开，其先后之继者，伫见人文雀起，科甲蝉联绵绵不绝，则是举之为益。九成公不且增光泉壤哉，又岂特节孝祀之俎豆馨香，并峙不朽哉！是为记。

至清道光十二年（1832），监生傅谦光捐田125亩，白银3000两，扩建塾舍40余间。新塾舍前为大门（"文昌阁"居中），中为讲堂，后置宿舍，东西两侧为书斋，为当时金华县规模最大的书塾。选宗祠其侧亦卜蓦然极地，又缭之以水，遂构建。从此，收徒讲学、传授知识。

傅从嫌，字贤章，号谦光，清乾隆四十年乙未三月——清道光廿四年甲辰十二月（1775—1844），太学生，由捐赈议叙布政司经历，诰赠奉赠大夫。《由东山傅氏宗谱》记载："清道光庚寅（1830），独力捐建尊道书院，又捐田十七石，零备修书院并膏火看守之资邑侯陆，旌给泽流义塾，合族绅衿耆老旌给急，公好义总理尊道书院事务。又捐助合族免主银田十石，又捐助育婴堂府，尊郭旌给，乐善好施又捐助节孝祠钱二百余千开祭，又捐助钱二百四十千，公推管理旧义助头首，又捐修金义大路。"傅谦光一生的乐善好施在金东傅村一带已习以为常，自以为只是冰山一角，而他更重视启蒙教育与道德品质的灌输，这才是他毕生的功德福祉桑梓。他的理学思想以及学风接近宋濂，其具非常崇拜吕祖谦的学术思想之故，追求博学，倡导实用；极力主张"讲实理育实才而求实用"的耕读传家风尚，且衍生了的"金华学派"的"明理躬行"的理学思想用以延师课读而渐成风气。正如宋代苏轼的《稼说送张琥》中所写："呜呼，吾子其去此，而务学也哉！博观而约取，厚积而薄发，吾告子止于此矣。"节孝书院地理位置优越，大有"千丝雾度北山云，百尺楼悬南浦月"之祥，又置入"冲深其智则厚，昭明其道乃尊"之经世致用，乃"太上之有立德，其次之谓立言"而"尊道于贵之"，取节孝祠书院之精神，在广义上非常符合民众思想的认识和心理寄托状态。所以，傅谦光在节孝祠书院不惜巨金独资扩建了书院规模，俗称为"尊道书院"。

扩建后的尊道书院，新儒学思想的传播，影响极深极大。书院的教育及学术思想得到了前所未有的发展和提高，"邦人亦深始知有金华的婺学之说"，为婺学兼收并蓄、博采众长创造了条件。

中国书院的制度与精神，最鼎盛的属两宋时期，为儒学的理念在婺学的学术中奠定了坚实的基础。早在隋唐科举的兴起，官学在人们心目中逐渐成为生员登科的阶梯。鉴于此，傅谦光以为婺学精神之所寄则在书院。相关资料说明，金华理学之所以由宋而元及明绵延500年之久，离不开文人志士力图婺学复兴、振兴全民教育的努力。因为金华地区即使在清朝时期，也存在官学与私学书院之间教学理念的距离。但官学书院一般只招收上过经馆或科举落第而又成绩较好的生童入学，由此私学书院为普通生童入学加大了空间。再者，官学除了国子监、太学生外，明清以来，府县乡之学基本除科举取士外，官学教育与社会教育对人才的大量需求似乎呈脱节状态，这种状态为私学书院的发展提供了有利的契机，使私学书院成为代替官学的重要存在。而尊道书院毕竟不是官学延伸式书院，它只是在节孝祠书院基础上重建的为学者自设授学的私塾式书院，却仍以讲求博学、明理躬行、尊道贵德、科举奠基为本，加强兴学教育，注重讲学和学术教育的私塾式书院而使成就相当可观，成为金华乡村屈指可数的私学书院。

傅谦光先生由捐赈议叙布政司经历而走向儒学延伸的"读书益见道理",始知"圣人作书遗后世,在学而行之,非以为文也"。于是,学问造诣渊博的傅谦光先生,敢于"博于古今而不知道,谓之多闻可也,而不可谓之善学;善于辞章而不知道,谓之能文可也,而不可谓之善学"。在书院授业中,他确立了"儒学思想"的为学宗旨,"志于道,据于德,依于仁,游于艺,所以教学也"。他一贯既秉持包容的治学态度和方针,又善于从所学内容中进行取舍,面向婺学"必兢省以御物欲"的心性修养,形成了自己独特的学术体系。推崇经世致用,推崇真才实学,是他追求的方向,努力避免"学之为士者,不知学之本"的状况,教导学生"明吾之善以诚吾之身",不以学文、应举而影响自己对"道"与"德"的追求,从而在尊道书院讲学中体现出儒学思想延伸的鲜明特色。

尊道书院作为兴起于民间而以讲学和育人为主的书院,继承了儒家早期"有教无类"和以道德育人的理念与思想,强调人人"士之学道,亦欲兼济于时",以"道"修身,完善"恪守、致知、正心、修身"的情怀和经世致用的才能,提升接受道德教育能力和氛围。这种平民化的教育理念和思想,彰显着儒家思想认识的进化论体现人文情怀的普遍性。

诗歌小镇,和美傅村。从1792年的节孝祠书院至1833年的尊道书院,再到1908年的育德学堂,直至如今的傅村镇初级中学(含傅村镇中心小学),学校至今已走过了240多年的历程,为国家和地方培养了无数的英才,沈约、宋濂、艾青、吴晗等文化名人就是从这里走出来的。原金东区工商协会主席傅根勇先生说起尊道书院更是情有独钟,津津乐道。他说从小也是在尊道书院念的书,至今仍对其以往轶事记忆犹新。他说:"傅氏人非常崇学,很早就开始办学,最早的尊道书院至今已有240多年了。

正因为如此,自古以来,傅村出了很多人才。统计到中华人民共和国成立前,七品官员有118人,九品官员有194人;出了许多名人,如大学士(尊道书院的创办人)傅谦光、开国文臣宋濂、著名诗人艾青等。傅氏宗祠的建立也足以证明傅氏人的勤劳和智慧。"

原为尊道书院古址的傅村初中创办于1964年,傅村中心小学在20世纪90年代末,搬出后一直为傅村初中。而今学校占地46亩,建有教学楼、综合楼、学生餐厅、公寓楼等,幢幢校舍错落有致、交相辉映、互相媲美。在这里,绿树成荫、芳草茵茵,环境幽雅、景色宜人,为学生营造了良好的学习环境。虽然已不见书院旧时风貌,但学校环境的新颜浑然不失当年求学之地"持身严苦,块坐一室,未尝窥牖"的氛围,文化气息愈加浓厚。

百年来,无论是傅村初中还是中心小学,仍然秉承"尊道育德"的古训,继承沈约、宋濂、艾青、吴晗等众多文化名人的精神,使这些人文地理和人文文化相结合的主流思想得到更有效的传播,成为中国地方文化对传统人文精神边缘发生作用的重要媒介。

北麓书院

在曹宅有个北麓诗社,是在清乾隆五十三年(1788)成立的社会民间文化团体,由曹开泰发起。虽不是人人皆有资格参与其活动,但诗社以景因情而诗词歌赋获诗友和大众的挚爱,人们心目中实已"圣人作书遗后世,在学而行之,非以为文也",在当时誉满金东,有口皆碑。再则,在北山之山脚,自与山水环绕、清幽静僻之盈盈方微,了然视界,聊以无止之缭而掷地金声;或拱担老街闹市之聚,流寓市井喧嚣,或野郊游景观物吟诗作对,不意浮沚之外而广纳文贤,取"北麓"之祥而结诗社,实属名归言顺。一直以来,人们倒将"北麓诗社"尊称为"北麓书院",亦以此为豪。

曹开泰,字佩弦,号珩圃,今金东区曹宅镇曹宅村人。在乾隆三十二年(1767)丁亥为学院李科试入县学第三名;乾隆四十一年(1776)丙申,学院王岁试一等第一名,补廪嘉庆三年(1798)戊午科贡,就职训导,著有《宜弦堂诗钞》十二卷,戴殿泗作序。官至翰林院编修,太子伴读。在曹开泰的倡导下,于乾隆戊申五十三年(1788)春,建立北麓诗社。开始只有曹开泰、方国泰、方元鸥、邵声芳、方应凤、方应麟等六人,后逐年增加。清乾隆乙卯六十年(1795)春,张作楠、曹立人加入诗社;清嘉庆丁巳二年(1797),陈仁言、金萼梅加入诗社;清嘉庆己未四年(1799)之后几年时间,曹寅、冯羊山、张作楫(张作楠弟弟)、张允提先后参加诗社,一共十四人。曹开泰在《豫立轩集》叙中写道:"乙卯春,予与方警斋、邵勿斋、暨及门方宋卿、张公颖(作楠的另一字),家立人(即曹位)辈,结'北麓诗社'。"这六人中,方警斋是赤松石耕背村人,具体情况待考;邵勿斋,应为赤松中联一带人;方宋卿是曹氏门生;张公颖即张作楠,是曹的门生;曹位,为曹开泰从子和门生,于嘉庆四年病故。与金蕚梅(源东乡梅村人)一起加入诗社的陈仁言是源东乡雅高村人,曹开泰之门生。陈仁言是所有人中年纪最小的一个,嘉庆二年他加入诗社时,才二十一岁,比张作楠小五岁,他的诗写得最显才气,是北麓诗社之翘楚,可惜命短,于嘉庆五年(1800)病亡,时年只有二十五岁。他们两个都是诗社里诗歌创作的佼佼者,他们的死,对这个刚组建不久的诗社无疑是一个沉重的打击。清嘉庆壬戌七年(1802),张作楠洒泪为同学陈仁言编诗集《豫立轩集》四卷,由恩师曹开泰先生作序。

然而,诗社每个生员生活在这样的民间,仍然表现出"必兢省以御物欲"的心性修养面向,现代人们也就不难看出他们"言之必使可行"的文学理想,而衍生了"弥纶以通世变"的经世致用之精神。因为金华自古以来就享有"小邹鲁"之美誉,书院众多,讲学活跃,且人才辈出。其理学、学风盛况自春秋时期已盛名远播,当不消细说。比较金华地区的民间文化团体,上至官学的有丽泽书院、陶家书院、四贤书院、正学书院、崇正书院、季原堂、北山书院、桐荫书院、宝婺书院、蓉峰书院(清光绪十一年并入长山书院)、奎光阁书院、滋兰书院、丽正书院、九峰书院、长山书院、鹿田书院等,下至民间学塾教育机构有吕氏家塾、潜溪书塾、尊道书院、一乐堂书塾、徐家书屋、下塘精舍、漾锦堂书熟、藕塘书塾、诚正书塾、西笠园私塾等书院兴教理学的崛起,有过空前的盛况,也有过无奈的凋零。然而,历宋元明之后的清朝时期,民间文化社会团体犹如雨后春笋破土而出,还是可喜的。"北麓诗社""八咏楼诗社"(东阳名士楼组织)、"竹堂诗社"(孝顺夏国光组织)、"我楼诗社"(赤松方警斋组织），这些民间社会文学社团即使从官方留存的史料及其影响来看，还是以诗社活动的绩效来衡量，都远不及"北麓诗社"。纵观历史，坚持理学学风并从事讲学活动的知名学者在元代就不下十人，但见其学风都影响以及滋长了整个社会的基础教育的健康发展。

古人尚且兼收并蓄，不立门户之见，实属难能可贵。"北麓诗社"创始人曹开泰早年在接受新儒理学的同时，撇开了门户之见和其弊端，使各地诗人聚集到他的麾下且与金华地区各个书院诗社互相交流和切磋。最后见曹珩圃明经诗，若有以会合三家而自成一子者。

"《宜弦堂诗集》，余循览之，不能去手也。盖曹君之诗，深于骚，进于史。骚人之清浃，君所之渊得也。不清不浃，则不足以腾天渊而泣鬼神也。史家必备有三长：曰才、识、学，唯诗亦然。三者不备，则无以举其体，而气亦不充。才识者，由于学者也。……夫人出其精神才力，以与前辈忠杰之士相摩相荡，为酢为酬于楮墨之间，而谓其品，概不超轶尘俗，几百辈者未之有也。"此为戴殿泗在曹开泰去世以后，由张作楠为其出版的《宜弦堂诗集》作的序，倍见曹开泰不仅是一位备受人们尊敬的师长，以及他建立的"北麓诗社"更为时人所推崇。

《宜弦堂诗集》是曹开泰力作，也是他提倡并发扬传统韵诗的诗歌创作影响而在嘉庆年间走上一个新的巅峰的历史见证。"世尝谓诗人少达而多穷，珩圃以明经孝友教四方环堵萧然，有自得之色，近于有道之士。"戴殿泗评论其学问"曹君诗五、七言古、近体投之，所向无不如志，才学充焉耳"。

在书院的文学创作中，曹开泰体现出的并不拘泥于传统韵诗创作的包容精神，不失其对传统韵文的深厚感情，亦称"白话诗"可行，"白话诗既不押韵，又句调修短随意为之，则直名之为白或称为话,均无不可,所谓言论自由也"。事实上,曹开泰极力推崇真才实学而倡导文学"学以致用"的学风,更加反映了"北麓诗社"众员"读破万卷、铸史镕经"的至情至性的真实。

曹宅,历来是金东区四大重镇之一,历来是活在金东区民间最热爱文学生命和传统文化沉淀最深厚的文化窗口。在清代蜚声八婺大地的北麓诗社发源地,北麓诗社创建于清乾隆末年间,又在清嘉庆年间得到发展堪是鼎盛,原因在于诗社文学活动的尤其活跃。

张作楠在《北麓诗课》序中道:"课中仅十四人,即十四人大半有专集,晚年定本或较胜此编。"如果说北麓诗社当时没有张作楠先生的参加,也就没有了《北麓诗课》《旧雨录》《续旧雨录》《宜弦堂诗钞》十二卷(曹开泰)、《豫立轩集》(陈仁言诗集)、《翠微山房诗集》(张作楠)、《双桐书屋诗草》(曹位诗集)、《月林吟稿》(金萼梅)等书籍的出版。

光阴似箭,弹指一挥间。匆匆数百年,北麓诗社历经岁月的洗礼而辉煌不再,在沉睡的历史古籍中依然还存在缅邈岁月缱绻平生的一个璀璨名字。原因是从北麓诗社的开始直到现在已过去了的二百三十四年之后,庆幸除其中诗集《宜弦堂诗钞》《梅簃随笔》《翠微山房遗诗遗文》《北麓诗课》和《豫立轩集》之孤本被原金东区文联主席张根芳老师找到外,其余悉数销蚀,不得不说是个很大的遗憾,更是文化遗产一笔无法估量的重大损失。

"士之学道,亦欲兼济于时。"张作楠在参加诗社后的嘉庆戊午三年(1798)中举,嘉庆戊辰十三年(1808)进士,嘉庆癸酉十八年(1813)任处州府教授,之后任江苏桃源、阳湖知县、太仓知州、徐州知府。张作楠是清代著名数学家、天文学家,博学多才,理阐程朱,学探河洛,精于算学,又学富藏书。张作楠曾官至州府,又撰文数卷,却令三个儿子主务农、工,不涉仕途："世俗读书为科名，及入仕，则心术坏。吾不欲其堕落也。"有人给张作楠的一生以"读书、为官、编著"六字囊括。连东阳诗人楼上层在《翠微山房诗集序》中以"博学工诗"四字，表达了对张作楠其人、其诗的称赞。

他以为学者本身应具有如此博学修身之外，也应有兼济于世的情怀和经世致用的务实精神追求以及德操理念。这种德操、这种情怀、这种追求、这种理念，都集中表现在张作楠一个人身上，且尤其突出。张作楠在江苏太仓知州任上，百忙之中为曹开泰出版遗著，呕心沥血为北麓诗社活动轨迹及课诗出版成集。对此，张作楠一直耿耿于怀，大有"不揆庸昧，辄效所明"而"睹迹明心者焉"。张作楠说过："余与羊山各录得课草藏之……今春舫斋来娄东校刻珩圃师遗集成，并辑课草，适羊山亦携藏本来。因合本，编为四卷。"其有心之至，也难得昔日浦江县"月泉吟社"的吴清翁感慨不已。北麓诗社诸多诗集的问世，文学创作成果极大地影响了浙中乃至全国，要不然，张根芳老师必然不可能历经辛劳在北京图书馆找到《豫立轩集》的孤本了。"况同人唱合，时越十年。诗成巨册，又何忍听其沉埋蠹腹。惟请翁当日，力能合数郡之人。今仅及同邑，同邑同时能诗者不少，课中仅十四人……今只就箧中所有编次，盖意在志一时聚散之迹，故依陆鲁望编《松陵集》、杨大年编《西崑酬唱集》例，并录拙作，非敢效芮挺章《国秀集》之鞷也。"张作楠如是感动浦江吴清翁之余，感谢吴清翁众文友的"偶然聚首，而罗公福辈，田园杂兴诗，尚传诵至今"。

廊桥遗梦，竹叶风情

曹聚仁是跨过通州桥，翻过太阳岭赴金华求学的。天赐一个游子有自己理想的湖泊，在沉溺之地种下宿命，慢慢放生风雪掩去的斑驳抱守沉重，生长另一个天地的开端。

曹聚仁的蒋畈村偏隅兰城东南，金华山余脉的梅江镇。这里雨水充沛，山峦披绿，与梅溪相伴相依，别具一格的世外桃源堪与天上瑶琳仙境相媲美。曹聚仁生于斯，长于斯。梅江水滋养曹聚仁有了聪颖活泛的灵气，身负"立志，求实，学做真人"的誓志，冲出蒋畈，走进中国，走向世界，一赖先父，二托单师，再缘通州桥。

曹聚仁说："我永远是我父亲梦岐先生的儿子，却又永远是先父的叛徒。"他从求学到投身社会这个大学，政治与社会动荡不安的惊涛骇浪，淬炼了他的人生观、世界观、价值观并逐渐成熟。人性，志向，十四年的抗战，以年轻时代起就羡慕顾祖禹的"读万卷书，行万里路"，背上相机，走进抗战序列。不以圈子为囿，有热血、有担当，更有清醒的理性，万分憎恶半殖民地半封建的旧中国，盼望民族的复兴与强盛。

曹聚仁在20世纪60年代写过《蒋畈六十年》一书，有这样一段深情的语句："在我的记忆上，综合时、地、人的总枢纽，还在挂钟尖那一小阜；尖临梅溪北岸，俯瞰竹叶潭，通州桥横卧其下；南望金华山，东按转轮崖，人世盛景，像这样的也就差不多了。挂钟尖离我们的家，不过半公里，开门见尖，自从我们有了知识，便有了它的影子。幼年时，离乡远行，渐行渐远，回头看不见了山尖，便怅然若失，知道要和家乡分开了。每回回乡，一看见挂钟尖,如见故人,又说不出的欣慰。"这样的心语,这样的深情,这样的诚挚,有山水,有家乡,更有曹聚仁"剪不断,理还乱"的眷恋之人。曹聚仁在款款文字始终不渝地坦露心迹,深切镶嵌他的初恋爱人王春翠美丽的身影。

曹聚仁十四五岁看中了官庙前面塔山脚村的王春翠。那时,男女自由相恋是件很不容易的事情。1916年,还是父亲曹梦岐看出了儿子的心思,曹梦岐不为封建传统思想束缚,摒弃"父母之命,媒妁之言"的古训,不久就给他们订了婚。1921年,曹聚仁与王春翠喜结连理。1972年,晚年的曹聚仁仍然念念不忘与王春翠相恋于通州桥的甜蜜和幸福。

"春无踪迹谁知,除非问取黄鹂。百啭无人能解,因风飞过蔷薇。"这是黄庭坚的《清平乐》,也是曹聚仁最喜欢的诗词。曹聚仁暗恋王春翠,不敢大胆向她表白,自己很想作诗却又作不来。于是,曹聚仁只有将有王春翠名字的诗句在通州桥廊桥上念。而且念得很响,别人以为他是在念诗,也就不去十分注意他了。唯独情窦初开的王春翠心知肚明。

曹聚仁深深被这位长相清丽又聪慧过人的邻村女孩迷住了。日子久了,曹聚仁更是深陷情网之中难以自拔。几乎是每一天过午,总是要爬到挂钟尖上去,目送王春翠过桥回家。可是,一个人又怕庙里的菩萨,很多次引诱胞弟曹艺一起去挂钟尖。后来,连胞弟曹聚德都说曹聚仁人小鬼大,自己谈恋爱硬要他作陪。被拉去的次数多了,也就不怎么愿意去了。而曹聚仁为了王春翠,常是自己悄悄地去,哪怕是看上一眼也心满意足了。日复一日,月复一月,风雨无阻,曹聚仁满怀喜悦地目送王春翠慢慢远去的倩影……

民国四年(1915)秋天的一个傍晚,夕阳将下山,路上、廊桥里人影已渐稀少。霞光下,鸟儿结队飞回树林。天际赤色的云重崖叠峦，峥嵘如鬼工般奇伟，断霞飘彩倒映在梅江之中。江边的飞鸥裹挟一阵阵的惊喜，时而结伴翩飞，时而又低头觅食。这风平浪静的江面，才是它们游弋的乐园，不用理会激流的波涛而惊慌一跃而起，带上几丝惶恐另觅佳地。通州桥周边看得见的山村，家家户户的炊烟都已冉冉升起，时而白漫漫，时而黑浓浓，万缕炊烟摇动枝头月，奔云涌雾，袅袅绕绕，蓦地锁住了天空。

此时，王春翠在廊桥里，曹聚仁也在，但没敢接近王春翠，只在塔山脚这边的桥头等。他早已心猿意马，说是看书，其实根本没把心思放在书本里，默默地又时不时地看看江边，时不时瞧瞧王春翠那里。此刻的曹聚仁也如江边飞出水面的江鸥，身后的水面掀动出小小波澜，空留漪涟的水花依旧跌入流水的世界。

天都快落黑了，王春翠仍旧在廊桥上看书、诵读，并没有要急着回家的样子。曹聚仁倒心急起来。然而，一心急反而愈发下不了决心。良久，曹聚仁才终于鼓起了勇气，走在王春翠跟前，腼腆着说："我是很喜欢你，更喜欢听你读书的声音。"王春翠霎时脸红了，不由得低着头，一时也不知所措。王春翠什么话也不说，倒是曹聚仁拉着她就往她家的方向走。王春翠也不拒绝，任曹聚仁牵上她的手，默默地跟着。一个爱她的沉鱼落雁之美，一个倾慕他的才华横溢之泛，两心相通，两情相悦。两人一起流连于通州桥上，凭栏赏景，临水观澜，沉浸在幸福甜蜜的恋爱之中，竟然忘了要各自回家吃晚饭。

今夜，流萤漫舞，似乎也在为曹聚仁和王春翠在歌唱。一根牵挂对方的情丝，一个浸肤润心的湿吻，在月夜里狂奔。一朵爱的火花，一场炽热的疯恋，正在点燃不属于虚无缥缈的银河世界。一段情，一种思念，在长长的通州桥廊道里扩张。两颗心，难舍难分，在深情里赠予……

王春翠，字醉莺，笔名谢燕子。她是塔山脚村人，父亲王兴让的第三个女儿。1914年,王春翠十三岁时,在曹梦岐先生所办的育才学堂里读书。她每天放学经过通州桥时不着急回家,而是在廊桥上找背书的理由给父母,心里等着曹聚仁的表白。她在自己的散文《我的立体像》中写道:"我的婚姻虽是父母替我安排的,却也合几分所预期的向往:我生长在乡间,但望嫁一个读书的丈夫;我自己毕业于小学,母家在习惯上绝没有让我再求学的机会,又望嫁后能得读书的机会。这两个愿望居然得到,自然非常满足了。"

王春翠虽是乡村长大,但在育才学堂学习的几年,书本开阔了她的胸襟,更扩大了她的视野。读书不仅给她打下了扎实的文化知识根底,更可贵的是她善于独立思考,探寻真理。王春翠温柔善良,家务、女工样样皆会,更写得一手漂亮的文章。一个年龄仅仅十六岁的少女,社会活动也颇多参与。1919年的五四运动中,她还和同学们一起执旗游行,参加查禁日货行动。

曹聚仁与王春翠结婚当年,王春翠考入杭州女师。新婚宴尔,却分居两地。王春翠为维护家庭,最终放弃了学业,到上海的曹聚仁身边。二人生活安逸,琴瑟和鸣,恩爱幸福。他们的十年婚姻是他俩十分珍贵、甜蜜的十年,也是王春翠发挥文才井喷的十年。1936年,王春翠的第一本散文集《竹叶集》在上海由天马书店印行出版。文集由鲁迅先生定名,曹聚仁作序。该书出版时,《芒种》1935年第90期上介绍道:"《竹叶集》,这是一部辛辣的小品文集,用其他女性所不敢扮的姿态,写其他女作家不曾写过的题材。"20世纪30年代中期,王春翠曾以谢燕子为笔名编著了《中国戏曲甲》《少年时代》等几本书。王春翠的才情与识见绝不亚于曹聚仁。尽管之后曹聚仁有外界无法抵御的感情诱惑,王春翠仍然钟情于曹聚仁,只不过以回乡教育事业忙碌自闭对丈夫的深情。而曹聚仁的心中对她仍占有最重的分量。

"珍重明珠意，相怜旧日华；桃花随流水，结伴到天崖。"

曹聚仁把自己的心和这份感情写在送给王春翠的袖珍檀香山扇上。这份礼物写进了妻子王春翠的心，写出了她对曹聚仁的深情。不是彼此都没有真爱了，而是两颗心彼此都需要珍爱独立的人格，维护人格的独立。静水深流，爱在心底的真挚与执着，尤其显得伟大、高尚。

王春翠在蒋畈，因为曹聚仁不在身边，常常寝食不安，少不了暗自流泪，常常借故流连廊桥上，遥望金华山（当地人称东山），永恒地牵挂和思念，从家乡的这头遥寄曹聚仁的那端，带上自己的温热，带上曹聚仁的行囊里曾经装满的浓浓父慈母爱，带上沉甸甸的乡情。一样的心，一样的情，一样的爱，皆在跟随心脏的跳动，时而濡浸全身，时而又淌回心中，周而复始，生生不息。

1937年12月，杭州沦陷。金华地扼浙赣咽喉，时为通向西南大后方的交通枢纽，日寇对金华地区虎视眈眈。随着日寇铁蹄的步步逼近，王春翠还是回到蒋畈。一则源自蒋畈是她的根，有她雨润云温的家，有她依依难舍的眷恋，有她明志自立的畿地。二则公公曹梦岐先生已过世，"育才学园"的名义校长又投笔从戎，正带兵与日寇喋血沙场。蒋畈在召唤她，蒋畈的育才学园需要她，那些孩童学子更需要她。1938年春正月，王春翠接办育才学园，从一个夫人的身份变成了"王大先生"。

王春翠极力动员农家子女就学，尤其推崇更多的女孩子变为女学生。又成立"育才小学剧团"，到浦江城乡各地开展抗日活动。1938的4月，曹聚仁从台儿庄采访回来，与正在白沙演出的王春翠相遇，并赠送缴获日本兵的"千人针"小红布给她。王春翠拿着这块日本兵的小红布，当场揭露日寇迷信武士道精神的残忍与荒谬。《打回老家去》《一片爱国儿》《夜半歌声》等剧目颇受大众欢迎。小剧团在浦阳镇太极宫演出时，因悬挂的横幅中有"救亡"二字，当局来人要将其摘下，王春翠挺身而出，与强权对峙，坚持宣传抗日救亡没错。她利用闲暇时间，主编《育才校刊》，从1938年至1948年，创办了200余期，亲自刻印分送县府各单位、各乡镇学校，宣传抗日，宣传进步文化。

1940年春，为躲避欲进犯浙赣铁路沿线的日军骚扰，王春翠带着全校学生隐蔽于白岩寺坚持数月上课。4月，改育才学园为"浦江县立洪溪乡中心学校"。1942年5月底，校舍被入侵兰溪的日军全部烧毁，只得停学。1943年秋，在抗日战火纷飞时期，冲破各种内外交困因素的王春翠到处募集资金，在焦土残砾上把育才学园重建起来。并且举行了一场大规模的四十年校庆，与各方校友欢聚一起，载歌载舞，热闹了三天。

其间，曹聚仁也始终非常关心她、支持她。1939年春节，曹聚仁从战地回家，特意写了一幅"妻太聪明夫太怪，人如槁木梦如花"的春联贴在房门。诙谐之中，道出曹聚仁对妻子的爱恋与深情。

1945年，日本战败无条件投降。此时，恰恰曹聚仁从远道归来探望她，而他看到的妻子与以前相比变了许多。抗战胜利之际，王春翠的思路更加活泛起来，他每天见王春翠在抓住时机向各界募捐扩校事宜奔波。曹聚仁内心万分欣喜，大力支持她的行动。于是，一个管理建设，一个主担会计，配合十分融洽。不仅扩大了育才学园，还加办了中学部，又添置了不少教学器材，使学校焕然一新，一片生机盎然。王春翠看着学校像模像样，自然欣喜若狂。而恰恰又是这样的若狂让王春翠心境反而淡定，谦恭起来。校长一职一定要恭请曹聚德担任，自己却退居小学部主任。这一功成身退的举动大让曹聚仁赞颂有加，而对曹聚德来说，她的豁达，内心既钦佩不已又痛惜她的新锐才情的隐匿。也难怪王春翠的才学曾得到鲁迅先生首肯，继而在解放后又得到过周恩来总理和邓颖超的亲切关怀。

曹聚仁这次回家比1939年春节那次待的时间要长，一住就是几个月。曹聚仁与王春翠的相知、相恋、相爱，如此持之以恒，却也持之有故。要不然，王春翠有着怎样的魅力能让曹聚仁如此牵念？思、念、盼、望，以无限冗长的情缘深负，触动曹聚仁多情的心。想必每一个夜晚，万物都已酣睡在朗朗星空里了，只有这对痴男爱女还置身于生活的缺口，或江边，或廊桥中相依相偎凭栏眺望梅溪……

曹聚仁回家的这几段日子，虽然以前天各一方，在外，在王春翠的身边，除了对她的眷恋，还是不舍的眷恋。曹聚仁在1967年身患重病之中还在著写《四十年前事》一文，其中的一首五言古诗，堪以让王春翠动容，也给他自己以遣怀。

四十年前事，历历在心头。
梯边上下影，老友来相投。
无言只相看，共识小溪刘。
东山柏已深，默默付长愁。
世变纵如新，萧萧修竹修。

好一个"泪不等闲流"，好一个"梯边上下影"。这种气度，这种眷顾，非常人所能有，亦绝非一般女性所恭倾。曹聚仁在王春翠出版的《竹叶集》序里，洋洋千字合着妻子的自立自强，决不依赖男人，靠自己的辛勤努力和奋斗去获得自己经济地位，勇敢地掌握自己命运的新女性，准确、深刻、高度地给予评价。回到家乡的那些日子里，曹聚仁看着她忙里忙外，心里不免愈发内疚而感慨万千。王春翠即便身处黑暗时代，却首先事事身先士卒，全然忘记自己是一个孤独的女人。王春翠以更专心更顽强的精神完成了育才学园的教育事业，撑起山乡里前所未有的大场面。"她比梦岐先生更专心致志办小学，单以育才学园来说，她手中的小学可算得全盛时期。除了气度不如，其负责任与认真的态度精神，也正是梦岐先生的影子。"

坦荡襟怀，自强风范。

是的，曹聚仁的情，王春翠的爱，都在王春翠的《竹叶颂》中："竹叶，虽平淡无奇，默默少闻，但她具有不畏严霜之品格，深备抵抗酷暑之勇气。它叶多随时凋零，而竹叶始终依然故发，任凭狂风雨暴，翠色不减分毫。依然本质不变，为何？因她贴着根茂杆挺之竹身，有大地——母亲为她做张本。我愿做一片叶，愿意扎根在民众的土壤之中……"

那一抹星火，韶光流丹

残冬早已逝去，时值深春，这是一个驻留姹紫嫣红的季节。

晴空万里，阳光明媚，山风习习，以旷朗凌清的姿态和热烈的音符与心向云门的旋律，直抵人的肺腑。春的风，与别的季节很不同，唯一的解醉，有微细，有热烈，亦温润，会拽着人们奔跑，也一样拽着我奔跑。细想，这样的日子真好，又何止是我一个人向往的呢？又何止是让我不得不早想在这个春天里放飞心绪了呢？

我是第一次来到兰溪市女埠镇上新屋村。不过，也是第一次才知道早年的老党员童玉堂的一些革命光辉历史和英勇事迹。

童玉堂是上新屋村人。1925年参加共青团，1926年转为中共党员，为兰溪籍最早加入中国共产党的人。童玉堂创建中共兰溪临时特别支部，也是兰溪最早建立的中共地方组织和特支书记。从此点燃星火，历练艰难险阻，不畏强暴，曾三度入狱仍坚持革命斗争，以共产党员的坚强意志，坚定跟共产党走，始终初心不改、孜孜不倦地为人民服务。即使面对困难，依旧本着一位普通党员的身份，全心闹革命，想着群众，关心群众，心系桑梓泽被乡里。任劳任怨，自己掏钱与全村人民一道筑起"斧头坝"，引水流进"翻身坑"，为村里彻底改写自古干旱缺水的历史……

站在上新屋村的村东口，有一广场，面积不小。听兰溪作协副主席陈水河先生说，这是上新屋村为"不忘初心牢记使命"的初心和宗旨教育，挖掘革命先辈红色故事，纪念老党员童玉堂的革命英勇事迹打造的"初心广场"。但在这里无法看到童玉堂走上革命历程的详细状况，得进村到占地438平方米的童玉堂革命业绩陈列馆里才能通晓。

广场上,童玉堂铜像高高矗立,特别引人注目。他的铜像身前"永远跟党走"的党旗和"为人民服务"的事迹展示于石碑上,十个用红色镶嵌着的大字熠熠生辉。看到锤子镰刀的鲜红党旗,便会让人情不自禁地联想到《星星之火,可以燎原》这本书,联想到中国共产党领导中国人民进行民主革命时期不屈不挠的革命斗争。那个时候,八婺大地正处在土地革命战争时期,历史上罕见的自然灾害导致农村人民的生活极其贫困,加之国民政府各种苛捐杂税的压迫和乡村地主豪绅的疯狂剥削,阶级矛盾日益尖锐,人民群众渴望脱离苦海,想必童玉堂就是基于社会矛盾问题的突异而接受革命真理,投身革命,献身革命。跟着中国共产党闹革命就是他最理想的方向了。也就是在他加入共产党后的这一年间,大革命正遭受挫折,政治形势逆转,中国革命处于低潮的环境下,兰溪共产党人并没有在国民党反动派的屠刀下屈服。童玉堂不顾自己随时被恶魔之手残暴,依然遵照党的指示方针,组建中共兰溪临时特别支部,自己任特支书记,并积极发展组织骨干力量,开展革命斗争工作。文豪鲁迅先生说过,唯有民魂是值得宝贵的,唯有它发扬起来,中国人民才有真进步。这样的民魂就是一个国家和民族的精神气,它关乎国家成败和民族兴衰。是的,中国共产党的精神气包含着民魂,包含着坚韧不拔的革命坚强意志和精神力量,更包含着一往无前的革命的坚定信念和革命行动。童玉堂在兰溪撒下了革命火种,兰溪大地上燃烧起熊熊的革命烈火,并不断蔓延;吹起了嘹亮的革命号角,逆风飞扬,激励兰溪民众,唤醒民众,积聚强壮的革命力量,如深埋地下的火山岩浆,随时会喷涌而出。沧海横流,江河变迁。千古风云变幻,由不得人不感伤时变,庾信而忧国;金戈铁马气吞万里如虎,自由心迹油然驱动一个共产党人魂牵家园,奋不顾身地去掀开天地新篇章。

　　想必往事源心，大抵也离不开脱尘超俗的初悟而大彻。但凡立大志、谋久远者，其识见、其肚量、其才情，自回亦异，又群论卓绝，使得非庸流之所能窥其心。想必上新屋村更是喜欢迎着碧空日丽摇漾大片的彩霞打开晨曦，春风浩荡，树木滴翠。大古樟、桂花树、初心亭、初心花圃、初心草庐与滑过来的阳光正好又撞了个满怀。上新屋村在2019年就建设好了，想必是我来得太迟了点，似乎颇觉有一些语寂，有一些遗憾。

　　初次的相遇，我的确有一些默默的惊喜。

　　这些惊喜，源自我第一次对这个乡村有了一个全新的印象。不是我要换个角度去衡量一个村容的形象，完全是我出于原汁原味的对童玉堂敬仰的交集。因为童玉堂既是上新屋村的光辉形象，也是全兰溪人民的楷模，或亦是地地道道的上新屋村乃至全国人民的村客。站在童玉堂铜像前，人们并非仅仅是为欣赏而欣赏。相信总是会感觉有无数穿心掠肺的心疼跟着敬仰的目光一起，或乱了心神，或搅了气氛，或感染了情绪，又时刻会被各自身边的氛围所激动、所左右。天与地，山与水，往往仍然在流连中迷彩心地。犹如季节让庄稼成熟的时候，被风吹来的香味首先燃烧了人的心地，有过炽热，有过寂静，能够一辈子种好这块最远的荒地，抑或很少、很少。

　　如此深春里造访童玉堂故乡，且逢初心广场是这次活动的首站，已然把我深深嵌入被我曾反复吟诵的春色满园中，美丽的占领是诚挚的轻盈恬然而庄重的给予。第一印象大致不会流失晴朗晨光里萌发的意外收获。在无趣的时光里，可让我有太多值得记忆的东西，独往心田疯长希望。我的心城里，原本就想借日月凝聚的光华，取物之元素精华的扩张作为自己的心愿。如果山气日夕，处处是念想的话，我自不必等待天清月白之梦想向远方了。

我仰望着童玉堂铜像，此时很难描述出他的神情，是怎样的一种心情与感触。但是，阳光下，我的目光正好与童玉堂温和的目光相遇、碰触。若有心绪，或者心迹，必定是他炯炯有神的目光犹如天体垂落，让我一下子自惭形秽了很多。

童玉堂相信岁月，相信种子，相信星火。守望岁月，以日以年，埋下种子，根植于家乡土地的坚强和执着，从来不淡固守青山汲泉明月，润泽一池清念。这是童玉堂秉持的信念。即使生命如尘，仍愿岁月如歌，点亮生命心中的那一盏理想明灯，亦不乱于心，不困于情，不缠于物。理想和信念是一首歌，持一种智慧的修炼，秉一种本真的保持，时刻把自己活成一道光。童玉堂如此，而我呢？虽可悦然，或也一定亦然。毕竟，同样是多好的事情。

童玉堂一个人屹立村口，是他一个人的村庄却又不是他一个人的村庄。他是回来了，但他的心，他的夙愿，既在村里又在神州大地上。他的眼光与朝阳的目光一样灿烂、一样豁达，一样在第二天的早晨照亮整个村子。朝曦暮霞，童玉堂一个人就先听着村庄里袅袅炊烟中传来的鸡鸣声，村里开门关门的声音，男人女人小孩说话的声音，还有羊叫声和牛哞声……童玉堂在生前回家的那些日子里，常常一个人面朝金华山远眺，怔怔地看着大山云雾低回缭绕，心底翻涌裹挟着革命斗争的艰辛和生活的清苦，不禁油然而生怆然。童玉堂总觉得自己极像一个迷路归来的孩子，扯上母亲的衣袖，恳望母亲紧紧地抱住自己……家，有岁月，带着的是父亲烟袋里焦黄的希冀；有沧桑，揣着的是母亲行行针脚细密的嘱托；有归宿，闻着的是充满炊烟里欢乐温暖的味道。沧桑与浮华，春花与秋月，一岁一枯荣。即便是咀嚼了的酸甜苦辣滋味会滋长深思，乡村的炊烟，家的味道，却依然恰如月光彻洒泥土里的芬芳，温润如斯了。

为了那炊烟的安详,家的味道的芳香,中国又何止是千千万万的共产党人像童玉章一样,革命了、奋斗了。

其实,上新屋村就是童玉堂一个人的村庄。人们把他敬奉起来,给他立铜像,给他竖碑,给他建展馆,就是给他最好的怀念、最大的赞颂!可不,一直以来,全村人总觉得他还在村里,在村庄附近的山上,在田里、在地头,一个人忙着干活,听得见他翻动泥土的声音,听得见他喘息的声音,叫得见田野四围鸟鸣蛙叫的声音,唯一看不见他背着锄头回家的影子了。风哭了,雨哭了,大树摇着头也哭了,人们也亦然。

我们后来在去村里"初心展馆"的路上,就听了陈老师的大致介绍童玉堂的事迹和在抗战胜利后回家乡为党为民做的贡献,后人有睹,于世诚嘉;桃李不言,下自成蹊;其功其绩,实自名归。

童玉堂铜像身后的初心亭六角六柱,重梁重檐,尖庑高挑。一席奶白色的涂装,黑瓦覆顶,当是浸润视觉界限,于人,于景,恬静。荡漾人的心灵深处穿越形而上的醉感,更溢于言表。而于我,却是有一份额外的醉,甚至亦为上新屋村的村容另一番回归的醉。

有人说,前生五百次的回眸,换得今生的一次擦肩而过。而我的醉,我的梦境,我的五彩,斑斓起来抑或是初心的方向?走进了初心亭,总觉得许多飘飘欲仙感。熏风阵阵,阴凉爽乘,直透身心。看四周,村廓廊庐置替,古樟牂牂,疏枝掩映,繁花草木更是葱茵,所有配置的标志性建筑景观,皆以"初心"命名。其渊薮博,其源卓章,其情彰韶。

初心广场,童玉堂的一幅画,上新屋村的一幅画,从历史到记忆与眼里的一幅画。

村东秀色,足抵千花万树。

上新屋村地势比初心广场地势略高。走出初心亭，一步一步拾级而上，遮天避荫的大樟树紧邻门口塘。从樟树下沿门口塘向南向北可去"童玉堂初心展馆"，站在这里，偌大的水塘和村廊尽收眼底。我想，此刻你便会油然地顿觉，刚刚萌生的沉寂便也一扫而光，渐渐恬悦匪浅起来，心中速写起一幅春容谁语淡、满地足浴色的完整版图。水塘中，这边看那边，那边看这边，村庄和树的倒影因水涟涟，潋滟滟，一圈圈地荡开，一波波地溜过来，进入海市蜃楼佳景。心境，心灵，全在这幽静中喧响与回旋，毫无征兆地切除潮湿的隐匿情绪而修复起躁动了的灵魂，梦中云门大开。

一条鹅卵石青石板村道间于擎天古樟、门口塘步入上新屋村。回眸这方天空，这方境地，这方村人，颜，可端惊艳炳焕；情，在恰方寸恬然；心，再盈冰壶秋月。

狼烟烽火铸丰碑

一

　　白驹过瞬间，庚子陨落了，辛丑值序。

　　年关，深冬气温还是很低，天还在时不时地飘着蒙蒙细雨。今天早上起来，虽说有些寒冷，钻进车里倒是蛮暖和。一路上，公路两边的香樟、桂花树枝叶茂密，细小的嫩芽且已若隐若现，叶子上或枝条上垂着晶莹剔透的水珠，柏油路面更是湿漉漉的，车窗玻璃关得紧紧的，依然听得到飞转前驰的车轮子踩水发出的声音。唯有随处可见花坛里的蜡梅树，在风雨中摇曳。偶尔看见蜡梅开花了，连忙停车打开车窗小看了一会儿，闻着随空气的流动偶尔飘入车中的梅花清香味，却也沁人心脾。

　　这是2021年元月5日，应陕西省著名作家赵玉周老师之邀，一同前往义乌市抗战老兵朱光家座访。

　　我们还在路上，朱老已打了好几个电话来问候。因为雨天路滑，赵老师开车十分小心。好在朱老也为我们安全考虑，让我们别着急。等我们到达义乌城，已经错过了上午的最佳时间。我们并不熟悉义乌城居民区，赵老师打朱老的电话确定位置，老人弄不来像现在的年轻人那样导航锁定位置或截图，只好在小区外瞎转。我们向路人打听朱老的住处，都说不清楚。好在在小区附近遇见朱老妻子有事出门，她领着我们到了朱老家。

　　在朱老家门口，朱老忙着让我们进去。

　　第一次见到他，我在心里直摇着头，简直不敢相信站在眼前的朱老已有九十一岁高龄了。来的路上就听赵老师说起过他的年纪，此时此刻的我竟然不可思议起来。朱老自然与我们握手寒暄，让座，敬茶，热情，利索。这一切，皆与我们的到来，同在心情颇撅的颜值。

从进到朱老家门，我的眼神并未离开过朱老的视线，一直端倪着。

我在惊叹这是奇遇，递过歉意落座。

我心里陡随极度诱惑的空间而思量，入定。原先的一些懵慌已远，神安静寥，迎面铺张而来的是朱老侃侃而谈的声音。看来，朱老是有心念的。一个在狼烟四起烽火连天的战争岁月中滚爬出来的人，对于生命、念想是没有抗拒心理的。端了这种情况，与死亡和永生定义的概念去面对今天的幸福日子，脑子里决然已打不起妄想了。朱老的心，朱老的念，断然是被他镌刻在心版上的时光难以磨灭的足迹。坐着，聊着，聊着他以往的经历，他很兴奋的样子。也就是这样，我基本上已猜着朱老极其不愿红色革命精神在世间悄然湮没。一株小草、一棵小树，或是一缕轻风、一滴晨露，天地可鉴，日月同辉。万物都尚且充满原始之力，何况身经百战、屡建战功的抗战老兵，已然超脱自我而不只身坐在远古。鲜花、掌声、光辉，无非是一份寄寓身心的厚礼，一份萦回记忆的往昔。岁月悠悠，许多的记忆可以渐渐忘却，但要让朱老这些老前辈们所经历的伟大革命事业和动人的战斗故事以及革命精神真正与世永存，才是他最渴望或最执着的身心归位了。

我们俩倾心聆听、记着，偶尔也插上一句重复打问，生怕听错漏记。朱老从无厌倦之容，复而应答。而且，他的声音洪亮，普通话说得清晰，尽管多多少少带上丁点的"义乌腔"，我们还是听得明白。倒是我似乎成了无独有偶的猎物掉入其中，如坠滥觞，如陷鸿蒙，听他讲述着当年狼烟烽火的峥嵘岁月故事和光辉历程。

流金岁月

二

　　1931年9月18日，日本帝国主义侵略者在中国东北发动了突然袭击，仅三个多月的时间，东北全境沦陷。1932年，日本侵略者又悍然发动"一·二八事变"，并攻占华北的大片土地，天津直接受到严重威胁。日本帝国主义侵略者并不甘心，又在东北建立伪"满洲国"，强行在华北地区大搞所谓的"自治运动"，妄图长期占领东北地区。

　　朱光，1930年1月出生于浙江省义乌市赤岸镇三丫塘村。

　　这时候的朱光，还是个襁褓中的幼儿。南方城里的许多人都还不知道外面的大东北以及华北大部陷入了战火纷飞的泥潭中，何况是乡下的普通老百姓，更是无法晓得远方已发生的这等大事，毕竟那个年代信息传媒闭塞。直到日本侵略者在中国卢沟桥发动了"七七事变"，朱光还是一个光着屁股的孩童呢。

　　幼小的朱光，自然还不知道但也不可能知道那个很远又很深的江湖世界。

　　卢沟桥位于北京城西南的宛平县城，距北京约15公里的永定河上，是北京通往各地的咽喉要道。1936年，北平的北、东、南三面被日本帝国主义侵略者基本控制住，卢沟桥成了北平对外的唯一通道，突现其战略地位愈加重要。日军为了占领这一战略要地，截断北平与南方各地的来往，进而控制冀察当局，使华北完全脱离中国中央政府，并不断地在卢沟桥附近进行挑衅性的军事演习。1937年，资本主义世界爆发了新的经济危机。日本也难逃其厄。为了缓和或是摆脱这样的状态，只有继续推行侵略扩张政策才是捷径，于是，便变本加厉地疯狂侵吞中国领土和掠夺资源。时年的7月7日夜8点钟，卢沟桥附近的日本驻军并没有通知中国地方当局，并肆无忌惮地前往中国驻军阵地举行所谓的军事演习，且诡称有一名日军士兵失踪，要求进入宛平县城搜查，但被中国驻军严词拒绝。而日军却无视中国驻军的严正态度，遂向宛平城和卢沟桥发动猛烈进攻。卢沟桥上，中国驻军的第29军37师219团将士们目睹日军令人发指的侵略行径，忍无可忍，毅然奋起还击，进行了顽强殊死的抵抗。换句话说，即使中国军队不抵抗，日本帝国主义侵略者也不会甘心就此罢休，其对中国的领土和丰富的物质资源早已虎视眈眈了。

穷凶极恶的日本侵略者妄图速战速决而鲸吞整个中国，战火很快向全国蔓延。随着日寇铁蹄的步步紧逼，处于深重灾难中的浙中人民自强不息，在八婺大地上掀起了艰苦卓绝的抗日救亡运动。

1937年12月，杭州沦陷。

同时，杭州邻近的富阳、桐庐相继沦陷，敌我双方隔钱塘江对峙。实际上由于金华地处浙赣咽喉，为通向西南大后方的交通枢纽，日寇早已垂涎三尺。面对日寇飞机在头上的狂轰滥炸，日寇的大炮在耳边咆哮嘶鸣，金华人民没有退却、没有弯腰，在纷飞战火中英勇抗敌，在滚滚硝烟中浴血奋战。

战争无疑是残酷的。

1941年12月，日本偷袭珍珠港，太平洋战争爆发。

1942年4月18日，日本本土东京、横滨、名古屋、神户等重要城市，均遭到美国远程轰炸机的轰炸，受到严重创伤。日军大本营为破坏浙东战场衢州、丽水、玉山等空军基地，予以打击报复，消除其对日本本土的威胁，命令浙东之日军配合太平洋战争，打通浙赣线，以贯通大陆东西交通线。数据显示，日寇集结了精锐部队14万余众兵力，疯狂进犯以浙赣路为主线的两侧。而中国第三战区以四个集团军32个师约26万人设防于浙赣铁路沿线，4月中旬又从第九战区调来三个军在江西伺机配合。

1942年5月15日拂晓，日寇分五路向金兰地区进攻，发动了浙赣战役。

日寇虽然采取钳形战法，获得战场主动，但兵力分散于狭长地形，处处遭受我军消耗之打击。我军虽处于不利战况，物质又极度缺乏，但士气旺盛，耐霪雨疲劳，忍受艰难困苦，正规战与游击战配合适切，进战退守行动敏捷，且具有以精神克服物质的信念，时时处处给予日寇以沉痛打击。

5月18日，国民党第三战区奉统帅部命令，避免在金华、兰溪决战。战区主力开始西撤，部署在衢州决战。

5月20日，东阳、义乌相继沦陷。日军从孝顺镇窜入金东源东乡，企图通过太阳岭包围兰溪，包抄金华城。5月22日，浦江、永康、建德相继沦陷。5月23日，国民党第十集团军部撤出金华，武义沦陷。5月27日，国民党第八十八军79师金华、63师兰溪守军奋勇抵抗日军三个师团。龙游沦陷。

5月28日晨6时，金华沦陷。日军第15师团中将师团长酒井直次在兰溪北侧三岔路口触雷身亡。时日，寿昌、兰溪相继沦陷。

从1942年5—8月，浙赣战役历时三个月。7月1日，日军津谷支队沿浙赣线西进，至横峰与东进日军岩永支队会合，至此浙赣路全线被日军打通。由于中国军队的英勇作战，时年8月底，日军无力抵挡，中国军队克复众多城池。沿衢州衢江两岸撤退的日军，全部撤至金华、兰溪地区集结。日军为控制城镇和主要交通线，在要道路口安设大小据点。在义西的义亭、官塘、三丫，金东的孝顺、曹宅、鞋塘、沈店、太阳岭、源东的大、小莳门等地均建有炮台碉堡，驻扎了几十到上百的日伪军。至此，除固守金华、兰溪的日军外，敌我双方恢复战前态势。

浙赣战役结束。

三

抗日战争时期的金华，早在"皖南事变"后，日寇的铁蹄践踏了浙东广阔而富饶的三北平原，浙东前线局势十分紧张。从1942年4月开始，日军每天派出飞机肆意袭扰轰炸驻有国民党重兵的诸暨、义乌、金华、兰溪等县城，隆隆的轰炸声可以传到几十里路以外，浓烟冲起有半天高。被轰炸的城市到处残垣断墙，一片狼藉。1942年5月大举进犯浙赣线，浙江人民对日寇惨无人道的豺狼本性更是恨之入骨，无不义愤填膺。

义乌在还没沦陷前，不管是城镇还是车站，日寇飞机像入无人之境随意狂轰滥炸。而且飞得极低，几乎掠着树顶，百姓们都可以看清有日本人还伸出头来探望。在1941年4月17日（农历三月廿一），佛堂镇赶集市日，市场上人山人海。日机有意在赶集人最密集的老市基的猪市场上投下了一些炸弹，被炸死的平民百姓多达120余人。现场血肉横飞，尸横遍野，一具具尸首惨不忍睹，鲜血流入东阳江，通红通红。5月20日下午2时，12架日本轰炸机由诸暨方向窜至义乌城上空，盘旋数周后施放烟幕弹，旋即在城厢各门处，投下炸弹235枚，燃烧弹14枚。顿时，全城起火。日寇恐城中百姓前往救火，驾机盘旋扫射。等日机飞走了，火势业已蔓延，城中显赫精致的建筑，几乎尽付一炬。民众虽奋力救火，被炸毁的民房还有314间，焚毁的民房有820间。同时被炸死的居民6人，炸伤1人。

日军侵占义乌时，竟然一路以放火为号。先头部队到了一地，即放火，等殿后部队到达，也照样放火以示。一座房屋被烧，往往殃及一片。1942年5月23日，日军在佛堂镇，从老市基横街至中街，放火烧掉民房达600间。日寇所到之处，杀人放火，庐舍成墟，妻离子散，奸淫掳掠，无恶不作。迫我军民奋而自卫，进行反击，日寇却又进行疯狂报复，种种暴行，罄竹难书。

自不说义乌沦陷之前，日本帝国主义侵略者人性灭绝、暴戾恣睢给百姓带来的万种深重苦难，令人发指。沦陷之后，愈发陷人民于水深火热之中，不啻人间地狱。整个浙中地区处在生死危亡的紧急关头，城镇、山乡无不一片慌乱，且人心惶惶。百姓在受难、在煎熬。原先对浙赣沿线国民党三十万之众的军队已失去指望，大多知道的或少有不知道国情的人们都把希望寄托到中国共产党能够拿出抗敌的主张来。

三丫村地理位置十分优越。地处义乌西南的山区，后架山紧挨村后，村前地域阔朗。

1942年夏，日军为扼杀义乌人民的奋起反抗，将三丫村和上陈村盘踞作为战略据点。朱光家的几间房子连同隔壁的许多房子统统被拆掉建炮楼。更令朱光气愤的是，鬼子在他家的地方建了厕所。

那时，朱光只有十三岁。日寇强行拆掉他家的二间房做厕所，朱光年纪尚小，势单力薄，眼睁睁看着鬼子胡作非为。朱光在还不满十一岁那年，父亲因患肺病得不到医治撒手人间。家里的顶梁柱倒下了，全家一下子陷入了困境。父亲的死给幼小的朱光心灵上一个沉重的打击，更不亚于受日寇无端的欺凌，令他悲痛欲绝。朱光母亲为了他和弟弟，不得不让大女儿给人家做童养媳，她自己也不得不另改嫁他人。说是改嫁，其实不过是作为租妻的借口而已。以前女人丧夫，须在夫家守孝三年方可另嫁。朱光母亲毕竟已生养两儿一女，恐后夫生厌，便先留朱光在三丫塘的家，只带上了小儿嫁到赤岸镇的倍磊三村陈樟根家。

母亲心疼朱光，总是想方设法弄点好吃的叫陈樟根送过去。尽管自家日子也不好过，陈樟根从来不说什么，一一照妻子意愿去做。陈樟根是1937年入党的地下共产党党员。他以朱光继父的名义，可以名正言顺地出入三丫塘村，这给他从事抗日活动带来了很多的方便。

不过，朱光更恨日本鬼子。尽管是一个人在三丫塘家里，却从不害怕鬼子。每天以到后架山砍柴的名义出村，约上伙伴在日军驻地附近假装嬉皮逗留，很乐意给继父当"探子"。而对朱光，陈樟根自是欢喜不已。

在浙中地区，金华特委负责人先后有林一心、王明扬、朱枫、陈雨笠。皖南事变后，为了保存党的有生力量，根据浙东区党委指示，改为单线领导，目的就是不使组织受到破坏。

抗战时期，金华地区包括十个县（金华、兰溪、永康、义乌、东阳、浦江、富阳、桐庐、建德、武义）的共产党员，至1940年已有1500名。1941年9月，迫于对敌斗争形势越来越严峻，浙江省委在温州市郊的一个柑树园中召开会议，委任陈雨笠担任金华特派员。

1937年底，陈雨笠在浙江平阳北港山门的闽浙边区抗日游击总队工作。1938年1月，陈雨笠进入闽浙边临时省军区教导队扩编的抗日救亡干部学校，任政治教员。根据中共中央东南分局的指示，1938年3月15日，陈雨笠把抗日救亡干部学校部分学员组建成新四军随军服务团，他任团长。4月初，随粟裕率领的部队北上，到达安徽茂林地区新四军总部。1939年回浙江省委工作。1940年春直至1945年北撤，陈雨笠都在金华主持抗日工作。

"日本侵略军打过来了，我们决不撤退，死不投降！我们要坚持原地斗争，拿起枪来，同当地群众一起，英勇奋斗，与人民共存亡。"

这是金华特委抗日初期党的第一次紧急会议的誓词。

1942年5月,浙东地下党金华特委在义乌柳村中共党员杨文清家的小楼里,召开了有金华特派员陈雨笠、浦江县特派员梅凯、义乌县特派员江征帆(化名萧江)、联络员杨广平(即杜承均)、黄峰五位同志参加的金华地区党的紧急会议。陈雨笠和大家一起站着,举起拳头共同念诵誓词。每个人都心潮澎湃、热血沸腾。在那个格外庄重严肃的气氛中,即使这些誓词没有写在纸上仔细推敲过,迫于当时形势的紧张,时间仓促,就根据这两天的会议总体精神而提出,但也显得名副其实。于今,更是霞明玉映、含英咀华。会议分析了浙赣沿线面临的严峻形势,一致做出了以义西、金东为中心,组织抗日武装,开辟抗日游击根据地的决定。

实践证明,金华特委紧急会议的这一决策是完全正确的。

经过一段时间的放手发动群众,坚持信念,取得了初期抗日武装斗争的胜利。党的威信大大提高了,金义区域的群众也普遍觉醒,在斗争中看到了自己的抗日力量,抗日情绪由此高涨起来。1942年7月7日,由义乌人杨民经带领金东自卫队50余人,萧江率领义西的游击小组三四十人,共长短枪60余支,在义西下宅村祠堂合编,正式宣传成立"金义联防自卫大队"。大队杨德鉴(义乌人),副大队长杨文清。为有利灰色隐蔽,掩护部队的生存和发展,通过季鸿业(原浦江县国民党第八十八军钱南别动军第一支队军法处处长)的关系,搞来国民党"钱南军别动第一支队第八大队"的番号,但这只是门面应付,八大队的行动仍不受国民党的制约。1943年3月,八大队与中共浙东区党委接上关系,恢复了上级党的领导。1944年7月1日,在金东区溪口村正式宣布"新四军浙东游击纵队金萧线人民抗日自卫支队第八大队"番号，大队长李一群，公开了党领导的人民子弟兵的面目，广大群众深受鼓舞，更深受广大群众的爱戴和拥护。在那血雨腥风的日子里，浙东地下党金华特委负责人陈雨笠是陈樟根的领导。他们两人关系很好。日子也就一天天过去，朱光一人在家，有继父时不时过来看他，倒也不至于怎么饿着，或有其他的什么磕磕碰碰。在陈樟根眼里，朱光真是个乖巧伶俐懂事的孩子，有他在三丫塘村，至少捞到过许多的敌情。只是时间久了，最不放心朱光的仍是他母亲。朱光虽懂事了，丈夫走了，自己又不在儿子身边，心中很不是滋味。特别是一到黑沉沉的夜，或是天刮大风下大雨的时候，特别想儿子，多是害怕、担心、惦记、难过、流泪。越想，越沉重，越难过，不由得心里更加阵阵绞痛。可是，要是陈樟根在，再想哭也只在心里哭着，几次想跟陈樟根说，但总是启不了口。每一次，她只能无奈地自个儿摇摇头。

其实，陈樟根早就看到了妻子的举止，猜得出她心里想的是什么。平日，陈樟根不是常常跟着陈雨笠出去办事，就是在田地里做农活。养着一家子人不容易。

陈樟根也想到让朱光一个人待在三丫塘不是长久之计，才是十多岁的孩子，让他心里常常忐忑不安。陈樟根在妻子面前照样不说她什么，也不点破她的心事，而是背着她和陈雨笠说明了朱光的情况。陈雨笠也很喜欢朱光，思忖着陈樟根的家庭实际状况，当然想到了他让朱光到八大队是件好事。这样既解决了陈樟根家庭所面临的生计困难，又可以解除他们夫妻俩夜以继日地为朱光担心的后顾之忧。

于是，朱光从此走出了生养他的三丫塘。明里说先在陈雨笠身边当勤务兵，实际上又是金东、义西地下党组织相当出色的交通员。

四

朱光在八大队里是年龄最小的毛头孩子。

朱光自从到了陈雨笠身边，那种高兴快乐的感觉无时无刻荡漾在脸上。陈雨笠并不是把朱光当勤务兵看待，而多是处处父亲般地照顾着。朱光并没有上过学，家里也没有条件让他上学。很多时候，陈雨笠教他识字，让他学习写字。如果是部队行军，每个战士的背上都挂上该学该认的字，在赶路中学习并牢记。至今，朱光虽然年事已高，但在部队里学到很多知识。现在是科技智能化时代，他在智能手机上多多少少能运用一些。

朱光年纪小，但个头也不算矮。况且，头脑特灵活，又十分懂事。陈雨笠每次交给他外送情报任务都完成得很出色，深受八大队战士们的喜爱和赞赏。

有一次，朱光跟着继父陈樟根送重要情报到永康。还没到永康境内，四五个日本鬼子突然从路边上窜出来，陈樟根父子俩根本没想到鬼子会来这一出。当时，父子俩挑上担子假装卖泥制茶壶。为了方便援力，陈樟根特意一人一根带上粗细适中的竹制担柱。去的时候，朱光闲着无意用硬铁棒在竹棍中凿了个小洞洞，没想到这次出门竟然派上了大用场。日本鬼子围住陈樟根全身搜了个遍，又在筐子里逐个翻看。朱光情急之下，匆匆忙忙把放在裤袋里的情报暗暗卷好，塞进了竹筒里。那时候，情报都是用牛皮纸写的，很好卷。鬼子搜了搜朱光身上，夺过竹棍也看了，看不出有什么破绽。鬼子们见什么都搜不出，只好"叽啦呱唧"了一通，悻悻地走了。

从那以后，继父陈樟根对朱光更是另眼相看了。他跟陈雨笠说："这小孩应变能力强，我放心他做事。"陈雨笠本来就欣赏朱光，继父夸奖了还不是出人意料的？陈雨笠常常诙谐地和朱光开玩笑说："在部队里就算你是最滑头的小子了。"让朱光最得意最炫耀的，还是他与手枪队战士一样都身背一支驳壳枪，心里挺神气的。

1942年下半年，义西吴店镇成立了抗日儿童团。听着儿童团团员们在八大队的带领下，开展各种力所能及的抗日救亡活动的事，朱光很羡慕，毕竟他还有多少的童稚气未脱。不过，陈雨笠知道他的心事，他也是想和那些儿童团团员一样立功。朱光再有些什么想法，无论如何不能随便离开陈雨笠的身边。抗战期间，陈雨笠为了开展金华抗日救亡运动，在义乌、金东民族统一战线政治工作颇为繁忙。陈雨笠当初所建立的八大队之所以从诞生到壮大，并不断取得胜利，相当成功的统战工作是重要原因之一。以他的学识、才能和在群众中的威望，在艰苦的三年抗日活动中是经过生死环境的考验的，是对党的事业始终如一的忠诚。陈雨笠把朱光不离身带着，最关键就是要他在各方面的体验中学习、长大。

1943年初，朱光被陈雨笠带着和当时的金东地方抗日武装头目邢小显有过接触，曾一度与他促成统战工作。陈雨笠经常告诉朱光，发动群众，团结群众，扎实群众基础，是抗日统一战线的有力保障。八大队不断打胜仗，保卫了根据地，保卫了人民。义西、金东是极具群众基础的根据地，为浙东浙中主力部队提供了充足的人力物力和无可估量的精神支持，给八大队创造了作战和休整的回旋余地；八大队的胜利，离不开地方支援的根本保证。整整三年半的抗日，尽管与敌伪据点近在咫尺，但八大队从未遭敌袭击，也几乎没打过败仗，反而越战越勇、越战越强，根据地又不断扩展。这是与群众的大力拥护支持帮助分不开的，更不是什么侥幸。直至1945年9月，八大队主力北撤。党的威望和八大队声誉已经深入人心,为以后的"新八大队"在敌后长期坚持斗争创造了一定的基础,顺利迎接南下大军解放金华。

1943年秋,朱光小腿部位受伤无法跟在陈雨笠身边随部队行动;八大队安排朱光和另外四位战友,住在群众基础好的上溪镇斯何村不同的村民家里养伤。

八大队后勤没有配备医疗机构,医务所里仅有的三个医生、几个护士,都是土生土长的,条件自然很差,药物更是少得可怜。一次战斗下来,少不了有战士伤亡,在营地养伤对部队是一大头痛的事。所以,受伤的战士都是住在乡村老百姓家,相对而言,给部队减轻了许多的困难。朱光一直住在金关助家中。不知道是泄露了消息还是鬼子虚张声势,那天鬼子包围了斯何村挨家挨户搜查。一个戴鬼子帽子的翻译官带着三个鬼子冲进金关助家,朱光正好躺在床上。鬼子指着刺刀问朱光是谁,朱光并不慌张,从容地说:"这是我家,我累了,睡床上休息一下。"翻译官狐假虎威地随和:"你大白天睡什么觉,你分明是个吴部的人。"朱光本来想忍耐一点,想着自己与金大叔非亲非故,在他家养着伤,不能胡来。可是,如果真的理直气壮一点,未必会被他们看出破绽来。加上朱光毕竟年轻气盛,一时热血潮涌便用义乌话大声回应道:"你乱说什么,我歇歇力关你屁事?"翻译官对义乌话也听不太懂,有些蒙,一个毛孩火气还挺大的。朱光说的话明明给他听的,却也一时听不真切,仗着日本鬼子的胆,想发火并对朱光动粗。这时,金关助闻声连忙跑进屋中,抱住朱光说:"这可是我儿子,你们别吓着他。他今天去山上砍柴刚回来没多长时间,有点累了,休息一下。"金关助一个劲儿笑脸相迎,说好话。鬼子和翻译官见没有什么破绽,也就作罢走了。事后,朱光忙叫金关助到其他家中看看他的四位战友怎么样。当金关助回来跟朱光说大家都平安无事时他心里的一块石头总算落下了地……

从此，朱光也渐渐地懂得了什么才是真正的军民鱼水情。"我们是鱼，老百姓是水。池里可以没有鱼，但鱼离开了水就不能活。"朱光如是说。

五

1942年2月，中共浙江省委被破坏，省委书记刘英在温州不幸被捕；5月，国民党反动派将其在永康方岩杀害。金华地区党组织曾一度因而与上级失去联系。眼看日寇铁蹄即将践踏家乡，迫使地方党的骨干横下一条心，坚决依靠和发动群众，拿起枪杆子，为打败日本帝国主义侵略者而顽强斗争。

金东、义西的八大队抗日武装队伍建立初期，坚强扛着这面党领导的抗日大旗，坚持依靠群众，并且在群众工作中大做文章。先后开办了抗日青年救亡训练班及组织政工队向群众宣传团结抗日、开展游击战争的重要性。一时间，党组织和八大队在金东义西有十六个乡组织起抗日自卫队，18—50岁的壮男参加。同时，几乎每个村都组织成立了农民协会、妇女会，进行各种抗日活动。尤其是农会贯彻执行了减租减息的政策，让广大群众真正看到了党领导群众抗日救亡的实力。八大队有群众基础的依靠，日伪屡次清剿和扫荡接连失败，从而让抗日游击战得到快速发展壮大，取得了很多胜利。

当时建立系列革命组织，的确还有不少群众不理解革命斗争的需要和革命的性质。最多知道革命便意味着打败日本帝国主义侵略者，要挫败日寇的穷凶极恶，并与之抗争，还是十分后怕日寇进行烧杀抢掠、奸淫妇女、无恶不作的报复，加之地方伪顽势力的横行猖獗，存在这样的念头是难免的，但也并不足以说明群众抗日救亡斗争的积极性不高。党组织和八大队充分看到了这一点，而且付之于实际有效措施和行动。

1945年1月，在诸暨墨城坞召开了地委扩大会议，有地委的领导同志、各县委的负责人、部队骨干参加了这次重要会议。主要是总结了以前的工作成果，着重检查了工作中执行党的方针、路线的情况，并结合进行整风。地委对金华党组织在失去了省委联系的一段时间中仍然坚持抗日游击战争，执行民族统一战线政策的成绩予以肯定。同时指出其思想上还是有些保守，工作开展得不够。主要是金华山和会稽山的游击支点没有打成一片，自卫力量薄弱，金华地区显得有些孤立。

1942年秋天，八大队刚组建不久，无论是兵力还是武器装备都远不及日寇对民间武馆和商会组织的配置，甚至更不及占山为寇的土匪装备。至年底，仅半年的时间，八大队完全控制了金东、义西和浦南地区，限制日伪不敢越出铁路线和浦江境公路线。在政治上和经济斗争中形成了较大的抗日声势。即在广大农村中肃清汉奸活动，没有人敢出面为伪政权效力；同时，又在客观上保护了人民的生产和生活，很大程度上缩小了日伪的掠夺。而且，时不时用袭扰消耗日伪力量。时年的9月，义亭据点的日寇派出一个中队的人来到上溪镇寺西村要建一个据点。上溪方面的一些封建势力有点动摇，忙叫了些人去筹建。八大队知晓情况后立即采取了行动。每到夜晚，八大队小部分战士去寺西据点佯攻。日军在此并未立足，还没完善配备就遭到八大队的扰乱，终日提心吊胆。趁日寇还在惊魂未定之际，八大队组织了兵力对寺西据点的围攻。战斗开始前，八大队动用迫击炮打了两个炮弹，一个正落在碉堡的边沿，日军傻了。日军深知八大队难对付，全部仓皇逃走，不跑才怪呢。

"日伪顽"始终不甘心我方抗日力量的逐渐壮大和发展，而八大队总以少数的兵力打了一场又一场漂亮的伏击战或袭击战。1942年10月14日，萧皇塘一村民跑到八大队报告，有九个日本鬼子从源东小封门据点到了村里抢劫。八大队即令第一中队和第二中队，由指导员杨广平带领在伏牛背设伏。日本鬼子在萧皇塘村里抢了财物后回山上据点，进入八大队伏击圈，八大队战士们居高临下猛烈出击，很快结束战斗。八大队竟然无一伤亡，击毙日军包括吉田少尉在内八人，只逃脱一个。后来，这逃脱的鬼子还是死在回据点的半路上。鬼子再疯狂、再嚣张，也不过是纸老虎一个。八大队首战日军大捷，名声大噪，很大程度上扩大了党领导的地方抗日武装实力的影响。金东、义西人民无不欢欣鼓舞，抗日斗志日益高涨。

义乌西区的土匪头子刘文扬依仗山深高险的地理优势，在当地敲诈勒索，截道抢劫，胡作非为，为当地人民深恶痛绝。1942年的冬天，八大队利用夜色的掩护，将号称第三大队的土匪窝包围，轻而易举地将其全部缴械。刘文扬死于非命。当地群众更是拍手称好，欢声载道。小朱光听着凯旋的战士们谈战斗经过的得意劲，心里痒痒的很不是滋味。小朱光想，自己不就是给陈主任当勤务兵吗？下一次在陈领导面前也恳请一下，相信一定会同意的。

当然，陈雨笠心里也很清楚年轻人的心思。

吴店为义西接壤金东重镇，距义亭镇只有4公里。吴店镇群众基础好，抗日激情很高涨，素有"小延安"之称。

1944年5月9日，金萧支队第八大队在上溪乡岩口村召开"五九"纪念日大会。八大队开会前就已经派出了部分战士，在上溪、吴店、傅村、山下施村（隶属源东乡）一带放前哨，监视日伪顽军的动向。

大会如时召开。

上午9时许，负责在吴店塘西山背一带警戒的义西区队长吴琅汉派战士向大队部报告，有一百多名日寇在两个汉奸的带领下，窜到上楼宅、吴店等地疯狂抢掠。

大队部迅速做出反应，既然日寇出来到吴店一带，肯定不会一下子就撤走。研究再三，一致认为最好等日寇抢劫后在回义亭的必经之路塘西桥伏击日军。于是，部署八大队特务中队从夏演乡下楼村迂回，在塘西桥东面的高地上设伏，阻击敌人，切断其返回义亭之路。第三中队则从寺口陈、王村向吴店包围，守住各条要道，严防日寇逃脱。八中队在上楼宅方向堵住日军退路，而义西区队警戒义亭方向，以阻击义亭据点随时可能前来增援的日军。

朱光随陈雨笠一起和特务中队赶往吴店塘西桥。

吴店邻村群众向来义气当头，一听到有鬼子要进吴店骚扰，村村响应，人人愤怒，千方百计去了解情况，或拼命地找八大队以出其不意出击。原本驻在远于吴店周围的一些日伪虽然经常偷偷出入沿线村庄烧杀抢，唯独吴店不敢轻易侵犯。这股日军却是刚调防来义亭据点的，不熟悉吴店一带状况，不知天有多高地有多厚，故而肆意进犯，搅得吴店整个村子鸡飞狗跳……

日本兵果真在吴店吃了中饭。

下午两点钟左右，日本兵大摇大摆地出村向塘西桥而来。八大队特务中队的战士们，远远地就看见鬼子们每个人的身上都驮着从老百姓家中抢来的东西，紧跟着骑高头白马的鬼子小队长山本后面。

朱光还是第一次看见这么多鬼子，也是第一次随军打大仗。心里有些紧张，但想着鬼子像强盗土匪般任意抢掠，不禁满腔怒火直冲脑门，恨不得一口吃掉这帮气焰嚣张的敌人。陈主任在旁一再小声叮嘱朱光："千万别心急，听王队长的命令。"

其实，全中队战士们的心情和朱光一样的。

山本骑着马上了塘西桥，突然停下来看了看对面的小山包，等七八个鬼子到了桥上，刚想命令士兵们布置阵势，欲对桥东进行火力侦察。王平夷瞄准了他，随着"打"的声音，山本应声摔下马来，大白马长啸一声，向吴店村方向狂奔而去。特务中队的轻重机枪紧跟着吐出了猛烈的火舌，桥上的八个日本兵全被撂倒。后面跟着的鬼子听到激烈的枪声，知道形势不妙，纷纷逃进路旁的麦田里，来不及逃的鬼子生怕中弹，顾不得田里有水只得趴在田塍边负隅顽抗。八大队战士们居高临下正面扫射日军，田塍边上的鬼子很快被歼灭。杨广平也率领自卫队前来参加。但是，由于桥西大多是一大片麦田，麦子也正在抽穗扬花之际，正好给了那些没死的鬼子用作掩护。八大队战士们虽占着高地，但很难奏效，一时间不能把鬼子消灭。鬼子利用麦子继续组织火力与八大队反击，妄图冲过塘西桥。

战斗打得异常激烈。

在这紧要关头，第二大队一部在大队长李一群的带领下，火速加入了战斗。

来吴店抢掠财物的鬼子们并不是全部一起出村的，队伍拉得很长。看到前面发生状况了才仓促间组织兵力冲向塘西桥。八大队战士们连续发起三次冲锋，都未能成功。

双方交战着。

一些鬼子窜出麦田想退回吴店村里，想不到第三中队和各村赶来的自卫队及群众在村口各处远远堵着，放冷枪助战。不过，也有不知趣的鬼子仍旧钻进村里，企图蒙混走脱。吴店村内群众见八大队在，人人振奋，几乎每一所房子、每一个巷角都可打击日寇。村内，迂回小巷。村外，纵然有麦子打掩护，但只要鬼子一露头，便即时将他射杀。有的是几个战士步步紧逼赶追一个鬼子,时而从麦田赶出,时而又逼近另一坨麦田。鬼子虽顽强,但整个战局已处于被动,况且小队长山田又被打死,仓促间不能有序反击,更是寸步难行。

不料,临近傍晚,天空下起了大雨。而且越下越大,大片麦田成了泥浆地。已被打死的鬼子横七竖八倒在地上、麦田里,污血大摊大摊被雨水冲刷走;没死的鬼子也不知躲在哪一块麦子里,估计早已吓得魂飞魄散了……

这时,离吴店不远的义乌、金华据点里的日军,已经气势汹汹地冒雨前来增援,战况愈发严峻起来了。

天擦黑之时,为了避免与来吴店增援的日军再交战,大部队迅速转移。留下区中队战士快速打扫战场、转移伤员,并叫自卫队带领群众一一认领被鬼子抢去的财物。

朱光本来和部队一起撤离塘西桥到了横山村,没想到还有一个由指导员吴子刚带的中队没有到。陈雨笠焦急万分,生怕吴子刚他们路途不熟悉迷路或与日军遭遇,当即用手皮纸写了几个字叫朱光回去交给吴指导员。朱光一路下山来,突然看见在山脚地段都是鬼子。通往横山村只有一座桥可走,但已被鬼子占着。不好,如果情报送不过去,吴指导员他们说不定会遭到不可预测的后果。朱光看了看四周,眼看天要黑下来了,心里不免有些怵,慌神之中被田塍边上的杂草绊了个趔趄。这一踉跄,倒让他来了个急中生智。朱光摘了几张阔草叶把字条裹好,含在嘴里,跳到水溪里,假装在摸鱼。慢慢走过桥去,幸好鬼子不在意。等他赶到吴店,根本没有了吴指导员他们的踪影。原来,吴指导员的中队避大雨耽搁了,也看到了鬼子守在了横山的去路,只好绕道回来了。

这一战,朱光总算真正开了眼了。

这一战,要不是天公不作美,肯定是大获全胜。不过,战斗仓促结束，也击毙了日寇二十二名，缴获了一大批枪支弹药，还有一匹大白马和一把指挥刀。可是，八大队主攻部队有六名队员在战斗中牺牲，但并不影响士气。尽管吴山明的警卫员吴淋洪也不幸牺牲，塘西桥大战还是胜利的。

日本鬼子侵略中国采取的"杀光、烧光、抢光"的三光政策，手段残酷之极是史无前例的。每到一处见人就杀，见到女人就强奸，烧毁炸毁房屋，就像疯子一样。日寇在吴店塘西桥遭受重创，仍然不甘心失败。

5月10日，也就是塘西桥之战的第二天，日寇从诸暨、东阳、稠城（义乌）、孝顺（金东）等地调来3000多兵力。日军吸取了以前的教训，一路搜索前进，且步步为营，路路设防，又在各路口派出前哨，分三路把吴店村包围得水泄不通。好在八大队早已得到情报，明白日寇这次是穷凶极恶、来势汹汹，事先做好了坚壁清野和群众撤离工作。日本鬼子一进吴店，到处搜索了几个钟头，村子里空无一人，扑了个空。外围也毫无动静，日军恼羞成怒，敲窗砸户闹腾了一场，把汽油倒在柴草上，点上火。霎时间，吴店村烈焰冲天，火势蔓延户挨户被烧着。大火一连烧了三天三夜，烧毁的房屋达1200多间，很多村民无家可归。但具有光荣革命传统的根据地人民并没有被日寇的暴行所吓倒，反而更加激起了对日本侵略者的满腔仇恨，许多有志向的青年纷纷加入到抗日队伍中来。

浙中人民仍在不屈不挠与日寇斗争，八婺大地抗日救亡运动到处在沸腾、到处在燃烧。

六

1942年，日本侵略者发动浙赣战役，国民党30万大军进行过一些抵抗之后就先后撤退了，浙中地区大部分陷入日寇之手。在党的领导之下，无数抗日精英汇集金华山一带，积极开展抗日救亡运动，宣传党的《抗日救国十大纲领》，贯彻执行党的抗日民族统一战线的方针政策；建立人民武装，建立民主政权，创建抗日根据地，有效开展敌后游击斗争。

其实，有效打击日寇才是对人民群众最直接的影响、最直接的宣传、最直接的号召。

1943年秋，在金华、浦江以及义乌一带的日军深感金萧支队八大队已经给他们造成了太大的威胁，于是调集了相当规模的兵力分三路深入山区进行第一次大扫荡。此时，日军探知金萧支队主力部队正在上溪镇溪华、黄山一带休整，当即向溪华、黄山反扑。幸好有义亭据点内应透出消息，八大队一面能够及时地将山区后方机关人员向浦江方向转移，近处相关人员则就地疏散；另一面则派出若干以组为单位的战士在各处放冷枪，或迷惑日军，或据险拦截，或趁机骚扰，以拖延日军进攻速度，让村里老百姓及时躲避。八大队主力部队白天则隐藏在山上，等日军赶到溪华、黄山什么都得不到，更不知道八大队的去向。抓到几个来不及躲避的群众拷问，村民指着30华里长的绵绵金华山说满山都是游击队，哪知道有多少。日伪军看着茫茫大山，疑惧万分，却不敢再深进一步。日本鬼子心里也清楚，即使进入山区，得需要多少兵力，需要多少时间，需要多少精力，结果肯定也找不到八大队主力的蛛丝马迹。于是，还是在原地徘徊不定犹豫不前，灰溜溜地回到村子里宿营。而八大队主力部队连夜转到铁路沿线，抄小路赶过日军前面，分四路行动。两路向义亭、孝顺等据点发动进攻，另两路去铁路上撬钢轨，并四处放枪，造成浙赣全线的日军如惊弓之鸟、惶恐不安。还没睡安稳的扫荡日军匆忙赶回据点，天已大亮。八大队主力部则已安全返回了山区根据地。

这一次一天两夜的扫荡，不仅来不及带走抢来的东西，仓促之间回据点却丢弃了不少的装备。况且，在浦江方面的日军并没有积极配合扫荡，给八大队主力部队有了很大的回旋余地。尽管八大队主力部队的装备差，新兵多，但依托山区根据地有利条件和群众基础的优良，经历过这一次的锻炼更加信心十足，再也不怕以后的日军来扫荡。

　　金华山深而地险，自有形势上绝对的优势而牵制打击日寇，对浙江整个全局的战略意义至关重大，有回旋余地。在浙中山区与敌斗争还是极端艰苦，地瘠民贫导致物资短缺是常有的事。好在老百姓与八大队一条心，得到老百姓的支持，每一位战士都雄心勃勃、斗志昂扬。一次次的战斗，八大队也学机灵了。你来了，我就避其锋芒；你走了，我掐准机会敲你一下。让你晕头转向，让你不得安生。

　　开展武装斗争离不开党的领导。朱光自跟着陈雨笠后，亲身经历了党在部队以及基层组织领导的重要和它的权威。直到主力部队北撤，朱光心里都想加入中国共产党，只是年龄实在太小。朱光常常还会傻傻地暗自抱怨自己，咋地不早点出生呢。实际原因是金华特委已经整整一年和上级党组织失去联系，直至1943年3月间，浙东区党委派来了交通员周永山同志，金华特委以及全体党员无不欢欣鼓舞，热烈祝贺。周永山给金华特委传达了浙东区党委的最新指示，切实加强党的政治思想工作，加强统战工作，积极发动群众，广泛开展抗日游击战争，实行农村减租减息。在各项工作中，同时要注意策略。必须加大打击日寇嚣张气焰，但不能过分刺激敌人，以确保我军有生力量的发展。

　　1944年3月23日，彭林率独立大队到达义北八都坑大畈，与诸暨的"小三八"和八大队、坚勇大队组成金萧支队，下属两个大队。与此同时，成立了金萧地委作为党的核心领导。地委书记杨思一、马青、陈雨笠、钟发宗、蔡群帆等人为委员。从此，由于部队力量加强，根据地得到充分巩固，金萧地区局面更加打开了，各项工作都有了很好的发展。

金东区曹宅镇莲塘潘村是个历史悠久的大集镇，自古为金华、义乌、兰溪（浦江）的交通要冲。原来都是从村中穿过，往东至义乌，往南是金华，往西通过太阳岭则到兰溪、浦江。村南至西的小溪有人叫芗溪，也有人叫东溪。溪流自太阳岭东南下来，流经阳郑村东，过洞井村又南经鲍（抱）堰至莲塘潘的湖山往南而去。湖山与大道仅隔这条小溪，南边的水田足有二三百米宽。水田之上便是高地，莲塘潘村人叫石塔垄（现在垄顶之上建有一座革命烈士墓），也叫鱼塘山、殿宕山。往西则是鲶鱼岗（俗叫乌鲤岗）延伸而走。

湖山与殿宕山隔溪相望。

1944年6月18日，莲塘潘歼灭战就是在这里打响。

距莲塘潘村10里地的曹宅驻扎着一个分队的日军，分队长叫黑棋。这人与名字十分名副其实，是个非常阴险残暴的魔鬼。带着手下的兵到处杀人放火，抢掠老百姓的东西。曹宅村子本来就不小，一些流氓地痞游手好闲之人，见有便宜可占，甘做鬼子的奴才、汉奸，遂组织了一个便衣队。当地老百姓对这些鬼子、汉奸无不咬牙切齿地痛恨，无不盼望八大队去打掉这个据点。八大队虽说也掌握了一些鬼子和汉奸们的暴行和行踪，但为确保万无一失，还是通过给日军当翻译的情报员小王再做决定。

也就是6月16日早，小王给八大队递来了第一份情报。他是通过未婚妻送出来的。

小王，原名叫王金松，人称小老王，诸暨人，才二十多岁，也是贫苦人家的孩子。在日军里当翻译官。他对日伪军也有刻骨的仇恨。未婚妻贾桂仙是曹宅附近贾店人，贾根松的侄女。王金松是由曹宅白渡村的张启圭策反过来的内线情报员。之所以王金松与贾桂仙认识，都是贾根松牵的红线。况且，王、贾、张三人都是八大队在1943年2月成立金东义西情报联络站的人员。有了王金松和贾桂仙的恋爱关系，这给小王的活动带来许多的便利，也给八大队获取情报有了极大的帮助。

小王的情报上只有"暂不予出击"五个字。这情报写得让八大队李一群有些丈二和尚摸不着头脑了。明明先前送情报来说，曹宅据点里只有二十多个鬼子，一挺三八式机枪，两个掷弹筒，十多条步枪。既然鬼子要来莲塘潘一带作恶，八大队完全可在湖山与殿宕山设伏一举消灭掉，为何又不宜出击呢？况且，八大队近二百人驻在离莲塘潘村不过5公里路的源东乡，兵力、武器远远超过了敌人几倍，还有各村抗日自卫队和人民群众的支持，又熟悉莲塘潘一带的地理状况。打好这一仗有足够的把握。

不少在场的八大队领导也对这情报有些理解不透。李一群掂着情报反复看了，才暗暗地看出了其中之端倪。

"对，小王是明智的。我们先不理他们的到来。一是或许要试探一下他们养着的便衣队是不是绝对的忠诚；二是鬼子还是怕吃亏，故意放出的风，或者先让便衣队来试探一下，这是鬼子最阴险的一招。不管怎么样，我们将计就计，来个放长线钓大鱼。"李大队长嘴角露着笑说。

大家平时都晓得李一群的精明、果断，对他极其信任。听他这么细细一分析，事理十分明确，觉得在理。

17日早，曹宅据点的便衣队果然来到了莲塘潘村。八大队人马仍在源东乡王安村驻扎，置之不理，任便衣队在老百姓家中去抢，打人骂人，闹得整个村子鸡飞狗跳。这回，便衣队捡了个大便宜，明目张胆地拉牛抓鸡，得意扬扬地扬长而去。

下午，小王来了情报，曹宅的日军要趁热打铁，第二天早上

流金岁月 095

去莲塘潘抢粮食。

其实,日寇小队长黑棋是真正地傻到了。刚刚被闹腾过的莲塘潘还会再让你去摆着抢吗?

八大队立即召开了全体干部会议。特务中队、三中队、区中队、短枪组的干部们个个摩拳擦掌,情绪极其高涨。然而,干部们在会上还是慎重地分析了敌情,做好一切战斗部署和配备分工。临傍晚,为了不暴露行动,秘密动员了源东乡长塘徐村、丁村、东叶村、邢村、洞井的几个抗日自卫队前往支援。

深夜,2点钟,八大队指战员们在王安村口集合出发。侦察班与短枪组已先行。他们越过莲塘潘,于杜店村、春塘一线延伸靠近监视日伪,并掩护八大队主力进入最佳伏击位置。

晚上的天空没有月亮,偶尔见得着稀疏的星星。大地比较昏暗,几乎看不清路面。长长的黑压压的八大队主力队伍绕过邢村,直奔莲塘潘。邢村是伪源东乡公所驻地,八大队必须避开掩人耳目,也是为了保证战斗的顺利。不过,邢村抗日自卫队队员邢希登、邢子世、施苟弟、邢新启在队长傅荣璋、邢锦彩指导员的带领下,秘密出村,早在枝条岭等候部队了。

一切都是静悄悄的。

枝条岭虽然不怎么高,但两山夹着的山路很窄,也很陡,几乎是摸着走上岭的。要是一个人身处其中,说不准真的会毛骨悚然起来。长长的队伍行进在山涧中,除了脚步声、脚下小石子被踢着滚动的声音和留在身后的邢村村里的狗吠声外,山中、丛林中偶尔传出来的虫鸣声听得真真切切。战士们都十分小心翼翼地走路。按照从前面传来的轻轻的口令,没有一个人说话。翻过枝条岭,走出寺畈垄,就是莲塘潘村的地界了。

趁着天黑,部队迅速分两拨直奔指定位置。

拂晓前,部队按照原定作战计划一一布置,大队指挥所设在靠近特务中队的石宕附近。湖山由特务中队以一个班带一挺机枪把守,用火力封锁莲塘潘村南的石岩一线。大队长李一群亲自掌握特务中队的一挺机枪作为开火指令。三中队占领金华大道(现石塔垄背的下张村路口)的石塔垄一线高地。所有机枪、步枪火力都指向当中洼地的金华大道,与湖山设伏的兵力形成交叉火力网。下张路口的小山包则由三中队的一班带各村自卫队的队员占领,防止日伪从下张路口低洼处突围。

万事俱备,只等日寇钻网了。

天,开始蒙蒙亮了。湖山和石塔垄离莲塘村很近,湖山东面的山脚下就是村子。战士们已经听得见村子里此起彼伏传出来的鸡鸣狗吠的声音,看得见不少的屋顶上已经升起了袅袅炊烟。湖山与石塔垄的高地也清晰起来。

可是,都到这个时候了,还不见有鬼子的影子。已经埋伏了一夜的战士们眼睛盯着大路上等待鬼子出现。按鬼子往常出据点扫荡、抢掠的规律,大都要进行突然袭击。昨天鬼子的便衣队不就是一大早就到了莲塘潘村的?

李一群感到事态严重起来了。八大队设伏的主力部队背靠曹宅方向,万一是敌人发觉我方在此的目的,就会有被包抄挨打的危险。李大队脑子不停地在思量着。如果是情报员小王出了问题,那么他的未婚妻肯定会赶来报告。再说了,前几天的几个情报送出来,也不可能这么快就暴露了呀。现在天都亮了,路上的行人多了,既会暴露设伏的部队,也会带来系列不必要的麻烦,又加上候在杜店、春塘的侦察班也没消息传过来。

李一群心里着急。

这时,陈雨笠叫朱光去湖山阵地去,要李大队长快速到指挥所商量决定。

指挥所里,陈雨笠走来走去,看上去比谁都焦急。施枚比李一群早到一会儿。

李一群虽觉事情棘手,但心里还是非常冷静。是继续设伏还是撤退?李一群和陈雨笠他们认真分析了出现的状况。陈雨笠笑着对李一群说:"你是战斗指挥员,你下达命令吧。"李一群考虑了良久,还是果断下达了严厉的命令:"我们继续等。侦察班多设哨点,严密监视曹宅日寇的动向,防止敌人从石塔垄背后偷袭我们。"

"朱光,你去传达李大队长的命令。一有动静,立刻叫前哨来报告!"陈雨笠要朱光去杜店传达李一群的指示。

"是!"朱光应声还没落,人早已跑出了指挥所。

天已大亮,东方已经冉冉升起了太阳。

朱光跟着侦察员从春塘回来报告说:"鬼子已出来了,向这边过来。"

阵地上的同志们高兴得真想跳起来欢呼一下,李一群心里的一块石头不由得一下子落了地。

不一会儿,站在石塔垄背的瞭望哨报告:日军已出横溪。李一群也在高处看了看,果然是日军,还大模大样地按行军队列走来。看来,鬼子们并不知道八大队已张好口袋,正等着他们自投罗网呢。

横溪村到石塔垄不远,日军很快进入了伏击圈。战士们看得真切,日寇共二十五个人,机枪手走在队伍的最后,而我们的情报员王金松却走在最前面。这下糟了,如果埋伏在石塔垄高地的战士们一开火,王金松肯定在劫难逃。怎么办?向王金松喊话绝对不行,又不能传信号给他。

李一群还在认真严肃地考虑着,一阵"哒哒哒哒……"的机枪子弹飞向了敌群,对面湖山的特务中队阵地上已开火了,三四个日寇应声倒了下去。

没死的鬼子听见枪响,迅速卧倒到水田里,凭借田塍向湖山还击,浑然不知背后还有三中队没开火。

王金松倒是聪明,就在日军们散开之际,也马上卧倒在地,慢慢地向三中队这边移动。一步、两步、三步……王金松已渐渐地靠拢三中队阵地了。本来想等王金松稍微脱离日军远一点,三中队才可以放心大胆地向鬼子开火,湖山阵地也暂停了向鬼子的射击。这一空隙,可能是黑棋看到了王金松逐渐回缩,又想到这次出来一定是他泄露的消息。凶残的黑棋竟然朝王金枪开了一枪,王金松再也没有起来。

"开火!狠狠地打!"李一群见王金松牺牲了,悲痛欲绝。他咬紧牙关大声命令战士们开枪。

"哒哒哒哒……"

顿时,三中队战士们的机枪、步枪一齐叫了起来,猛烈地射出了复仇的子弹。

拼了命的鬼子还在向湖山阵地还击,没想到身后还有这么猛的火力,一时摸不着头脑,争先恐后地滚爬进旁边的小溪里。

此刻,石塔垄高地上有两个战士下山来,把王金松抬到山脚抢救。可是已经晚了。

而这时候的日军已完全处于被动的地步。八大队两边阵地居高临下,两面夹击,战士们充满的刻骨仇恨和满腔怒火全聚进枪管里,飞出的密集子弹,冰雹般倾泻的手榴弹砸向日寇,令他们根本无法抬起头来。子弹的呼啸声,手榴弹的爆炸声响彻云天,地动山摇,连村子里的老百姓都觉得地在摇晃,胆小的肯定躲在哪里都不知道了,胆大点的还趴在窗户偷偷地向外面张望。

日寇退入小溪里,仍然在八大队的猛烈攻击之中。只有机枪和掷弹筒可依托溪礅发射反击,但想找个最佳地段做最后的顽抗都很难。况且,时值春耕灌溉,溪里注满了水。鬼子小队长黑棋脚穿的是高筒皮靴，不仅灌满了水，还进了不少的沙子，连裤管都被涨得鼓鼓囊囊，想移动一下位置非常困难。谁都想保住性命，根本听不了黑棋的命令，胡乱向八大队阵地放枪。或许是鬼子的机枪进了水和沙子，突然间不响了，李一群作战经验丰富，知道是咋回事了。立即命令司号员吹响了冲锋号。

"冲啊——""杀啊——"

战士们的喊杀响起，湖山和石塔垄两阵地指战员们纷纷跳出战壕，奋不顾身地冲向小溪。

战士们并不用枪射击，而是一齐扔出手榴弹。霎时，随着被炸开的溪水向天腾飞，水里、溪礅上鬼子尸横遍野，溪水成了红红的染缸。

湖山西口有一小殿，当地人叫溪塍殿。小殿的脚下是溪潭，水有点深。溪礅两岸的八大队战士追着向小溪下游逃跑的鬼子，但有三个却沿着上游跑，想逃进小殿里。由于小溪蓄了不少的水，鬼子跑起来很慢也很累，在水潭里挣扎着企图爬上岸，就是爬不上去。特务中队副班长徐中秋第一个冲上前，口里大声喊着"缴枪不杀"。鬼子掉头就向他开枪，徐中秋不幸中弹牺牲。直接倒在紧跟徐副班长身后的朱光身上，重重地把朱光绊了个跟跄，从礅上滚落到水田里。朱光也顾不得什么，怒火冲天地爬起来就喊："炸死他们，炸死他们。"身边的十来个战士立刻趴下，拿出手榴弹一齐扔进水潭中，三个鬼子全都去见阎王了。

而鬼子小队长黑棋还没死，带着五个日本兵沿小溪下游跑。日本兵们浑身浸透了水，有的还带着伤，连背枪的力气都没了，只好弃枪逃跑了。黑棋也已经筋疲力尽了，还是叽噜呱啦地叫着使劲逃。他逃过小石桥，没跑多远，却不知石桥过去还有条石堰一口小潭，竟无意之中跌了下去。八大队战士们举着枪指着他："缴枪不杀！"黑棋企图开枪反抗，但战士们已满腔怒火同时开枪将他击毙。这时节,水里泡长了自然还有点冷,其他五个鬼子兵又个个像落汤鸡一样,抖抖索索,或畏缩在堰下水潭边,或蜷曲在石桥下……

打扫战场,日寇无一漏网。缴获的武器与情报上也很相符。

这一战,八大队获得全胜。但也牺牲了特务中队副班长徐中秋、战士傅关森,三中队战士余关乐,内线情报员王金松四位同志。

战斗结束后,莲塘潘村自卫队分队长张明剑和队员们一大早就在上古稀桥边上的古银杏树下,等着胜利归来的指战员们,并给每一位同志递上一碗热乎乎的开水;然后,又捧上一双夹着热乎乎猪肉的馒头给战士们吃,以犒劳八大队指战员们。尔后,八大队押着五个鬼子从原路返回源东根据地。可是,其中有受了伤的四个鬼子无法走路,由长塘徐、邢村自卫队员在莲塘潘农户中借来的箩筐抬着。起先,鬼子大概是因为受凉还老实的。当队伍走到枝条岭,其中两个鬼子不知啥原因"嗷嗷嗷"地叫,抬他们的邢新启、施荀弟和长塘徐的两个队员本来已累得气喘吁吁了,见鬼子如此,顺手折了树枝,往鬼子受了伤的大腿上死捅,痛得鬼子在筐里乱蹦乱跳。枝条岭山路本来就陡,很难走,施荀弟故意滑落扁担,两个鬼子连筐带人从半山腰滚落下去,痛得愈发喊爹叫娘。队员们乐得直不起腰来。这么一吓,其他鬼子才服服帖帖,再也不敢吱声了,直到邢村乡公所前歇脚。休息半个小时后,转移到丁村休整。

陈雨笠、李一群当时就考虑到日军惨败一定要来报复。到时,受害的还是村里的老百姓。陈雨笠叫上朱光,去白渡村张启圭家说明原委……

第二天,张启圭和莲塘潘村村长带着十几位村民正在从溪里往岸上抬尸体并一一摆好,孝顺据点的鬼子也刚好到达,看到了这一幕。张启圭和鬼子说要替他们好好入殓。鬼子原本是来复仇的，看老百姓这么"善心"，拉上尸体垂头丧气地回孝顺去了。

七

朱光跟着陈雨笠转战八婺大地，经历了大小战役的枪林弹雨，成长了，也成熟了。

朱光自参加八大队后，始终有一个放不下的心结，可以说真的是魂牵梦绕了。参加了每一次的战斗之后，在陈雨笠面前脸上总泛着红晕，像是十分害羞却又显得很严肃的样子，要求加入中国共产党。陈雨笠自然心里高兴，但还是既严肃又逗着乐的样子："你看，说着话都还红着脸呢，这是好事。但你现在年龄还小，你得多立功，争取进步。"

朱光真还是个孩子。但他心里从来以为自己长大了，更不认输。塘西桥、莲塘潘的几次大战斗中，他表现得非常机智勇敢，得到过浙东游击纵队领导的表扬。

1942年7月创建八大队后，根据党的政策，多方争取团结在抗日气氛中发展起来的地方武装。首先，建德方面陈一文领导的一支武装队伍迫于当地顽军的挤压，为保存有生力量，与八大队结合，成立突击中队。1943年秋，从义西抽调一批骨干去义北地区，集中当地抗日进步武装，成立坚勇队。抗日武装力量的加强，党的威信更加高了，群众也非常信任，在各个阶层眼光中都承认是合法的队伍。因之八大队开展群众工作、征粮工作、组建农村抗日自卫队工作以及情报工作都得到广泛而有效的提升。

1942年秋后，日寇实施了第一次残酷的扫荡，最终还是以失败告终。

1943年11月7日，日寇分三路又发动了第二次扫荡。由于日寇在世界各个战场上的失利，主要兵力大大减弱。但依然十分嚣张，集结金华、义乌、浦江三方面的日伪军，从四面八方对义乌西区的八大队根据地实施大包围。日寇慑于八大队的勇猛，行动不但很诡秘，而且专抄山路，也不过村庄，神不知鬼不觉。

这次大扫荡八大队事先一点察觉都没有。

时日，东方的天际才透白，义乌城内出发的一路日伪军主力想由东河村的边沿从东面直扑鲤鱼山。守在分水塘的一个中队正在吃早饭，日伪军已越过香山岭准备架炮出击。多亏哨兵及时发觉开枪示警，部队反应快而迅速组织兵力占领制高点，阻止日伪军进犯。敌我双方火力相当，战斗异常激烈。一中队战士们的顽强阻击争取了足够的时间，掩护后方机关、黄山方面的部队以及群众得以安全转移。

陈雨笠刚刚起床也顾不得什么了，匆匆写了张纸条，叫朱光火速赶往长富通知部队转移。

第二路调集了兰溪、建德的日寇走金华山的高山岗，穿插到八大队后方，与义乌方面军会合，进行东西夹击。而浦江的日寇以堵截防止八大队北撤，企图将八大队困死于鲤鱼山。但这股日军多因山路难走，未能及时赶到指定位置，错过了夹攻八大队的时机……

第三路日寇则从孝顺开拔，避开大道，绕道金东，翻山直奔长富，从山坞的山脚慢慢靠近八大队岗哨，却被巡逻队发现，双方当即交上火。

这时，朱光也赶到了。见有仗打了，朱光也顾不得要回去复命，留下来参战。

长富村的主力大部分已退到村后阵地，可还有一小部分被日伪军黏住，不得不与之打起了巷战。从中午持续交战到天黑，日伪军原本就不熟悉村庄的地理环境，别说是黑灯瞎火地打巷战了，就是白天也占不了什么便宜，反而自己混乱起来。乘着黑夜，我军转出村子，对日伪军进行了反包围。鬼子们仗着人多势众，却不敢夜间行动。长富村已无一村民在，我主力部队只围而不打，欲先把日伪拖垮，没承想鬼子们见不到八大队人影，又不敢上山公然出击，竟然放起了火。八大队战士们见村子里起火，才明白日伪已撤退，一面立即组织群众下山救火，一面令主力部队从两翼抄出追击日伪军。各村民兵自卫队沿路截打。日伪军就怕晚上挨打，自然顾不得扫荡任务，保住性命要紧拼命逃回据点。

日伪军从上午开始，继而烧了里美山、山坞、溪华、白塔塘、关胡村、斯何、西楼、黄山等九个村子，被焚1200多户。时值秋收后，被烧户一无所有无家可归。这一次扫荡让八大队在救济受灾户物资上极其困难。虽然如此，党的威信更加强大了，在政治上、军事上都取得了反扫荡的重大胜利。

八大队与"日伪顽"的斗争既艰苦又残酷，而且是交叉形成的。对金华、兰溪方面阵营比较小的许多游杂部队，一直采取团结、感化、推动、吸收的政策和方针。义西与南区中间隔着铁路河流，还有许多日伪据点，争取和团结义乌南区的地方武装，一定程度上起到过许多牵制与缓冲作用。

浦江方面的洪部虽然与义乌南部地方武装有不同的战略意义，但洪部在浦江对地方极度扰民，所以在1945年给予痛击。终因陈雨笠依照浙江省省委的特别指示，积极开展爱国民主运动，全面做好统一战线思想工作，尤其对金属地区的伪顽武装进行了党的统战政策宣传，为了利于抗战，多方争取团结为主。特别在"日伪顽"军对八大队的两次大扫荡，因浦江县洪部被八大队歼击的影响，使得建德县日伪顽军不敢轻举妄动，给八大队在战略战术上起到了极大的缓冲作用，有助于实施战略转移。

金东、兰溪方面的张启圭和邢小显部,是地方武装中的两股较大势力。两部尽管都反复出入日伪之间,而张部最终投入八大队为党工作。这在那个时候的确不容易,也是难能可贵的。但邢小显部则显得微不足道了。1942年10月,邢部归顺八大队领导,并委任邢小显为第七中队队长。邢部在第一次反扫荡斗争中,与八大队并肩抗敌,其功绩的确可取。其间,八大队多次与日伪作战,邢小显为保存自己的武装力量,率部从根据地逃到曹宅。邢小显受国民党金华县政府的收编,又有国民党金华县参议员曹镕庵的蛊惑、鼓励,而且把他抬得极高,加大了他的反共决心。不但给他补充武器装备,优于给养,并给他个人豪宅。这些愈发加大了他的反共决心。邢小显之所以没有跟共产党走,最大因素在于他与曹镕庵个人源自国民党政府官方身份的诱惑有着千丝万缕的关系。或许真正是邢部内部封建宗派太顽固,在唯利是图理念中失去了甚至战胜了正义感。1944年4月,邢小显不听张小伙的忠言,背信弃义,两次袭击金东区队,公开与共产党分裂,接受国民党金华县县长李东潘的领导,最后还是走向了与人民为敌的道路。可悲,因此之余更令人唏嘘。

1944年秋,农家五谷登场时节。

这个时候,八大队主力部队在诸暨一带配合金萧支队的其他大队,正和以浙保二团、五团为主力的日伪联合扫荡部队激战。盘踞在金华和兰溪边界的邢小显,纠集了金华的土匪方锡宗、占品尧、邢加福等八百人之众,在兰溪柏树下集结,穿过横木、白沙镇,翻过太阳岭,到达源东尖岭脚。原来想直捣八大队源东丁村驻地,但天已黑。队伍开拔时还耀武扬威地,翻山越岭走了一天,刚爬过尖岭背已经累乏得东倒西歪了,邢小显只好命令临时驻扎在尖岭脚村和下田村过夜解乏。

在邢小显部决定要来丁村八大队驻地偷袭的前一天,大队长李一群就已得到情报了。

李一群很焦急。

李一群担心的是驻地群众受到伤害，遭殃。一直以来，他留守丁村，以防日伪进攻八大队根据地的吴店或者下宅等地，一个特务中队的兵力远远不足以抵挡邢部近千人的进攻。况且，八大队主力又远在诸暨一带运动，显然是远水救不了近火。如果丁村被邢部攻克，又进犯吴店，肯定会使金萧支队与八大队主力腹背受敌而无力反击日伪的扫荡，后果不堪设想。

李一群反复考虑了多个设想，但还是被自己否认了。他召来陈雨笠、施枚等人，商量结果是大家一致认为把第八中队紧急调回，乘邢部还没立脚，出其不意地狠狠敲打敲打或许是上策。李一群当即以大队长身份写了一封信，派了朱光和另一位通信员连夜赶往七寸桥第八中队。

七寸桥，浦江县东乡的一个小村，多为八大队活动区域；距离丁村足足有30多公里路，而且，大部分是山路。等通信员送信赶到，已是第二天的9点多钟了。通信员几乎一夜没有合眼，心急火燎地赶路，要是误了点，即使第八中队会飞会遁地也很难按时到达丁村。到那时，丁村防卫事情根本保证不了。

杨民经是八大队第八中队队长，王华是指导员。一个机警灵活，数次一个人化装深入虎穴，神出鬼没地消灭日伪，颇使日伪顽胆战心惊，生怕遇见他。一个大胆、沉着、机智，颇具谋略，人称小诸葛。两人是很好的搭档，全支队指战员们非常看重他们。

第八中队在七寸桥一带原主要任务是配合金萧支队反击日伪顽的"联合扫荡"，没有直接参加。依照战时布置可以机动调配。这一点，李大队长完全可以指令，他也完全明白杨民经的第八中队是金萧支队骁勇善战、战斗力强的队伍，经得起任何艰难险阻的考验。杨民经拆开加急送来的鸡毛信,王华看他脸色已知道了来信的大概,等两个通信员说了李大队长的情况后,马上集合起队伍。

"同志们,曾经和我们一起打过日本鬼子的邢小显部队趁我们在这里执行任务,想来偷袭我们老家置我们于死地。我们答应吗?我们现在就回去,给他们一点颜色瞧瞧!"王华简单地做了动员令。

"对!我们回去!打他个稀巴烂!"

"对!决不能让他小瞧我们!"

战士们同仇敌忾,几乎是异口同声,坚定!无惧!

杨民经说:"但是,我们还要赶60多里的路程,得有信心在晚饭前到达丁村。"

"好!队长指导员下命令吧!"

王华和杨民经交换了一下目光,杨民经响亮地说:"好!出发!"

说真的,急行军对于这些常年穿行在崇山峻岭的铁汉子们来说,已是家常便饭了,区区的60多里路更是不在话下。况且,从浦江东乡得翻过金华山才能到达丁村。问题是战士们接到命令时还没吃饭,空肚子赶路消耗人的体力更易疲劳。这可是对战士们一个严峻的意志考验。大家一路上没有一个人说话,没有一个人掉队。其实,谁都不愿意掉队,都憋着一肚子的火呢。肚子饿了,一边啃着干粮一边继续赶路;渴了,在路边的山涧里喝几口水……

下午三点多钟,第八中队赶回了丁村。

大队长李一群、特派员陈雨笠、政工部金东办事处主任施枚早就在丁村村口等候第八中队的指战员们了。陈雨笠激动得不禁竖起了大拇指说:"了不起!我们的战士真了不起!"同时,赶忙叫朱光招呼部队吃晚饭，抓紧休息。

李一群和施枚在大队部地图上划拉着、商量着，见杨民经与王华进来，笑着说："这么快就吃好啦？今晚可要吃饱点。你们赶了这么多路，一定累坏了吧？"

"说不累是假的，不过，这点路比起去年7月的千里驰援两头塘阻击战要轻松得多了。"王华嘴巴里还在嚼着菜茎呢，"李大队长，赶快分配任务吧。"

而李一群却拉上杨民经叫他看地图，想个破敌之策。源东乡地貌杨民经不怎么熟悉，陈雨笠和王华也都不熟悉。杨民经指着施枚对李一群笑着说："你和施主任都是活地图。我只听你们战斗命令，部署兵力由你敲定就是。"

"嗯嗯，我们是从浦江东乡翻过金华山回来参战的啊，不会是让我们回来睡大觉的吧？战士们的士气很高，你们去听听大家都在议论怎么样早点战斗。"王华很自信地回着李大队长的眼光。

李民经笑了笑，指着地图说："我们回来的路上，我心里一直在想，是不是可以由我们八中队趁黑夜悄悄地摸进去，来个突袭，中心开花。敌人很怕夜战，这是他们的弱点。况且，也没有我们熟悉这一带。"

"可是，我们两个中队兵力不及邢部，武器装备又是太悬殊，光凭攻打不行，得制订个成熟的作战方案。"王华有些忧心忡忡，但不露声色。

本来，李一群还想在丁村与邢部进行面对面的保卫战。可是，他深知邢小显的阴险狡诈，万一邢部改变战略意图，神不知鬼不觉地从大路村过艅艎岭直取下宅村，那么，吴店自然危在旦夕。虽然不远，但凭他们现在的力量肯定难以抗衡。就是在丁村开打，虽然他们可以退守丁阳岭，但把握不大。李一群思量再三，还是以攻为守最妙了。

"对！"李一群接过王华的话题。显然，杨民经的思路正中下怀，不免笑着说："我们就是要突袭。邢小显已经在下田村驻扎，但部队全由方锡宗带领。你们八中队可以先在下田村东的山头上设伏，由施勇林带自卫队从东北角向下田打，但不做冲锋打进。只要方锡宗不知道我们的意图，以他的个性百分之百要去抢占山头。到那时，你们乘机杀下来，我再带特务中队从村东大路口杀进去。这样，方锡宗分辨不出我们八大队到底有多少兵力反咬他一口，势必一片混乱而相互火拼。"

"好！""这方案太棒了！"杨民经和王华拍着桌子，不禁绝口叫起好来。

施枚站起来激动地说："等下我叫个王安村上的人给八中队带路，从山后垄口秘密进去。大家分头准备，到时叫通信员通知出发。"

下田村在天宫寺下面，与尖岭脚村、长盘坞村相望，不足几百米。村东南方有一不高的山头，只有山脚下的一个出入口。翻过山头就是山后村。而山后村的东南也是山头，却比下田村口的山头要高。从山后垄口看去，都是一片树木耸天，外面根本看不出里面还有这么一个村子。奇怪的是，陌生人要想从垄口进村就是找不到路口。

邢小显把主力队伍安顿在下田村，前宅叫占品尧的人驻守，自己和邢加福带了一个排担任警卫。他的防守部署看起来无懈可击，却忽略了山后村这道屏障，满打满算只以为把好长盘坞、下田村口就可以高枕无忧了。

方锡宗带的队伍作为主力部队入驻下田村。一到村子，立即如狼似虎地窜入各家各户忙着抢东西，翻到粮食就倒，见到猪羊就拖。村里到处哭喊四起，鸡犬不宁。那些有闺女家的大部分逃出村躲到亲友家去了。还没有到晚上，方锡宗命令士兵住进老百姓家。士兵们都不带背包，强行把人从床上拉出来。顺从的还好说，不听话的白挨一顿揍。村里人眼睁睁地看着匪徒们横行暴戾，个个多少的怒火烧在心中，人人无不咬牙切齿地痛恨。那一声声撕肝裂肺的哭喊声直刺人们的心窝，那一声声猪羊被宰的嚎叫声直扑人们的耳际，那一声声匪徒们的狂野狞笑直捅人们的胸口……

夜晚，匪徒们把抢来的猪羊杀了，方锡宗摆好宴席，请了邢小显、占品尧、邢加福等几个头目大吃大喝起来。被拉来陪酒的地主一一给各位倒好酒，对邢小显讨好般地极力恭维着说："侬是自唧金华人的大人物，哪个不晓得个？侬和兄弟们这次到阿唧村里来，实在难得。有侬如此队伍的声势浩大，不愁八大队不灭。容在下敬侬一杯。"

"那都是些老皇历啦。好说，好说。"邢小显拍着地主的肩膀狞笑着，他的普通话说不上，还是土洋掺半，语不及调，"阿唧人强马壮，武器装备都是美国精良的配置，晓得八大队的情况也和他们一起打过仗，都是穷光蛋的鸟枪，比不上阿唧旳。到时打胜利了，少不了侬的好处。哈哈哈。"

"对对！这次我们肯定旗开得胜，你瞧着好了。我们邢司令是何等人物啊？"

众多匪首们个个得意忘形，大言不惭。人人狂笑着，又互相吹嘘着，又污言秽语的，酒气喷鼻。唯独占品尧自己喝着默不作声，也不附和。占品尧无论如何都想不到邢小显吃了什么药，竟然如此狂妄自大。心想：不过一个草头王而已，想偷袭人家八大队的，还这样大张旗鼓的，不拉上我们，你自个儿能行？

天，已经过了半夜时分。

夜黑风高，月亮和星星躲在厚厚的云层里，伸手不见五指。

李一群心中大喜,出发前再三强调队员之间互相照应,既要严格遵守夜行军纪律,又得在一点钟前进入作战位置。从丁村到下田村不过5公里路,不用穿村过山,可顺着太阳岭古道到达目的地。

八大队战士们在酣睡中被叫醒,一听说今晚就去收拾邢部,个个摩拳擦掌,瞌睡虫早溜光了。

施枚和警卫员,还有王安村给八大队带路的人,早在邢村的四达亭里等待部队通过。

特务中队、第八中队和各村自卫队基干队员二百多人。陈雨笠只把警卫排的一个班留守,其余皆与李大队长他们一同前往。朱光作为警卫员必须跟在身边,可他百般向陈特派员恳求参战。朱光的理由是自己很年轻,夜里行动特别地适合。

"小家伙,不错的思想,但你不能这样看问题的。你看,部队里都是年纪轻轻的,而你的职责是保护我,我们留下来的一个班是保卫八大队中心根据地。别说了,留下!"陈雨笠用命令的口吻说。

"陈伯伯,好伯伯,让我去吧。"朱光贴近陈雨笠跟前死缠着不放。"我还要入党啊,总不能没有立功表现就让我加入吧?好伯伯,让我去吧?"

李一群队伍都已经出发了。要不是时间紧迫,陈雨笠肯定是不同意的。他转念想着,让他去参加也好,反正是偷袭战。况且,丁村有了一个班的人警卫,少一个人也无关紧要,总不至于邢部深夜来进攻了。

"好!但你跟牢杨民经中队长。一是参战,二也是给他保卫,千万记着。去吧。"陈雨笠亲切地和朱光讲。

在夜色的掩护下,队伍很快到达山后垄口。从丁村出发到山后垄口不用一个小时。施枚掏出怀表看了一下,时间已是深夜两点半。

各部按原定计划分开行动。特务中队和自卫队分别由李一群和施勇林带走，悄悄地从长盘坞后山冈穿插进入预定地点。而第八中队有施枚带来的向导，静静地穿过垄口的水田，沿着尖岭背下来的小溪摸向下田山头的南山脚。这条小溪环经山头，南边山脚有一木头架设的桥。溪并不宽，桥也很小，小得只容一个人可走。小桥两边各有一棵树，把小木桥遮得严严实实。外人完全不晓得以此进入就是山后村。

　　此处，敌人没设什么岗哨。李民经和王华带队如入无人之境，朱光紧跟在施枚后面。

　　山头不高，第八中队很快到达山顶。隐隐约约已听得见山底下有人咳嗽的声音。杨民经知道那是敌军岗哨故意咳嗽以壮胆。有不少人胆小，也迷信，怕鬼。尤其是入秋了，夜里时不时有秋风吹动树叶，发出"飒飒"的响声，站岗的人心中不免更加寒战起来，胆儿便情不自禁地发虚。

　　战士们埋伏的山头离村子不远，黑夜里可以清楚看见站岗人吸烟时的脸庞。大家心中有些焦急，巴不得立刻冲下山去，打敌人一个措手不及。

　　晚秋的风吹过来是够凉的。战士们赶路爬山出的汗，风一吹，少不了要来个颤抖。每个人并不顾得这些，眼睛直盯着山下，等待施勇林自卫队打响第一枪。

　　而施勇林自卫队早已潜入西北面的岭脚入口，到了离前宅、尖岭脚村不远的高坡上。三点钟了，施勇林估摸着李民经他们应该准备好了，便命令自卫队战士们向下田村猛打起来。呼啸的子弹砰砰响着，手榴弹轰轰炸着，震破了寂静的夜。弹光道道，划破了漆黑的夜幕。

　　下田村已乱成一窝蜂。睡梦里突然被惊醒的匪徒们衣服裤子都穿不整齐，慌里慌张地从屋子里窜出。方锡宗更是稀里糊涂地提着裤子，手握驳壳枪，听着枪声是西北方向传过来的，以为前宅失守了，声嘶力竭地喊：

"弟兄们快撤，朝山上撤。"

匪徒们跟着方锡宗，纷纷跑出村子，向山头猛拥。这时，前宅的占品尧一听见枪声，马上意识到是八大队打进来了。他也不做抵抗，也不放枪。心想：黑灯瞎火的怎么打？别把自己倒腾进去，不划算。于是，只顾带着人逃出前宅躲在附近的山脚，等天亮再做计较。

山下的下田村有不少窗户透出了亮光，估计都是听到了枪声点上了灯。杨民经他们在山头上看得真真切切，街上的匪徒们争先恐后地拼命向山头靠拢。许多人已经爬山了，因夜太黑，自己滑倒了把别人也给绊倒，滚下山去，除了喊疼便是骂人。要不是逃命似的抢占山头，就差点打起架来了。重新接着爬，一片闹腾，一片混乱。

朱光紧挨着杨民经，有些急了："队长，打吧？敌人都快到跟前了。"

"不要急，再让他们多爬些人上来。大家注意点，听我口令先扔手榴弹，再集中火力狠狠地打，轮番加强火力。"杨民经低声地说。战士们本来就是挺佩服李大队长，是名副其实的打仗硬将。这次敌人还是乖乖地掉进了他的圈套里。大家一样开心，一样激动，敌人又一次马上要尝到八大队铁拳的滋味。

方锡宗和匪徒们几乎爬到跟前了，连大声喘息声都听得很清楚。

"打！"杨民经扣动扳机，首先撂倒一个。与此同时，手榴弹雨点般地落在匪徒们头上，轰然爆炸，子弹成排地射向敌人。冲在前面的敌人应声倒下，惨叫声不绝于耳。方锡宗吓得魂不附体，伏在地面好一阵子才回过神来，掉头立即向山下逃去，匪徒们个个巴不得瞬间生出一双翅膀来飞走。

"快快，回村里去。"方踢宗没命地逃回下田村。

王华见匪徒们退下山去了，征求意见地对杨民经说："该追了！"

"嗯。"杨明经旋即站起身，喊道："同志们，冲下山去！"

"冲啊！""杀啊！"战士们个个口里喊着，一边冲锋，一边射击。

王华奋不顾身地冲在最前面，和战士们一路把鬼子压回了村子里。这个时候，村子里的农家人在匪徒们往山头去的时候，大都怕敌人祸害早已逃出村子到了西头林子里。看到有八大队正赶着敌人跑，人人叫好。而且集中口声，为八大队战士们助威：

"八大队进村了！活捉邢小显！"

"八大队进村了！活捉方锡宗！"

战士们听到了群众的喊声，更加心潮澎湃，奋勇冲杀。村口，指导员王华刚想转身追几个匪徒，只觉得一道弹光亮穿过来，已来不及躲避，左腿一阵麻木，想跑动却已无力。低下身子一摸，手上沾满了湿漉漉的血。刚好杨民经、钟增秀和朱光冲到跟前。杨民经关心地问："王华，是不是被打着了？"

"嗯，还好，不要紧！"王华说着继续往前追去了。但是，腿上毕竟挂了彩，王华跑得没那么快了。

而此时，眼疾手快的钟增寿总感觉对面的窗户有人影在瞄准对着杨民经。"队长，你小心。"话音刚落，他甩手向窗户打了一枪，只听见里面"啊"了一声，然后似乎有重物倒地的声音。朱光也刚想向那屋子冲过去，钟增寿一把拉住他："我来扔手榴弹。"他一个箭步冲前面，随手向窗口扔进两个手榴弹……

八大中队逼得紧，匪徒们开始溃逃了。

最先逃过埋伏在下田村东口的是方锡宗，他后面的几大拨匪徒也逃过来。埋伏在村口的李一群特务中队都不认识方锡宗，否则，一定不会让他溜走了。不过，为了达到预期的目的，李一群还是故意放过一两拨匪徒。等差不多了，迅速命令战士们对放过去的那拨匪徒打了一阵，又拦住逃出村来的匪徒们一阵猛扫猛轰，然后退回原来的埋伏位置，看起热闹来。本来是黑天夜地已分不清东南西北了，半路杀出个程咬金来，而且火力又这样狠，后面逃出来对着前面的匪徒还击。前面的匪徒一边逃一边回头射击，而后面匪徒见是八大队人，拼命开枪想杀出去。这时，住在尖岭脚村的邢小显早已被枪弹声惊醒，马上集合警卫排出村来。遇上刚好逃到村口的方锡宗的溃军，邢小显以为他们是八大队的，马上命令部下占领有利地形开枪进行阻击。而方锡宗还真的丈二和尚摸不着头脑了，他前后受到夹击，无奈之下只好没命地进行抵抗。

下田村口和尖岭脚村口几乎近在咫尺，三股匪徒相互胶着战斗，谁也不让谁。只有邢加福部住在长盘坞，八大队没有向他们开一枪。听到枪声，邢加福率部立即出来欲增援邢小显。原本长盘坞与尖岭脚是村连村的，都是靠山北而建，一个东面、一个西面走向。没想到刚出来，就被邢小显部下一阵乱枪压住不敢动弹。邢加福看着不对，命令部下只要哪里打来就往哪里回击。

子弹在呼啸，弹光在轰闪，一片硝烟弥漫。

一场狗咬狗的混战，天摇地动！

天亮了，尖岭脚附近的几个村子、村口、路面轮廓渐明。

占品尧这才带着匪徒们也风风火火地来到尖岭脚。

邢小显看到倒在地上的部下尸体，横七竖八，惨不忍睹。他这才知道上当了。邢小显昨晚半夜的折腾，加上没睡好，已经疲惫不堪。他还是硬挺着叉着腰，一副怒不可遏的样子，抓着方锡宗的襟衣臭骂了一顿。方锡宗自知指挥失误，作战不力，尽随邢小显骂，自己嘟哝了几句闪到一边去。占品尧没有直接混战，也没有公开和邢小显理论。邢小显也不敢骂占品尧，他昨晚提醒了自己，是自己的固执和狂妄才导致了今天这样的局面。邢小显心中也有点后悔，更万万想不到八大队的突然袭击，他不敢露出声色，任由占品尧拉起自己的队伍走了。邢小显眼看着面前的惨败状，一个晚上的相互厮杀，弹药已所剩无几，知道占品尧那些人再也不会与他合作了，显然已无力再去进攻八大队的根据地，只好垂头丧气地打原路溜回老窝了。

其实，杨民经和王华带战士们追击方锡宗溃军逃出下田村，就停止追击收拢队伍。李一群在村东口挑起了敌军混战后，趁天还没大亮，在山后垄口与各部会合，满怀胜利的喜悦回到丁村了。

八

朱光从参加八大队后，基本上都是跟着陈雨笠身边行军打仗，几乎不离开一步。别看朱光人小，鬼大着呢，他每天都在盘算着、盼着有仗打，时刻竖着耳朵留心首长们的谈话，判断信息。只要是任务，坚决完成；只要有仗打，高兴得像个小孩子。心想，只要多参加战斗，勇敢打仗可以立战功，立功多了就可以申请加入中国共产党了。陈雨笠虽然多少知道他想的是什么，急的是什么，有时候也就是装着没看见罢了，更是不露声色。他心里替朱光高兴，几次大小战斗下来，朱光的表现十分机智勇敢，这小子开始长大了，懂事了。但许多方面需要磨炼，好钢就得千锤百炼。毕竟年龄还小，日子长着呢。

朱光却有不同于陈特派员的想法，自己还不是一名光荣的中国共产党员，此事一直是心里的一个疙瘩。自莲塘潘战斗大获全胜，其他战士个个喜气洋洋、扬眉吐气，朱光却自个儿闷闷不乐，心里干着急。不过，他愣是十分听从陈雨笠的话，认认真真地做事，勤快、乐呵，还多了些俏皮。

1942年下半年至1943年上半年，正是金属地区历史上一个艰难的岁月。但金属特委和中共义乌县委在大力贯彻柳村会议精神的同时，一手抓枪杆子，一手大力发动群众，关心群众。1942年7月7日，也就是"卢沟桥事变"五周年那天，金东义西抗日自卫大队正式成立，杨明鉴任大队长，杨文清任大队副。从此以后，八大队紧紧掌握敌后武装斗争，广泛开展游击战争，发展抗日民族统一战线。而且，采取"前门打虎，后门拒狼，整顿内院，扫清外围"的措施，稳打稳扎，金义浦兰地区抗日武装力量迅速发展、壮大。尽管日寇敌顽不时地骚扰不绝，金义浦兰人民仍然不屈不挠，有八大队指战员奋勇杀敌的强势震慑，又有各乡的抗日自卫队的积极配合，强有力地打击了日寇敌顽的嚣张气焰。

1943年3月，料峭的风送走了酷冷的寒冬，大地回春，万物复苏。

这一天，朱光接到陈雨笠的命令，换便装跟他去义西吴店。朱光知道吴店有集市，但不知道去执行什么任务，陈雨笠没说。吴店镇是逢农历二五八集日，即使是抗战时期，照样三天一集市，照样人来人往、热闹非凡。农家人的农产品、小贩们的生活日用品摆满摊子，琳琅满目、应有尽有；人们的吆呼声、摊主的叫卖声、牛羊的咩唤声，此起彼伏，集镇市景一派生意红火，俨然一道风景线。

吴店椒峰小学教学楼竖起的一面面红旗迎风飘扬，老远都可以看得见，显得格外引人注目。

今天的集市比往日来得热闹。

市场中央密密麻麻围着一大群人，原来是八大队的一些政工队男女战士在向群众大声宣传党的抗日方针和政策,讲解抗日保家卫国的道理;高声歌唱《义勇军进行曲》《大刀进行曲》《松花江上》《二月里来百花香》……唱罢一曲又一曲,乡亲们听了个个赞不绝口。朱光跟着陈雨笠来到集市上,听到歌声立马溜进人群挤在前面,听得有滋有味,竟然忘记了陈雨笠临来的时候再三交代的话。等陈雨笠回过神来,找不到他的人影了。明明还在身边的,咋的一下子不见了?这下陈雨笠着急了起来,拼命往四处里寻找,看又看不见,喊又不能喊。陈雨笠小跑着在市场里找了一遍,也在听歌的人群里扫瞄了一遍,还是没见朱光。

此时,已是中午十点多钟了。

陈雨笠今天是来接中共浙东区党委派来的同志。人没接到,身边的人却跑到哪里去了都不知道。真急死人!

其实,浙东区党委来的同志早到了,他就是周全,浙江诸暨人。吴山民任国民党义乌县县长时,他是县政府教育科的督导员,他常常借到各区、乡学校指导的机会宣传共产党的主张。吴山民被卸任后,党组织也就把周全调离了义乌。

周全年龄还不到五十岁,皮肤黝黑,看上去显得有些苍老,肩挎一只布袋,站在一家布店门口十分警惕地环视着四周。他在等八大队的人来接他。他看看天,估计时间还早,心想着八大队的来人还在路上。于是,他走向那群人,正好与朱光挤在一起,朱光不经意看了周全一眼,自顾听起八大队政工队员正热火地唱歌呢。周全并不认识朱光,也蹲在旁边听了一阵子。听了一二十分钟,走近靠东的一个牛肉摊上叫了点牛肉和小白干,拣了个位置一边吃一边听旁人们的议论。吃罢付了钱便急匆匆赶往西北角下塘沿吴琅芝店铺里。吴琅芝和周全是老相识了,三四年前吴琅芝多次招待过他。两人相见,自然都喜出望外、分外亲热。吴琅芝告诉他,金东义西的抗日武装队伍就是八大队,是义西的吴山民、陈雨笠、杨德鉴、萧江、杨文清、李鸿业等人搞起来的,金华地区管叫它"吴部",八大队的人他几乎都认识。"真的?太好了!"周全高兴地跳了起来。"就是不晓得他们人来了没有。"他也知道吴琅芝心向共产党,况且又是老熟人了,当然彼此不分里外。

"你也别心急,一定会来人的,先坐下喝喝茶,慢慢等。"吴琅芝拉着周全坐着,亲自沏了杯茶水给他。其实,他早就吩咐伙计去八大队报信了……

眼看近晌午了,陈雨笠还在找朱光,找来找去就是找不着。他喘着粗气,脸涨得红红的,显然有些气头了。他心里估摸着朱光小孩子气虽还挺足,但不至于走丢了呀。想想得先找到他,上级来的一定是老练的同志,接不上头也会想方设法和八大队联系。朱光扬扬得意地从人堆里钻出来时,正被陈雨笠撞了个正着。陈雨笠面露愠色,拧了一下他的耳朵,什么也不说,急匆匆地往吴琅芝家赶。陈雨笠盘算着上级来的同志或许会到那里去。

半道,萧江也带着几个人赶来了。

萧江一直住在傅村镇的吴璀贤家中,这里是前几年的义乌县委秘密机关。1939年9月下旬,自朱惟善的妻子徐宝兰被敌人抓捕变节后一度遭受严重的破坏。萧江在苦竹塘村的中国著名历史学家吴晗家中隐避了一段时间,又返回吴璀贤家。他就相信最危险的地方就是最安全的,果然一直没出过啥事。这天,吴琅芝派人来找他时,他正好去傅村集市的路上碰到了,听明白原委后随即跟来人到吴店来。陈雨笠和萧江两人遇在一起,一路上大致说明了情况,大幸没出什么意外,陈雨笠心里搁着的石头这才落了地。

自1942年7月28日,中共中央华东局决定成立中共浙东区党委后,而金属地区党组织多次四处派人联系,音讯全无,与上级

流金岁月 119

党组织失去领导，足足有一年零五个月了。陈雨笠就是奉中共浙东区党委之命前来金义浦地区指导工作的。陈雨笠、萧江和周全三人旧地重逢，惊喜若狂，兴奋的心情自当别论了。这天晚上，大家回到根据地，陈雨笠叫厨房特地弄了几个菜设宴款待，为周全接风洗尘。周全喝酒本来就海量，战友难得久别重逢，一连喝了两斤的金华酒才兴致勃勃地憩息。根据地军民听闻与上级接上了党组织关系，无不欢欣鼓舞。朱光更是如此，原本就滴酒不沾的，破天荒地竟也喝得酩酊大醉。

过了个把星期，陈雨笠委派上海印刷工人出身的老党员崔洪生跟随周全一起，日夜兼程，直奔四明山向浙东区党委领导汇报了金义浦地区的党组织在失去浙江省委领导的情况下，能够独立自主地坚持敌后抗日武装斗争等系列工作情况。浙东区党委书记谭启龙对金义浦党组织和八大队所取得的成绩予以高度的赞扬。

5月，浙东区党委相继委派了王平夷和夫人黄行素、高钺征、郑嘉治、李一群、楼觉等六位干部。这些干部基本上在金属地委工作过，吴山民、陈雨笠都认识。特别是吴山民、王平夷是他的老搭档，老友重逢，格外高兴。八大队和根据地一下子增添了一帮组织得力干将，金属地委又得到了强有力的领导力量，如虎添翼，各方面工作的开展有条不紊、有声有色。

九

从1942年下半年成立浙东区委后，一直以义乌西区为中心的金属地委，领导八大队以金华东区、浦江南区成了抗战时期敌后抗日武装活动的接合部而辐射兰溪、东阳、永康等相邻区域。八大队是聚集这一带的抗日力量的坚强堡垒，团结群众，威慑敌伪为主体的核心工作，声势浩大，深入人心。

在浙赣沿线沦陷时候，义西地区群众基础原本相当好。八大队部队还在组织过程中，义西仅几个人的号召就有自发性的群众一下子集中了四五千人，扛着锄头提着刀棍，浩浩荡荡趁黑夜冲到孝顺。而日本鬼子驻扎下来才不长时间，看到如此规模的阵势，几乎是傻了眼。鬼子从来没看到过农民竟然比国民党正规部队还勇猛、不怕死，黑压压的一大片一大片压来，一时也丈二和尚摸不着头脑，只用机枪一阵乱扫。围攻上去的队伍随即被打乱。陈雨笠也看到了这种没有组织、没有计划的行动惨遭失败的场面，痛苦不堪。虽然义乌西区群众抗日积极性高涨，也很勇敢，但缺乏有核心的领导力量，这种教训无疑是沉重而深刻的。陈雨笠因此深感发动群众，首先是要有党的领导和组织的重要性。于是，他在与省委失去联系的那一年半多时间里，着手根据柳村会议的精神，宣传党组织核心领导的必然，加强组织架构统一的必然。

八大队成立后，陈雨笠带着朱光几乎踏遍金东义西地区，宣传党的领导和策略的关键作用，秘密联系群众，发展党组织关系。金东义西地方秩序恢复了正常态势，群众各阶层也非常拥护八大队的系列举措和制度，农业生产走上常态化，八大队成为地方政权机构。八大队一般将山区雪溪、白岩、萧皇塘、里美山、五平山、贝家、长富、横山等地作为根据地。尽管当初部队建制没有壮大，但八大队常常采取小队活动，而且流动范围延伸数十里，四面扩展到金义浦各地的日军据点附近活动，做好群众工作，使日伪顽汉奸不敢出来单独行动，一出来就到处受到八大队的袭击。浙赣沿线地区相继沦陷后，日军主力继续向浙赣线深入，留守兵力极其有限，加之对地方情形缺乏了解，"日伪顽"感到到处有八大队的势力，不敢深入八大队的山区根据地而轻易妄为。

时间可是个魔鬼。在这个序表里，多少人在不知不觉之中渐渐地滋长了年少轻狂，多少人在大浪淘沙之时也渐渐地沉淀了冷暖自知，多少人在懵懂之后渐渐地抛却了初心。少年，让人渐渐明白了一些东西，学到了一些东西，但总有可能被某种利欲所冷却。最初与后来，无不在时间的长短中揣着思想认识的方位去奔跑、去奋斗。而朱光却身逢狼烟四起的烽火年代，仅靠自身力量恐难以掌握自己的命运。朱光在陈雨笠身上学到了不少的东西，无论是做人及其精神气还是学识。朱光自跟上陈雨笠后，一直被陈雨笠呵护着。为了历练朱光的胆识和智慧，陈雨笠很多时候违背自己的初衷，就是让他从小走出常人所共具的担忧，多少不拘小节遂了朱光的心愿。陈雨笠在任何时候都要让朱光意识到一个人需要不断地肯定自己存在的意义和价值，并在很大程度上从价值中必须认知和获得继续存在下去的力量。不仅如此，陈雨笠还时刻设身处地以一个共产党员的要求做出表率，特别是以一个长辈甚至可以说是一个父爱般的固有的慈祥处处影响着朱光，影响着朱光的成长和灵魂。这样的影响在朱光身上显然起着潜移默化的作用，闪耀着寄予生命的精神支柱的光环，让朱光深深地刻于心中，终生难忘。

金华山巍峨绵延，层峦叠嶂，树木参天，竹篁荫营而山深，又深不可测。莽莽山区，正适合八大队主力的休养生息、发展壮大。陈雨笠在与中共浙江省委失去联系的一年半时间里，已从政治上、思想上、组织上、军事上做好了充分准备。当日寇侵占浙赣沿线固守金兰之后，国民党顽军看到了浙东形势的暂趋稳定，企图卷土重来而乘隙向敌后渗透并为开展与我中共抗衡做准备。中共浙东区党委明察秋毫，特派遣周全同志与金属地区党组织连接关系，明确指示金义浦党组织领导人抽调八大队一部分主力，越过铁路封锁线向浦义东边区进军，开辟会稽山新的游击根据地，打通与四明山抗日根据地的通道，为以后的解放战争铺垫起坚实的基础。

诸义东边也和金义浦地区一样，都是建立抗日根据地和开展武装斗争的好地方。1943年5月，童坤单枪匹马到义东北开展工作，朱光也想一起去，陈雨笠没有同意。7月，八大队派出由崔洪生带的短枪队逐渐建立起情报站，为党组织发展诸义东边的抗日根据地打下坚实基础。

1943年8月20日夜，李一群、陈雨笠在八大队主力的严州中队里挑选了六十余名身手敏捷枪法好的战士，由萧江、童坤、楼觉、蒋忠、陈一文等带队，直抵大陈车站和苏溪车站日寇据点之间的铁路线段，在傍晚前顺利设伏，与陈福民率领的接应短枪组会合。

朱光作为通信员也跟着来了。

这天夜里，月上中天，万籁俱寂。然而，义乌东北边这里安静得似乎有些不太正常，却又似乎太容易被一丁点的响声惊醒。银白色的月光下，萧江与陈福明这支队伍在日伪军的眼皮底下静悄悄地跃过黑黝黝发亮的铁轨，从义乌北乡的平原上直驱八都坑石漕头村驻地。萧江立即命令部队封锁交通要道，布哨放岗，在村里宿了营。

楂林，义乌市东北口的一个千年古镇。群山环抱，风景秀丽，一条溪流从大畈、东塘直泻而下，经楂林流向平原。在20世纪30年代浙赣铁路未建之前，是上八府、下三府的交通要道，金衢丽温下杭州的必经之路。善坑岭、朱岭、后西岭、白峰岭四条便道各通诸暨。楂林沦陷后，日寇在村后塘东山建炮楼，在村口桥头筑碉堡。自鬼子来了之后，楂林经济日渐萧条，百姓出行不方便，生活更加苦不堪言，楂林镇人民无不咬牙切齿地恨，无不期盼鬼子早日被打跑，无不期盼八大队来彻底消灭他们。

21日的深夜，战士们在石槽头村经过一天的休息，个个精神抖擞，在童坤和陈福明的带领下，神不知鬼不觉地来到楂林镇东山附近山头。白天，童坤与陈福明潜入楂林做了详细的侦察。童坤这人智勇双全、多谋善战，虽不是本地人，但对日伪据点的地点、路线、目标，摸得一清二楚。童坤原本身材高大，如蛟龙出海般敏捷，趁着夜色，疾步直扑楂林东山的碉堡而去，其他战士紧跟其后，迅速冲到各个碉堡口。童坤向碉堡内打了一枪，战士们随即从各口子扔进手榴弹，几声爆炸响声打开了夜空的寂静，战斗打响了！容不得碉堡内的伪军反应过来，童冲和战士们以迅雷不及掩耳之势勇猛地冲进了碉堡……

这一切，埋伏在对面山头上的朱光和战士们透过手榴弹爆炸开的火光，将他们隐隐约约的身影看得真真切切。与此同时，萧江、陈福明、楼觉见时候已到，立即命令战士们向盘踞在高峰上的日军碉堡发起轮番的猛烈扫射和佯攻，掩护童坤他们进攻。火力之猛，使得日军惊恐万状，惶惶不可终日，慌乱之中急忙发出紧急呼救的信号弹。大陈、苏溪车站据点的日军见楂林据点的求救信号，因是黑夜，又怕八大队声东击西丢了大陈、苏西，并不敢贸然出兵救援。两地日军万万没想到，在义北一带还有如此强势军队，如天兵天将一样降临，一下子拔掉了楂林伪军的碉堡。不到一个小时，童坤他们生俘了伪军20名，连伪军分队长在内，缴获步枪13支、轻机枪1挺、驳壳枪1支。这次战斗打得相当漂亮，捷报不胫而走。第二天就在义乌县内引起轰动，引起远近日伪军的强烈震慑，闻风而惧。不久时日，楂林镇东山的日军据点因孤立无援，生恐不知何时又被捣毁而匆匆撤走。

这一仗，童坤立了头功，被战士们和当地群众誉为"孤胆英雄"。金义浦党组织乘这次战斗的胜利，宣布这支奇兵为"陆军坚勇大队"。大队长由楼觉担任，江征帆任政委，童坤任参谋。

下设一个中队，陈流任中队长，蒋忠任指导员。坚勇大队建立仅两三个月，大小战斗屡战屡胜，威名远扬。在诸义东边区掀起了劳军、参军的热潮，四周青年男女学生、农民、知识分子纷纷前来参加坚勇大队，部队迅速壮大。这支异军突起的"陆军坚勇大队"使"日伪顽"闻风丧胆，内部厌战情绪突涨。整个浙江省范围内革命斗争形势起了很大的变化，这对金义浦兰和诸义东边区人民的抗日武装革命斗争，发挥了重大的推动作用。

1943年底，金萧支队与坚勇大队会合，同时坚勇大队并入金萧支队，只留下5支短枪继续开展活动。继而，短枪队缴了日伪的30多条枪，武装配给在1944年初成立了的有60多人的小坚勇部队，由崔洪生任大队长，在诸义东边区继续与日伪顽进行武装斗争。

十

金义浦兰游击区，地处浙赣路金萧段和钱塘江上游的富春、桐、兰、婺等河流之间狭长地带的西南端，正在金华、义乌、兰溪等日伪前哨阵地的后背，后面靠着绵延纵深的崇山峻岭，山北是浦江地区的山峦和丘陵。这些深山冷坞成了八大队开展游击活动的天然屏障，尽管日伪顽军占据着浙赣铁路和公路交通要道，但仍然畏惧八大队而不敢贸然行动。金义浦兰与诸义东的连成一片，具备了有利于发动游击战争的特殊地理环境，从根本上打开了浙东、浙南、浙西的战略意图，对于四明山抗日根据地以发展武装、开辟新区、扩大根据地，建立大城市与交通要道起了关键性的作用，也为浙东区委的巩固统一战线和发展打下了坚实的群众基础。

1945年6月上旬，苏浙军区廖振国旅长带领十支队和十一支队到了浦江寺前。李一群与陈雨笠带了支小部队去接应。见面后，详细谈了金义浦兰地区的日伪情况，一致认同先拔掉住在金东曹宅的土顽邢小显部。8月14日，行动由十支队支队长陈挺率领两个支队和八大队主力部队攻打曹宅。邢小显部在我方猛烈的炮火攻击下化整为零，不知所踪。在大街上碰到了一位叫曹小苟的义乌人，疯疯癫癫地要找八大队的人。李一群通过和他谈话，才知道他老婆被邢小显侮辱后羞愤自尽。曹小苟因此气疯，满大街找八大队人去协和街抓人。果然，在一家家的屋子里搜出了邢部的两个中队。邢小显也感到了这一次战况对他十分不利，只留了两个中队掩护，自己早已逃之夭夭。

当陈挺率部赶回浦江县寺前，日本国已经宣布无条件投降了。苏浙军区来电，他们得到命令立即返回驻地，与其他部队一起攻打南京。胜利的曙光已渐渐显露。

随着苏联红军出兵东北，1945年8月15日，日本政府宣布无条件投降。这个时候，全国各地的抗战形势有了很大的变化，八大队的任务显然也不同了，吴山民、陈雨笠等主要干部到四明山开会。浙东区党委传达了上级关于所有抗战部队在大城市敌占区接受日军投降的命令。受降期间，过去与我党有过统战关系的和没有联盟过的，现在都想出来摘摘桃子，纷纷蠢蠢欲动，特别是国民党顽军，抗战期间非但不积极抗日，还反共遏我故意挑事端，十分猖獗。当初，八大队刚成立时，国民党土顽、杂牌军和"烧毛"队伍与我根据地犬牙交错，又被日伪顽重重包围着，使八大队陷于夹缝中求生存的严峻局面。而今，抗战眼见胜利在即，形势依然不容乐观。金属地区的军民兴奋之余，也都感到身上的担子很重。针对眼下时局的种种因素，金义浦地委研究再三，根据地周边的日寇据点进入大城市去受降还比较困难，吴山民、陈雨笠、李一群等人会议决定，先拔掉根据地周围的日伪据点,以解根据地人民的后顾之忧,增加人民群众的信任度。

朱光从陈雨笠和领导们谈话中得知日本鬼子已投降,心里自是高兴,却很怕没有仗打了,每天时刻紧跟陈雨笠,一旦听说哪里要准备打仗,非要去不可。好在八大队采用夜间出其不意攻其不备袭击敌人,朱光参加战斗自然多起来了。

8月23日,李一群带了八大队的两个中队夜袭浦东黄宅伪军据点,伪军一个中队全部做了俘虏,缴获两挺机枪和全部武装。

9月2日,八大队奉命夜袭孝顺伪据点。战斗中,李一群带上三个中队战士用火力控制住日寇碉堡,不让日军出来增援伪军。吴山民、杨德鉴带的两个中队早已紧紧包围了伪军,而且有许多战士冲到伪据点的门口,双方激战起来。很快,伪军招架不住八大队的火力,纷纷退避院子里。战士们不管三七二十一,向院子里猛扔手榴弹,爆炸声随伪军们鬼哭狼嚎般的哀叫声四起。有的战士手劲猛,扔出的手榴弹落到屋顶上,被炸起的瓦片四溅乱飞。陈雨笠只听见身边有人"啊哟"了一声,借着朦胧的月光看见是朱光捂住肩膀蹲在地上。陈雨笠随即抱着朱光:"我看看,哪里受伤了?"朱光哭了。陈雨笠忙着喊来卫生员,亲自给他包扎起来。"还好,只是皮外伤,没出多少血。"陈雨笠边给他包伤,边安慰朱光。"我以为被炸到了,又不能去打仗了,该死的和平兵。"朱光有些沮丧,不禁恨起伪军来了。他毕竟年纪小,只觉得自己负伤后不让参加战斗,又担心立不了战功。陈雨笠心里怜爱之余,感到这个孩子思想觉悟高得令他不可思议。

陈雨笠命令战士们喊口号,对伪军们进行政治攻势。除了受伤的,一个伪军中队全部缴械投降。

义乌与浦江是邻县。日寇投降,金义浦兰地区的各方势力渐渐抬头,其中浦江的洪邦基原是国民党的一个副团长,以前与八大战有过统战关系,一直没有动过他一根毫毛。洪邦基原慑于吴山民的威严，从来不敢在八大队面前造次。没想到他现在趁吴山民调任四明山领导金萧支队后，暴露了狼子野心的真面目，也似乎看见了时机对他有利，狂妄至极无以比拟。其实，之所以洪邦基居然倒打一耙站在共产党的对立面，都是因为国民党及顽军暗地极力利用了他的嚣张跋扈本性，明里雾化地又抬高他，使他不知天高地厚、自以为是。而且，他竟然把抗战期间收拢的当地一些游杂残部的四个大队进驻黄宅市，明目张胆地到处张贴标语，目空一切积极反共。肆意纵容部下烧杀抢掠、横行霸道、鱼肉百姓，残害我抗日军民。从浦东到浦北人民对他无不深恶痛绝。

9月9日，八大队接到命令在浦义交界的尺寸（戚村）桥集结，向洪邦基所部的黄宅市发动攻击。虽然洪邦基把部队布置得相对疏散，八大队只包围他的一半部队。洪部毕竟是一支散兵游勇拢聚一起的人，哪里是八大队的对手，被十支队送给八大队的手炮一轰，随即溃不成军。洪邦基在溃逃中被手炮击中，暴尸横野。八大队从黄宅市一直追击到浦江县城郊的湖山桥，大歼洪邦基部。

我党在金义浦兰地区的威信向来都很高，各阶层的爱国群众也衷心拥护，根据地的建设，政权工作、财政工作上的支持以及物力上的大力支援，离不开人民群众。八大队根据党的指示收复根据地周边多数日伪据点，使人民群众看到共产党是在为人民做好事做实事，八大队是为人民打天下的队伍，因而情绪普遍高涨。

原本还在接受鬼子的受降，因国共关系早有些微妙，国民党趁此机会有恃无恐起来，又唯恐我党在根据地永远扎根，对国民党不利。于是，大肆往我根据地和敌占区窜犯，妄图将我八大队彻底消灭，形势又骤然万分紧张起来。

1945年9月6日，中共金属地委遵照浙东区党委指示，八大队部队奉命北撤,改编为新四军1纵3旅8团,列入主力编制。蔡群帆被任命为团长,陈雨笠任政治部主任,朱光还是给陈雨笠当警卫员。

王平夷、李一群、陈雨笠受命匆匆赶回义乌黄山,紧急整顿部队和布置善后事务。国民党第21军已在浦江各地进驻,军长刘雨卿。而且,命令两个团的兵力从浦南进犯黄山。陈雨笠考虑到敌人来势汹汹,大有剑拔弩张之态,应集中我军主力出其不意迎击敌军,以进为退。这一主张得到了王平夷、李一群的一致赞同。9月20日下午,敌军趾高气扬地大举进犯我黄山根据地,而我八大队主力早已回军秘密集中到溪华。在桥里河、傅宅、关胡村一线,八大队利用有利地形,把来犯之敌打了个落花流水。敌人被迎头痛击,不知八大队还有多少兵力多少火力,更不敢贸然进犯,只好仓皇逃回马岭,等后援部队再行动。

八大队连夜把部队拉回吴店附近,从容地安置好伤病员,分两路向义北区会师、北撤。9月中旬,陈雨笠带的一路八大队顺路在山东泰安大汶口受降了日军的一个中队,100余人。大汶口据点的日军仗着多年在此盘踞,坚持要向国民党缴械投降,无视新四军的多次通牒。陈雨笠命令部队把据点紧紧包围,仍然不肯出来。陈雨笠亲自用日语向鬼子政治喊话,许久,鬼子们才乖乖地出来,进行受降仪式。另一路八大队在9月24日与彭林带着的金萧支队部分在义乌江会合。9月25日,部队转移到了东禅定寺休整。9月26日,天还没亮,部队向章镇进发,路上与坚勇大队相遇,27日才到章镇。地委在章镇召开了核心紧急会议,决定应飞、吴琅寿、朱恒卿、金平欧等人留在金华地区坚持斗争,马青、蒋明达等人留在会稽地区工作。根据地中心地区一时也成为空白区域,留下坚持的同志以另一种形式进行革命斗争,并协同群众做好一切应对新环境的系列工作。

八大队所有部队胜利北撤。

八大队是一个革命大熔炉，锻炼了朱光坚强的革命斗志。朱光至今清晰地认识到，是党培养自己成为一名新四军八大队的战士，从心底十分感激陈雨笠带他走上了革命道路。八大队所有指战员十分敬重陈雨笠。1942年初，中共浙江省委书记刘英同志不幸被捕，致使金属特委以及所属各县失去与上级党组织失去联系。在这艰难时刻，金属地委全党同志仍坚持团结在金属特派员陈雨笠周围，本着中央和省委抗战方针政策积极开展工作。自浙东区党委派王平夷、李一群等同志来金义浦兰地区协助陈雨笠以后，核心干部们本着党的利益为重，同心同德，患难与共，英勇奋斗的伟大胸怀，成就了八大队指战员无论在何种艰难险阻的情况下都可以识大体顾大局和舍身忘我的高尚思想觉悟与品德，也是八大队所以建立、存在和发展的基本因素。令朱光视陈雨笠为英雄楷模的、所倾慕的还是陈雨笠对党的事业忠诚负责的态度，平易近人、虚怀若谷的待人处世作风，始终团结着党内外同志，即使面对急剧动荡变化的形势，也还是镇静自如、从容不迫，出色完成党的任务。这是朱光要加入共产党的初衷，更是他以陈雨笠为榜样要求入党的真正原因。朱光跟着部队北撤后，编入华野1纵3旅8团，给政治处主任当警卫员。

1947年5月18日，朱光加入中国共产党。

之后，朱光先后任华野9兵团教导团文工队分队长，教导处特务连副指导员，志愿军战炮405团高射机枪连指导员，28军83师248团政治部副主任，28军83师独立高炮营教导员，82师247团副参谋长，直到转业。

在大部队朱光成长了。解放战争中，他参加了淮海战役、孟良崮战役、滕县保卫战、渡江战役等大战役，立下了诸多战功。获得国家颁发的自由勋章、解放奖章。1951年跨过鸭绿江参加了抗美援朝战争，获得朝鲜人民共和国奖章等荣誉。

我们在朱光简陋的住房里，详细采访了他跟着陈雨笠一起的革命经历，他很健谈。朱光一边说着，一边指着别在军衣上的军功章，显得无比激动。无论抗战时期、解放战争还是抗美援朝时期，无疑是壮烈而揪心的，每一次的战役总有许多战友倒下。他特意从房间里捧出一只子弹箱，他一直保存着，给我们讲了一个最令人感动的故事。那次战场上，一个战士倒在他怀里，牺牲前还对朱光说："教导员，我还没有完成党交给我的任务，我很不甘心。"是啊，小小子弹箱，吉光片羽、雪鸿流爪呢。在他眼里，也在我们的心中，小小子弹箱乃珍稀宝物啊。子弹箱，外壳军绿色透着深沉而耀眼的光华，里面竟然是空的，什么也没有。但是，朱光说着说着，两眼不禁潸然泪下，声音哽咽难言。有时候说到紧要处，还时不时地忍不住站起身来比画一通，仿佛一下子又把他拉回到了战争岁月里……

1964年，朱光被授予少校军衔。

更令朱光终生难以忘怀的幸福时刻就是1968年，他作为有功部队的团级以上军官，在北京人民大会堂受到毛主席的接见并留影。

流丹溢彩

鸿归鹤岩，襟翼情浓

时值深秋，本已经是金黄的佛手硕果累累的季节。走在赤松镇的乡域，眼里看到的和亲身感受到的，比起其他地方就是不一样。不过，还是有很多人会情不自禁地想起巍峨起伏风光秀丽的金华山，想起道家圣地赤松宫，想起五彩缤纷的花木、盆景。然而，人们又自然地会想起大北山脚下北山口村，想起鹤岩山胜地的东紫岩。而且更会津津乐道起宋皇敕封的"刚应广利、忠佑侯"邢植，就是家喻户晓的和我们通常所说的"邢爷爷"。

其实，东紫岩就是邢植庙的所在地，位于北山口村的厚茂山和鹤岩山山门的交汇口。

农历九月十六，今天可是好日子，适逢邢植诞辰日，邢植纪念馆开馆。

"平林有招提，两岩列左右；何年庙盒人，舍宅兹不朽；匪我先人田，香灯讵能人。"婺州诗宗、"双岩处士"邢沂先生的《报恩》，在明经理学上已经诠释了今天的邢植纪念馆开馆的真正意义，也只有今天纪念馆里的香火鼎盛、馆外人山人海的热闹非凡壮观场景又得以驰荡；又乘延津剑合般的鹤归华表，尽揽蘺蔽纪的霞明玉映了，与人与景诚然是一种赏心悦目的事。

我有幸目睹了这一切，当然，还有我们村里的领导们。别说还好我们又是邢家的裔孙，就是一个极其普通的子民对其盛事亦趋之如鹜。人们对邢植的膜拜俨然是超出了常态的一种敬畏，都千百年了仍然鼎兴无衰，无疑在浙中生态文化基本精神流变之中，渐而成为地方特色文化中的文化特质，拓举着和谐进取中兼收并蓄的精神特点，在此为之潜力、为之树德。我在感慨之中，为这一种何等光辉的精神支柱所向的文化自信颇为自豪。看看邢植纪念馆前的情景，不难看出此时的人们心里都怀有一种莫名的兴奋。对现实的变化，对未来美好的渴望，对美丽乡村建设的期待，不仅充满信心，而且在新时期新使命中昂首阔步地前进。在这特殊的历史时期，与其说北山口村人民是在为圣贤立德热烈颂歌，不如说是在新时代美好生活的本身，就蕴藏着党的光辉照耀的温暖和时代的进步潜质。而这种潜质不仅是说归说的，却已不用期待。邢植纪念馆只是人们看到的冰山一角，而在北山口村里看到的新时代精神文明文化底色，或许更会令你惊讶不已。中央电视台新闻频道特别节目《走进乡村看小康》，聚焦金东区赤松镇北山口村响应市政府推进乡村振兴战略，以"金佛手"产业为龙头，走共同富裕的人文和谐、生态和谐道路的壮观美景。想必举国上下乃至全世界都已经看到了！

"白业堂前几树黄，摘来犹似带新香。自从散得天花后，空手归来总是春。"

秋来，添香，飘香。在前往邢植纪念馆路上的一座小民房墙壁上的李琴夫《咏佛手》，据说是村里的原村主任、书法高手邢毅坚手书的。他写得一手好字，是村里的书法能人。《咏佛手》此诗涵盖的意境已连接了村口幢幢高楼前、大街旁置放的佛手盆景，首先就有一种自然清新的感觉。如果你有时间的话，不妨去村里走一走、看一看，里面会让你体会到一个天工与自然的巧夺于一体的神奇之美，在举步之间也自然一定会大有所获的。

先别说你一进村已经闻到了阵阵佛手香味，想必你开始就会醉了。然而，这一种特殊香味倒又很快把你引入眼帘，很可能真舒服了的不仅仅一定是眼光的表层了。在这里，能看到的首先是摆放着的一盆盆结了黄灿灿果实的佛手，而且个个硕大硕大的；当然，也有还没太成熟的。这时，是我还是你，或者他，在丰富

流丹溢彩

的想象之中是否还有最大的触动？在眼目，在灵魂深处摄入了的一些新鲜而灵动的新元素。先瞧瞧村口的样子，迎面建有一座面积不小的立体景观的花圃建筑。两条公路从其左右延伸进村里，一边是东环街、北山口村旅游集散中心、彩色环村柏油路，一边是西环街公路。一块巨大的岩石村碑立于奇花异草之中，虬枝葱茏欲滴的迎客松，就已经不由自主地让你把脚步停下来欣赏一番；近看，以小青瓦造型的徽派建筑特色的牌坊上"中国佛手之乡"的红色大字，与苍翠的青松搭配更觉"非脱屣乎富贵之累，游情于埃壒之表而能然欤"引人入胜、耀眼夺目；无论是在牌坊墙根还是在鳞次栉比的高楼大厦宅第廊檐下，摆放着的各自形态不同的佛手、八角梅花盆景，更让人在村口就能从心底感到北山口村的新气象陡然又有了一种别样的鲜活。远眺，北山口村之北，巍峨苍莽起伏的金华山蜿蜒东去，但在西环街的公路看，金华山的雄伟如虎踞般地嵯峨却也更加清晰了。难得唐末宋初仕宦于婺州别驾的邢薛大有先见之明，而迁居北山之檐繁衍子孙直至终老也不愿再回汴州；难得师承柏轩先生的双岩处士邢沂，虽于"明洪武初两被诏至京，以疾辞归，遁迹邱园，假馆授徒以自适"，却亦崇德明经理学，又畅言六经之史而秉诗礼之家风，乐耕读以自娱。更难得邢沂的《山口》："迢迢山市中，春风动华屋。鸟鸣岩花红，露湿烟树绿。看山自兹始，悠然快心目。"寥寥几句诗，对金华山檐的北山口村山乡风物竟有如此形象的涉猎和怡然描述。

　　山川之间，北陇云林，环山贯水，烟雨空蒙，浓抹淡妆剧透尘世，一年四季亲吻山村，倒也安稳相宜候鸟之家。

　　从东环街入口到旅游集散中心基本上是新建的房子，这段路上的两旁，不管是水沟还是宅前构筑的花台、盆景，各居所态，别具一格。但与康济路东交叉口的下塘却又是另一番的景象了，可以说让人见之有一种完全颠覆心中想象的沸腾。不信吗？下塘口，一块块大而光滑的卵石矗立着，花坛里草木茵葱，倍觉清新悦目；一眼望去，让人不由得感慨才怪啊！下塘水清澈如镜，微风拂过，水面碧波荡漾，漪涟入韵。堤岸要么是剖面块砌，要么就是卵块筑成；你看，偌大的生态洗衣房墙脚就是一个个小小的鹅卵石砌成的，别管它是粘贴的还是人工石装饰的，在视野里的空间已经是一个超出了人的常规想象力而霞明玉映呢。四周树木绿荫茂盛，尤其是对岸一溜柳树，那个身姿模样但觉袅袅被秀，翠烟猗猗，毫无一傅众咻的垂钓貌，分明是转过了的悠悠岁月，舞动的是她的心；要不是时已入秋，要不是星垂梦落，坐在时间的绿水里，醉言飘柔细蔓间，莺歌燕舞，岂不是又是另一个维度的极乐世界。

同样，迎着彩色柏油大道走上一小段路就是门口塘，它与下塘的风景却又别有洞天了。但同样都有一棵古樟，而且都有千年之久的树龄了。全村应该有四棵古樟，东紫岩一棵，太子庙一棵。虽然斑驳尘埃，依然古裸裸地胖胖，郁郁葱葱，焕发着勃勃生机。如果世界只选择一个春天，能够将坦荡的率性为豁达的秋色填充深藏的那一抹渴望，那么，万物所追逐的酷夏的热烈，不用说如诗如画的灵性仍然永存了。北山口村的那些古樟也就是这样的秉性。不同的区域，不同的地理环境，也就有了不同的信念和色彩，各自渲染着人和自然和谐的回归乡村的秀丽风景。古樟是村落的灵魂，而季节的风景无非是大自然打发尘埃寂寞的符号，无非是岁月闪过的痕迹。对于古村落的记忆，古樟是古村落一种特别的记忆和感觉。自在，怡然，蕴藏着一股浓浓乡土气味，淹没着乡村人潜意识里对田园生活的呼唤，也就莫过于对家乡的美好在心中燃烧着的火焰了。

笔者清晰记得，在五年前村里并没有像现在这样，还是北山

双尖山

口村村委借助打造美丽乡村建设的东风带来了村里村外的焕然一新。昔日的旧宅老屋所留不多，多的是别墅式的高楼大厦，林林总总，各有各的雄姿，各有各的风情。邢毅坚先生带着我们穿村走巷，一起领略村容村貌，心中颇生欣悦。当然，我们也更是延津剑合的浩泛。能让我们一行人对北山口村仅在几年的时间里如霞明玉映般的美丽蜕变而惊愕，还真的不多。走着，看着，走着，随时都会不由自主地被周围的风情、景色所迷住而止步。且不说跟着环村路看到的所有的楼房一幢比一幢漂亮，公共花坛、农家门前的花坛又都是各有各的层次和风范，各有各的标新又立异，一家有一家的情趣，一处有一处的格调，浑然让你流连忘返。从环村路到村中的十字北街交叉口下来，由于靠近了北山，地势较高，一些民宅都是因地制宜而建的，与村中央造的房子的地坪落差相当明显。每户农家门前必须用石块垒砌成地坪，也必须从砌好的地坪前绕着回到家里。而这些砌好了的乱石块表面大小不一、凹凸不平，看上去很不美观。咋整？到底还是有高手啊！北山口村人愣是用水泥沙子混凝土糊上做底，再用水泥粉好，人工画出各具形态的石块样。无论远看近瞧都是清一色的石块，形象逼真，匠心独运，惟妙惟肖，让人在顿生惊奇、惊叹之余，更多的是惊慕、惊喜、惊魂。

我们跟着邢毅坚先生走遍全村大街小巷，随处都是整洁利落，无一果皮纸屑，无一杂草。古十字街道两旁、农家门口、墙角能摆放花盆苗木的悉数置着，既美化了环境，又能让人赏心悦目，更重要的是让人们自觉养成讲究卫生的习惯，不随意乱丢废弃之物，保持公共环境的美观。如果你想知道北山口村是怎样做得到的，只有亲自去一趟，走一走，看一看，会有感悟的……

说实话，我真的特别愿意身置其中，让目光尽览北山口村里村外的美丽风景，让身心在恬静时刻能够享受到无法用任何语言来表达的那一种愉悦,也无法以拙笔再去颊上添毫了,自或已不枉此行了。因为,北山口村美不胜收的秀丽风貌已经实实在在地在浙中之地崛起。有道是"裴楷俊朗有识具,正此是其识具。看画者寻之,定觉益三毛如有神明,殊其未安时"。我即便使出浑身解数,岂不是假途灭虢了?虽然视觉里已经习惯过喧闹的城市风景,但我还是极其不愿意反抗山村乡土气味的自然生态风貌。一山一水,一村一宅,浓浓乡愁,切切耿怀。尽管北山口村多多少少已有了城市化的园林景观,仍然有土、有野、有洋却更有古的自然乡村趣味展示于北山之檐,不失其恬静、典雅、端庄、美丽。无须多的语言,撞入眼中的原本色彩,不经意间纳入好奇的心境里,什么都已觉得新鲜,足够颠覆你的想象。一种境遇,一种心情,一种精神,能知道用一份蛰伏已久的情感恬然去解读岁月沧桑蹚过的心语,而且再来标签灵魂深处的生命印记,那才是实实在在的难能可贵。

今年已九十一岁高龄的朱金余仍然步履健朗,满面红光,亦相当健谈。他和我们说起了北山口村眼下的环境状态,赞不绝口:"我们北山口村的巨大变化,多仰仗了党的正确方针和政策。村里的环境随便哪里都和城里一样干净、漂亮。"他提及了村里的十大殿:"东紫岩、两个太子殿、陈史君殿、北山殿、观音殿、武平殿、北殿、洞主殿、东紫岩上殿,这些都保留得很好。其实,村里的十字古街自古热闹繁华,我们从小通常在那儿玩。但最多的时候都在太子殿附近,殿前的大樟树之上和下面是我们玩耍的好地儿,而且与邢氏祠堂同在一条街。去太子殿烧香的大人们特别多,我们从小一直觉得祠堂和太子殿一样神圣,有多高大上。我们村里有十个殿宇,东紫岩是远近最闻名的一座庙,今年成功地举办首届'邢植纪念馆'揭牌活动,搞得很热闹、丰富、体面。想想这种传统的古老文化在新时代时期得以传承，便并不觉得很土。正是因为这样的土，倒是给了当今社会以传统文化模式激励人们提升文化理念和文化自信的莫大期待，还有大众人们的心中一个个祈求、一份份心愿、一种种希冀。正如我们的十字街上两旁的房屋就是再低矮、再古旧，甚至再破败，仍然是北山口村的政治、文化、娱乐的中心。"古老的十字街上，房屋紧凑布局的小街小巷，形成了沉寂千百年的弄堂文化，深深地嵌在了北山口人们的记忆之中，割不断，抹不掉。一位耄耋老人尚且说出一些至理至在的话，何尝不是大众的心声啊。就像邢毅坚先生所希望的那样，在有生之年做好村里的文化事业的基础上，能够把山口邢氏宗谱重修圆谱。尽管他现在还很忙，依然耿耿于怀。

敢问沧桑濡繁华，无边风月亦当今。

北山口村位于金华北山南麓，以前的房屋多破败，除了村中十字街道是鹅卵石子路外，其他路段泥泞不堪，全年的收入人均只有几千元而已。村里自以种植佛手为主业后，佛手产业蒸蒸日上，逐步形成以佛手为龙头带动种植花卉苗木，尝到了好甜头，村民的腰包越来越鼓，家给人足。不仅如此，在村两委的领导和带动下，一、二、三产业蓬勃发展，走出了一条富裕之路。北山口村的富裕，生活水平的提高让村民们感到了党的政策的英明、伟大，要依托众多资源优势，发展乡村旅游，进一步丰富北山口村古文化和美丽乡村振兴的文旅融合产业，村两委仍感肩负重担，任重而道远。不用说，因了佛手千年的种植历史，因了千年传统古文化的传承，因了金华山奇兀的虎岩、鹤岩的壮观和妩媚，盘桓着千年风情和绵绵不尽的天地玄黄，北山口村已经把岁月沧桑和蹉跎的古韵调剂出淡泊从容的味道，让全国各地游客闻香而来、闻讯而至、闻名而歌；人们至少在北山口村除了观光，嗜景或抒情之外，带上几盆佛手回家，亦不枉来此一回。北山口村在美丽乡村建设上重塑了本村的千年传统文化优势和特色,强村惠民谋发展,拿出遇宠不骄处变不惊的豁达情怀里的那一种坦然,安排着水清香自远的恬然,渐次厚重,又涅槃。

如此情,如此景,熙熙和和。酷夏走了,北山口村的山山水水又在闲披秋色归鸿处,陶醉着原原本本皆融的乡情,无数,无数。

缘往四达亭，山水问情

四达亭就在村子的村西口。

起初，听父亲多次讲起四达亭，讲起立在亭旁的石碑和碑上的方向指示标志，这些名字在我脑海里始终是云里雾里，而且一直是落着的心事。原因是小时候也曾经常到那里去割猪草或者玩，始终没见到过。没承想，在新店桥的那头是有一个过路亭，但并不是父亲说的真正的四达亭。

金华大北山脚下的源东乡四面环山，地理优越，物产丰富，风景颇美，人称"洞源小盆地"，自古是盛产桃李农产品以及浙中桃花源声誉闻名遐迩。"五里一短亭，十里一长亭。"父亲告诉我在古时候，只要是主要道路上每隔一段路皆建有凉亭。现在，公路四通八达，出了家门就有车子，交通十分便捷。古道长亭的时代虽已成历史，但凉亭本身给予了过往行人一种仅次于家的亲近感和温馨感，其中所孕育的传说故事所涉及的种种情结与文化现象，不乏与人多蹋课，想必倒也是一件很好的事。可惜古时候的古道长亭在源东境内已少有保留且鲜见，似乎成了如今再也不可复制的梦。

从我中学毕业后，我就开始关注源东乡境域以及溪流上游下游的桥梁和亭子。太阳岭古道的繁华与桥梁亭子特有的关系，可以说是密不可分。自东部的艅艎岭亭、雅高村前山脚的前山亭、邢村的四达亭、太阳岭背的界云亭，唯独东西两端的古亭尚保留完好。

四达亭离邢村很近，最多不过是五六百米的路吧，现在已有多户人家建造了住房，已经接壤了。亭子原先又处于太阳岭古道要冲，东进西去，南来北往，无论村里人到"狗毛塘"、后溪堪干活，还是客商行人都得穿过四达亭，跨过新店桥。"四达亭者，嘉庆二十年间，余先父士礼所独造也。盖宗地义浦亭衢四通道路，下赴陇长，上趋村远，可南可北；望歧路而徘徊，自西自东。怅穷途而踯躅，夜行到此失路谁悲。缘建亭屋数间，可问忘盲以信宿谁。而人心如面，拆粢廖而敲墙壁，以致风雨飘摇，栋榱崩折。余等不忍坏毁，肯构同谋。从此垣墉宏辟，粉地重新往来无沐雨之嗟，负担得息，肩之所非敢谓能继述也，亦聊先人之初愿云尔。道光二十九年季春下浣吉旦。"

这是珠山邢氏第十四代、我的嫡亲祖公邢惟兰（梦兰）在《珠山邢氏宗谱》上所载。

在那个时候，半垅村的枸塘下、荷花形下沿溪内至四达亭原都是邢村田块。枸塘下的田多半是在晚清、民国时期为半垅村人耕种的，至于"狗毛塘"周边田亩才是解放初期的农业生产高级社划与西片几个村的。据宗谱详述，四达亭由第十二世太祖公邢士礼（1765—1844）独资建造，爱为五十大寿之贺帧。始建于清嘉庆二十年（1815），有宿店、酒店、茶肆等数间房子，可供往来太阳岭行人商客消困解乏，亦给田畈劳作村民有个歇力避风雨之处。时隔三十四余年，我太祖公邢惟兰会同两弟弟于清道光二十九年（1849）又重新修葺，在新店桥之上筑以廊坊，两侧铺垫青石板，让人坐着可观外景。太祖公们之所以修建廊桥，是为行人过桥安全防护考虑，并不完全是看景致。我太祖公邢惟兰在"四达亭跋"中述："嘉庆元年，沈店人篾竹工，除夕归家至枸塘下鬼魅而死，元旦方晓。观其鼻孔皆为泥沙所塞。又嘉庆十一年四月，两头塘人，有一医生名刘永建，金华府归夜，行到此鬼魅坠桥而死。次日，观者如堵。验其鼻孔所塞，皆泥土也。二者皆吾所亲见也，故记之。"

原先的四达亭亭子早已废湮。至今只有新店桥还在。至于四达亭是在什么年代被毁，谁都说不准。有村里老人说，村里的宝金姆姆早时候常年还在亭子门口摆茶水摊，外带点瓜果点心，生意倒是挺不错，一天的收入够维持家中的开销；也有人说是被毁于1942年的10月，日军侵略源东后欲西进太阳岭进攻兰溪城做了公路，从此就再见不到四达亭了。而且，不少村里人还看见有日军汽车、坦克开过，往太阳岭方向走了。到了第二年的春季，由于雨水泛滥，四达亭的紫溪上游被公路堵塞积满了溪水，漫淹农田，村民们叫苦不迭。邢村和半垅村的一些村民自发偷偷扒开了公路上的一个口子，才不致造成更糟糕更大的水患。紧挨紫溪边有一坵特小的田块，特低，想必是日军为做公路而填溪被挖的缘故吧。应该想得到，真正的四达亭肯定被毁于日军手上了。我们小时候看到新店桥西的亭子并没有四达亭大，据很多老人说是半垅村的一些有钱人于20世纪的40年代资助再建的，但被废毁于20世纪80年代，留下的六根石柱子也不翼而飞，一些确切状况也就根本无法查考了。

也许是现在新店桥两端的亭子都不在了，很多人自然都不知道也叫不出是什么亭子，更不知亭与桥的名字了。周边村庄的人们只管叫它"邢村亭"，而村里人则叫"亭鸽"。还别说，以前的村西口都是空旷的原野，唯有四达亭建在新店桥之上，也真像一只鸽子卧槽于紫溪，自也不虚此叫法呢。

一生一世尚可流年笑掷未来可期，一村一舍尚亦不因枕典席文而铭心刻骨，一桥一亭何尝应了"疏影横斜水清浅，暗香浮动月黄昏"的旧时韵味？其实，天道轮回里，四达亭缘往新店桥，却还是情满人间，情满山山水水，情满太阳岭古道。四达亭，落满尘土，情归何处还相遇，无非紫溪流水从来未曾老去，无非世间繁华即便落尽悲喜更幸荣辱与共，只在一山一水一清风的神韵迭代。而眼中的新店桥依旧任岁月的沧桑麻木般地淌着，似乎只能与也带着被扬满尘土的木莲青藤相偎，寥落空虚冷数，已如木莲蓬无缘攀满四达亭的墙根。

显然，已没落了的四达亭，不再有了总想打量一番日复一日过往的人们的雅兴。或许唯独新店桥始终少不了或多或少的又徒增莫过于"寥落古行宫，宫花寂寞红"之情，至有"羁泊欲穷年，黄叶仍风雨"的深沉喟叹，更多的是饱尝世态炎凉的渲染加重。它们只看着经过风吹雨淋，经过日晒夜露，虚空了落满日月与经年的瘢痕，自在渐渐地淡漠了曾经的留念。如此而已，倒不是说所有的尘埃都会留念。若是没了渴望、没了心念，即便内心或者因其而生的内涵换了另一种情结，很难说能够逃离固有的经年常态化的洗礼。生命本身固然不可复制，但隐藏其奇迹往往是平凡的瞬间定格了光环、定格了故事、定格了灵魂。

少年是真正的不识愁滋味。小时候，我时或闪过一些念头，总想让父亲说说我的太祖公缘因如此大作为。父亲一生善良、敦厚、内向，尽管识得不少的字，也会一手好字，终究是家庭人口众多，生活压力很大，许多事郁结不散的自也寻常。我呢，又闯进了这样的场合，却苦于不善言语、思维愚钝，想发挥表现一下也于事无补。

答案明显全无。

不是已形成的想法都能马上兑现，这道理我都懂。但我还是要想方设法的。当然，小时候淘气、贪玩，没事有事总往人多的地方挤，那里有能说会道的人在讲故事和很早以前的事或者新的趣闻。因为那时都没有现在如此多的娱乐活场所和网络空间，只有广播，电视更无从说起的有一台。然而，我想在各种场合里找到答案，势必无功而返之余又会徒增一些失落，却还是很不甘心。

春天和夏天的区别自然不小。如果不是葳蕤青翠的树木和肆意逸发幽香的野花悄无声息地掠过，人们似乎只在意大自然规律的原版同样以热烈的诠释还以一种静的姿态。而这种平静更容易给人的心灵深处留有恬然的静美，让人有更多的窃喜了。有人说，春分过后适宜采春。而在我们还小的时候，最向往的便是夏天。即使是暮春了，风儿还没有放手料峭的尾巴，水里仍然有些冷，除了帮母亲割些猪草，并没有我们玩的世界。就是夏季，想找点春的景致实在不是很难，而想找些夏天的惬意却是有点不易。纵然夏天有人们最怯的猛烈太阳，酷暑的闷热，可我们恰恰最予理会夏天的风、夏天的雨、夏天的味道。

以前去玩的地方最多的仍旧是四达亭。

春天，树木葱郁了，百草百花更是各自以热烈与雅洁的优势，在这片土地的滋养下不断繁衍生息。嫩绿的叶子悠悠然，倒不至于放空一切，连已缀上的碎的小花，或脸贴着脸，或肩扛着肩，或拥叠枝头，紫红的、粉红的、粉白的、嫩黄的，狂放而又安然。当然，原野的自然生态本身有雍容而不失华贵，富态更见其娇艳欲滴，使人忘却归途而浑然陶醉其中，便是人们在四达亭即可得到憩息，又可以肆意欣赏狂放不羁的原野自然景色。四达亭周围的原野不是满田满畈的麦子，就是绿茵茵的油菜、紫云英。谷雨，算是春季意义上的最后一个节气，油菜花儿开了，微风吹过，金灿灿的花儿随风摇曳，连绵起伏，宛如大海的波浪随波逐流。行人客商们来到四达亭，充饥喝酒品茶解渴自是不必细说了。但谁都知道，只要走出这一片原野，一旦进入尖岭脚村，就要先爬过尖岭背又得跋涉又高又陡的太阳岭，一时半会儿根本享受不到四野里的洒脱与烂漫。当然，至少翻过太阳岭到达兰溪地界才会有原野山乡的风味。

一到夏天，只要放学了或者是星期天，我明里跟母亲说是去割草了,其实早就已经约上许多伙伴沿着前溪的上游玩去了。不过,我们并不是怕深水,对我们来说确实不在话下。哪里水深便往哪里钻,玩个一两个时辰更是家常便饭。在浅水地段,每个人无非是蹚着水面追逐、嬉戏、翻身、扑腾,要么石头缝里掏小鱼、捉螃蟹……玩腻了,玩累了,一声呼应就去亭子里玩,悉数爬上溪堤跑进过路亭里。大家争先恐后地只顾抢地儿躺着,喧哗声不断。但看见有大人在,自然本分而规矩许多。大人一走,又总会有人制造一些新鲜玩意儿。伙伴当中年龄稍大点的,胆子也够大,悄悄地从亭角石柱爬上梁,然后又从檐口故意弄出些泥沙,冷不丁撒了些下来,"喔喔——喔——有鸟,有鸟蛋咧——"引得大家齐刷刷仰头乱寻起来:"哪里,在哪里?""给我看看,哪个地方?"——他却在梁檩上大笑不止。因为天气热,中午时分特别地想困。你要是睡着了,总会有人暗地里折了几根草儿在你的耳后或者小脚上挠来挠去,突然大喊一声:"哎呀,快跑呀,蛇精出来啦,快跑呀。"吓得同伴们人人立马翻身撒腿就跑……

如此的童年,如此的少年,乐趣如法炮制。但也无端地虚度了许多的时光,年复年,月复月,日复日。

这么多年了,如今可以让四达亭、新店桥、太阳岭古道之风韵,还有我的太祖公们的业绩于世得以丰馈,亦为一桩幸事。有道是"故夕今夜思千里,愁鬓明朝又一年"。人生不过是生长、沧桑、沉淀,都有过冷和暖的重复,有过黑夜和白昼的过往,有过狂风和暴雨的碰撞,何尝不是岁月沧桑对灵魂的赠予呢。一棵树尚且被时间所掩藏而还是要刻意自铸纹轮,亦如海螺同样要在汹涌澎湃的海浪下给自己留下时间的痕迹。哦,原是万物物种的风骨,执着于心中的根与灵魂,全然涵昭的一种情结、一种所属、一种懂得。

我还是常常有事无事,而且都在临近傍晚时分,只要有时间就去四达亭那里逛逛、走走、看看。长天下,已经张扬着山水间潜藏的气质又要回归原本特有的清幽和娴静,一群群归巢的云雀伴着落霞纷纷飞向近邻山野树丛了,我还在游弋。瞧着夕阳还在太阳岭上逗留的时刻,弱弱的阳光还是十分眷顾着属于四达亭远近的田野,顾眷着的珠山、石塔山、长山,眷顾着大大小小村廓,绚烂的霞光,借着魔幻般的渲染,尽情沐浴。

回眸里,小小的紫溪曲转回延,悠悠的前溪波光倒影,丝毫没有什么心思顾及酷夏,天空还是湛蓝湛蓝的。此情情景,正如唐·刘长卿《寻南溪常山道人隐居》中言:"一路经行处,莓苔见履痕。白云依静渚,春草闭闲门。过雨看松色,随山到水源。溪花与禅意,相对亦忘言。"别看紫溪连着的前溪水流不大,水面上的波眉也不兴,自缓缓地流入只有邢村前溪流域的后溪潭、凉潭、石塔潭、前溪潭、三石潭里,倒是有了堰坝石的高低成了流水各具特色的水波,又随着沿潭的青青水草一缕缕地轻轻遇水飘荡,显得分外的柔,加之知名的或亦不知名的野花散发着璨然而幽香的味道,往往让人极不情愿离开,抑或轻易忽略了。

似水流年,太过匆匆。

季节的颜色被淡泊了的,大概不尽是青草莓苔;而被淡泊的功利,或许更不是旧事而忘却原本吧?在我印象里,有了冬日的暖阳,也便有了春分的细雨;有过冬季的情趣,分明又有了春天的回眸。严冬里,那已经枯黄的小草就在阳光的余晖下,尽管显得苍白了许多,可它并不讨厌风霜冰雪的残酷,却没有搁浅于期望的等待。虽说是搁浅,它们知道这不会是绝对地无限延伸,想必一世的拼搏,皆在成功、自豪的信念中荡涤遗憾和缺失。

而今,四达亭附近村子高楼大厦林立,道路纵横交错,俨然一派海市蜃楼的气象。虽然长跃线公路彻底切断了太阳岭古道原有的古韵，也湮没了四达亭、新店桥原有的风采；但是，源东乡的"二师兄花花世界"和"禾丰园"百花竞艳，胜似瑶琳仙境。如此变化之大，令人喟叹！实在让人毫无理由再有个性使然了，把一些沉重的音符飘进虚拟的残梦之中又被演绎成殇。

本来嘛，让人遇见的可以是不预期的。然而其中的一些故事，来不及真正开始就被写成了昨天，能够渐渐地悟得出一种情愫与岁月安好，已是灵犀契合，即为心悦和成趣了。

于是，大概也是内心世界又有了沉藏的躁动，想在倜傥后面也来个彻底解脱。于是，像风一样飘零，就算是有过多掩不住的黯然，对于土地，对于感情，对于将来，总归谢不了幕，还是提上笔来写该要写的秉性和逸情。

斯人虽去了，四达亭被湮没了，古桥却还在。而我想说的、想写的，每一字、每一句、每一篇，或是一次痛彻心扉的祭典。

珠山脚下的长公塘水库

珠山《邢氏地域图记》记载："珠山处洞源之中，挟山谷之固，盖四方辐凑之地也。其龙发迹紫荆岩尖与峻岭殿以及枝条岭头过东，一伏六弓，再起自深壁平山蜿蜒而来；后山如屏障耸翠。前溪若角带潆洄。吾始祖以其地雄胜卜筑室于兹，与子孙庆聚族之欢。……"巍峨壮观的金华北山逶迤千里，邢村地处金华大北山的西南麓，四面环山。其余脉的珠山亦绵延起伏，涧谷纵横交错，则是大北山的太阳岭向南延伸的与诸多小山连接而成，颇具建造水库独特的有利条件。长公塘水库就在上述的枝条岭下的一伏六弓里，且为其中最大最长的第一弓的首伏之中。如果要去金华必须绕过长公塘水库才可以上枝条岭。在这里，可是一条鲜为人们通晓的千年古道。说远点，这里有过明朝洪武帝朱元璋的足迹，文臣之首宋濂赴金求学的脚印，洞源（古称谓，今为源东乡）的"千婴军"扛着五指炮浩浩荡荡翻过枝条岭经曹宅攻打金华。说近点，有过金萧支队第八大队出入洞源打击日本鬼子、顽军。

长公塘水库在岭脚塘和谷涧塘之下，而位于落坞宫尖的西侧，属"上宫方"，所以，村里人先叫"上宫塘"的。说的和写的老是出错，有人误写成了"上公塘"。本来嘛，这种事很简单的，要是细心一点了就不用那么翻来覆去地折腾。其实，"公"字应该是"弓"字才正确，但问题是当初人们并没有太在意地名与文字的相符与否。如若究其根底，即使挖地三尺去考证地域之古典或某种传说的话，也终究无从可追溯"公"字的真正面目。农村人也就是为了图个方便如今一直沿用这个"公"字。好在只是一个同音字，看了珠山邢氏地域图之说，终于可以明白了长公塘水库地名的确切性。

1976年5月，全村男女老少历时了近四个春秋的艰苦奋战，长公塘水库终于竣工。水库的建成，可以灌溉本村农田350亩。

做水库，真不是一件简单的事，现在或许还有很多人对此记忆犹新。源东人通常按当地语言叫"做"水库，而不兴叫"筑"水库。或许这就是乡下人对方言情有独钟吧，或许也算是乡下人的一个通病？

其实，做也好，筑也罢，无非都是语言上的一个表达而已。重要的是，做和筑都要人去干，都要付出太多的劳动，都要流掉许多的汗水。

"水利是农业的命脉！"这是早年在苏区针对农业生产的发展就已经提出过的重大战略方针和号召。中华人民共和国成立后，党中央、国务院一直高度重视农田水利建设，水利是农业生产的根本，农业增产增收离不开水的充足。当年这句话被写在了河南省林县的红旗渠上，在全国掀起了轰轰烈烈的建设农田水利运动，较为完善地形成了农田水利体系，使农业生产得到了强有力的保障。

邢村从1954年开始就着手动员村民做水库，但规模不大。到了20世纪70年代初，已基本完成了十来座小型水库，其中，周塘水库、山后塘水库算是较大的动作了。加之东垄水库的水能够灌溉村里的一半农田，只从层面上改善了"小旱小灾、大旱大灾、十年九旱"的尴尬局面，却还是没有对全村农田实现全覆盖。要想粮食高产、稳产、丰产，保证水利充足是关键。像紧靠着珠山下的全部田块只能依赖几个小山塘灌溉，且都是些高垄地田，一旦发生旱情远远解决不了水的问题。"穷则思变"，人的温饱问题已经不至于像中华人民共和国成立前那样严峻了，人们

流丹溢彩

已不再怕生活上的"穷",却最怕水的"穷"。于是,当时的村支书施根清同志在全体党员干部会上提出了一个大胆的议案,在枝条岭下拦坝蓄水。至于拦截在何处,会议讨论决定。

这个决定引起全体党员干部们一阵哗然,会议上众口不一,甚至引动了全村每个人的神经,有事无事都在议论这件事。真是好事多磨,第一次会议没结果;第二次,举行党员干部扩大会议,连生产队社员代表也参加了讨论,还是众说纷纭。事不过三,村支书施根清眼看着会议定不了,但他并不着急,心里自己盘桓着,长公塘水库必须上马!

突然好事情都找来了。村里要做大水库,源东乡党委和政府知道了此事,施世福书记连忙来到了邢村,叫施根清大胆地干。本来村里的事已忙得不可开交了,抓政治、抓革命、抓生产,现在又要做水库,施根清肩上的担子很重,也很沉。不愧是年富力强,说干就干。在施根清晚年的时候,笔者曾经问起他坚持做长公塘水库是如何下的决心。他只是淡淡地微笑了一下,个中滋味或许也只有他自己一个人知道。末了,他连说了三四遍"先苦后甜"四个字;言下之意,昨日的辉煌就是今天最好的回报和回忆。看看从建好后到21世纪初的粮食生产的大飞跃,其中的感慨无不在那种兴奋、那种念想、那种回味之中激荡。

施根清的心像青年时代一样总是在亢奋中忙碌着。

施根清还是以前那个"毛病",年轻时一样,到了晚年还是一样。大家在人前人后大多肯定他的这毛病就是他的个性,倒也不是说或许而是千真万确。部队里培养的一些积极的政治思想和那种特有的军人素质融入了他的血液里,才有了他在他那一代人之中不甘于平庸的出类拔萃,更有了在那个时代所赋予的奋斗精神而致以他的超群绝伦。他就任大队党支部书记,一干就是二十几年,在村里拥有自己的声誉和地位。他只要不把事情弄得妥妥当当，最闹心的就是觉睡不酣、饭也吃不香。施根清在夜里12点以前就寝已经不晚了，但第二天一般会在凌晨5点左右照样醒来，有时还会早点。不管压力有多大，他首先想到自己是一名共产党员，是村里的一把手，就是村民有芝麻点儿的事都要向他诉求，难怪他忙得不可开交了。他也明白，也必须明白，开建长公塘水库不比村里其他水库的总和工程量小，何况水库大坝工程基坑开挖的施工远不比公社挂帅的东垄水库容易，大坝基础工程夹在落坞宫尖山和桃扇下之间，表面上看极其易手，实际上大坝基坑的开挖，不仅仅是两山的边坡高、陡、险，且在进基坑的施工道路布置和出渣道路及场地显得尤其困难，那个时候并没有现在的机械化作业，任何事都得靠人工。施根清从部队复员后，村里人看到的是他的年富力强和拼搏精神，而他看到的是自己肩负着的重任，身先士卒也就成了他的一种信念。长公塘水库施工前，他利用了1962年建造谷涧（坑）小型水库的设计方案，为大队节省了设计方案规划制作费用。谷涧（坑）水库的地理环境与长公塘水库同处枝条岭下的山坳，只不过前者的蓄水量小，而后者的蓄水量在前者的几十倍以上。施根清抓住了这个特殊点，很有信心自力更生。他一个人创新性地提出在枝条岭下建大型水库，也只有他敢想敢做。于是，他只要有时间就到现场勘查、研究，除非公社里开会抽不出身。难怪知他脾性的人都说，他脑子里一直有个统筹的盘算，心中有数个小九九。按照他的思路和理念，任何时候任何事都有个预案，所以，他想要做的事往往都会得心应手。

长公塘水库动工啦！

黎明前的农村里，虽然没有城市里车水马龙般的喧嚣，却很难看到现如今除了偶尔才会听得见几声鸡鸣狗叫的寂静。清晨，天还没大亮，水库大坝基坑工地上早已人影攒动、人声喧哗。像

流丹溢彩 153

蜘蛛网一样盘缠在田野里的小路，总有一两个或三五个人在向基坑工地赶着，又相互彼此招呼着。拂来的微风把工地上阵阵的说话声充斥在整个原野里，亦将原本就已宁静的空气带上了会流动的图画，能量或大或小，却在黎明的寂静中也传得很远。虽然不会吵醒居住在小小下园村里还在熟睡中的老小人们，却让醒来的人可以感受到水库基坑工地的忙碌。一直生活在基坑工地附近下园人本来已经习惯了山野安静的生活，忽然又被工地上热火朝天的气氛彻底所吸引、所震撼、所折服了。一些老人说，盘古开天地也没见过这样声势浩大地做水库，况且，只是一个村子的人每天轮换着，并没有其他村子的人们来支援。也许他们根本还没有彻底想到，中华人民共和国成立以来，人类历史文明的发展与社会主义思想观念的建设性已成一种常态的富有，让原来静谧的山村和垄野足以失去了夜晚和黎明的一些色彩。

长公塘水库大坝基坑工程仅用了27天的时间就完工了，全长69米，宽29米。

经历了整整50年，今天，假如你去一趟现在的长公塘水库，醒来同样会看到乡夜的寂静。不过，路还在那里躺着，但路面平了，加宽了，而且还浇筑上了水泥混凝土，以前经常走的弯弯曲曲的羊肠小道不见了踪影。偌大的一个垄野突然又恢复了以前农耕时代的安静，总有些让人感觉不适应，然而，却更加不失那份亲切。

我突然想说，任何时代的历史文明大发展的前提下，全国一直大幅度发展的社会生产力，与兴修水利的那个时候都是无与伦比的。而今天丰富多彩的现代生活恰恰被那个年代所创造出来的奇迹和财富包围。

对全村人来说，做长公塘水库无疑是获益匪浅。为了确保水库工程早日完工，大队党员干部群众一条心，齐力奋战。原定的按人工分配方案需每个生产队正劳力上工地，因各个生产队都要抓粮食生产，两头难以兼顾，只有趁冬春两季的空闲时间才没有了后顾之忧。大队党支部决定，全村无论男女老少都可以去水库工地上。当然，全大队社员群众除了响应党的号召积极投入长公塘水库的建设外，一切行动听指挥，听从大队的指派，毫无怨言；各生产队社员轮流参加远在止方村"磨刀坑"的上桑园水库劳动，每天至少不下40人。参加两地水库劳动，还有一个好处就是可以得到相应的工分报酬。虽然乏累，但谁都十分高兴，人人都十分卖力。况且，又是农闲时期，自然乐意上工地去挣些工分。一天下来，年轻力壮的人比在生产队里劳动挣的工分要多几倍，就是徐娘半老也能挣个二三十的工分，在生产队里得做四五天的活，才会有这些数。

长公塘水库开做，我还在念小学书。那个时候，我们不是常常在放学后整天水里玩，就是往山地里田野里找吃的，只有天晓得父亲和哥哥们还在水库工地上奔跑着挑泥土。大冬天的几乎每天看到他们只穿着一件薄薄的粗布衣裳回到家，满身的污渍和汗迹，满脸的疲惫。我知道，父亲和哥哥们挑了一天的泥土累的。哥哥们自己忙着洗漱换衣服，而父亲坐门槛上"吧嗒吧嗒"地抽着旱烟，美美地抽完一杆烟，又忙不迭地去提水给牛喝，再切些料草，接着抽他的旱烟。我和弟弟们并不敢吱声，只帮着母亲烧灶火。母亲一个人往灶里舀好水，然后叫上我一起洗青菜。今天晚饭是切玉米粿吃了。

我私底下和母亲说过，我也要去水库上挑泥土。母亲说，你才多高呢。是不高，但我已下了决心去试一试。

到了1974年的冬天，长公塘水库大坝筑得已经很高了，我已上初中。其实，我早就下了决心，一定要去水库上挑泥土。放了学，我没有和其他同学去玩，而是在家找了两根短短的铁丝棒，

流丹溢彩 155

用石块敲成弯弯的钩，翻箱倒柜般地找上两根细麻绳，又找来一根短棍，弄好放在一边，等星期六星期天去水库工地。

嘿！那天早上我竟然睡过了头，天早已大亮。匆匆吃了点东西填下肚子，急忙到水库工地。好热闹啊，好壮观啊！大坝两头的山边插着的红旗迎风飘扬，大坝上、水库内都是人，掘土的掘上一阵子，挑泥的装上泥土立马冲上大坝一倒，拿了大队干部的毛竹削成的竹签奔跑着回去取土了。大坝呈斜坡状，别说是挑着满满的一担泥土上大坝，就是空着手往上走也觉非常累。也不知男女大人们是哪来的那股劲头，挑着一担泥土爬上大坝却并不觉得很重，来来回回挑着跑。要是大热天还真够人受的，好在是冬天，虽然寒风凛冽，人人身上只穿一件单衣，也跑得汗水淋漓，并不觉得冷。我找到父亲那儿，父亲看见我拖着畚箕（我们管叫簟头），只是笑了笑。我使劲装上泥土，也满满的，挑起来就想走，两只畚箕根本起不动。父亲笑着过来说："土少装一点浅一点，你这么小的个子，吊钩也太长了，还是不要挑了。"我说试试。其实，工地上也不止我一个小孩子，和我一起同班的事先都商量好了的就有十来个。我照着父亲说的做，与其说我拉着两只畚箕走，还不如说是我拖拽着它们死拽硬扯地扛着。我也学着大人们那样跑，但跑不起来。摇摇晃晃地拽上大坝的一半，我已是气喘吁吁。大人们见我这样子，都纷纷让着点。我低头看两畚箕里的泥土只剩下一半了，肩上的重量正好轻了许多，冲上大坝并不费力气。大队干部看看我倒下的泥土，他的头摇得像拨浪鼓，笑了笑，极其不情愿地给了我两根竹签。嘿嘿，我挑上那么一点泥土，这竹签得的本也不值，想想也觉得自己好笑。下次一定多一些，我始终这样想的。开始还真的多不起来，慢慢地习惯了，自然也装得满，分得的竹签自然不会嫌少了。有的时候还被分到过四根，甚至五六根，大人们才分得这样的数呢，乐得我都跳着走路了，像是捡到了什么大宝贝一样。一天下来，得来的竹签竟然也有六百来多根，折算下来也有5个工分了。第一天的劳动，累得全身像散了架似的，哪里都觉得痛，晚饭也懒得吃，早早地睡了。

第二天，我还是很早就和父亲、哥哥一起去了。可父亲却不让我挑了，怕我被压坏了身体，只给哥哥们装泥土。也好，我有时间好看看工地上热火朝天的热闹和壮观的场面。

工地上最吸人眼球的便是大坝边上的那十来个人，他们边唱着夯歌边齐力高高地举起一块用粗麻绳穿着的大石块，然后落下来，举上去，又落下来，一下一下地把坝边夯实，这就是夯坝队；他们每天有两组，每组十人。把大坝边夯实夯平整是他们的任务和职责。真没想到，他们唱的夯歌简单又洪亮，很好听！只可惜我没有记下来。看看大坝上川流不息的挑泥人奔跑，在不知不觉中喝上几口寒风，吐出来的却是一团团的热气。冷冷的风穿过一拨一拨人好像也逐渐变得无力，最终无声无息地消失在人们的胸腔中。似乎也只有由20人组成的那帮拉滚碾队还有一点的时间可以空一下。但最多也只是一袋烟的工夫，大坝上被滚碾压实压平了的空块地方，很快让挑泥人又铺上了厚厚的一层土。随着拉滚碾队长的一声笛响，拉滚碾的马上碾压过去，反复三遍，才算压实。拉滚碾不用说也很累，常在电影里看到过大江岸边拉纤的，此时说着无非是环境和时代的不同。滚碾，俗叫"千斤碾"。长公塘水库上的滚碾至今还在，据说足有五六吨重。当时，为了这个滚碾真费了好大的心事。还好有上级政府和领导的大力支持，便也让大队少费劲了不少，个中之由也只有他们那一代人心中有数，我们是绝对不得而知的。

几十年过去了，我是又咋样记住了这些，似乎与别人看到过的并不是能够想象得那么简单。我是极其不愿意忘却当年的这些事的，不知道是啥原因，忽然又心血来潮。当然，我记不住所有的这一切，但也一直记着曾经的经历……

小的时候，一看见叶子落了一地便能听见远远近近的西北风的声音，秋天来了。与此同时，也就明明白白地知道，冬天快到了，固然是做水库的最佳时期，连着整个春季。在冬季做水库，挑泥的最怕冰冻的日子。只要上了工地，人人争抢着离大坝近点和泥土容易掘的地块。所以，不管冰冻或才下过一场小雪了，也要很早找了一块地方掘土。掘不动，慢慢地掘，一点一点地掘。等到太阳出来了，冰或雪融化，泥土也开始松软，用的是尖角二指锄头，我们管它叫"两齿"，几乎家家户户都备有。它非常尖利，非常适合翻土，力气大的话，一翻就是一大块。人手多的人家占有绝对优势，可以一人翻土，其他人专心挑土，一天得的工分自然比别人家的多得多。我家呢，父亲还有两位哥哥当然是这支庞大的水库建设大军中的一员。我只是给他们送送饭和水，偶尔也参加进去几次挑泥，但整天的挑不了几次，最多也就半天的时间。不过，多的是给他们装装泥土，倒也开心、殷实。

珠山脚下邢村村是典型的丘陵地貌，整整五年时间，全村最大的长公塘水库牵动着近千人的心，牵动着方圆1.5公里肥沃的每一寸土地，牵动着珠山一山一水的深情厚谊……整个天空大地都是春天的气息，多好的春天啊。难怪原老村支书施根清说的啥事都有苦才会有甜，在他的话里藏得更多的语重心长啊。多少年来人们总是把曾经做水库这样的事看得比什么都要重，说大话点，甚至比爱或痛的刻骨铭心还要深。

时光荏苒，却也弹指一挥间。往事悠悠，最终也一样，尽管多少年后许多事情会结束。但能想起的，我想仍然这样的一件事。实际上，这不是那个年代的人只为做水库纯属单纯的一件事，而是一个有血也有肉且十分动人、丰富的故事。即使在一百年、一千年、一万年以后,依然远比想象中还要精彩,也包括在世或已不在世的人,更包括以往、现在、将来。

这一方的水流在洞源,流在珠山的土地上,滋润着珠山脚下的方寸之地,养育着珠山的人民,像大地繁衍草木一样。

雨痕，雕刻不了普济桥的记忆

普济桥，坐落在村北偏东向的前溪，为太阳岭古道边上的一座小石桥，也是村民们外出劳作和到邻村的必经之路。

我念初中的时候普济桥还在，而且常常在放学后一定要去桥下的三石潭里玩会儿水。当然，玩水肯定是多在夏天。

普济桥，是我村前的前溪上唯一的青石板拱桥。它位于三石潭与两斗湾之间，建于明代中期，清嘉庆年间重修，为四块并列的青石板、两头相拱的八字拱桥。1957年因边上刻有"普济桥"字样的青石板断裂，重修。1978年改造河道溪流而拆除。至今，众多的村民因普济桥的拆除而叹惜不已。我们在普济桥上的童年乐趣也从此不再。

但每每回想起那个时代的感觉，今天自然记忆犹新、心绪如潮。

小时候，我虽然斯文，但终究有一些顽皮和贪玩。要么借放学回来之际，要么借口出去割猪草，少不了去前溪里玩水捉小鱼和在普济桥上游荡一番。晴天还好，可以嬉闹个痛快，但遇上狂风暴雨的时候，不尽人意是常有的事。不过，往往顶多就是自认倒霉而已。特别是梅雨季节，天气说变就变，令人措手不及。

大雨来了，没地方躲藏，我们跑下桥拼命想到三石潭边上的大樟树下避雨。可是，溪堪路不是很宽，被雨水一淋黏黏糊糊起来，又滑，不小心很容易摔倒。路面上的小水凼里积起浑黄的水，被大雨冲刷得溅起大小不一的朵朵雨泡，还没等飘散，就一起挤陷在颤颤的雨点中。天，夹着狂风的雨越下越大，雷声闪电交加。好在小时候除了喜欢玩水，往往特别爱看雨中的水泡，尽管人被雨淋透全身也要待着看个透彻。雨在下，风在刮，人被风刮得站立不稳，大家只好硬着头皮藏在溪塍后堤，任雨淋。好在没去大树下躲雨，要不然很容易被雷电击到。夏天雨来得疾，也去得快。才过不一会儿，前溪里的水已爆满。溪流夹带着被滚滚洪水冲下来的柴火垃圾杂草，过普济桥，在两斗湾兜了个旋转，向新梅村西溪汹涌而去。只剩颤颤飘飘的雨丝从阳光里穿过，瞬间便晴空万里了。在路上，在空气中，弥漫着原先天晴的热浪和泥土被雨淋湿后掺和一起的一股臊臊的涩湿气味。

雨停了，北山的东方上空挂起了一条绚丽多彩的彩虹。

我们那个时候，淘气值相当不低。整个人都被雨淋湿了，身体尽管时不时会有一些寒战，似乎并不感觉有啥不适，仍旧吊儿郎当地趴在普济桥上，或两手撑着桥板坐在桥沿，双桥凌空晃荡着也不知道危险的感觉。一边看两斗湾里的漩涡，一边又无论如何要看完彩虹消失了才罢休……

夏日，炎热难耐，一场暴风骤雨惊醒了刺耳高歌的蝉鸣，倒也渐渐地淹落了一阵子。这种合着流传千百年的沧桑古老的律韵，或单调，或隆重的浪漫，自然鸣奏于山丘之间、野水之滨，更在普济桥畔。一个个澎湃过或也柔和纯真地活着过的雨痕，对普济桥来说或许无足轻重。而对我们来说，却是整个村子不可或缺的灵魂的震撼。谁是它的主人？走过春天的姹紫嫣红，却难以忘却夏夜的草虫唧唧复唧唧；领略秋日的瑟瑟凉风，更觉冬季长冰寒雪的寂寥。风里来雨里又等你，蛰伏了平凡自在的怡然，仍然深藏着珠山这片土地上世世代代栖居的人们构筑美好生活的初衷，雕刻着无可奈何的些许遗憾与憧憬美妙远景的希冀。

也许，好多人以为有了巍峨的金华北山，重峦叠翠，必定是好山好水。山脚下的源东乡虽说是丘陵岗地的半山区，自然灾害极少会发生。殊不知，发生洪水概率及密度可是难以想象。以前的前溪说起来还是比较宽的，从后溪堪经前溪过王安山流入洞殿水库，河道弯弯曲曲，但一到雨季便水漫"金山"。1973年6月23—27日，连降大暴雨，前溪村口段缺口15处。从前园明堂到下畈一片汪洋大海。6月正值早稻孕穗期，被缺口洪水淹没毁坏的农田85%颗粒无收。但大队党员干部社员群众并没有被吓倒，在党支部的领导下，组织社员奋战在抗灾救灾第一线。把洪水冲进良田的石块、木头、垃圾、淤污全部清理出来，整田块，填筑缺口了的溪塍，确保了后熟粮食早种早收，仍然使全年粮食生产得到大丰收。

当时，全村人原以为普济桥会被这场突如其来的大暴雨大洪水冲垮，没想到它仍旧磐若泰山安然无恙。

时光荏苒，沧桑穷变。

普济桥不在了。然而，浑然厚重而又玲珑透彻的普济桥托嵌了细汀的水润，投涨了咆哮的水啸，黄浊的水流毕竟冲淡不了攥背的舒适和心境的投缘，更映不显桥下倒栽着我的影子了。一片的雨点聚汇的水，轻轻滑过曾经的普济桥而慢慢陷于润泽，就像滑淌垂着树叶面的浅湿，刷洗渗流了浅嵌的渍尘。雨后的丝丝柔风，羞涩踉跄的潮湿，似乎吹凝不了叶面上新淌的雨痕，更别说普济桥身上旧的雨痕了。

元代散文家马致远（1250—1324）的《天净沙·秋思》道："枯藤老树昏鸦，小桥流水人家，古道西风瘦马。夕阳西下，断肠人在天涯。"想必此诗非常切入我的思绪，大概的意象和弦聚合效应，也在层层延伸我此时的叙述空间呈现，感情的主观密度带上浓厚的情感渲染，为我放逐古道、古樟树、小桥、流水、人家的情景妙合，亦为美事一桩而不可及者此也。

雨痕，旧的，新的，到底还是留不住那座普济桥。

树再老，烙上的只是岁月的印记

记得父亲说过，世上所有生物都有灵性和记忆。植物也如此。

我是说，那些夹在书页里密密麻麻的黑，真的能轻轻地捡拾起秋叶的心事，那肯定是与自己或与你相关的了。但不一定会那么确切。许多事若是像悄悄爬上树枝间的蝉，疯狂地张扬着自己的能耐，将与不曾枯黄的树梢翠绿的故事有缘。于是，曾经的，当下的，抑或将来的也未必不可能。那些草长在山上，长在原野里，长在路边，长在院子里，长在墙脚或者墙的缝隙间，也长在大树小树的边上，挨得特别近，但从来没有谁碍着谁，相安无事。树和草倒是长年累月里不是看着雨淋，就是任凭狂风细风挠它的头，挠它的身。要不也听听夏蝉高歌的流火音乐，要不情愿蛰伏于一层冰雪的霜降中，好好皈依。

村前的老槐树就长在前溪的桥头。说它老，还真的很老了。站在桥上看，是得有几个人合围才可以丈量的粗，可是树心已大空，钻进几个人不成问题。瞧着瘦骨嶙峋样儿，也只有它知道自个儿命到底能挨过去多少年。

老槐树应该是与村庄同在的岁月了。它是村里的风水树。

每当过大年了，总有人会担心地想到老槐树。时近腊月，一天到晚时不时有人去燃上蜡烛点上三炷香参拜。可是，也有人总把家里打扫了的破罐碎片和垃圾倒在它的树根边。我是不知道为何在此对老槐树如此的虔诚，也对它存在有如此的不在乎。好在到了夏季有了几次大水的冲刷，老槐树底下的杂物被前溪水带走了，那些草仍然又长回来。

流丹溢彩

双尖山

那个时候我还小。

前溪这条路,从王安山至四达亭也不怎么弯弯曲曲。但往返太阳岭必须经过前溪桥,还有在三石潭下经过普济桥就是二斗湾,所以看起来倒也更加曲折了。上游的凉潭边和下游的三石潭都栽着樟树,唯有前溪桥边是老槐树。因老槐树高大,常常引来乌鸦栖息。村里人却对乌鸦极其讨厌,只要听到它的叫声心里就起毛,可惜树太高奈何不了它,多少时候都想把老槐树砍倒,只不过迫于老槐树的尊严在人们心中的强化。本来很简单的事,被它那么一嘶叫,似乎变得复杂了、神秘了,也恐怖了。人,生老病死,再自然不过了。或许也就是乌鸦的羽毛太黑了,叫的声音没有其他鸟类来得悦耳动听,就这么让人唾弃。恰恰是老槐树在村口,在过往行人的主道上,想着怎么也舒服不起来。

千百年了,如果一个人在不久的岁月离去,只会咒上那几只乌鸦的喋喋不休,却认可将携带一个村庄的全部记忆。活着的人一直在想着平平安安地过日子,认得老槐树存在的意义,南来北往的商贾行人也认得老槐树的身份。有老槐树在,也就认得了太阳岭古道的来去方向,认得这条前溪,认得这片天空这片大地。

树是有记忆的,会记住许多的事,包括人和老槐树。但也有迁徙的人,如游动的风,去了别的地方,时间久了渐渐地也会记不得。若是真的遗忘了,那能去问谁呢?问树吧,它的纹轮只是大致地清楚。可是,有些树是不能乱砍的,就像在这些特定位置的老槐树、老樟树。这村里包括前溪的老槐树、两棵老樟树,还有菱塘前的一棵,小殿的一棵,人们敬之为皇帝銮驾的五把黄罗伞。西晋崔豹的《古今注》有云:"华盖,黄帝所作也。与蚩尤战于涿鹿之野,常有五色云气,金枝玉叶,止于帝上。有奇葩之象,故因而作华盖也。"黄罗伞,华盖,乃五色祥云,皆一体。既是吉祥之用意,又象征皇权之威武,以为上苍显灵,荫庇天下黎民了，何乐而不为呢。

老槐树是有灵性的。

我像我母亲一样敬畏神灵。走下前溪桥，我突然想起那棵老槐树，又回头望了一眼。不甘心，特地走近老槐树喊了几声，想让它听见我的声音，渴望它发现我。

"回家，对槐树娘娘要敬重。"母亲说。

那是老槐树。它没有和我说话。我太用力喊了！我说。

母亲瞪了我一眼，快步拉上我的小手往村里走。

就算老槐树听得见我喊的，却不知它会给我些什么。希望还是要的，希望会轻易地施舍于我。于是，我自尽最大的努力不出声息，深藏于心底，那份情结的虔诚。

母亲给我讲了一个故事。

这个故事不知道发生在哪个朝代，但总归很久很久了。明末？清初？谁也不得而知。一位回义乌的客商大概是翻过太阳岭、尖岭背，没有好好地休息过，急着回家。至前溪桥转弯过处，一脚踏空，连人带包袱跌了下去。老槐树本来树高枝繁，一分枝斜伸至对面向上长，与客商跌落之处正好拱着，细枝末节的繁叶碧绿，想象之中也没有凑巧。客商掉在槐树上，滚入溪水中，不知就里地被呛了几口水。时已至秋，多少还有些天凉了。他乘朦胧的月光浑浑噩噩地爬上溪潭，风吹来，不禁打了一个寒战。老槐树上的几只猫头鹰听得底下水声响，一声啼叫呼呼地一齐飞向别处，客商站在桥头听得真切，身子却不由自主地跪了下去，对着槐树扑通扑通磕起头来。四周并没有啥人，月光把老槐树倒映在溪水里，听得见水声，树影也在流动的水中忽隐忽现。客商经了这一惊一乍的，额头渗出的水珠连自己都不知道到底是溪水还是汗，人清醒了许多。瞧瞧来的路上，又瞧瞧石板桥，桥边的老槐树渐渐地有些看得清了，自也顾不得什么，向着老槐树跪着，连磕了三个响头……

母亲讲的故事是真的，但我听了似乎不是很明白故事的真实意义。

父亲说，老槐树的存在，那是一个村子的灵魂所在。古时候，不管外地的当地的土匪强盗见到村口的槐树，都不敢轻易地骚扰这个村子了。何况，以前我们整个村子就像城里的城墙一样围着，各个路口大门一关，还是相当安全。村子处在往返太阳岭的要冲，有了这棵大槐树自是一个水口好地。

古老的故事，古老的槐树精灵，有人爱听，有人爱传。听着，传着，又听着，又传着，也就成了神话。我是没听得到爷爷讲过，还没出生呢，可能吗？父亲心情好的时候会说，要不就自个儿抽着他的旱烟，好在母亲会说，只要我们仰起头托着腮帮问。

我渐渐长大了，但老槐树仍然不见得老，仍然道貌岸然地挺立着，仍然早迎旭日暮送夕阳地自然。十五六岁了，我进了中学念书，一个星期回家一趟，总也念念不忘要出村去看看老槐树一眼。借口给家里的猪羊拔些草回来，母亲很是高兴，还是依我的意愿。我站在桥头，从老槐树的根上一直看到树梢，仰起头，目光在树顶上停留了好一阵子。树顶上什么也没有，天空空的，只看到有几朵云飘过去。自己发怔，自己不知啥意思。

我想起了父亲说的话，想起了母亲讲的故事。

好像不是讲给我一个人听的。

1973年夏，田野里早稻已扬穗，眼看丰收在望。突然连下了三天的狂风暴雨，洪水猛兽般地肆虐。前溪从后溪堪到王安山附近，竟然有十五处决堤，村子外围至新梅村一片汪洋大海。这一年，早稻几乎颗粒无收，人们叫苦不迭。

洪水持续了三天三夜。

原来，人们以为这次的洪灾老槐树肯定难逃一劫。等洪水退了，老槐树还是原来的老槐树。只是在它前面的溪堤被洪水撕开了一个大口子，恁把先人们一担一担垒实的溪堤给冲开了。

老槐树的底下插满了点燃的红烛和香烟，袅袅娜娜的青烟环绕树身，飘向空中。

老槐树这次经历了残酷的炼狱。许多年，许多特大的事情都发生过，老槐树经历了。人们没把风雨忘记，没把前溪的水忘记，更没忘记老槐树。它哭了，它泄气了，也痛了，身上的叶子被太阳一晒，似乎有些萎。不过还好，就当是被暴洗一番，也净身洁体了一回。起早贪黑看着人们抬着被洪水冲进田里的石块填筑好决口，一把一把地将死禽死畜、烂枝杂草从稻田里捡出来，一把一把将淤泥清理干净。它没有吱声，也不用吱声。

不出一月，这片土地又焕发出绿油油的生机勃勃。时间不可以倒流，就是那样匆忙。人们的忙碌无非就是在匆忙中求一份安康、求一份温暖，哪怕是一半也是一半。无论是多少，得一个温饱，总比空肚子强。老槐树也一样，多少年许多人来来回回打量着世界，许多人怀着各式各样的目的，离不开美好的梦想的努力。

更多的人还在一年复一年地许着愿。

不管怎么说，这样过了几年，又是几年，一切都在变化。老槐树有些老态龙钟，村里有些人渐渐老去，有些人渐渐地长大，依旧交替着不变的繁衍生息。人们依旧还是一样春忙秋收，夏季更是忙。而我中学毕业之后，也就没得机会像小时候那样经常去三石潭边上的樟村上掏鸟蛋了，多是上生产队干活挣工分。幸好每天可以走过前溪桥，看得上老槐树。许多年后，老槐树树根边多了一些破破烂烂的盆盆罐罐的碎片，堆满了臭气熏天的垃圾，什么颜色都有，什么虫子都有，见得嗡嗡地飞的，也见得到蠢蠢

流丹溢彩 167

欲动的蠕动的。

老槐树开始呻吟了，但没人理了。

有人理了，有人照样把那些恶心的东西倾倒在老槐树的根上，有人竟还有些理直气壮地大言不惭，"这些东西不会伤着它"。

老槐树的树根忍受不了这样的摧残，想朝另外的方向走，但无法走。溪潭的水能喝，不至于干渴；往地底窜，已够；唯一的出路却掀不开压在根上的那些令人作呕的东西。终于，枝条没了力量伸出，茂密的叶子一片一片枯黄，一片一片掉了。

老槐树瘦得没形，瘦得枯骨，全身裸萎。

老槐树寿终正寝了，在20世纪90年代。原本它可以活到今天，却没人去救它。

我知道，它自己或许还有灵魂摆渡。

我一直记着老槐树，记着它的魁梧高大其叶垟垟的样子。

燕窝养玉，水滋昌山福地

站在傅村镇深塘坞村东面的山包高处眺望，前面远处就是苍头村。要说深塘坞村离苍头村远，其实并不远，只要几分钟时间就到了。苍头村，村廓匝地，高楼大厦矗立，绿茵纾困。若是沿着道路弯转进村，首先有一口不小的水塘，名叫门口塘。东、西、北三个方位地势略高，紧紧围着水塘，与其说是偌大的聚宝盆，却也极是个典型的燕窝地。塘前一旷地是该村唯一较大的广场，也是全村最低也较为平坦之处了。伫立此处，瞻彼水色潋滟，岸边柳树桂树翠色欲流。四周卓卓宅第依水而建。适时临晚，夕霞映射，炊烟袅腾，乡村悠悠古韵摄人于眸而衍运属于空灵时刻难以物我两忘瞬间的怡然自得。

苍头村，我去过不止几次，说得上还有点熟悉吧。

金东，自古富庶而底蕴深厚。可以这么说，苍头村是金东区东大门里的傅村镇的南大门。一个苍字，涵盖粮草即盛、金玉其中的昌山吉地，集东方日出洪福齐天与南纳瑞祥和运泽于一身，上有上天眷顾，下有大地滋养。既然是青色蓝色捯拥，当数草旺率粮也；亲水金东之首，晨沐朝霞，清风徐来浴曦露；夕阳斜照炊烟袅袅，青睐昌山好个毓秀钟灵。千百年了，昌山拾着晓岚瑰丽，筠筑山水千顷而物阜民丰，正应验了"苍头"两字的实至名归。

苍头村北望金华北山、遥指金华南山，从迁始祖周仲靖卜居立业，瓜瓞绵绵，尔昌尔炽。周氏世代裔孙一直崇尚并秉承"学绍濂溪道脉长，宗传姬旦家声远"的理学思想、理念与情操，枕濂溪，居昌山；泽福地，读书为重，次即农桑；且怀瑾握瑜，席珍待聘，礼义廉耻，四维毕张，孝友睦姻，颇见相得益彰。

时间太瘦，指间又何其太宽。如果要看苍头村古建筑很平常的话，仅瞧瞧偌大的村廓紧紧地围绕着水塘依次而建，还有近三千人口的这一大数字，谁的心里早已经足够明了了。尽管没有像有一些村子徽派厅堂古建筑富丽堂皇而街连巷接，苍头村已然绝不亚于其同工异曲之雄浑，建筑群因地制宜，廊回巷曲，纵横交错，从来同声相应，同气相求；苍头人足够克绍克俭，肯堂肯构，堪具侔色揣称。

人在风景中，要是说相遇而相遇的巧合坠入陶醉，也就不仅仅只是风景。都说水是江南的灵魂，水是村落的起源，一点不假。

苍头村门口塘很大，呈圆形，足有几十亩。那些放养在水波里的故事或者传说，年复一年的代代相传在自然而然之中，会有其最美好时光而特别丰富。即便是极像初来乍到的人才知道其中的那些事一样，也许并不希望得到的是一身的俗念，抑或包括了我，无语也灿烂。可以粗俗地想象，水的存在，天空似乎更年轻，何况是人了。山峦可以一直享受着从水里爬出绿色来与世界舞蹈，醉在比自己更绿的意境中。一汪清水，活出世界，活出村落，活出人类，活出一切的一切。而且，遵从着大自然的意愿，描述更为精灵的自己，释放自己大美的修行。

门口塘周边树木叠翠郁葱，桠间枝头叽叽喳喳的鸟叫声，清脆甜美。鸟，知名的或不知名的，村民们从来没有嫌过它的嘈杂。春夏秋冬，倒以为有鸟叫和有鸟影的地方，才可称得上诗意永远的大美之处。

说起鸟，人们更喜爱燕子。冬天都离开了，但还带掖着料峭的寒意把春天送回来了。倒不是说冬天不舍得走，而春天自然是潜伏在似暖还寒的暮冬之中，在它在意或不在意的时候都要冲击它，让它在一夜之间疼痛或无力招架，让世界又清新起来。春天是寒冬的逆子，一树的老黄叶子被悄悄地换装，等来的是燕子的戏谑、调侃。

固然，燕子真正成了人们与生俱来的一种吉祥鸟。人们看它们飞进了农家里，喜爱它们在农家安栖。尽管它们啁啾的韵律不是太婉转、丰富、从容，只有那些小小的雏燕从叽叽喳喳的单声部变成多声部才是能给的乐曲，却也从来不厌其烦它们的反复循环，更不像其他的鸟类要被驱逐出去。夕阳下，人们坐在树下，坐在门口，坐在石阶上，看着黄昏时光的暮色潜入门口塘水中，看着水塘里的水，看着满天飞舞的蜻蜓，忽而凌空冲刺，忽而俯身翘尾水面点击继而腾空而起，瞬间，水塘里顿时泛着圈圈的小涟漪，煞是风景。树上的鸟声仍然时不时交替啁啾，人们却还是更乐意看着燕子与蜻蜓凑热闹，或冲入蜻蜓群中竞技，或贴近水面点水而后飞翔的样子。是的，人们极力顺着美妙的境遇，已经是出乎自身的一种煽情的想象了，浸润着人的体温，或者轻轻说出自己的美妙，留点浓浓的诗意，留点陶醉的感觉，留点可凭可触的念想。

很早的年代，农村里还没能普及享受现代科技电器和电子设备产品，人们自然多喜欢坐在门口塘边的石板上或自家门口石阶上，喝喝茶、聊聊天。特别是一到酷暑时节，往往吃罢夜饭纷纷三五成群聚拢一起，借着繁星点点的月光，一边摇着麦草扇纳凉，一边又随时拍打飞来咬人的蚊子，一坐就是小半夜是常有的事。宁静恬淡的古村落里，大院落、长廊下，风儿总是最会眷顾狭窄而长长的弄堂，时不时地拂去人们在烈日下忙碌劳累了一天的困乏与疲惫，窃喜从中得到的愉悦和凉快。这一种人世间真实的时空被隐藏在如此散漫而悠长的夜色中，一幅定格于人的心境中顿时变得舒适惬意的画图里。老实说，城里人是很难享受到的。虽是只有月光的倾泻，倒是可以发现比拥有璀璨堂皇而空蒙的城市生活更富于远古时空的感觉了。月影、灯光与门口塘水交相辉映，一地的流光溢彩想必十分恰当地应着唐·戎昱《移家别湖上亭》所言"好是春风湖上亭，柳条藤蔓系离情。黄莺久住浑相识，欲别频啼四五声"里写的诗情。尽管是不在春天的日子，恍惚间悠悠然地竟也不会去辨别何在天、何在月、何在水了。漫漫长夜像是无数多情的手臂牵扯着人们的衣襟，于从容自如中悠然脱俗，受用这怡情骀荡的盎然气氛。

我是说，无论你从哪里沿村走街串巷一遭，苍头村村容还在平平素素的古典常态中迎接你。不熟悉的人很容易迷路，就像闯进了迷宫一样，一时半会儿走不出来。那些上百年的老房子多半都还在，但也有一些已坍塌。古老的民居墙上留存的斑驳印记、光滑而凹凸很明显的门前石板台阶、鹅卵石或石板路上的青苔……这些痕迹，无不是苍头村承载着曾经的岁月沧桑。老房子大多集中在水塘周边依地势而建，门楣用石条镶嵌，有的是青石，有的是红石，设石条门槛。走进屋里，有天井，有走廊的，却很深，雕梁画栋的虽然不多，但物件雕刻得够明细、够剔透、栩栩如生。走过，看过，当然会在心中不免有许多的感慨和想法。不过，村里小巷弄堂路面的格局与那些老房子或屋里的布局，却也并不单一简陋，甚至有一些相当讲究，说金玉其中并不为过，颇有一些让人陷入莫名的诗意和情趣。间或有的是现在高富态的建筑在给古老的村落添加着一些新时代的气息、容姿，倒给人有一种另外的新鲜。倘若你沿着比较宽的环村街道一路走一走，街道两旁满目高楼大厦栉比鳞次，尤其是从高速桥上来一直到上河村然后向右折回至去深塘坞村方向，现代版建筑风貌绝对不亚于城市的格局。

我坐在晨曦来临的霞光下
燃烧过的激情里,又听得见
挂在西山的夕阳的呼唤
炊烟,拉走了母亲的喊声
也捡拾着游子的目光

村子,吊上明月
醒转时,就挥霍了一场宿醉
老父亲叼着旱烟杆
呷上一口身边的半壶老酒
等着黄土地,端出闪光金和玉
昌山的水,挤出十月的希望
村头,堂屋之上
溢出,眼眶

悠悠沉香，于乡魂深处蔓延

别说每个人都有一份心情，一种情结，一个梦，就是天地之间的万物且以自己的生命力无不在裸露着抒情的志向，何况是源于千年古韵的自然生态或是善养善祷的悠悠乡愁板块了。刻于一座城市的雄姿与繁华以盘活，无非有着其魅力的借力绘就了风景独好的一张金名片。而令苍头村人耿耿于怀的金名片恰恰是自己村里别具匠心的周氏祠堂了。

周氏宗祠位于门口塘前面的右方，坐北朝南，始建于崇祯元年（1628），大明礼部司周凤岐赐匾，怀庆捕资通判周应龙赐匾。宗祠面阔三间，共三进，两天井。建筑外观极其简易，看上去与民居并没有什么区别，走进去了得抬起头来，在第一进的上首才看得到挂有"周氏宗祠"的匾额，才知道这是苍头村祠堂了。祠堂首进的顶部做藻井天花板，镶嵌绘五星拱照、麒麟献瑞图、飞禽走兽、花鸟虫鱼等彩图，栩栩如生，不但给祠堂倾注了鲜活的生命，丝丝缕缕，风姿绰约，又深自含蕴。花鸟人物和各种式样的图案、花纹，恰到好处地向人们演绎着一个个吉祥如意的文化故事，并让它延伸进深邃的时光里。

前几年，祠堂进行了一次修缮，成了村老年协会和文化中心的文化礼堂。不过，原先这里也是村里最热闹、人气最旺的地方。村里的男女老少不管忙着闲着的、有事没事的都往祠堂里跑。现在，任何时候都人满为患。门口两边三五成群地站着的、坐着的喝茶聊天，屋子里面更是鼎沸喧嚣，看电视看报的、打牌的、下象棋的，不尽相同。第一进，两厢房墙上设置"苍头村党务、村务、财务公开栏"和科普知识等专栏。第二进敦伦堂，正堂悬挂周氏列祖列宗挂像，周氏家训；东墙上，周氏历代裔孙励志成就展示在这里；西间为远程教育播放室，实施党员教育、市场信息和农业实用技术等节目内容。第三进，挂有"学雷锋志愿者服务站""开展同心共筑主题实践"的信仰家园、善义家园、和美家园、清廉家园等众多牌子，文化礼堂管理委员会办公室、阅览室、棋牌室。祠堂前面是广场，每到晚上，华灯初上，这里一曲曲悦耳动听的音乐歌声响起，人们满面红光、神情焕发地交替跳着广场舞、交谊舞、伦巴、三十二步……不亦乐乎。喇叭里高亢的歌声，与一张张的笑脸、一阵阵的笑声，在上空飘荡，在村庄里弥散。午时，跳的人、唱的人、看的人，整个身心已经被这一种蔓延已久的音符，缱绻了、陶醉了。

物外生欲望，景里无所有。

新时代，粉墨登场的文化娱乐模式带给人们的快乐和幸福，或远超出了人们意识观念的庄严。我相信，人们已经留下了美好的享受和深远的记忆，远不及我想渲染的文字符号能留下的更多。但如果仅用几个字或几句话，去形容此时此刻的情景，却也未必会失去了我的自我安慰胶着的心态和热衷。这一点，可别说我太自私了。我看到的是苍头村每个人的脸上都涂抹着一层金色的光亮，而这种光亮恰恰又是由一个新时代的光环所折射而发出的。我只是个局外人，只缘自己已经置身于情景之中了，容不得我落伍的文字想改变初衷而留下遗憾，只有放纵着自己的卑微文字侵略或占有谦恭城府和自守信心，扇动自己独善其中。

看得出，燃烧的烟花飞上天爆开后落在尘埃的色彩，绽放出该有的姿态。但此时映入眼帘的境遇，完全又是潜入目光里的所有秘密，也完全好比潜入我的文字中的所有向往了。我想这是一个燃烧着的梦，定然不会以贪婪的眼神去摄取，也不是另外的一种执着的颤抖。因为，年华里始终未改从时间与季节边际赶来的深情告白。犹如遇到的激情，撞上了清澈的文字，势必渐渐地被等待、被循环、被温柔。然后，感慨的情怀跳跃着春一载、秋一载的灵魂，种入岁月，轮回。

我是很想深知周氏祠堂的建筑渊源和历史的，无奈苦于无以得知。毕竟她的建筑风格的与众不同颇让我好奇。千百年来，各地宗祠、庙宇等大多为豪华气派的建筑，而苍头村人则不同，设身处地削足适履而因宜，不羡人家错彩镂金的豪华，知己的牝牡骊黄已经是善莫大焉了；一座装满地域和宗族文化的宗祠，呈献后人以从简安生，素净悲喜的理念，诚然是周氏先祖"同底为善，勉哉勿忘"之家训如出一辙。但凡去了苍头村，要说苍头村文化礼堂原先就是周氏宗祠，或许有许多人很难理解，也难怪邵建东老师的《浙中地区传统宗祠研究》一书里找不到苍头村的周氏祠堂了。但是，你细心留意过祠堂大门口的门槛没有？门口槛木被磨损的程度已超出了我和任何人的任何想象之外了。如此而已，也大概缘于苍头村周氏宗祠的过于简朴而难免被常人以为不存在了或是被毁了。况且，苍头村与各地同样都遭受过历史的洗礼，反倒让人们的直觉同样被打入"知无所知，觉不所觉，非知非不知，非觉非不觉"的冷宫中去了。知乎，一个村落视一种简朴为荣的胸怀，唯是来自苍头村人与世无争而安逸的崇高境界，颇有不易，不言自明的更是旷古烁今了。

在新农村文化建设中，有新时代赋予新农村建设的强势趋动，让人们都把求知、求乐、求美的文化活动场所看作新时代文化建设和发展理念的重要阵地。苍头村党支部和村民委员会领导也看到了这一趋势，集中统一思想，便有序有章地把文化礼堂驻进周氏宗祠，不仅使苍头村民们有了固定的文化活动场所，也使苍头村有地方风味的讲究，至少把旧祠堂与村落文化相结合，以新农村文化建设的载体为新农村文化的阵地服务；至少也渗透进了人们固有的浓厚思想观念和文化的精神领域。这不仅仅是精神文明方位的明确端正，重要的是一个村落承载的历史文化与精神文明自律的体现，一个村落积盛远瞻又厚重且长在册的风骨的永存。

苍头村两委注重传统文化的传承，由村民直接参与文化礼堂各种文化活动和功能的利用，源于社会主义核心价值观的引领，让孝、悌、忠、信与礼、义、廉、耻等许多积极向上的主题，在新时代被赋予了新的内涵，使引导和功能空间得到拓展，离不开苍头村人民对社会主义核心价值观的真正领会，离不开得到了一整套新农村建设机制的有效保障。文化礼堂人气旺，活动的丰富多彩，如此这般模样，想不让其成就辉煌都难。

时间只可以在年轮里往复，但这一本无法抵兑文化底蕴的账债，如梅花般的雪香云蔚，无论如何固然要比刻意去喧宾夺主要强许多。每个人的心中都隐含着一种缠绵的情怀，蛰伏于心灵深处的那份纯真，自莫过于人世间万家灯火闪烁的那一道道祥光了，而且固执地以为古老的村落便是家。不论是远在他乡的游子，还是永居于家的人们，根深蒂固只认自己的家乡。心中的灵犀燃烧着的火焰，就是岁月活过的痕迹，有过秉持，有过自在，有过怡然。孕育了一代又一代家乡人的古村落，永远是母性的，也永远雕刻着关于家乡的曾经的乡愁。然而，窖藏了的悠悠岁月，在交替着充满哲理诗性禅意的美质，珍藏着演绎了那一幕幕动人剧情的一种历史和一种文化，颇也寒木春华般地存在一种深不可测的玄机。

桃之夭夭，满满一树枝（一）

远山如黛，近村如画，金华山脚下的源东哦。

无论你从哪一个方向踏进源东，满眼灌木丛林和桃树的深绿色，交融如织的别有洞天景致，与扑面而来的古朴神秘的清新气息相遇，和着习习凉风里夹带着的淡淡幽香，透袭周身，让你顿觉飘然欲仙，浑然清爽不已，浑然身处"双尖翠黛向苍穹，近景芳菲一抹浓"的世外桃源。

初春，总是烟雨连天。曼妙如幻的意境，让葱绿的面纱扯开了一缕缕芬芳的遐想和希望；而源东也早已伸开双臂以燕子般的呢喃，欢迎人们与十里桃花共享一个姹紫嫣红的缠绵。金华山间的涓涓潺流，淌润了源东的每一寸土壤……然而，顺着丝丝微风的方向，顺着那一溪烟水，又会由然撩拨你心头晶莹的思绪，情不自禁地让你怦然心动，心动带进"一花一世界，一叶一菩提"而醉于那一抹绿的销魂，醉于"花解怜人弄清柔，隔帘折枝风吹透"的桃花世界里，变了模样地羞涩与灿烂。

满满的一树枝，沉溺了肆意欢乐的痕迹。

如果说，刻骨的乡愁是浓浓的思念，那么回忆的点点滴滴自然是感慨万千的由头了。曾经的一朵桃花，焚烧着春天的红颜，给你意向的清新；曾经的一枝桃花，让你与她一起私奔，谱就一首优美的歌，引吭美好的回忆；曾经的一树桃花，又会让你与梦发情，与花瓣发疯，结集连片绯闻情节的陶醉诗集。勿忘所以，一帘风月闲芳丛陌；十里春风，又不如你的笑靥如桃花。

绵绵的梅雨和炎炎的盛夏满载源东丰收的喜悦，给人们带去了细皮嫩肉、白里透红的大白桃，带去了胭脂浸透泛紫的春蜜、春美和红白相匀的夏之梦,带去了只有西王母的瑶池里才有的蟠桃,还有黄金蜜、锦绣黄桃、甜脆红润的油桃……还有,你先别急,我会慢慢告诉你的,但千万不要在朦胧的秋意中找不到方向。

走吧,让金华市金东区源东乡第二届蟠桃会暨桃王争霸赛的主角施鸣峰先生,陪我们去看看他的桃园里栽培的金华水蜜桃。

桃园就在北山的脚下,离王安村并不远。顺着羊肠小道,接近山坡,只见远远的树木连着桃园,翠影映碧。

秋意,抓住夏天的尾巴悄然而至,刚刚下了一场大雨,雨后的斜阳还远远地挂在天际。

金华山上弥漫着缕缕暮霭,向晚的夕阳在微风中兀自静静地燃烧着,渐渐地染红了飘荡在空中的朵朵流云,仿佛随古老而悠扬的柔韵变幻着。桃园的草地里,不多的丛丛粉花从容却淡雅,在夕阳的照耀下,翕动着片片红唇,不时地闪动娇艳的鲜亮。一阵微风吹过,桃树上的叶子发出"沙沙"的清响,好像在向你说"我在享受着秋雨乍洗的湿润呢"。树上的水蜜桃似乎显得很调皮,个个探出娃娃脸,凝视着天边的彩霞,体验黄昏前的甘雨带给她精神上的松弛和那种难以言喻的愉悦;更独煞风景的,是在夕阳的折射中,水蜜桃泛起的那一层炫目的暗红光晕……

桃之夭夭,满满的一树枝。

主人施鸣峰指着水蜜桃向我们侃侃而谈。他说,桃是易栽好种的果树之一,但它的果实不容易久贮,所以桃是隔夜愁水果。他的园艺场和省农科院园艺所、市农科院、特产站、金职院生物系合作科学管理,效益得到大幅提升,而且新品种、新技术的产业化发展,得到了省、市及地方政府的大力帮扶,让源东蜜桃果业优化发展。经过多年的科技引种,品种改良,成功发展了60多亩桃园,大棚占65%,山上占35%,今年可投产的水蜜桃有6亩。

"永连"大蜜桃已开始成熟,9月初可陆续上市。"金秋红蜜"为水蜜桃的甜桃王,个子呈球形,表面裹着一层细小的绒毛,均果重250克,最大的达540克,果面红润,果肉乳白,近核有红晕,肉质硬脆细密,味浓甜,散发浓郁的香味,含糖达23%,乃桃中极品,为丰产稳产的晚熟高效桃品种,9月下旬至10月上旬可以采收,正赶上国庆节和中国传统中秋节的期待。

我馋得直流口水,忍不住摘了一个,顾不得剥皮忙往嘴里塞。快熟透了的水蜜桃果然软而多汁,嚼着溢唇滑齿的果肉,浸入舌根甜腻腻的甜香扑鼻而来……

宁静的桃园里,"夏去秋来风醉月,织彩万树染桃绒"。主人施鸣峰的脸上露出那份喜悦的微笑,那份温文尔雅的成熟微笑,那份红在枝头、甜在心里的微笑,恰似水蜜桃沾满晶莹透亮的露珠,尽情地沐浴着雨后的夕阳,欣喜今夜又是一个甜甜的酣梦了;恰似满树的叶子摇曳闪烁着喷吐的金绿火焰,泛起淋漓的光泽。

西班牙有个传说,喝了巴塞罗那兰布拉大街上喷泉里的水,总有一天你还会回到巴塞罗那。而在源东,你又怎么说呢?

桃之夭夭，满满一树枝（二）

一个雨季，吟唱着尘世间深深浅浅的眷恋；一缕清风，升腾着时令里曾经的缱绻；薄凉的季节里，依然素心向暖。一年年的期盼，一年年的期待，源东的那山、那水、那情，总在云卷云舒间流连，总在满满一树枝的花季里回眸，总在满满一树枝的沉甸甸中陶醉。

仲秋的清晨，去源东王安蜜桃园艺场的山路上还湿漉漉的，散发着阵阵清爽怡人的泥土香味。哦，昨夜淅淅沥沥下了半夜的雨。

远处，嵯峨蜿蜒的金华山，层林尽染，烟波浩渺。一处处村庄镶嵌在如黛的群山和苍翠丛林深处，错落有致，静如水墨画卷。从山涧升腾起来的云雾跌宕起伏，与若隐若现渐起的袅袅炊烟，交相辉映在缕缕暖阳之中，带有一种多彩而神秘的绚丽，仿佛向你诠释着金华山的魅力和源东"小盆地"静静的大美，仿佛时刻会融入你的灵魂，愈加神往这块钟灵毓秀的福臻之地……

其实，在源东除了初春时的赏桃花、看风景，同时也在感受源东那大气恢宏与浩瀚的亲昵，又领略金华山亘古蕴厚与苍茫的风骚。夏秋时节，自然是品尝风味独特的白桃、水蜜桃和柑橘、柚等水果的时候。

我们这是第二次来水蜜桃园了。那彤红硕大的水蜜桃怪诱人的。别说是吃了，看着也够你垂涎三尺呢。主人施鸣峰望着大家兴奋的愣劲儿，不免乐得合不拢嘴。时已近深秋，源东竟还有水蜜桃的乐园。

源东乡大白桃研究所所长、乡干部阳卫青说，施鸣峰是远近闻名的金华科普和水果种植领域的佼佼者；前不久，在由中国科协、财政部发布的2016年"基层科普行动计划"中，他荣膺"全国农村科普带头人"的称号。阳卫青赞赏他取得成就之余，喜形于色地介绍了源东果业种植的发展成果。

源东盛产的桃品种不少，大白桃已在国内外享有美誉，闻名遐迩，2010年10月被农业部命名为"中国大白桃之乡"。1999年9月的"源东"牌和2001年的"洞源"牌商标，如芝麻开花节节高般的赞誉不断攀升；源东王安蜜桃园艺场"璐峰"牌商标又脱颖而出，成了源东发展果业生产又一大亮点。施鸣峰先生引种的"永连"和"金秋红蜜"蜜桃品种，是发展源东设施农业、推动源东水果新品种新技术产业化发展的产物，以拉长桃品种的采收期，达到果品产业化的持续发展。

2006年，金东区成功举办了首届"源东白桃节"，多年来已经陆续举办了五届，有效提升了源东大白桃的知名度，水果之乡愈发声名鹊起。三四月的"桃花节"和六月的"白桃节"，还有七月的"蟠桃会"，无不让人感到"桃乡时时有好花，源东处处是美景"而流连忘返；无不让人沉浸在"三月时节游源东，无处不是满地红"的桃花诱人醉而人又为桃花狂情。

古老的桃乡，没有让世界的惊喜顺着时光的缝隙溜走。在源东，你不必飞越诗山画海而领悟那"一花一世界，一叶一菩提"的境界，更无须硬拽着春的衣袂，才知秋天的源东桃园里依然是"桃之夭夭，灼灼其华。桃之夭夭，有蕡其实。桃之夭夭，其叶蓁蓁"的了。

源东种植桃树已逾千年，全乡各村庄依靠其周围地表土层软厚、疏润肥沃的黄泥沙土质山丘种植各种桃树。最早以"毛桃"和"水蜜桃"为主，是村民经济收入的重要部分，特别是中华人民共和国成立后至20世纪70年代末，源东人民公社的"青毛桃"

是全国各大土特产公司定购的"毛桃蜜饯"。每年的端午节前后到炎炎的夏月，成熟了的毛桃和水蜜桃被挑到城市里或集市上去卖，人们只要听说是源东（古时叫"洞殿里"）桃子，不用多长时间便被抢购一空。

施鸣峰说，源东过去一直采用传统单一的地方品种，经济效益和社会效益并不乐观，直至1997年从黄桃园中发现了白桃的民株，从而打破了"毛桃"的地方品种培植观念，才从根本上占据了源东水果种植里优良品种的优势。况且，桃又是一种适宜在温热带栽培的落叶果树，在源东天时地利，得天独厚。根据南方品种群的栽培要求，桃品种应在年平均气温12℃—17℃以下种植，而源东年平均气温为8℃—15℃，为桃品种种植创造了十分有利的条件，源东桃子采收期都比南方地区提早了一个多月的时间，成为国内外客商争购鲜食桃的重要基地。

桃树是多年生经济作物，为蜜桃类型商品。合理发展桃园生产，桃树的栽培管理成为果农的重中之重。

桃树喜光，生长快，分枝力强，结果早，投资少而丰产。它的生命周期少则15年，多则长达20多年。源东果农对桃品种的引种非常重视，金华地区一般都在桃树落叶后到春节之前，但也有的在其萌芽前引种定植。源东果农引种多采用接穗（俗称"嫁接"）法，在6月对桃苗进行芽接，可以当年成苗；9—10月的芽接，为"半成苗"，这种方式的接穗担有风险（气温直接关系到苗木的成活率），往往需要在次年的3—4月进行补接穗（枝接）。但10月以后，枝条芽苗则需经过沙藏，用于次年萌芽前进行芽接和枝接。

施鸣峰又说，桃树是自花授粉和异花授粉两种的树种。在果园里应合理选择花粉量多、花期相遇、成熟期相近的桃品种，如"大白桃"树则需选种"大观"之类桃树的"异花授粉"，从而改变品种结构，提高"大白桃"树的结果率。"自花授粉"类树种，只要调节好桃园内的品种配置，合理选择，也能充分提升桃品种的经济效益，起到决定性的作用。如"永连"和"金秋红蜜"恰恰适合桃品种的生理耐候性的挑战和源东桃业发展的需要，有了果品与市场的长效供需。

根据蜜桃树种的生理特性，果农要掌握蜜桃栽培管理技能。桃树在11月基本开始落叶，进入自然生理休眠，到次年的1月为深休眠期。这期间应做好桃树的冬季修剪工作，主干涂白，并做好清除枯枝、落叶、杂草，园地开沟排水系列农活。适时定植幼苗。

2月，桃树已随土温的上升根系活动渐强。3月，叶芽萌动，中旬桃花、叶进入盛期。4月，为幼果发育期并出现第一次生理落果，根系和枝条进入生长高峰。5月，枝梢持续第二次生长高峰，桃核硬化，月底开始成熟。6月，果实成熟，枝梢停长，花芽分化，幼龄树枝生长旺盛。7—8月，根系生长顶峰，树体积蓄养分，枝条渐趋成熟，但应及时剪去内堂人枝开天窗，杜绝枝条徒长，使桃树光照充足，促进结果枝稳产。9—10月，根系大量向枝条、芽输送养分，花芽充实。除此之外，果农也要掌握桃树的生理习性，最大限度避免在土壤碱性重、含盐量高、地下水位高的地势上种植。

我们一行人听施鸣峰的讲解听入迷了，竟也忘了摘水蜜桃呢。

水蜜桃的味道极其鲜美，饴香幽甜，营养维生素丰富，是桃品种中的极品。还没有成熟的时候，表皮呈淡青色，长着密麻的细小绒毛，中间有一条像线痕一样的小沟，很浅。吃起来虽然清脆，味道微酸，但也有一股清清的香甜味。当然，熟透了的水蜜桃最好吃。它的绒毛几乎光秃，表里都红彤彤的，宛如刚刚出浴抹了胭脂的少女脸蛋，楚楚动人般，直够你馋的……记得小时候，常常约上小伙伴到桃林中偷水蜜桃吃，还是搭人梯去摘桃树尖头的大个儿，好几次摔得鼻青脸肿、屁股痛呢。

看着施鸣峰的桃园里那挂满树枝胖乎乎的水蜜桃，我想谁也经不起它的诱惑，定会迫不及待地摘了往嘴里送，哈哈，凉爽极了！清润又凉丝丝的果汁从甜津津的果肉中涌出，浸入舌根；那阵阵的幽香袭遍全身，一股让人醉醺醺的劲儿……

当即，余不胜感慨，随口便赋诗咏之："秋风驻夜入云烟，雾色深岚绕野阡。玉露清孤流倦梦，丹霞浸俗掩雨寒。红翻万亩桃花阵，翠染千山水果园。陇上循踪枝满挂，馨香又惹醉婵娟。"

秋天的美、秋天的柔、秋意的韵，别有一番诗情画意，惹人思绪万千、浮想联翩。

旭日在晨曦中冉冉升起，阳光透进桃林，在树叶间欢快地跳跃，说不出桃园里那一份清幽和恬静的美。9月的季节，习习凉风渐浓，虽然充满迷离、旖旎，但入眸、入心。桃园的地里长着不少的茑萝花，算是仲秋时节的稀罕物了吧。它们饱含着夜晚的缤纷，翕着滴滴清露满蔓闪着粉红色、紫罗兰色的喇叭花儿与开着满蕊绒丝的乳白色的夏枯草花交融在一起，一丛丛、一簇簇，在柔柔的微风中缓起缓落，悠然轻曳慢荡，漫逸着幽幽的清香味，似乎要熏醉人，熏醉桃林，熏醉东方天际的那一抹霞光……

宁静的桃园不乏透着春天的生机，仿佛并没有一丝秋意的怅惋和苍凉，倒是多了几分从容、几分雅致、几分期待，淡忘轮回，皈依自然……阵阵秋风把泛着晶莹鲜亮夜露的深绿色桃叶、柔柔地拂动，露珠不时地滚落到红彤彤的水蜜桃上，桃儿乐得咧开了缝；不经意间又滴在人的脸上，冰凉怡爽。桃叶发出的阵阵"沙沙"响声，又仿佛是唤醒了深深的源东千年桃文化的记忆，带上喜悦和温馨的梦，让人痴迷、沉醉！

双尖山
SHUANG JIAN SHAN

春天,源东是花的海洋,十里桃花红艳金华山,如浸透的胭脂溺湿了满满的一树枝;夏秋,又是源东秀香和丰收的季节,金华山的仙灵气儿熏醉了妖娆的花房,让源东万亩桃林桃之夭夭,满满的一树枝。说不定什么时候,连天庭的王母娘娘也会带着众仙女把瑶池一并搬进源东来住呢……

梅江长情，廊桥韶秀

兰溪梅江镇与我老家仅一岭之隔。若是翻过太阳岭，徒步也不过一二十里地。有幸于深春之际，随金华知名作家红色之旅采风团入驻聚仁村。或是对兰溪蒋畈的曹聚仁先生的敬仰之弥高，抑或是基于通州桥的身世尚处半知半解而探秘之故，虽不免有些喜形于色，但实际上更至欣喜若狂了。

不错，我这样如此措辞显得有些偏颇的话，若是会是另一种声音，倒不如不去以偏概全的好。

通州桥，横跨兰江支流梅溪。大桥位于梅江镇塔山脚村，始建于清乾隆二十三年（1758），圆弧形石拱廊桥，六墩五孔，拱券为纵联砌筑，桥面铺石条，两侧设条石护栏。桥上建廊屋21间，两端为重檐歇山顶门楼，飞檐翘角。全长84.8米，两侧设高1.1米石栏，两端桥头各28步踏跺供行人拾级上下，横向面阔三间。

随着对通州桥的知晓，居然逐渐加深了古桥身边这一块土地的特殊感觉。先前没有来过这里，仅凭对曹梦岐、曹聚仁父子的崇拜和通州桥的好奇，即使我有再多再华丽的辞藻，亦不足以表白在眼前的通州桥之庄重和壮观而折服之情。一个大山包围的几个小山村，竟然发生了令人难以想象的壮举，我的任何思考似乎都过于荒谬，甚至是多余的。因为古时候，在人们众多的印象中，如此惊人之举只有朝廷之所能，殊不知，通州桥却是民间民资所为。耳听为虚，眼见为实，于此亦仅剩为之动容、为之所憾。

桥梁本身最基本的功能是通行。通州桥作为跨越梅溪障碍的连接体,虽然仅仅是人们的步行通道,但是,后人除了关注桥梁的交通特殊功能外,最令人慰藉的还是它被赋予了许多的历史文化和地方文化内涵。通州桥充分展示了与自然融合、与人文融合的设计理念,在风格上跨越了历史的主题。其独特风姿与神韵,不使其概念化,在于它和周边地理环境融为一体。它在造型上富于精致的变化,六墩五孔如新月环环相衔,平直桥面似鸟翼伸展,以踏跺之状让人拾级而上,巧置廊道,或具轻巧,或成刚健,或显端庄,又或呈温柔,颇为不一而足。

通州桥最初为木桥,于清嘉庆五年(1800)毁于洪水。重建又被冲垮,又建。清道光三年(1823)至同治十三年间(1873)几次加以修葺。时光荏苒,晨昏交替,草木枯荣。木桥对于梅溪汛期的洪水实在太脆弱,所倾倒的不仅仅是几棵树木,而是民众囊中之金银,更是民众心胸的方向。穿越古磬编钟的回音,倾听梅溪滔滔水声,谁在呼唤?谁在求索?谁在奔波?星光之上,生命之上,这座庄重千载的通州桥,大地和梅溪带来的一个生命、力量的共同体,见证沧桑历史方位的生命潜在的内在性与神秘感。人间有多少与日月辉映的风景,安顿渴望,安顿荣光,安顿光阴深处的故事。

于是,清光绪十二年(1886),陈周学在位于长陵武屏山麓的广学书院设席,邀请整个通化乡(浦江县辖时之所称)的富户商贾、乡绅志士商讨集资重建通州桥事宜。时人封建思想根深蒂固,不单募捐建桥是千古所好,但与其所好之外更见风水意识所趋。果然不出十天,"已集资至六千金"。改木桥建石桥,就人力、物力、财力不说,大桥工地上的规模想必一定是人山人海、热火朝天的场景。那时候的建筑力量无疑与现代化机械作业自无以相提并论,自然条件的束缚,物质基础的匮乏,或捉襟见肘,抑或朝齑暮盐而饮冰茹糵。一块铜板、一块青石、一根木头,一个人，筑成的不仅仅是一座通州桥，而是兰溪人民的智慧、意志和毅力的叠垒。其功其绩，虽引商刻羽而为，但踵事增华之所以已足予可圈可彰，更固于千秋。

时间的调侃，冥冥之中大概也是生命初生的形象，进而逐渐模糊、崩溃，甚至被沉静包裹了。然而，阳光终究是明媚的。未曾用时间丈量过的意义并非真是奢侈，像有时候读不懂真实一样，通州桥同样与光同尘。可见得古往今来，王侯将相可曾看到了重山远影的光彩沉沉？

时光的书本很厚，厚得竟让岁月反刍起来觉得很沉，沧桑油然悄悄地把目光浓缩的夕阳看得比笑脸还要灿烂，比花蕾还要鲜红。

城市因绿水而灵秀，山村更是不例外。站在通州桥上看聚仁村，群山环抱、古屋迁连，现代高楼建筑矗立，梅溪绿水碧波，景色迷人。

江美，水美，桥更美。

通州桥在这深山僻壤里，任凭岁月悠长，仍然看着天，看着云，看着梅溪水，匍匐于沉静，灵魂却隐在晨光暮霭下流连。春夏秋冬，就连人间草木与静流的兰江水也同在渴望、同在闪烁、同在祝福，或是经过廊桥的每一个人，抑或是吹过来的一阵风，都在翻涌如花枝上的清梦。

通州桥横跨梅溪，对于自然，对于梅溪两岸人民，并不仅仅是某种特殊需求的馈赠，它是自然的一束光、生命的一束光，其中又未必是奢侈的见证。

站在廊桥上，眺望远处，近视江水，所有你的沉醉、感慨、嗟叹，即便不明白浮云的心境，窥其不出蔚蓝的底色，那真的未必能感受到"下临百尺之长波，上建廿椽之水榭"背后的恩典与温存了，更无法解悟千年廊桥深陷命运如神明的经幡秘密。

流丹溢彩

我不知道谁是否留意过桥头的那棵大樟村没有。我想，不会没人注意到它的存在吧？

大樟树与塔山村相望，与通州桥相依相伴。长在桥头的樟树，俯卧梅溪紧挨通州桥而向上伸着两个树干成丫状，缓缓而又默默地舒展着。她们安安静静，互相守望，恬淡而豁然。在兜情？在互逗？在寻梦？我甚为愕然。且不道樟树本身为人们所崇尚的地理风水概念，就其以一种植物的生命给予大自然和人类吉祥安康的最美好的象征与延续，足够赋能通州桥与梅溪还有生活在周边山乡一种环保理念的传承。

我仍然掉进愕然的泥潭之中，甚至近乎狂热了。

这樟树牂牂雄伟，枝繁叶茂。郁郁葱葱翠叶叠荫如簇，不招摇，却惹眼。在阳光的照耀下，给兰江、给通州桥、给梅溪人点缀起一片盎然、一片生机。这一种大境界、大胸怀，难怪人们无不为之称颂、为之敬仰了。这一种别具独特的禅意，与其高洁、清雅、质朴的来自顽强生命力，与其从不端架子的淡定和秉性，已品位洞开，且也和顺长歌呢。

我知道，梅溪的水会走得很远很远。因为我看到了梅溪的水仍在静静地流淌。

我试图感受一下置身通州桥廊道里的情景，漫步其中，只想随月光掠景，岂不是此生又多了一个浪漫之夜？可惜在东叶村上只住了一晚。

好在抵达入住前看到的东叶村"看家民宿"大门挂牌上，已经几多释放了我这一行程的心迹："总是有人惊艳了你的时光，温柔了你的岁月。"好在这一日天气晴好，在日落西山之时，大幸先在廊桥上饱赏到了远山近江沿线的风光。

今晚可惜没有月光。

廊桥上，只是微风阵阵，带着梅溪水的凉气习习拂来。于此，于时，我突发奇想起来，亦如曹聚仁与王春翠一样，或携手，或相拥，或依偎，款款落步廊道上，抵耳私语，又暖唇膏舌？

当然，我自知这是一种几近荒唐的闪念。但我真的美美地遐想了一回。因为，月夜的美丽从来会赠予善于发现或抓住我的手，何止是洁白如玉的光亮。不用说，即便是一个人，同样抵御不住皎洁的月色，让你身不由己走向廊桥的，何况是坠入甜蜜之中的情侣……轻轻地踏着月色，合着轻盈相宜的步履，踏上青石板，沿着惹人迷彩的红灯笼，早已把身心都置于湿湿的爱意中，暖暖地在夜里游动。春风犹爽，沉醉的心带上天上流星的划痕，串起星月，索性随山岚起伏，与其同频共振；又索性玉露堪润，绽放如莲的心境，流淌跳跃的音符，任其潮湿了发鬓……

我是自信的，曾经的曾经无须再让我重嚼。

如果当年的曹聚仁与王春翠的相知相爱不是沐浴在此情此景中，何谈魂牵梦萦？何谈如胶似漆？又何谈如影随形？相守过风花雪月，相随过浪漫长夜，相伴过花开花落，奔腾青春的活力，泛滥沸腾的潮水，甜了，醉了。情之悦，爱之深，触及了他俩举案齐眉的脉搏，又深烙了心心相印的灵魂。

说真的，此时，此刻，此地，也真想感受一下两人世界的浪漫。我甚至在想，若是有这样的机遇，便极其不愿意轻易放弃。而且，我会极力用手捂住心跳，抑或将不小心发出的声息拽回来藏回心中……所有的思绪虔诚了再虔诚，犹如月夜里所有的白云，让星光闪烁；犹如所有的树那样放下身子，适合清风明月，让月光温润色彩中的原始与纯粹。与你，与我。

毫无疑问，我也已爱上夜的缓慢。靠在岸边的木筏搁在埠头，几只白鹭伫立船头，收揽水意的目光，洒满多彩的小初入夜光景，翠荫的迷离，暮色的热烈，都是它粉墨登场前的等待。月光在生命面前藏不住秘密，更藏不住悲伤。除此之外，无论如何

流丹溢彩

也找不出足够的理由或清醒,等待那一个美好的时刻到来,到来。关于情,关于爱。

通州桥上,风月正浓。恍然惊觉的何止是涌上心头的情思悠悠,无边,无际。

如果月光是一条长长的兰江,那么,通州桥便是梅溪之上耀眼的一颗星星。共工司水的神位仍在,星光之上,她如日方升而璀璨夺目。往事长眠,不过是似流水总是向着远方;故事常在,无非是如歌声要远播且衣钵相传;秘密永存,则故事因丰富多彩的刻与而登峰造极,又极富神明的玄机兼收并蓄而烘云托月了。

曹聚仁的家乡,依山傍水,山清水秀。果然是个绝佳的风水宝地。而恰恰是宝地,最终还是离不开钟挂山之灵、水之魂的诱惑。一座千年流芳的通州桥,又恰恰没有失却曾经的灵动清流。兰江水,梅溪情,源自通州桥的恩泽,得益最多的还数梅江流域的一方百姓。这里曾是曹聚仁走出兰溪放飞理想的出发点,还有那些进士、举人、乡贤仁人,几乎都与这座带有仙灵气的石板桥息息相关。而且,又因此而蛊诱了众多文人墨客屡屡踏至仙境寻找灵感。

江美,水美,桥更美。

通州桥,跨水而居,厮守梅江,被点亮或者燃烧生命之咏叹,其威武永亘的雄姿,以曾经的"幕天席地,纵意所如"之艰辛启承后人,因利乘便,亿万斯年而彩绘兰溪,抒写梅江。

寻梦，相约扬子江湿地公园

走过很多的山，看过很多的水，也逛过不少的公园，各有各的不同之处，各有各的景致，各有各的风韵。唯一令我惊讶的，令我恬然的，令我动容的，应该数兰溪扬子江生态湿地公园了。

今年的4月，我平生第一次走进兰溪扬子江生态湿地公园。

公园位于兰溪市区南部上华片区，南起马达溪，北至衢江，总面积约65公顷。其中绿化面积约319487.8平方米，水域面积约97977平方米，全长约5公里。建设扬子江生态湿地公园于2016年12月启动，历时十八个月，为首批省级海绵城市建设的试点成功典范。

兰溪，古码头沿兰江水泊如云，自古为浙中西部古航运的枢纽站。其地理位置处于金华江、兰江、衢江交汇之处，不用说，兰溪的商贸繁荣带来物阜民丰，与素有"小上海"之美称自是渊明缘深。三江上游集雨面积达1.82万平方公里，约占全省面积的五分之一。兰城的特殊地理位置所构成的复杂水情，致使兰溪洪涝灾害频发，严重影响人们生活环境。从1950年到扬子江海绵生态湿地开发前，就有52年的超警戒水位发生洪水灾害142次，有29年的发生超危急水位洪水48次。当然，在梅雨汛期发生洪水概率达66%。何况，兰溪南部的上华区域地势较低，自然地理上形成了低洼块板，河道淤积，长年因河水流动不畅而使水体污染严重。应该说60%因长年积水而处排涝劣势，成为死水、臭水。

从航空拍摄镜头看，扬子江水域地带弯弯曲曲，极像一条游龙静卧于葱茏繁花绿林之中，极悠然，又自得。这方净土来自兰城上华如温润的碧玉，尽显超脱尘世的气质，根本不需要我重彩

流丹溢彩

浓笔去着色。草坪如茵、林木翠郁、湖水滟滟、鸟语花香，橘红色的空中廊道蜿蜒推进，繁华与喧闹、呗音与梦幻、灵犀与动容，皆在江南水乡的天籁之围，自得风流。

走进园区，你可以选择横山大桥南段的东侧或西侧入口。兰溪扬子江海绵城市生态湿地公园分四个大段。南起横山大桥南端，从衢江岸到衢江路。横山段最大的看点是树木林立，空中曲桥廊道纵横交错，全长约2公里。橘红色的空中廊桥蜿蜒缓缓推进，通过滨水平台，沿着栈道伸向公园深处。加之空中廊桥不时有水气雾喷出，自己仿佛已置身于空中的云雾之中，飘飘欲仙般如入神奇的迷宫。

有道是"有山则名，有水则灵"。走在临水回廊道上，弯弯曲曲的廊道倚水而卧，一汪湖水如影随形，这里一拐，那里一弯，互相交错，间或一些栅栏围上，模样的相似浑然取之于一种接地气的田园景象，把你一步一步引入一个幽深的去处。湖水中、廊道边因地制宜植种鸢尾花、灯芯草、再力花、芦苇、菖蒲、蜡烛旱伞草等几十种名贵水生植物，一路飚扬，一路春意盎然，赏心悦目。在这里，生态和谐，物种共生。燕子、白鹭、野鸽、麻雀等飞禽类，一年四季，这里都是它们"宁静"的世界。啁啾声、呢喃声、咕噜声、呱呱声交织在一起，唱响一曲动听悦耳的交响音乐。每每在水草特别旺盛的地方，总会有几只游弋于此的凫雁，一串串的"嘎嘎嘎"声音，特别好听。凫雁的捕食、游水可是游人的一大看点。三三两两的凫雁悠悠然地闲步水面，它们身后的带扇形水线波动涟涟，随游延连，一直到它们钻入水草丛中才消失。它们潜水捕食鱼虾时，只见身姿灵巧如箭入水，霎时又从远处悠然凫起，在水面一抖，一身的水纷纷扬扬跌落水面，煞是风景。不过，这鸢雁不近人，通常在春夏季节出现较多，通常也只能是远距离观赏。有时候，一些水畔边的垂钓者偶然看到这一幕，竟也忘记了扬起已经咬钩的渔竿……

若是烟雨蒙蒙的日子，更会有"春风放胆来梳柳，夜雨瞒人去润花"这一番如诗如画而别开生面的风韵。即使时至秋天，依然还是如宋·苏轼《次韵孔毅甫集古人句见赠》诗中"前生子美只君是，信手拈来俱天成"的情境，令人心醉而神往。

扬子江生态湿地公园与横山塔隔江相望。

赶在夜晚，你若站在横山顶上，看夜景下的兰溪扬子江生态湿地公园，犹如一串闪耀暖暖光华的珍珠镶嵌在上华这片土地上，光彩夺目，如璀璨星空。公园里的珍珠亭施工采用了三维建模，通过灯光折射，散发出迷人酷炫的光泽，尤其绽放出其夜景特殊功能。其光泽的凸显来源于凉亭顶部覆裹的特殊材质膜，以及外层通过人工定织的特殊高分子聚乙烯玻璃钢结构的折射。公园里不仅夜晚游人如织，白天更是络绎不绝，单有珍珠凉亭的奇观就已经吸引了大量的游客慕名而来。别说又有空中廊道、鸟巢、骑行道等设施的景致别具一格与匠心独运，要说是单纯的"诱惑"未免有悖于常理了。毕竟，人都喜欢美好，喜欢美景。人们徜徉在得天独厚的天然氧吧中，或散步，或嬉戏，或垂钓，抑或赏景，其中的不亦乐乎已别无他词可形容了。那境地，怎么可以"幽灵诱惑"几字了得！

从衢江路至行知小学段，也是公园内最美的一段。这里不仅有水的景致，更有四个鸟巢特殊园林景观设计其中。好似竹篾编织的鸟巢结构新颖、体量大、造型美，见到它们自会情不自禁地联想到北京城的鸟巢，充满生动而鲜明的情致，让人耳目一新。将一座湿地公园置入鸟巢建筑，似乎从一开始就带着建设海绵城市的亮点，标志着兰溪市政府打造了一个集防洪、排涝、游乐、运动于一体的城市综合型滨水公园；以大胆手笔不惜花巨资，因地制宜地在"渗、滞、净"三个举措上大做文章，沿途设计的水下森林,将扬子江水体利用水下系统、水生植物、树木等的共生性进行微生物处理,各种水生植物互相搭配,让水体净化后再流入衢江。这种科学的水处理系统,在国内或是一个强大的创举。而且,强化顶层设计的引领,克服重重困难,彻底修复水生态,改善水环境,涵养水资源,提高水安全,以生态休闲为底蕴深层修复水文化并创造浓厚的人文气息,给全市人民营造了一个家门口的生态化的休闲娱乐场所。

有人说,逛公园最好是在春天里,我却不尽然。春夏秋冬原本各具千秋,各至所景。而在兰溪扬子江生态湿地公园的春季,万木复苏,百花竞开,无论是风情还是景色,都可让人以不尽的怡情悦性。即使春的脚步再轻,依然要迎合着柔柔的风,也要细品那一棵棵的树,那一缕缕的花草孕育的色的味道,让园区里的每一个角落剪辑成不一样的曾经。夏天,苍翠欲滴,滨水草花以幽幽清凉怡心透凉,纵有知了无尽嘶鸣反而更添无限的野趣。秋色,天高气爽,明净淡治,碧玉儒鸿,正是"荻花秋,潇湘夜,橘洲佳景如屏画"的光景,摇曳步舞,于人亦感叹莫名。就是冬韵,稍为萧瑟淡洗的千般模样,但决然不等同于西伯利亚的沉睡之地。若遇上一场皑皑白雪,游溺其中倒是不失一次像《魔幻迷宫》里萨拉穿越迷宫的情境与趣味。十里长廊任你驰骋,任你消遣,任你品味。

在行知中学到行知学院段,高楼林立。不久的以后,这儿将有一个大学城崛起。

从行知学院到马达溪的330国道、行知学院段,无论是扬子江海绵城市生态湿地公园还是行知学院,发展潜力巨大。尽管知行学院已不在扬子江海绵城市生态湿地公园之属,却紧紧相依,可以说是她的后花园,又显得相当耀眼。而且,公园里的风雨连廊、折形平台都紧靠马达溪段,大学城内的师生们课余有了个相当不错的休闲之处。再则，扬子江海绵城市生态湿地公园与新湖香格里拉公园仅隔迎宾大道一条街道。不难想象，这里的工作学习环境适宜度已超级至美。

扬子江海绵城市生态湿地公园已在人们的面前，实实在在地展现着江南水乡的天生丽质，透着灵动、婉约、美丽、清新、恬然。公园里绿树成荫，无论是不同的生态、生灵还是不同的物种，皆在这里碰撞、交融、提升。只要你走进公园里，随处都可见一步一风景、一地一风情、一时一风韵。指间触到的露水，鼻尖嗅到的花香，于此时、于此刻、于此心、于此身，皆因充满诱惑，充满魅力释然而较松。

其实，扬子江生态湿地公园就是兰溪市"金兰创新城"规模创造的宜居海绵城市和现代海绵世界板块。

凉月如眉挂柳湾，越中山色镜中看。
兰溪三日桃花雨，半夜鲤鱼来上滩。

唐·戴叔伦之《兰溪棹歌》，一语双关地道破如今的兰城与往时的不一般。风雅之兰溪，溪畔轻扬；美丽的扬子江海绵城市生态公园溢彩流光。兰溪—金兰创新城—扬子江生态公园，走在浙中前列，不愧为"金兰创新城"一张灿烂、文雅、灵秀、充满活力的金名片，更是兰溪一幅光艳神州又美轮美奂的画图。

兰城，有一种不可忽视的见证，就是自古因水而兴、因商而立。水泊舰运是兰溪自古带来的经济繁荣和发展的脉络，且不说这座古老城市或也有过兴衰更替、阴晴圆缺，但岁月或已把兰溪风韵深情地驻足与回眸，抑或不紧不慢地跌入了泛黄的记忆。然而，今天的兰溪扬子江海绵城市生态湿地公园，犹如一张庞大的柔滑的绿地毯铺在兰城的南部，安详而恬静。从此，兰江、婺

双尖山

江、衢江三江河流注入了新鲜的血液；兰城，过往的风景，过往的记忆，曾经的梦，曾经的惆怅，曾经的记忆，一切的一切，不再徘徊于繁华历史的烟雨之中，反而更加年轻起来，更加鲜活起来，更加美丽起来。

克绍箕裘

乡村，炊烟，母亲的目光

小时候，谁不是一直以为乡村就是自己的家？这心迹从未改变过，而且，也从来不愿去改变一直以来命运共同体的定义，改变的只有生活质量和方向。长这么大了，依然欣赏家乡固然的山清水秀，欣赏家乡固然的乡愁、乡情、乡韵；然而，从来都没有谁深入念及家乡的炊烟固然的美丽，我且也一个样。生于斯，长于斯，由此更少不了曾经的热爱和固有的深情，由此及彼而忽然之间对曾经的乡村炊烟产生了热烈而浓厚的兴致。原因是，以为家乡的好山好水便是心里最好的享受，从而于心不忍轻易地忽略或已被晒过了的乡村里炊烟这一道最美丽的风景。

曾经的炊烟，人们或我习以为常。

炊烟，地地道道的乡村味道。

要不是如今的村子几乎都是矗立云天的高楼大厦，都是窗明几净一味的白瓷砖新式厨房，还有机会看到以前村庄上空的炊烟呢。以前的旧式土灶台拆的拆、换的换，大多只有在不住人的老房子里闲搁着，但也已寥寥无几。可惜，村里少了以前壮观的那一幕幕的炊烟之景了。

打开暮冬料峭的面纱，春天的娇容早已在酝酿中。如果说冬天的末端仍有一些寒冷，那么，春的情怀已经不遗余力地在阴冷的缝隙里种下时光的温暖，让人充够满怀的愉悦，甚至是更多不安分的欢喜。暖阳、清风、鸟鸣，还有乡村、炊烟，即使全部会倒进记忆中的旋涡里，也未必消逝并已经永远装饰过的你的梦。

"春眠不觉晓，处处闻啼鸟。夜来风雨声，花落知多少？"

春，全年唯一姹紫嫣红的季节，是开启生命旅程的钥匙。

春的姿态,蓬勃、奔腾。那一份境界,那一份气度,那一份担当,那一份守望,都是我们所极力向往神驰的。繁花、绿荫,跳跃着时节的音符,让忙碌的脚步丈量着每一寸土地,俨然就是时代所期冀的最高分。温暖、怡情,铺垫着生命的过往,给古老的山乡淌着如歌的阳光履历。晨光柔柔,用留恋的眼光变幻乡村的质朴;清风习习,用梦幻的面孔装扮了乡村的美丽;炊烟袅袅,用静谧的气氛淹没村庄的庄重。

离开一下偶然的愉悦虽说是无可奈何,但要抛却由来已久的童年记忆,那是一桩极其不情愿的事。

我原本也好懒床,而且最怕大清早被母亲叫醒,尤其是春天时分。知儿如母,母亲早就揣摩透我的心事,到学校读书从来不愿意迟到。每天我几乎是第一位到校。天还没蒙蒙亮,母亲叫我起床帮着做早饭。先是在锅里舀满水,由母亲点好火,让我窝在灶膛一直填柴烧。水开了,母亲把玉米粉边撒边搅,没青菜和的时候,母亲在玉米糊里放一些酸菜与菜盐卤作为佐料。源东乡一带叫玉米糊为"露秾糊",也有一些地方叫"苞罗糊"。玉米糊煮上二十来分钟也就熟了。我家里兄弟姐妹那么多人,烧早餐可是个大问题。特别是农忙时节,必须让父亲哥哥们吃饱饭的。说是饭,哪有那么多米呀,只不过是把切成块的一大半的红薯放点米煮好而已。满满的一大锅往往要煮一个多小时。要是没了山上砍来的柴火,就得拿干稻草烧。稻草极其易燃,我得不停地往灶底填。等烧好了粥,我的脸上手上抹满了黑乌乌的草灰印。我一直有个坏习惯,在烧火时也要看书。记得有好几回,看得入神了,并不知道灶膛里火早就熄了。这下可好,又得重新点火了。于是,找些细软的柴火点上,不着,又点,不着,拿来吹火筒使劲吹。有些时候一吹就好,但不是每回都很快点着,嘴巴腮帮吹得特痛也无济于事。干着急不行,又点又吹,还是不行,很多时候忍不住只有哭。母亲听见，耐心地给我点上，等火旺了，才忙她的活去。为了烧好火不延误上学时间，我耍了个小聪明。特意在晚上把红薯先洗好，刨掉薯皮、切好，备足干柴。一切准备就绪，这样还真的省了不少麻烦。于是，我可以在去学校的路上欣赏一下早晨的风景了。

天刚刚有微微的亮，伴随着不知是哪家的公鸡扯开嗓子鸣叫了，听得见邻家吱吱嘎嘎的开门声，有女人边唤儿女和边扫地的声音。女人然后边捋了捋额前的头发，麻利地扎上围裙上灶台忙着。那个时候，生产队几乎天天要社员们早工干活。虽然早工干活也辛苦，但社员们也乐事于此乎。大多的男人都起了床，舀水抹几下脸，背上锄头匆匆出门赶早工了。俗话说得好："三个早工抵一工。"敦厚勤快的农家人也就认这死理儿。

天空亮了。声声鸡啼，声声犬吠，男人牵牛的吆喝声和叫人声音，与女人的锅盆碗瓢互碰的清响声，还有早醒的孩童的哭闹声交汇一起，平静了一夜的村庄又恢复了往日的喧闹。

村庄醒了。

东方天际须臾间或银灰色或金黄色，又慢慢地被抬升了的太阳染成先是浅红色，或大红色。随着太阳的轮廓升起越大，颜色也越红，连缠绵在身边的云朵都像是刚刚喝过酒的大汉个个涨红了脸。厚处都成了些墨红，似乎又在为太阳遮挡一下羞涩；浅处，飘荡的游云与染成红色的云融合在一起，红白相间，多少的欲望极像是在和太阳逗趣。不过，还没等我回过神来看个透彻，太阳就升高了许多。倏然间所有的云朵笑开脸，满身红彤彤地纷纷悠闲地飘散……不多时，看自己村和邻村的上空都是炊烟，袅袅悠悠，浓的，淡的，与清晨还没褪尽的山雾缠绕绵绵……

原来，人间的自然，美妙同梦，世间万物更蓬勃共生。

我去上学的路上每天可以看到。可是，总还得赶路去学校的。

其实，傍晚的炊烟才是最好看的。

> 轻风度林杪，乱山啼子规。
> 流水去无迹，茅檐雨霏微。
> 乍暖复薄寒，时时整巾衣。
> 炊烟晚起色，呼童掩柴扉。

宋代韩淲的一首《偶兴》，免不得把我又拉进了童年时代的晚霞炊烟中……

还在读初中高中时期，老大不小的我仍旧喜欢在傍晚时分借口出去看夕阳下的炊烟。原因是早上急着要去学校念书，根本顾不得欣赏炊烟。

太阳从村子西边的金华山太阳岭下山。

太阳岭似乎离村子很近，满天的霞光，在余晖的照射下，养眼的橙红色让黄昏的气质显然越发神秘而动感，村庄上空的炊烟显然增添了几乎让人神情有一些恍然的感觉来，但又不想抛却难以叨念的愉悦，忍不住随时会爆发激动的呐喊。

渐浓的暮色里，夕阳霞光的折射下，袅袅娜娜的炊烟宛如仙女沐浴升腾的雾纱，飘悠、盘旋、曼舞、萦绕。鸟儿叽叽喳喳空中轰飞，或驻足脊瓦之上，或窜入附近林木，或虬枝间蹿上跳下地嬉闹着。蜻蜓们也并不示弱，翩若惊鸿舞姿万千，翅羽闪着橙红的熠熠光亮特别耀眼……人们拖着劳作了一天的疲惫身子，肩背锄头或手拿着劳动工具三三两两地陆续往村头赶。这时候，我看见父亲嘴叼着旱烟筒还在石塔山脚的溪边，身前的黄牛低着头啃草。父亲是生产队的犁田手，农忙季节忙着犁田，还得负责牛的温饱。父亲有个理论："每天三个饱，膘往牛身跑。一千根干稻草，抵不上一棵青青草。马都无夜草不肥，何况是牛。"牛吃了长夜露水草，养生呢。要是遇上大雨天，父亲从来舍不得让牛淋雨，总想办法找些能遮雨的稻草、蓑衣或衣服披在牛背上，宁愿自己淋雨。好在老天也很眷顾父亲，牛自然很少被雨浇湿。父亲基本上看得出天气的变化。这一点，父亲总比别人多了些许的经验。父亲的眼神往往都是喜不自禁，拴好牛儿，添上草料和水，才蹲在门口拿出旱烟杆敲了几下烟斗，装好、点火、美美地抽上。

太阳已经跌落西边的太阳岭。

如涂的夕霞把西边的天际染成了红彤彤的色彩。透过田垅，黛翠如茵的山峦，纵横交错的田塍，错落有致的村落和栉比鳞次的房屋，这样的景致正好可以喂饱我的双眼。诸多的云朵云丝似乎又比太阳更着急，跟谁都不打个招呼就匆匆游入其中，有意无意皆在寻找适合自己的元素，一个个笑脸互相逗诱，互相渗透，互相复制，自个儿欣赏起自己瞬间与成色的同伴，且乐韶华而又不啻褒奖地融合了。半边天儿的鲜艳色彩有不断延伸的光晕，华丽、温厚、从容。更有甚者，所增添的迷人灵动感，愈发美轮美奂，并非须长谈长深省，遽然俊逸而达的又令人无须任何幻想。太阳岭的那西山，合着村庄，合着树木，合着溪水，自有追着阳光奔跑的那片云，多多少少有些久违的样子，带上憧憬，带上喜悦，带上盼望，怀梦而行，逐日而逸……

此刻，这里不仅有晚霞的一场场梦境。

炊烟，不乏让人又有另一种心情，另一种风韵，或更引人注目、入胜、入思。

村子上空的炊烟，不用猜，便是"青砖小瓦马头墙，灌木回廊绣阁藏。梦里水乡芳碧绿，玉谪伯虎慰苏杭"了吧。

炊烟，原本是家乡的魂。

晨昏踏时尽，日日逐景。况又年复年，月复月，追着晨时的第一缕阳光起程，带着一份爱的执着，带着一份殷切的希望，带着一份坚强的信念，浓浓淡淡、绵绵疏疏、落落款款，与世无争，自然、坦然、淡然，勾勒出的缱绻曲线风姿卓绝。还好，缘因曾经的晴天给太空蓝得透明、温润。云朵也白得柔美、纯净。谁都可以想象，飘逸的云朵则像缕缕炊烟编织好的，然后又像花蕾般地缓缓开放，聚拢，又开放；其势其态，优雅、含蓄、静谧，让人感受到的快意，决然不亚于坐在窗前听母亲叙述古老而神秘的传说。

临近傍晚，除了农忙时期，只要走进村子，你首先就会意识到城市和农村的生活气息与氛围有天壤之别。每一家每一户，每一条的小巷弄堂，看到的、感觉到的、闻到的，竟然会把你推进既熟悉又激奋甚至是迷蒙的虚幻空间。整个世界沉浸在飘浮的炊烟味和窗户间游离出来的酒菜香味之中。那种江南山水人家的清新，却完全是一缕缕幽远而古老的韵味，顿觉自己已被撩拨得情不知所措起来。瞬间，一丝的躁动、一丝的张扬、一丝的狂热，早就没有那么一隅之地可以让灵魂彻底安静。

我家的村庄也不算小，至今所保留的明清时期徽派建宿古居还有十几栋，不至于寥寥无几了。青色的砖，小片的黛瓦，马头墙，雕梁画栋，飞檐出甍，回廊挂落，流檐翘角，精美、壮观、宏伟，不乏古朴典雅溢彩流光之风格。进入其中，迎面扑入眼帘的，不仅仅是一种古典质朴的感觉，更多的是恍如置身于江南水乡的恬静清幽。在这个高楼大厦矗立耸天、物化造极的年代里，江南传统民居建筑的艺术造诣，更让人得到了另外一种特殊享受的明朗素雅和层次分明的韵律美。

有人说，现在也竟有那么些人最后悔当初拼命地挤出了乡村，离开了生养自己的怀抱。乡村，有雨后本真的泥土香，有夕阳下袅袅炊烟的祥和。然而，始终就是这一缕缕的乡村炊烟，足以让人真正体味到农家乐的品性，何尝只适合发呆呢？一点没错，炊烟本是人间的烟火。炊烟旺，人气盛。炊烟升起的地方，有家的温暖、家的期诗、家的牵挂、家的味道。但也不是说城里人体验不到，只是没了乡村的自然古老的条件，自是没了乡村土味。这味道，不是所有人都能品尝到的；这味道，越回味越悠长，定然让你充满那一份恬静、淡雅和质朴。甚至，毫不夸张地列词道语，你心里升腾起的另一种情愫，肯定是你温暖我温馨。一缕炊烟，农家的生命，农家的灵魂。你醉过，我也醉过，乡村更醉过。也正是这一种久违的醉，给了我、给了你，来自人间仙境的美，直至有了境至味是清欢的美好，如此惬意、如此简单。

日暮归途，漫山题叶，更彩泼艳西山。风轻径暖，渐昏遍野微然。色靡霭氵云点，近檐炊烟袅芊芊。牧笛迭起，心儵浩缀，意豁无边。

才睢眼处残阳，月光觉，叟童斋劝酬欢。围裙素妇，锅巴尚煮杯担。涩苦亦如甘，减衣俭食舍身全。向荣尊物，歌谐瑞调，景待鸿年。

一阕拙词，或许只是自己沉浸于这样的氛围之中吧，聊作心迹。

原来，童年的乡村、炊烟、生活都是美好的。好在不只是因为长大才懂，才知道了炊烟的灵魂里有深情、有博爱。阳光很好，炊烟也很静。而且，童年的记忆自也不完全是无忧无虑的样子，本身就是因为一切还是那么熟悉。明媚的天空被美好点亮，甘苦的生活被愿望所寄，唯有那乡村炊烟懂我任性、懂我执念。童年生活着的乡村与曾经的炊烟模样固然还在。因为，她有我的自我，有我的炽热。虽然皆在无言之外的风过无痕，我还是看到了犹如母亲的目光，那么祥和、那么恬娴。不过，一种原生质朴而久违的空灵，还源自生命底色注定的命运。

乡村，炊烟，母亲。

我更多地看到了母亲的目光。

我的爷爷

爷爷乳名叫邢小元，按照村里的族谱为希字辈，大名该叫邢希元了。因为爷爷上面还有一个哥哥和姐姐，村里人为分得清兄弟俩，习惯了叫老大为大元。老大，也就是我英年早逝的大爷爷，爷爷就成了家里的一根独苗。姐姐嫁到东叶村，替爷爷介绍了一个她丈夫家的妹子，直到成家才独立门户生活。久而久之，爷爷的乳名就顺延叫了一辈子。

在我们家一大群小孩子的心目中，爷爷和父亲都是最了不起的人，为我们遮风挡雨，撑着一个家。我很小的时候并没有看到过爷爷，更别说爷爷的音容笑貌是何等的模样，只听父亲母亲大致说起过，也只是一头的雾水，朦朦胧胧的。时光如棱，我长大了一些也时常听说了关于宗族里的人和事，但更多的是长辈们说起我家上祖的人和事，与我父母说的也八九不离十。

我爷爷出生的那个时候，家道中落已是到了极致。追溯家族历史，事实上在明末时期就已经开始发达，随着经济上的发展理念，还是基本沿袭明朝的封建地主阶级土地所有制和政治上的科举制度，所产生的影响，逐渐使社会发展得到了有力的合成。本家族原先固有的社会影响占据相当的优势，又有经学实力为基础得到强盛，加之宗族一直崇尚的先祖理学思想和理念得到了有效发展并扩张，在社会上拥有了一定地位，渐而使家族成为本域地主身份的世家大族。当清代发展到"康乾盛世"之时，家族威望也进入了它的鼎盛时期，备受朝廷恩施，敕封祖孙大学士太学生学位。也就是那个时代，有了前园明堂的牌楼那样的气势恢宏，也就有了"大车门"和"厚德堂"的轩宇堂皇、隽秀精致。在浙婺之地荣耀至极，达到顶峰。时家族人丁兴旺，家境殷富，显赫标榜。但终因封建教条思想驾驭不住人的意识观念，疏于施教之严，松于治家之道而多有染豪赌不良之习，不务正业而渐渐衰落。到了爷爷这一辈已是一贫如洗了。

爷爷的个子并不怎么高大，念过私塾，文化水平却不在村里的其他人之下，写得一手好字，家里至今仅存的一顶喜轿上还留着他的墨迹。难怪我父亲写的毛笔字也很到家，这不是我在吹。我在上小学时期，父亲亲自教过我怎么练好写字，怎样握笔，怎样蘸墨水，怎样运笔。我母亲说，父亲无论是品行个性，还是兴趣爱好，几乎是爷爷的复制。父亲从不嗜好赌博，养牛犁田才是父亲的唯一，只有在闲暇时间去叔叔小劢家喝茶聊天。但是，父亲抽烟抽得特别厉害。不过那时候抽的都是自己种的旱烟，即使在我小时候，也舍不得花八分钱去店里买一包最便宜的"经济牌"卷烟抽。记得很多次，只要村里晚上放电影了，等第二天天还没大亮就叫我们去前园明堂里捡人家丢掉烟头，自己炒制一翻后卷着或塞进烟筒上抽。

母亲对爷爷奶奶一直也十分敬重。她认为爷爷的一生"好"赌，跟奶奶对爷爷的宽容大度是有很大的关联。奶奶是东叶村人，自嫁过来时就知道爷爷不至于会输钱，至于为什么不极力阻止，也一定有她的理由。奶奶曾告诉我母亲，让爷爷戒掉不上赌桌不现实。毕竟爷爷没个正经手艺活，家里是独苗，从小就娇生惯养的，靠做宝倌也还能挣几个钱养家糊口。但绝不能让我父亲沾赌，好在父亲也特别孝顺爷爷奶奶，十分听话，从不去赌博场所凑热闹。

俗话说："十个赌博九个输，最后都被桌子收；上桌人人都想赢，下桌就剩一裤头。"爷爷几乎每天去茶馆喝茶。其实，茶馆为了生意专门腾出一间房来设赌场。爷爷明着说是坐茶馆喝茶,不过是个借口。天天身处赌场,心里特别厌恶赌场里面的乌烟瘴气,为家生计硬着头皮在赌场混。爷爷通晓"孤、粘、旁、赔、角"等押宝的规则,成功运用"归心、老虎、出门、青龙"宝局台面筹码的赔付率。在宝局上,谁要是撕破喉咙地喊"我压归心二百"的话,爷爷极其痛恨这样歇斯底里地喊。爷爷会立即摁住他要押上的钱,笑嘻嘻地说:"好了好了,就知道你这会儿押上的最准儿。"那人表面上有些不悦,心里也直捣鼓:干吗呢,冲我这档儿心急?难道真的是我押错了?于是,赶忙抽手把押上的钱移到了老虎的面上。其实,爷爷猜得出庄家的确做的是归心宝。爷爷这么一咋呼,把押宝的主们的视线和感觉都转移走了,纷纷移位老虎或出门或青龙了,庄家实实在在地赢了一大把。除押角的主儿,台面筹码全部通吃。爷爷每到赌场心不急,他深知赌博其中险恶的奥秘,也晓得深浅。爷爷的赌博从不掏钱往赌桌子上砸,只为庄家唱牌,也就是在每一个赌局上给庄家做个宝倌,负责算门和筹码的赔付。几场下来,爷爷一天的收入自然也不少。爷爷脑袋灵光,思维敏捷,却从来不去做庄,给人家做宝倌确实完全胜任。他时刻保持冷静清醒的头脑,把握好庄家每一轮出牌的规律,说白了,每一轮唱牌并不是唱给押宝人听的,而是实际上在与庄家通着气儿,让庄家有随机应变地出牌准备。爷爷在每一轮赌局上押着的赌资给庄家和押宝人算得一清二楚,无人不服,在远乡近邻只要一提我爷爷的名字,没有不晓得的。而且,即使过局了也能如数家珍般地给人说得明明白白。

　　爷爷是个聪明人。常常不经意听到村里人的议论,说爷爷家以前如何风光,如今竟败落到了温饱都成问题。言者无意,听者却有心哪。爷爷牢记旁人的冷风热语,心惊却肉不跳,发誓赌局上只沾边绝不陷境。

　　爷爷膝下有一儿四女,拉扯成人不易。也就是因为家境贫寒了，加之大爷爷英年背负的生活压力越来越重而重操宝偘这个行当。爷爷的太祖公们原是本族的头面人物，呼风唤雨，无所不荣，撑着整个宗族的盛兴大业。而在爷爷的眼中，当年的得势再也带不来同等的欢笑了。家族的兴衰，无非就是破解一个人的生涯模式的密码。而这个密码不在乎你的生活质量与否，只注重一个人的创业成就如何辉煌。农村人，无须建功但必须有立业的成效。

爷爷常和我父亲说，祖上建在门口塘塍的"易安堂"十八间，在村南这条传统商业街中唯一的具坐标性和标志性村史发展的建筑，曾经彪炳一时。我爷爷的爷爷才九岁，"易安堂"正行在清光绪九年（1883）易主了李姓。爷爷的爷爷的父亲叫了一帮大小兄弟曾经苦口婆心力劝太祖奶奶变卖，也设计阻止，仍是无果。太祖奶奶口口声声说不孝子孙抽大烟的抽大烟，赌博的赌博，剩下的田产能养活人就不错了。她自己一个弱婆子无钱也无力养活一家子，拿啥过日子。说着说着，不是号啕大哭，就是垂着头不吱声。大家谁都奈何不了她。

晚清至民国初期，农村里抽大烟的人很多，特别是在晚清。我小时候，村里有一老太和我母亲很谈得来，常常到我家来串门。她说她丈夫的爷爷一家子就有六根大烟枪，把家里祖上留下的百十亩地都烧成了青烟。我大致听得出她说男人们抽大烟时的那个惬意，简直难以用任何的形容词去描述。我那个时候并不知道她和母亲要聊这种话题，头脑里是不是装进了水。现在才明白，她说的话里有话。最大的原因无非是排遣一下心中的郁闷而已，无非就是她当初似乎嫁错了人。她娘家也是大户人家，家境比老公家好上几十倍呢。虽然老公并不吸大烟，但心里老是不痛快，情绪糟透了。

我是没见过那大烟和烟枪长什么样。

老太祖奶奶把房子卖给李家的确卖错了，谁都这样认为。但李家人听了，自然心中有些愤愤然，但亦无奈他们是外姓，也就忍气吞声，没敢多计较。至于李家从此很快发达起来以后，也曾有过一些大逆不道之事，也卖了几间厢房宽资以赔偿了事。到了民国初期渐渐有了些气数中落之象。但李家的确会做人，也会做事，凡是用得着李家的，绝无拒绝之举。别说其他的，偌大的一个村子，一个世家大族竟然置办不起办丧事用的大木杠和喜绳子，亦尽数向李家借用。当然，还回时多则银两支付一点，少则喜蛋馒头花生包裹一起的"七事果"以寓利市。似乎这些都与族人没一点关系，岁月让现实变成这样了。

几年之后，老太祖奶奶变得不爱说话了，木讷得像是完全痴呆了、六神无主。在她弥留之际，她好像对自己没能守好这个宅院，易安堂正厅的十二间房子在她手里败落，茫然地看着前来看望的晚辈们有了很大的忏悔之意。无神的眼睛里充满内疚感地讷讷着："我对不起祖宗了，更无脸皮见着这些子孙们，如有因果报应，当是我来生来世再效犬马之劳了。"老太祖奶奶是垂着泪走的，子孙房亲乌压压一大片跪着看着她走了。我爷爷的爷爷偕刚过门不久的奶奶也一起跪在其中。

老太祖奶奶过世，李家也曾去上香祭拜，并包了个红包以示慰问。也没人向李家借用大木杠和喜绳子，李家亲自扛着送上门来。

不知李家买了易安堂正厅之后，这些年究竟做了些什么，发了多少财，住在那里心里又是什么滋味。这么多年以来，可以看出李家在村里耀华了一阵子，但毕竟也像一件东西在手中磨弄了许多年后，仍然磨不出像样的颜色来。

爷爷的爷爷是知道易安堂正厅的被卖，快十岁的人虽还有不少的稚气未脱，但多少也还是明白了，关于家里的事还是上心的。每当有事无事都在易安堂门前的小明堂里玩，说的是玩，其实也就是去看看曾经的易安堂。他认识、熟悉、喜欢。爷爷并不着急跟着伙伴们玩，只是傻傻地站着、看着，有一些漠然，又有一些怯生生的样子。经年的过往，人的气息、人的心境渐渐融进了骨髓。无论是到了哪一个时候，都会从心里说一句"这些东西仍然是我太祖爷的"。

但今天已进入21世纪十多年了，易安堂仍是李家人住着，我的爷爷恐怕也想不到。

最糟糕的是，连我们家的"厚德堂"并连的大前门也是我爷爷的大伯家的，大概我爷爷还没出生就卖给别人家了。据说，具字画押后，我的爷爷的大伯还生了一场大病。

"大车门"建筑规模宏大，为村中的七碓厅之楷，与"厚德堂"一字并列而建，与前园明堂围城门楼仅隔十多米。据我父亲说，我家的"厚德堂"匾额还是金华府尹亲自送来的，但我查阅了大量的档案始终没有查到，是否有记录在案不得而知。金华府是为了表彰太祖公救人扶困、修建新店桥、四达亭等实事，因此也就有了"厚德堂"披恩的来历。清嘉庆六年（1800），祖公邢士科遗孀金氏独资修建了位于洞殿口的"永镇桥"。古桥祎祎，玲珑悦美，历尽沧桑的岁月洗礼，风霜雨雪的肆虐，至今仍保存完好，与山衔灵、与水亲昵。虽说沉没于麻堰水库中的"长阳桥"不见天日，却不见得后人已完全忘了建桥的主人是祖公士科之子。其孙辈在大旱之年开仓济民惊动朝野，命知县授匾"一乡善慈"，更是远近称赞有加。这些不仅仅是个传说而已，其事迹至今仍不是鲜为人知的。

"大车门"建筑也有个小门楼，前为空基，里接天井，东厢房接"厚德堂"穿廊的八尺弄置过街楼和"余庆堂"相连。"大车门"与"厚德堂"坐南朝北，前后各三进，每进面阔三开间。

屋面悬山顶做法。前檐木构架庑殿式斗拱结构，却以歇山转角的做法，飞檐高挑，柱头置牛腿、斗拱、雀替，雕刻人物故事、禽兽、花卉、回纹、花草纹等，内容极为丰富，雕刻工艺十分精致。建筑是典型的明中期徽派建筑风格，既展示了住宅的雄伟，也成为体现主人地位的标志。"厚德堂"是在1954年因屋体严重倾斜而被拆了。"大车门"可惜也早已不复存在，我小的时候还有几米高的砖墙围着，里面都成了他人家的菜园了。至于为何湮没，或因坍塌，抑或是火灾隐患而毁，连我爷爷也说不上。

"大车门"和"厚德堂"终究销声匿迹了。不过，现存的"余庆堂"还在，墙壁上过街楼的门洞虽用砖砌了，它的轮廓线还在。其他的厅屋除了在1942年下半年被日本鬼子烧掉的几座，也还有留存下来，已是大幸。许多的厅堂已易主他人，只算是我的祖先们留下了的一丝光辉。

大地是有记忆的，至于动物与植物的区别，完全又是灵魂深处种种秘密的反噬了。天要起风了，天空中的空气也会跟颤动，一些大树也在使劲晃动，也只有村庄里几乎是所有的建筑物看着它们流动的疯狂或者柔软，继而来了暴雨闪电。但细雨绵绵往往会烙在动物和植物的记忆中，尤其是人类。风从地面到高远的云层，站在天空下的仍然是满满当当的家园。要想窃取它的梦，那是绝对不行的。其实，风和雨根本做不了什么梦，倒是人在很多时候会重复做一个梦。类似的梦是天空下每一件事物的消失，摇摇晃晃地在摆渡，显得有些茫然失措，仿佛用的并不清楚的方式念叨，错过了时候，又仿佛不在。

爷爷已被生活彻底攻破了自己的梦，任何事情只在一家子人身上圈着。爷爷一直做着他的赌场宝倌儿，刮风下雨天也不例外。

1942年的5月，日本侵略者发动浙赣战役，金华沦陷，源东沦陷。爷爷跟着人们躲避鬼子的杀戮，也仅仅是消停了个把月之后，仍然揣着黑色的飞机袋（本地的俗称）在赌桌上吆喝，赚着他的口水钱。

村里的祠堂一直是乡公所用着。乡长庄元品因在村里所开的"鼎新协"，名下从下店到门口塘塍的火腿行、酒坊、酱坊、蜡烛坊、食品作坊、药店都是他经营的，生意特别红火。不过，庄元品很会卖人情，一天到晚和颜悦色，乐呵呵的，村里人自然而然特别敬重他。日本鬼子来了，少不了要来乡公所做事。庄元品怕日本人惦记他的这些店面，特意推荐了伙计邵永钱出任乡长，自己悄悄地隐退做了一段时间的寓公。虽然庄元品卸任，但乡公所所有的事务照样掌控在他手里。

时年的11月，秋风落叶遍地，天气渐觉有了许多的寒意。那一天的晚上，庄元品总有一种隐隐的担心，早早地睡下了。但不放心店里，特意叫更司和乡丁提高警惕。果然不出庄元品所料，山外的一个夜贼乘天色黑咕隆咚，一个人在撬墙，企图进入火腿行中行窃。更司也不敲锣，也不作声，悄悄地叫上几个年轻力壮的小伙子，把窃贼逮了个正着。窃贼还没送进祠堂里，已遍体鳞伤了。乡丁半夜把庄元品从床上叫醒，火急火燎地赶到祠堂里。

照理说，这种小事情，庄元品不用使唤乡丁把我爷爷也叫去，还有祠堂里的大小保长其他人。爷爷不过是年长了些，做事说话稳重，人们对他还是很敬重，在家族里说的话也算是举足轻重。

庄元品当着邵永钱的面审问了窃贼，窃贼一一如数招供。若是依照邵永钱的意愿，以后也不会发生不可想象的事了。庄元品念及山外人，一时发了慈悲，最后，还是把窃贼连夜放走了。

窃贼一路忍着痛，并没有回家，而是蜷缩在山早岭的亭里过了一宿。第二天早上，跑到沈店青松庵炮楼告了密，说是乡公所有人私藏军火。日本鬼子气势汹汹地把祠堂围了个水泄不通。翻遍了祠堂里外，没有窃贼说的枪支弹药。鬼子们并不甘心，说破了天还是窃贼心里不甘，非要乡长邵永钱一个人说出来不可。邵永钱被五花大绑着，被鬼子用枪托砸着，用皮带狠抽着，逼着他交出武器。天地良心，邵永钱自5月当了乡长后，乡公所里的乡丁们的枪支早已纷纷藏起来了，一直没露过面，乡公所里没留下几个乡丁。要他交出武器，让他去哪里找？日本鬼子把他痛打了一通，还是什么也得不到。

那个窃贼趁鬼子们忙着在邵永钱身上折腾，灰溜溜地逃走了。该死的窃贼借鬼子的恶行给他出了这口恶气，却害惨了邵永钱。

日本鬼子是最不通人性的人，连畜生都不如，那个窃贼也是一样。他是否回头站在人性一边想想，如果知道乡公所的人是怎么对待他的，不妨见得又是另一回事了。窃贼与鬼子们联结起来，起码的人性和道德理念搅得难分彼此。

日本鬼子见什么也没捞着，就把邵永钱杀害了。

庄元品后悔极了。他曾和爷爷不止一次说过，如果当初不那么心软，他的伙计就不会惨遭厄运。邵永钱死后，庄元品厚葬了他，也给其家人很大的一笔抚恤以息事。

1942年7月，金东、义西人民在中共义乌县委领导下已经成立了金东、义西抗日自卫队。1943年春，村里与陈坞村一起组织了120多人的农民抗日大组，由邢希登担任大组长。

庄元品仍没有继任乡长一职。他保举了村里的邢经生接任邵永钱的乡长职务。庄元品明里看着挺温和，私下里仍以乡公所名义组织乡丁阳逢阴违与日寇抗衡，寻机要为邵永钱报仇雪恨。正好邢经生常年居住在山下施村，我爷爷几乎每一天要去山下施的茶店（常年设有赌场），沈店炮楼的一举一动都在邢经生放的眼线手里。鬼子一旦有什么活动迹象马上叫我爷爷带给庄元品。花花寺伏击战、长风垅伏击战、长塘徐伏击战、两头塘阻击战、洞殿口歼灭战、山后垅口追击战等战前消息，都是由邢经生叫我爷爷带口信给乡公所，庄元品派乡丁及时报告给金萧支队八大队队部，每次战斗都取得了胜利。

爷爷顺水推舟以做宝倌的身份成了乡公所的秘密交通员了。当然，邢经生有时候也给爷爷一点费用，算是脚力钱。这些事情村里很少有人知道，爷爷也不想更多的人知道他在暗中为别人做事情，以免殃及家人。

爷爷的一生无成功可言，但也不存在太多的遗憾。不卑不亢平衡了他的生活，实实在在地做人是他在世间的一个最可靠的参照物，以卑微的姿态直面高贵的世界，生活得一样自在且亢奋。人生经历了多少漫长而难耐的岁月，也偏偏都在无声的生活中做着无声的事，干着无声的劳碌，想着无声的梦，而且异常深远、透彻。若在偏偏缺少了些许亢奋的时候，又偏偏会思想着自己已如垂暮的夕阳将要落下山了而发出一些莫名其妙的慨叹。爷爷更多的时候把自己比作一头老牛，只能眼睁睁地看着地上一丛丛的青草，却一口也吃不了。或许，这才能明白世上的很多事情，才会晓得许多路该怎么走。而老牛并不知道生命已到极限，给人干了一辈子的活，它的肉还是被人们吃了，皮子也被卖了。而老牛只会用眼睛说话，但谁都不知道它的眼睛会说些什么，更无法知道它想了些什么。

老牛从不对人说一句话。

我父亲与牛打了一辈子的交道，牛从来没有属于他，小劢叔叔做了一生的牛牙郎，也没有属于他的牛。

只有爷爷不懂养牛，支撑家业、养家糊口是他终生劳碌的目的。爷爷累了一辈子，忙了一生，竟然看着祖上留的"厚德堂"

老宅被拆掉。一片片的黑瓦，一根根的椽子、月梁、方栅、马腿、雀替，一块块的青砖统统卸在一旁。那些月梁六个人一起都很难移动一步，别说那一根根的龙柱子了，粗壮得只有如今的吊机才能移动。动不了，只好一段一段地锯开，最后不得不廉价卖了几个钱。

拆了，还得造几间起来，不然，一家子的人住哪儿？

爷爷拄着根木棍，老泪纵横。奶奶眼患白内障，看什么都昏花。

我曾经问父亲为何要拆了自家的房子。父亲说："房子倾斜得太厉害，家里没钱，爷爷又雇不了人来修。农会的干部天天来催，不能再住人了。那年的天气太糟糕，天天都下雨，也不落晴。"

爷爷、父亲都是农会会员，而且爷爷还有些被别人看重，自然要比别人的思想觉悟高一些，不能不拆。其实，爷爷有心思攒着一些钱，请人修缮一下也未尝不可。但爷爷没有顾及修房子，大姑虽已出嫁，家里还有二姑、小姑，我母亲又添了一双儿女。爷爷老说"养着一家子难哪"。这句话父亲已经不知听过多少遍了。

父亲说那年是1954年，母亲说是1953年，各说一词。"人活一张脸，树活一层皮。"农村人讲究的体面，不一定是你出人头地的风光，持家有道的爷爷看着明代中期的"厚德堂"老宅拆了，心里似被挖般痛，一声声的叹息在低着头中轻轻地发出来。

反正，人借助不了势头做事情，真是件遗憾的事。而人比较牛，非常遗憾地发现他们的平凡无缘接近"伟大"。重要的是，人和牛原本的善良、勤劳在本质上没有啥区别。牛儿只保持着自己的速度，只在人的吆喝中前进。要是人不跟着走，势必远远地落在后面，像是被牛遗弃，也像是被自己遗弃。

爷爷很在意人的生命。只有人在，什么"大车门"，什么"易安堂"，什么金银财宝不过是人的附庸物。从祖上到爷爷的四五代都是独苗，所以他情愿家穷潦倒，延续香火是他的最终夙愿。在爷爷的眼里，家境贫寒倒不是令他十分颜面扫地。好在爷爷也看到他膝下的两个孙子才安心地瞑目了。爷爷去世后，父亲母亲陆续生养了我一大帮的仔仔。他也是个见过世面的人，深感人生最痛苦的莫过于梦醒之后的无路可走。晚年的爷爷脑袋依旧清醒，步履蹒跚了仍拄着一根拐杖去茶店坐坐，仍做着他的宝倌。历史成就了一代人的丰碑，也有了厚重的生命飞扬的历史性，重要的是爷爷的一生是在为我们翻开了一部宗族历史的教科书，也翻开了一个人的风雨人生。

爷爷心慈，奶奶心善。

爷爷信卦，奶奶信佛。想不到，我母亲也极其信佛。

父亲的牛和犁

一

父亲一生都和牛打交道。

与其说父亲喜欢在牛堆里打滚,倒不是十分确切,不如说是他和牛与生以来结下了不解之缘。父亲是受我堂叔邢子炉(乳名小劢)一手真传牛市行话的影响和出入牛市买卖真谛的熏陶,先是有了兴致,然后是寄予希望,再者予以寄托,继而便上了瘾,自然而然地再也无法改变。小劢叔叔是浙中远近闻名的"牛牙郎",更鲜为人知的是村里从事牛市生意"世代家学"的第四代嫡传人呢。父亲与小劢叔叔从小一起长大,两人特投脾气。到了晚年的他俩,还常常小坐一起喝着茶有说有笑的,有时候还互贴着耳根嘀咕着什么。于是,只要叔叔出门赶牛市了,父亲总跟着一起去。久而久之,父亲多多少少也学会了一些牛市的"买卖行情",只不过对牛牙郎的秘籍不是十分明白。

中华人民共和国成立前,爷爷就父亲一根独苗,三个女儿。父亲从小就受爷爷奶奶的宠爱,连大姑都十分溺爱父亲,更从来不让父亲多做一些活。家庭环境无形之中滋养了父亲从不做累活重活的习惯。父亲也记着家里人对他的好。爷爷以为家里头数大姑最能干,但女儿终究要嫁出去的。尽管让大姑读了几年高小,到了及笄年龄便由她娘舅牵的红线,嫁给东叶村施家。可到了我们懂事的时候,大姑已撒寰人间。父亲说,中华人民共和国成立初期,大姑一直是东叶村最早的一位妇女干部,东叶村人对她都很崇敬。我知道,这与大姑思想积极进步、任劳任怨、敢作敢为还是分不开的。父亲呢,脑子挺活泛,但不爱说话,这也是他生性敦厚的德行。爷爷让他念书无非是想让他学有所成或做生意。父亲高小毕业没再上中学,爷爷硬让父亲跟着小励叔叔父子俩跑牛集市去了。谁知道,父亲原来就和小励叔叔要好。父亲也落个顺其自然,顺了爷爷的情,自个儿乐着常年穿行走市。牛市场里满地屎粑粑、尿湿湿的,那股牛尿臊味冲天,也就是跟牛打交道的才敢去。父亲有洁癖,到牛市去都穿得干干净净的,回来一样清爽;脚上常穿那双带牛皮的靴子,从来不穿布鞋。靴子脏了可以马上洗一下,方便。况且,几乎天天要出门的,哪来的那么多鞋子换洗呀?缘此之外,父亲的名字里有个"富"字,村里人给他取了绰号"富太爷"。但父亲也从来不与人计较都一笑而迎之。

"善良,是我们为自己留下的路标。"父亲一生敦厚,至情至性,符合他的为人处世之道。

父亲在牛市里走得多了,一些牛市生意经验自然也丰富起来,其中也或多或少地赚了。当然,父亲完全是有小励叔叔生意上的靠山。时不时牵回一头牛养着,没成龄的牛赶着往田里练把式。牛会犁地了,父亲也跟着学会了耕田。过不了多长时间又卖出去,赚些个大子儿。

人生毕竟是漫长的一生,而生命更是一轴绵延不断的优美画卷。但是,要想饱览不尽的美好风景,要想领略最好的风景,却还是不能让脚步慢下来。慢下脚步,仅仅是欣赏美景,或是灵魂召唤。灵魂,本身足以让人眼眸亮堂起来,让心与思维敏锐起来。灵魂与步伐并举,又不过是宁静和从容中的经典插曲而已。有过细致入微的发现和观察并不可以万事俱备了,学会坚强,学会感悟,学会生存,也就等同从属于自己的亮丽风景中找到生命的真谛。

其实,灵魂是醒着的。只不过时间久了,人生的精神面貌极易被世界所忽略，也会被岁月所诠释。想一想，那些时光同样有风雨洗刷，所不同的诱惑让人在荒原之中始终脱离不了欲望沉浮的小世界，陷入追名逐利泥潭而一以贯之并不可自拔。最大的遗憾，无非是在一个人的词典里无法挽留时间……

二

要说父亲是村里数一数二的耕田犁手老把式也不为过，几乎全村人都十分佩服。难怪父亲去世已经二十七年了，现在还有许多人惦记着他的犁田把式，并不徒有虚名。农村人原本对那些田地犁得好的和种田插秧快、直、匀的人无不另眼相看，尤其是生产队队长。扶犁耕田在农村可是一项技艺相当高超的把式，且又是一种很难掌握的活计。干过这种活儿的人，都知道耕田又累又脏。你犁得好，肯定没得说；要是犁不好，哪怕是犁得再多也无济于事，咒你几句算是轻的，更严重的不被骂个狗血淋头才怪呢。而我父亲犁的田地那真的是绝了，谁都愿意去整他犁的田。

真正让父亲练就了一套过硬的耕田操作技巧，应该说是在养牛时期。

在中华人民共和国成立前期，年迈的爷爷只是单靠去集市茶肆赌场上给人做唱角挣几个钱，家里的担子全落在了父亲身上。父亲既是宠子，也是孝子。为了多照顾奶奶一些，父亲很少跟小劦叔叔上牛市了。除了耕田之外，也就是利用农闲时间，约上村里其他小伙子们出门一起做买卖石灰的"贩陆陈"，偶尔也常常出去做点小买卖，以添资家用。

从1949年至1960年，父亲只是春种的季节犁田比往常多，农闲也相对多起来。1961年农业生产实行人民公社化三级所有制后，父亲的活儿自然加重了，但还是以耕田为主。农忙时候，特别是夏收夏种的"双抢",无疑忙得不可开交。生产队虽然至少有两个人耕田,但所有要下种的田都得耕、耖、耙,一个操作也不得少,而且样样都拿得起。生产队里基本上统一安排,犁手专人负责饲养耕牛,唯独农闲了才会安排队里的低劳动力上山放牛。在学校放暑假了,父亲帮我和生产队队长请示,每年都去放牛,也挣过几个工分。而父亲在早晚都得检查牛的状况和牛栏的门是否关闭好。冬天了,还要给牛添些料草、喂水。好在父亲深谙"冬牛体质好,饮水不可少;冬牛不患病,饮水不能停"的养牛经验,好在母亲养猪每天要用热水喂猪,顺带有热的水给牛喝。

父亲很爱牛。

自我记事起,父亲管养牛,母亲管养猪。不过,牛和猪都是生产队的。不管是农忙农闲还是一个样地忙碌。生产队里每年入冬不久就酿上几缸黄酒,在年关聚一起吃喝一餐。父亲会把剩下的酒糟封存好,每天傍晚把米汤掺上酒糟,装进自制的竹筒,提起牛鼻子让牛张开嘴巴喝下。一竹筒刚好是牛的一大口。其实,给牛喝的米汤只不过是锅底留下的锅巴,母亲加了水再煮上一会儿,这样米饭味加重,牛也喜欢喝。那个年代,我们自己吃的都是掺进了些红薯、萝卜丝之类的食物,真正能吃上白米饭的,等于是很奢侈的了。

俗话说"养兵千日,用兵一时"。养牛更是如此。父亲知道,要想牛儿耕田得力,必须要养好牛,饲料是关键,而且饲养特别讲究。牛也像人一样聪明,一样也有生养之道。父亲讲过,一年到头,最怕牛生病。它不会说话,只能看它的眼屎和粪便。眼屎多一点,还不至于那么严重,要是遇到牛拉稀了,就得上心给它治好。父亲会特意根据不同的状况给食。有时会给牛煮些水粥,拌上碾细了的木炭粉喂下。病症轻点的,一两天就好了。有时用开水泡上盐让牛喝掉,以增强牛的身体免疫力。如果家里没了稻草,再苦再累也要到田野割些青草切碎了给牛吃。天气晴朗,牵出牛栏给它晒晒太阳。晚上,给它喂温盐水,垫加草料取暖。不消说,最多四五天,原来病恹恹的牛儿都会走路生风,活蹦乱跳地恢复如初。

  在生产队里集体劳动,社员们要么只扛一把锄头,要么带一把镰刀就行,没有犁手的那样烦琐,大家一窝蜂一路有说有笑往田畈走。父亲一个人牵上一头牛,背上一张犁,一根竹鞭(金华一带俗叫"牛棒鞘"),还得带上一把柴刀。但柴刀多为方便修理犁具备用。在犁田前,父亲摆好犁子,先给牛的脖子上按揉一阵子,用手拍拍又抓抓。这时候牛会眨巴着眼睛,身子却一动不动,偶尔会抬一下头,大致意思你帮我搔弄很舒服,谢谢啦!然后,父亲再给牛套上牛轭,系好颈绳。牛脖子上不能扎得太紧,牛儿拉犁的负重全在颈部,极易受到损伤。

  准备就绪。开犁了,父亲在犁后左侧用右手紧握犁把,喊了声"嗻",牛十分自觉往前开步了。犁了一段距离,父亲边犁边回头瞅了一眼,看看犁出的土块是否合乎原先的想象,翻出的泥土深浅多少全在回头的这一下。父亲的眼睛时不时盯着犁头进入土层的深度。父亲说,犁头入泥破土,深约三四寸足够了。左手执的牛棒鞘也不能随便乱舞动,若是新牛犁地对环境很敏感,只有老牛才不至于心慌意乱。但也有些彪悍的水牛,非要用力打它几下,方能屈服。牛一般都很听话,牛棒鞘说到底只是一种象征性的威武。它知道犁地自己该怎么走,几乎不用吆喝。直线犁田,到头了它会自个儿停下。这时候,只要把牛绳拉左摆右都可以,牛自动会按照主人的指示走。有时候牛走得太快,人倒没跟上,其实一点都不用心急,稍稍拉紧一点牛绳,并轻声喊一下"吁吁",牛已心领神会地慢下脚步。

俗话说得好："牛有千架力，就怕一时急；不怕千日用，只怕一日劳。"对待牛切忌急迫猛赶，下田时让牛自然点，歇脚了也要慢慢让牛停下；耕作时不要急转弯，也不要无故打冷鞭，更不能一味地穷赶。所谓的"两头慢，中间稳"就是这道理。

对牛的命令无非就是"嘚""吁""哇"几声。"嘚"，赶牛向前；"吁"，向左向左、转身或转弯；"哇"，停止前进。

牛犁地的时间千万别超过两个小时，它可不像人一样有耐性和忍性，要随时卸下负重，让它休息一会儿，让它啃点田边的草，以保证它的体能。黄牛还好说，水牛一般上都会随时使性子，要么赖着不走，要么随地一躺，在田里乱滚，让人拿它没办法。

父亲一直以来喜欢养黄牛，喜欢黄牛犁地。即使在犁田中，父亲也可以点上一杆旱烟，叼着赶犁。在让牛歇力的时候，一边看着牛儿吃草，一边自个儿美美地抽着烟……

三

记得听父亲说过，学犁田最好是在水田里。先别去管犁得好不好，掌握技巧很关键。我的好奇心特强，也就牢记着父亲说的话。每到放暑假了，想方设法去试着犁田。

说实话，父亲是根本不让我学的，毕竟我还是初一的中学生。父亲越不让我碰犁子，我心里越想试一试。想起有一年的暑假，我还没满十四岁，为了学学耕田，也跟着父亲到生产队里干活。同队的钱金喜比我年长几岁，也和我有同样的想法。我俩事先说好了，在生产队队长叫大人们休息时去犁。父亲在村西高垄石山上面耕田。另一位耕田手是子修叔，比我父亲年龄小五岁，也是不错的犁地把式。先天聋哑的子修叔原本可以在山上松林树荫下休息的，看见我俩犁得正欢，"哇了哇了"直叫唤，欲叫我们停下来。我们不理。子修叔顿时火气冲天，夺下我手中的牛棒鞘，又去夺金喜手中的犁把手，金喜也玩在兴头哪肯就此罢休。由于谁都没喊过"吁"或"哇"，等金喜放掉犁把手，牛自顾拖着犁一直还在走。子修叔想去抓犁把，结果抓不着，一个前趋跟头倒使自己跌趴在水田中，引得山上的男女大人们笑得前仰后倒，我们也笑了。这时候，气得子修叔更是愤怒不堪。浑身湿透的子修叔把牛和犁安顿好，到队长面前狠狠地告了我俩一状。我们虽然犁了不长时间，也算是过了一下瘾。当然，我俩少不了又被队长批评一通……

这件事父亲没有多大的责备，我默默从他的眼神里看得出，他还是很理解我们的。我更知道，父亲固然不愿太伤我们好学的心。

我们还不死心，竟然还发誓过一定要"玩"个痛快。

这次是旱地，在我很小的时候就已经被改成田的鞋塘山。晌午之后，大人们各自躲到与田离得较远的树荫下休息了，照样趁大人们不在，我和金喜一人一头牛偷偷地牵上，照着父亲的做法给牛安好牛轭，扶上犁把喊着"嗒"声赶牛。牛的确很听话，听见喊立马开步。可是，我根本握不牢犁把手，没有走出几米，牛拖着东倒西歪的犁子一直乱蹦着。等远处休息的大人看见，牛早已窜出田了，犁头深深地扎进了田塍的泥土里。牛鼻子被绳反张着，仰着头只有嘶叫的份……

我又一次出洋相了。

我蹲在田里哭了。

父亲赶来，手里还拿着来不及熄火的旱烟斗（金华一带俗叫"烟筒敆"），利利索索地解除了牛身上的武装，让牛自个儿去吃草，坐在田塍边上招招手叫我过去。我满脸通红，眨巴着泪花对父亲说:"爹,我闯祸了。"

"运气了。"父亲抚摸着我的头说,"牛耕了大半天了,也是累的。牛和人一样,劳逸结合,不可随意。你是来生产队挣点工分,虽说少,但你还年轻,好好读书才是正事。真有空点的时间,爹会教你。"

父亲原本就很少说话。

听着父亲一席话,眼里的泪情不自禁地全滚落出来。

我真想大哭一场。

其实,父亲很爱我,生怕我出事。当然是绝对不让学犁田,再说也不是时候。"望子成龙"之心究竟是不言而喻了。尽管父亲也有高小的学历,但也仅仅是他的人生中一大闪光之处了。

父亲和我坐在田塍边,将关于耕田的要素娓娓道来。

父亲说,耕田犁地在自己心里事先估摸一下怎么去做,或者在田里走上一遭熟悉熟悉土层土质的状况,根据土质优劣决定翻犁的深浅。父亲有个自成的规律,即无论什么田块一律不做深耕。他的耕田原则从本质上讲,还是有一定的区别和特殊意义。春耕秋作,田块为了保水,一般上犁上一遍即可,唯独田塍脚要多犁一遍,有的甚至要三遍,泥土糊腻了才不至于漏水。不是赶季节急着下种,最好搁置一两天再去碎泥或理畦(旱作)肯定省力许多。再则,犁田的土块朝天翻转了,可把禾茬和杂草压埋在土块深层里,有太阳暴晒和水溶化,泥土极易疏松,杂草又不易再生长且也很快枯死腐败。"地虚土绵,禾长好田"便是这个道理。

父亲说,水田是初学耕田最好的地方,省力,不用去顾及犁的好还是差。田里不宜灌入太满的水,否则,看不清犁与没犁过。尽管水田都是软泥,脚踩下去是滑的,但也不可以漏耕。学耕田不是件省心的事,只有掌握了技巧,再去留心耕的有没有泥间子才是。再好的老把式也会留下，但看到留有泥间了，要立马顺脚踹上一脚，或下一圈到那里再张上一犁。千万不要摸不着头脑而乱来一通。既苦了自己又累了牛。不过，犁得稍匝密一点，也就不会出现这种现象。

父亲讲的，我默默记于心里。

在我稍长大的那几年，应该是在念高中时候的暑假，终于在父亲的指导下得以学了几回犁地。因为水田太脏，多在旱地里学。父亲首先自个儿给我示范着让我学着做。牛一开步，父亲左手牵的牛绳握得张弛有度，随时调节牛的行走速度和路线。这样，不至于牛乱了脚步而使被犁的田畦弯来弯去。犁把握在手中非平稳不可，并随时调控手腕的力度，不使犁头忽深忽浅。

父亲让犁给我，边跟着我犁地边说犁地前自己要做到心中有数。旱地上，预先目测确定位置，而且要从田中央分犁。便于整畦，必须一畦一畦基本分均匀又直，宽度适中。当然，弯弯曲曲的田块定要自然地弯曲。这一次，我竟然还犁得像模像样，犁翻的土块真像天上的层云，排列有序。虽然并不均匀，但也还有许多的瑕疵。而我心中已窃喜不已，毕竟才是初学。

父亲笑了，夸了我几句。我也笑了。

四

每个人的童年记忆想必不尽是城里的孩子所拥有的吧？

20世纪90年代前，浙中地区的耕牛犁田基本上还是农业生产的一个生力军。我们村是金华县数一数二的农业生产强村，但真正实行农业家庭联产承包制责任制却比远镇邻村要迟两年，八个生产队就配备两头牛。想不到，实施家庭联产承包责任制后，一时也从根本上极大地解放了农村生产力，推动了农业的发展。

田地分到户，父亲基本上不用常年耕田了。不过，白天大多先替别人家犁，家里的田就抽空去。为了赶季节，也有不少人家雇拖拉机犁田。牛耕的田没拖拉机犁得快、好、省力气。但我家里有牛有人耕，钱是省了，却苦了父亲。记得有好几年，父亲都是连夜赶耕，特别是夏收夏种的"双抢"季节。

夏天，夕霞已褪尽，皎洁的月光熹煮鎏银。村子里早已灯光透窗，偶尔听得见几声犬吠。我拿着母亲盛好的饭菜送到田里，父亲趁着月光还在犁田。旷野里寂静得出奇，只听到时不时地鸟鸣，听到父亲和耕牛有序而不乱的踢水声，听到田塍上、躲在草丛里的青蛙或蝲蝲发出的叫声，还有父亲赶牛的吆喝声。如果不是父亲在犁田，我一个人倒是害怕起来，心中不免有些许发怵。

随着年月的流逝，我们长大了，父亲老了。

母亲和大哥二哥都开始反对父亲耕田，父亲从此基本上放下了犁把。

我也不知道父亲是怎么想的，还是舍不得闲手，在母亲面前总絮絮叨叨要买牛。或许是家里人口多，没个经济来源，恐难维持生活需求，依旧想跑牛市这路。问题是买牛的钱无着落，母亲说同大哥商量着可否在村信用服务站里借上。大哥是村信用服务站会计，全额贷款完全不可能。母亲私底下在村里的表姐家借了点候着。

万事俱备，只欠东风。

我小劢叔叔在世的时候，父亲有事无事总往他家里坐，喝茶，聊天。小劢叔叔当然知道父亲的意思。于是，两人常常隔三岔五地往牛市里跑。父亲呢，也就常常牵着一头牛回家来养养。大的牛除了在自家的田耕上一年半载，小的牛也就养上一年，约上小劢叔叔牵到牛市去卖了，赚个八百一千的。有了点赚头，父亲一而再、再而三，如法炮制，家里渐渐有了起色。

有道是"一头牛，半个家"。

养牛是父亲的希望。

我很小的时候，全家有九口人。大姐远嫁莲塘潘，两位哥哥初中毕业了也就无缘再上学，家中收入微薄，几乎有上顿没下顿。生计基本上全由母亲划拉，父亲上生产队挣些工分，依然年年是队里的"超支"户。

很多时候，父亲吃罢晚饭都是独自一人坐在天井里抽着闷烟。嘴上叼着长长的旱烟筒，时而仰望天空，时而又长吁了一声，思绪在夜色下肆意蔓延……很多的时候，父亲趁着耕田牛歇力，麻利地从腰间掏出旱烟筒，撮了些烟叶丝装上，随着"嗞"的一声点燃，猛吸了一大口烟，烟丝跟着一缕火苗蒸腾了一下，烟着了。尔后小口小口吸两下，才托着烟筒"吧嗒""吧嗒"真正抽起，烟雾再从鼻腔中缓缓喷出。抽完一筒烟，往鞋跟上轻敲了一下，欲再抽却又塞入腰间。站起身，仰起头看看天，眼光又投向牛吃草的地方，牛依然只顾自己寻着味儿啃着草。天色还早。父亲或许是心疼牛儿大热天的跟人一样受累，摇一摇头，"唉"了一下，坐回原来的树荫下。拿出烟筒又想抽一会儿烟，抖动着烟布袋，里面的烟丝不多了。父亲顺手摘了几张田塍边上被晒干了的大豆黄叶，放在手心使轻揉了揉，装进烟筒点燃就吸。一阵剧烈的咳嗽声，惊得离父亲不远的牛儿也抬着头看过来，竖着耳朵，有些不解，有些愕然。

按理说，抽惯了旱烟，很少听见父亲被烟呛得咳嗽不止的……

父亲一直自己种旱烟，晒干切了抽。从来不舍得到代销店里买一包来抽。遇上村里晚上放露天电影，临睡前父亲就特别交代明天一定要起个早。天还没有一丁点亮，就叫醒我们去前园明堂捡些看电影的人丢落的烟屁股。那个年代，香烟根本没有烟滤嘴，还有一截没烧掉就扔了。一个早上，捡起的烟屁股真不少，一斤半两是常有的事。父亲和我们一起撕开烟纸,往烟丝里倒几滴菜籽油,然后放在太阳底下晒几个时辰,又是一些上好的烟丝,也都给父亲抽上一段时间了。

有人说,悄无声息地流逝的岁月,每一天生命中而渐次厚重的年轮,都是生命最伟大的释怀。于是,生命的路上,所有的经历不过是人生最好的安排。曾经的风景,有过酸甜苦辣的生活,有过迷茫的困苦,也有过遇见的暖,且于尘烟中见月朗,于阳光中修身养性。即使年华褪色,安放天地之间的那一份真挚的爱,无疑是至高无上的心境。

1992年,小劢叔叔过世,父亲很是悲痛。吊唁的那三天,父亲每天都要去他家坐一坐。出殡了,也不顾自己有气管炎喘病,坚持亲自挑着祭祀物品送到山上。半路上,我看见父亲气喘吁吁、汗流浃背,就是不让我给他接担歇口气……

现实原本是残酷的。小劢叔叔走了,离开了熟悉的父亲,意味着父亲以后所有的一切都得自己重新面对,阵阵的失落感袭来,禁不住老泪纵横……

人或许都会有这样那样近乎莫名的模样,当走过世事多变的年代,体味了岁月沧桑多舛,在心底总是渴望回归属于自己的记忆,总是联结本已不可追回的岁月所赋予的返璞归真。找到自信,才能扛得起莫名的逆转。潜在骨子里的自信坚强,除了践行之外,更多的是自己拥有命运平衡的砝码。虽然人生注定是大梦一场,能留住的时光实在是少之又少。同样的回忆,同样的感同身受,同样的悲喜交集,同样的生死之外情感,抑或于幻想之中的来由,多的是心甘情愿。

在父亲眼里,牛依然是他的寄托。

自小劢叔叔离世后,父亲只养过三头牛。在村子周边的溪塍上、公路边,每天的清晨、傍晚,父亲牵着牛吃草。很多的人都认识我父亲。

是啊,社会在风雨中自由徜徉,而历史或者故事依然是活生生的。天地间,被尘埃覆盖的生活原形犹如海水,又苦、又咸、又涩。回首处,岁月流年所梦的依稀堪比昨日才乍醒。我始终在想、在悟,无论是父亲或是别人,无论是今天或是将来,皆仍在流逝的光阴中叙述着不老的人生。尽管是饱经风霜或已是风烛残年,就像是流水流过四季,流过高山低谷,流过江河浅滩。那一份充斥山水含情的经典优雅,那一些留下的足迹或丁点印记,倒也是被情怀翻版成一个故事、一首歌、一幅画。

贵州来的山妹子

五年前，我家来了位贵州的山妹子，是我家的儿媳妇。她是贵州织金人，布依族，地地道道的巍峨陡峭而蜿蜒的乌蒙大山里走出来的山妹子。

原先儿媳妇与儿子的结识，我和我妻子并不知道具体的底细。才过正月，只是儿子偕女朋友回了一次家，由于我们都在上班没在家，很遗憾都没有见上面。不过，过了没几天，儿子突然在义乌打电话回来说要我们过去一趟，而且一天到晚不止打了五六个电话。我答应了，妻子也在电话里再三告诉我一定要去。看来，妻子是特别地高兴，感觉儿子与女朋友的事一定是在关键的时候了。要不然，儿子是不会那么急地打电话回家的。

小两口子早在义乌人民医院做了检查，女朋友有喜了。

本来这种事是最大的好事。年关儿子在电话里就悄悄地告诉过我了，隐隐之中觉得儿子的电话中有说是女朋友好像怀孕了，只不过还没有确定。女朋友有孕在身还是儿子在我们到了义乌后，告诉我们确定是怀上了孩子，是在医院检查后报告单上的确切消息。所以，儿子在电话里十分着急地让我们再忙也要来义乌一次，女朋友的家人们都在义乌等着和我们商量呢。于是我与妻子也不得不把这事重视起来，放下手中的活儿去义乌。我们是骑摩托车去的，到义乌刚好是午饭的时间点。直到儿媳妇在饭桌上给我们一一介绍了她的家人，才知亲家只有小儿子还在初中念书，还有双亲也要照顾，所以没来。只有亲家母、大姨和两个小姨，连同她的表哥、表姐与表姐夫们及小孩子都来了。饭店里一坐就是一大桌子的人，座无虚席。我和妻子与他们都是初次见面，好在儿子是比我们熟识的，这让我在众多至亲们面前有了不少的淡定。说真的，我们还是由衷地感到高兴。第一次见面，我看着儿媳妇出来进去，并没有什么生分，文文静静的也不怎么说话。但第一眼看到我们就体体面面地叫"叔叔、阿姨"。真甜！我们心里热乎乎的。我俯在妻子耳边悄悄地说，儿子还真有眼光的，找了个好女孩。也难怪儿子那么喜欢她，我的心里自然跟着暗暗高兴。

大家坐在一起可以说也很融洽，相处也很自然，拘谨的也就数几个小娃娃。其实，从来义乌的路上到酒过了三巡，菜过五味了，我的心里还有些许的忐忑不安。亲家母、大姨们自然也晓得我有顾虑，还是亲家母首先开口说了话。她说既然她女儿跟了我儿子，她也就遂了女儿的心。她也知道我家里的状况，是女儿告诉她的，但是，喜事的礼节还是要的。吃饭的时候大家基本上都说了话，最会说的要数小姨了，可能是小姨文化水平要比其他人好一些吧。要说结亲家，我的心里自然明白，少不了给彩礼的。这个问题，我也不是完全没有考虑过，至于多少还是个关键的问题。

我是讲出了目前面临的许多困难，知道这是给自己和儿子还有他的女朋友都薄了许多的面子，也知道这种窘态的毕露至少会给众多至亲带去些许的阴霾。我脸红了，心情自然不由得渐渐有些低落下去。

亲家母轻轻声地说："亲家不必为彩礼有太多担心，即使您和亲家婆备足了，我们也不会收下一分的。只不过是让我女儿在娘家过个礼罢了，放心放心。"

亲家母说的话似乎一棒击中了我的要害。

问问我的良心，这不是明摆着是我有太多的顾虑了吗？

其实，我倒不是担心彩礼的多与少，而是在这个节骨眼，我无法一下子借到十万八万的钱，自然也很怕向别人借钱了。再说了，就是全部的彩礼钱都收下了，自也应该的。毕竟是亲家屎一把尿一把地拉扯大了孩子，不容易。

　　我是无法激动，更激动不起来。耳边一时有一阵的阒静，有些可怕。倏尔，又像闸门打了开一样，声音四起。还是许多熟悉的声音汇聚在不小的饭桌上，对我来说，显得嘈杂而拥挤。当我努力静下心来想，自己从酒菜开始上来就没说过多少话，觉得自己非常理亏而尴尬又甚是别扭。没有在亲家母面前先大胆地亮开我的度量呢？我一个大男人怎可以像小媳妇似的扭扭捏捏呢？听着亲家母和大小姨们的谈话，我渐渐地又活泛起来，感动起来。我也得摆出我的想法，就算说得不充分不上理也得说说。都说人家子女婚嫁，别说彩礼百万，至少也是几十万，还有汽车洋房。我也想风风光光地把儿媳妇娶进门来，这是人生的一大喜事。我自己清楚该去怎么面对眼前的至亲，怎么去面对现实。虽然他俩的恋爱没有经历过"父母之命，媒妁之言"，少了不少的烦琐礼数，对于还身负不轻债务的我，往表浅地想，自然还是减轻了我许多的压力；往深处考虑，现在是经济社会，物质时代，充阔气、充大款比比皆是。说回来，我能比吗？是不能比。当儿子说已经有女朋友了，我一直就在翻转着这样那样的问题，现在也是，始终不能累死面子，不能打肿面孔充胖子啊。毕竟还要过日子的，况且已经是添丁进口了，总不能让儿媳妇来了跟着过苦生活。席间，我见儿媳妇并没有多动筷子，偶尔吃上一点，很多时候想说话却又咽了回去。我晓得她在顾及少女特有的那一份矜持。然而，儿媳妇还是说了她的态度："我看中的是他的敦厚纯朴，善良诚实的心地。我觉得他是个有责任心的人，也就是我将一生最可以相托的人。其他的并不重要。"我泪奔了，但还是强忍着没有让眼泪流出来，只是悄悄地稍微低下头用双手捂住……

儿媳妇一席话像是激活了我的时间。

原来，我神经质的一些担心和顾虑都是多余的。

我的眼睛顿时像启动的开关，在激动的原初世界找到了位置，十分习惯性地亮了起来。而且，发现周遭的目光亲切，如同窗外的太阳光越来越柔顺起来；整个气氛和睦，恰似服务员刚端上来的菜肴还在冒着袅袅的热气且越来越浓。一切，所有的一切都升腾而起。我的心里呢，更像白开水里掺进了蜂蜜，稠稠的甘甜味，吃在嘴里，甜在心里。

我不敢说自己是忘记操心儿子人生大事的开始，但是，我也应该明白一个粗浅的道理：如果失去了亲情，也就迷失了自己的感情方向，更遗失了儿子与儿媳妇的爱情。为了爱情，为了亲情，儿媳妇是个愿意把自己绑在苦难的柱子上而任劳任怨的好女孩。她在父亲手掌上是珍贵的明珠，在母亲的引领下渐渐懂得了自己初为人母的幸福。她是在爷爷奶奶身边长大的，在爷爷奶奶的身边学到了一个人应该做的事、应该说的话、应该懂的理，明白了人生本身是在酸甜苦辣的泥潭中磨炼的，甚至是挣扎。她当然知道，自己的人生像是一种宿命，却绝不是偶然的遇见。

缘分、爱情、亲情，同在一个天平上。

老天仿佛对我也非常地眷顾，一切都很顺利。一回到家，竟然一点倦感都没有，尽管已是晚上八点了。大姨是贵州嫁到义乌廿三里的，大家也就在义乌聚了。因为我从未去过廿三里，人生地不熟地骑摩托车怕耽误时间，又坐的是公交车，来回耽搁了好多的时间。一回到家，竟然一点倦意都没有，竟然与文友交流文学创作又聊起了儿子的婚事，也忘记了睡觉。或许这些文友和我北方的一些宗亲文友是知交，没承想在儿子的大婚日我收到了邢迎清（山西省静乐县）的贺文。

贺新郎·题族侄大婚

婺城隶古越，镶江南，灵秀山水，钟毓人杰。族贤樟兄喜事到，令郎百年婚谒，喜登科状元及第。蓝田双璧酿佳期，秦苏合琴瑟满庭乐。燃红烛，拜圆月。

紫罗帐内百媚靥，虞美人，蛾眉凝翠，闭花羞月。金莺枕侧语如花，良宵一帘歌阕。把彩妆带绾拈出，不愧绿叶辜负酒。枝连理，红楼梦长夜，共白头，心心结。

湖北阳新宗亲邢廷龙（点石成金）的贺文：

贤侄大婚佳期，送贺联一副，遥祝一对新人新婚快乐，百年好合！

玉律鸣秋、绰约佳人、驾碧河南渡、黛写远山凤求凰；
金映夏色、风流才子、乘彩车宝马、花迎小阁梦初香。

我是喜极而累过，也喜极而泣过，却是为感觉了神圣的爱情，将我沉醉的激动一齐在欢快的音乐、欢快的笑声中流转。本是兴奋至极了，更是自豪，兴许还有了一些骄傲感。毕竟了却了一桩夙愿，毕竟是自家家境底子薄弱，与别人难以攀比。我们硬着头皮愍是东借西凑了一些钱为儿子和儿媳妇举办了一场婚礼。虽说排场小点，在情理上还是给了小的们一个小小的慰藉了。儿媳妇也很贤惠，懂得事儿，懂得理儿，顺着我们的意，开开心心穿着洁白的婚纱，循着喜庆的音乐迈着轻盈的步子踏上红地毯……

恋爱，是生命的光焰；爱情，是生命的灵魂。

今天的月儿特圆，它的周围是一圈圈的彩晕，一阵阵的轻霭，在傅村的樟林酒店上空飘悠，温柔婉恋、香浓沉馥。当然，缱绻的漫涨那是早已捷足，看不出这个夜仅仅是初秋的夜，那么明洁。

那缕辉光已经凝成情结高洁的菁华，可是希冀，也可是热情。

云淡风清，溶溶月照，醉心双喜暖窗。朱门灯火，帘幕绣珠光。玉女金童携手，镌情爱、濡沫非常。洞房夜，鹣鲽缱绻，凤鬻悦龙骧。

都说黔水秀，岚山翠黛，韵古悠长。婺州酒，蛾眉眸底凝香。玉兔银蟾羞掩，江南色、透染红妆。枝连理，梢头豆蔻，执子奏笙簧。

几乎可以毫不夸张地说，也就是我的这一阕《满庭芳·洞房花烛夜》被司仪一口标准的普通话以及他娴熟专业的婚庆手段，把婚礼引向高潮，完美而淋漓尽致；司仪看上去文质彬彬，更有活泼的想象力而又多了些融会贯通的口语与气势，色授魂与，心愉一侧，直让众朋亲友们忘却了此时还是一场地地道道的婚宴了。此刻，新郎新娘也已完全陷入璀璨如星的光环之中，客人们的眼光几乎都在司仪主持的婚礼主题而品尝各自餐桌上的美味佳肴。新娘一身洁白婚纱更见姿颜姝丽，琅嬛绰约，妩媚纤媛。看得出，大概是她太在意这种幸福感了，时而长眉连娟，时而微睇绵藐，而她的脸上也时刻被霓虹灯光镀上一层金辉。婚礼进行了多个小时了，人们照样欢快而雀跃，气氛照样热烈而浓厚。

我并不是为排场的简约而有些懊恼，也不是为寻求阔气而显摆。所谓的现实倒是人的一生在轻裹云锦之中的新愁，却又是富于反射性的神经，让我在重回到现实的旋涡里看景色，欣赏景色。

可喜，可喜了，春华秋实。

不出数月，我家来的贵州山妹子给我们抱来了大胖孙子。

写于2022年2月18日夜

岁月，醇情依旧

清早起来，已经习惯了站在阳台远眺放松一下心情。我还穿着短袖衬衫，伸了个懒腰，微微仰头转了转颈部，阵阵微风吹来，不燥，凉凉的。虽然身子不由自主地颤了几下，也颇觉特别清新、舒坦。

妻子在里屋说："今天中秋节，去我妈家哦。"

我如梦初醒。

原是前天早就说好了的事，看我这记性。

原来今天没准备休息的，就是赶活忙，早一天做完结了工资，得续下一家。妻子在工厂里上两班倒的班，没日没夜地，也难得节假日一天的假期，无论如何不能驳她的心情。再说，两口子上娘家嬉嬉未尝不可，晚辈分内的事。我的活儿再多也只是挣几个工资，至于东家知道我们没整活而去探亲访友，想必定然在情理之中，无谓会起啥不愉快的。搁就搁一天吧，也仅仅是一天的时间，又不是要搁上好几天。能陪陪妻子一天，可是为夫的一件至上励合的美事，何乐而不为呢？

妻子娘家很近，以前骑自行车不过二十来分钟。前几年也都是因为活多生意特旺，一家接着一家地做，一到逢年过节的倒忘至天外云霄。而那边的风俗习惯和我这里不怎么相同，女儿女婿在俗节里必须得到。好在岳父岳母很是识大体，自也随我们的意愿从不多言一字，怪一声怨。我多少年不理解自己为什么会牢牢记着他们的好。每当想起这件事，都会有种东西堵在心口，说不出啥滋味啥感觉。后来，稍空闲时候，自己怎么回事都不知道，倒十分喜欢让这种情节翻来覆去地浮现在脑海里。

我心里明白，这种回味对我来说已经是一种惬意的享受。而且，颇为彻头彻尾的，但也有一些诚惶诚恐。

我这一生干得最得意的一件事，是娶了她做我的妻子。现在仍然认为这个选择是多么正确，多么成功，当初也是一样。她是我最心仪的姑娘，亏我下手得早，早早就娶了她。当时若是错过她，那我这辈子可就逊色了不少。像我家穷、人丑，又没势这样子的人哪会有这等艳福和感情的奢侈呢。有这等美好，我自然心满意足，也雄心勃勃。很多时候，常常自个儿思想，身边依然坐着温柔美丽的妻子，在那些平凡而温馨的日日夜夜，这是我平庸一生的最大安慰；也有的时候很少见她看书，这在我心底还是有那么一点点遗憾的，就是妻子只是小学文化，还是在结婚以后才知道的。不过，我俩的文化差别拉得比较大，也是一个过程的温度传感器，对我走上文学之路有直接的影响。但对于妻子只在工作上认真负责，不多看书，我虽然多有与她交涉，她却反过来和颜悦色不愠不火地说了一大通的理由，让我无力反驳。当然，我能反驳什么？我从来不露声色，当是在心底一个极其微不足道的边角，已无所谓。我忘不了妻子的情，忘不了妻子的贤惠，忘不了妻子的爱。

我命中注定不该是我一个人的荒凉。

遇见了，在最美好的时光。

妻子从小学毕业后一直没去念书了，一直跟在她妈妈身边帮忙，一直到厂里上班。我岳母炒得一手好菜，而且特别擅长做面食，麻花酥饼之类更不在话下了。而只有小学文化的妻子耳濡目染在母亲身边，自然也学得了许多面食制作技术。

那年才入秋不久，因为厂里放假，妻子待在家嫌没事做，自个儿骑了自行车一大早上我家来了。

我还没出门上班，母亲在屋里听得有人在敲门，叫我去开一下。开门后的瞬间，站在我眼前的妻子也不说话，只带羞赧的笑容默默地立着。妻子身着红色秋装，下穿裤腿上窄下宽，从膝盖以下逐渐张开，裤脚的尺寸明显大于膝盖尺寸的喇叭裤，亭亭玉立，已不乏昭然惊艳。妻子惊鸿模样，不用说是踏着合拍时尚的脚步，个性化的穿戴既迎合了20世纪八九十年代的发展趋势，又芳华了楚楚动人的少女容颜。而且，不用过多地粉妆玉砌，亦颇灵动轻盈而楚楚留香；不用美工施黛，更浑然天成了美丽姑娘与自然的和谐勾勒。说真的，我已经掉入了妻子沉鱼落雁与闭月羞花之容的"诱惑"之中，掉进了妻子飘扬的浪漫仙女味的汪洋里。刹那间的我，与妻子的不期而会，又惊又喜，却也不知所措。

我忙让她进门。

母亲先是大感，然而随即洞悉一切。脸上欣喜不已，一边让妻子好好坐着，一边走进厨房口里叨叨着："难怪今天大早喜鹊叫，家里又飞来了只金凤凰。喜事啊，好事！"

我还真的有些不明白自己为什么牢牢记住了妻子来的那天的情景，每当回想起来，依然有一种特别幸福特别亲切的感觉，心底还有一种说不出的滋味。多少年后才理解，这是我人生最幸福的开始，别说有人提及此事了，就是自己有事无事的时候，都极其喜欢让这个情节反复地重现与回味，对我来说虽然已经不是一种很奢侈的享受了，但我已经习惯。

这一天，我没去上班干活。

这一天，我们都像着了魔似的黏着，而我有点六神无主，一时半会儿这也不是，那也不行，还是母亲看出我的心事。母亲说："你得陪陪她出去走走，哪里都行。"

我想也对。去城里可以逛逛街，看看热闹也不错。原来还想去双龙洞风景区一趟，妻子硬是不去了。说是太花费，再则，去

克绍箕裘 241

了一时回不来，又得在外留宿。我是巴不得两人一起去的，也可以像人家那样旅游结婚地浪漫一回。其实，我也是打肿面孔充胖子，自身经济能力不裕，当然正好随了她的心却遂了我的意呢。妻子的实在令我愧疚，这份愧疚至今困惑着我，成了一个不解的心病和遗憾。同样的一片天地，人家走出去能风光无限好，但属于我们的却是悄然无声，如今回味着，还像是梦境一般。好在妻子决然不是那些只涂红抹香贪图享受的女子，有的是倾情而来的深情款款，步步紧逼，将我淹没。每当看着熟睡的妻子甜甜的模样，瞬间的激情澎湃汹涌，忍不住又紧紧地抱着她……青春的浪漫秘密地湿透了我的唇，润泽了我的心田。那些年，这些年，经年的温度，仍是情愫万千之中的燃烧，岁月的厚度，只剩下眼底世界里放飞愉悦间的快感。或许，相依相偎不过是动物繁衍生息的另一种节奏，意想不到的秘密如出一辙，渴望与冲动永远是凡夫俗子遥不可及的想象。我曾经是，也曾经有过，更是曾经赚了。如今更依然，阳光赐予的深情厚谊深刻在青春的剪影底片上，一点点，一次次。青春本是热烈的、灿烂的、甜甜的。所有的青春，有一些率性，有一些快乐，有一些天真。我们曾经花一般的年龄纵然已不再，现在乃至将来同样在歌唱青春。

认识妻子前，家里只有两间土坯房。那时正是为了结婚，父母含辛茹苦地咬紧牙关一点一点筑造的。妻子来了以后，我们一切从简，没有布置新房，更没有洞房花烛夜的热闹。因为家贫，我们俩四处打工也还是只够填饱肚子，看人家高楼大厦住着挺羡慕的。我们开始了一生中的第一次设想，建新房子。

第一次造房子，因了邻居要把门前一米多宽的水沟填埋掉，他家的门前宽敞许多，出入就可以更加方便了。我没同意。原因很简单，这条水沟是小半个村的下水沟，如果遇上连绵大雨，村里许多农家户要积水成灾。那时，我叔叔还在世，也极力反对邻居家把水沟占为己有。为此事,邻居跟我大吵了一架。从此,我也并不作声,决心把这地与自家屋一起建上房。

地基没那么大,算上自家太太祖上留下来的露天粪坑与原生产队上买下的小屋,也不过是40来平方米。那个时候,我家里穷得叮当响,哪来的钱啊,说透了根本无力造房。邻居家见我动手造房子了,心里极不痛快,极力阻挠。挖地基时,邻居招来他自家的兄弟亲戚朋友三四十人,看架势要大动干戈一场。我没有怯场,照样做我的事。妻子很怕出事,特意上娘家叫了我内弟和姐夫来。邻居家先是和我争吵了一通,我据理与他们理论了几回,一张嘴巴自然被他们的声音淹没。内弟和姐夫自始至终都没插过一句话,也不作声。开始邻居家见我们人少,十分嚣张,百般狡辩这水沟是他家的。但是,邻居家的亲戚们见我们做得没有什么不好,原来的水沟纹丝不动依然如故,只好悻悻作罢。以后,尽管邻居家此计不成又生过几次事端,还是未能遂愿。

一条水沟咋整都是几百年的光景了,好端端的排水了一年又一年,为什么要强行把它埋掉呢?占为己有谁都好不到哪里去。邻居家当时竟没有想通这道理,错就错在自视甚高,总觉得自己无论如何比人家能力强,结果什么也得不到。

拼搏了十几年,为了造幢像样点的房子,在2008年仅仅买了个地基就花了两人所有的积蓄。对有钱人来说,花个一两万微不足道,而我们连盖房都捉襟见肘的了,何况还要供儿子上学。妻子与我一边挣钱一边建房子,虽然累了,也苦了,还是乐在坚持。

房子是造好了,但欠了一大屁股的债。

年年拼了命地干活,年年还在欠人家的钱,逢时过节仍然要借着过。大幸有岳父岳母记着好,记得每年的春节都接济我们一点,过年间才不至于显卑见穷。说是家贫点,其实也是好事。有这个压力在，最大的好处也就是在给人动力。亲戚朋友看着我们的艰辛，愿意帮衬我们一些，让我们在一年一年的还债之中平静下来，再也不像每到过年的时候惧怕人家要债时那样慌张。妻子和我的念头一样理智，还没到年底，只要发了工资马上叫我去还回人家，宁愿自己吃糠咽菜，也尽数还上，哪怕是没一分钱过年。

我们的儿子一天天长大，变得懂事，变得心疼我们的辛劳。妻子呢，更加不分昼夜地上下班，举债之重并没有压垮她的意志，反而完全适应了生活的苦与乐，渐渐地也接受了我在闲暇之余的文学爱好与创作。只是我自己浑然未觉。

妻子是典型的农家女。按说，凭她的贤惠聪明，在什么时候嫁个人也比我强，别说她的姿色撩人了。妻子最讨人喜欢的是整天不爱多说什么，只顾自己一味地做自己的事。风风雨雨多少年了，我是在举债的日子里靠着打工挣上几个辛苦钱维持到今天。在别人的眼里是有一份不错收入的职业，谁知道我们仅是到处揽活来的，且步且行，所有的东家以为活做得精细、做得称心，一年到头基本上不断活。在农村或者城里，收的工钱都比别人稍低，这是人的最普遍也最根本的一个势利。尤其是我妻子一个女人能做得滚瓜烂熟的手艺，自是赢得人们的尊重和格外照顾。做过的东家十分乐意帮着介绍活儿。

一年一年东奔西跑的油漆工生活对妻子来说，就像与一幕幕春种秋收的农家生活相同梦境，终究跳不出喜悦、叹息、失望的那个圈子。尽管每年都那样满怀期待、憧憬，如老农眼巴巴地看着田里的庄稼青了黄，黄了又青，从那片土地上回过神来后，信心和干劲十足，拥有了的却是一个遥远的空洞。我和妻子是在附近一个村子里干活，东家是个十分吝啬之人，结算工资时硬说她不能按男师傅的工价算，竟然说女人下地干活也是半劳力计工。

说得理直气壮，说得有板有眼，我算是彻底服了这位东家的言辞举止。我请了他村里做过的几家农户说明是怎样计工的，想不到他还是坚持要低一点，否则，一个子儿都不结。哎呀，这不明摆着抠人脑心吗？僵持了许久，妻子开口说人家造了房子也不容易，就让一点给他吧，少算一二十元一天，没事的，当是她给他家帮工了，我们不念吃什么亏。

东家当着大家的面给我们算了工资。我瞅着真切，东家的脸上一阵青一阵红地泛着。

妻子破天荒受到如此的贬人、埋汰，心中极其不痛快，深感被人一次性地抵消了以往的所有自豪。她原承想以学得的一身手艺活可以对生活的缺憾有一种补偿，经了这一折腾，发誓永不再吃手艺饭。没过几天便跑到牛奶制品厂上班去了。

上厂里干活，计件取酬，结算的工资远比手艺活挣得多。累是累了点，与其东南西北地到东家去西家，不如厂里做工心安很多。或许多少年之后，自己一样会在厂里干出名堂，也给家里图实惠了。农村乡里人就是有那个倔劲儿，在对一片土地失望时，到底不忍心扔掉所在的希望，若是扔掉了，再怎么着也是一种莫大的痛苦呀。妻子在厂里几年下来，家里比以往殷实多了。

妻子在牛奶制品厂做了十来年，之后又跳槽进了电动工具厂。换了厂子的工作便没有轻松许多，整天待在机床边操作的劳动强度不用想也知道了。第一年因工作安全的谨慎，马马虎虎地过去。工厂的计件制度无疑在某些程度上激励员工的工作态度。妻子平素钟爱计件，不屑按勤八小时的工作。她是一个工作狂，我母亲在世时就特别嘱咐过，别让她做得太累，女人得保持女人的样子。言下之意，叫我好好和她沟通一下，年纪轻轻别像老太婆一样的老态。我和她也讲了，妻子依然我行我素，根本不买我的账，反倒我自己容貌日渐憔悴。妻子是知道我身体消瘦之故，但从不言及。看不出，我的担心是多余的，或也是极度的自私，可我就是搁不下不替她着想的心。

　　我从来极其不愿让一个年轻美貌的妻子因疲劳了而消失青春的容颜，为此，过多的担忧成了我的一块心病。我渴望的是有女人的温柔时光，作为一个男人当然自豪如愿以偿了。而拥有过却又时常有违正常的生活规律，颇让我产生了一种被替代的感觉。因为妻子做的两班倒工作，我们在一起的时候很少。别说两人在一起吃顿饭了，我一个大男人独守空房是常有的事。这便是我不习惯的习惯，必得适应。

　　也就是妻子进工具厂第二年的一个晚上，我忙完了一天的活，在东家吃了晚饭早回到家里了。我一个人在这样寂静的深夜，打开电视机无聊地看着打发时间，孤单寂寞之感常常油然而生。儿子在城里念书，一个星期回家一趟，要是赶上夜班，连儿子也看不到她一面，别说在家聚在一起吃上一顿团圆饭了。好多时候，妻子的工作日程打破了这个家里的正常生活规律。缺了她，家里一下子显得十分冷清。

　　这个星期，妻子上的是白班，每到晚上九点半都到家了。那天，不知咋的，已是晚上十一点钟了，还没见妻子回来。打她电话，处于忙音状态。我的脊背隐隐之中感觉不对劲，瞬间觉得一定出了什么事情。打电话没音信，厂里的领导联系方式又没有，真急死我了。大约过了个把小时，手机突然间响起。我拿起来一看，是妻子的电话。我喜出望外，妻子声音有些低微，听得出来还有很多的哽咽。她告诉我说她受伤了，无名指被机器轧碎了一小截，刚手术完毕。她还想说什么，那边换了个男人的声音。他大致说了，他是厂里的第二把手，我妻子已在解放军112医院住院治疗，叫我放心，另外交代我赶紧去医院，带些衣服和日常生活用品，他们在等我详细说一下情况。

我又气又喜。喜的是妻子终于有了下落，心头悬着的一块石头终于落了地；气的是妻子或者厂里的领导干吗呢，出了事也不早告知我，尽管我不是医生，可我毕竟是她的丈夫呀，至少她受伤后的这几个小时里不用提心吊胆地盼着她了。我火急火燎地赶到医院，厂领导还在，看在妻子垂着泪的眼神和领导笑容可掬的样子，心中憋着的一肚子火气一下子压了下去。两位厂领导晚饭都没吃，匆匆交代了一些话就回厂了。临了，一味地叫妻子好好养伤，工伤费用以及工伤保险、工伤认定等厂里都自有安排的。

　　我无话可说，除了应诺外，只能在医院护理妻子了。

　　人一旦安静下来的时候，也会听得另外一种声音。譬如身体躺在草丛中了，静静地倾听大地里的万物在阳光下生长的声音，或者各种生灵过往的声音，但往往没有会听上瘾的。平平常常地过日子，仍然有的是悲欢聚散的事，仍然有的是更辉煌更轻松抑或是更荒唐的事情。妻子一个看清了一生事业的人，总是不想在轻轻飘飘的日子里，混混沌沌地把人生当成一个梦。

　　而我始终完全做不到妻子的这一点，纵然我有艰苦奋斗过，似乎还是不满足渗透在生活中本应该享受的天伦之乐。谁会懂得，一个夜晚又一个夜晚，我是与床上铺上的月光而卧的孤寂。我宁让有土地十年百年地荒弃，也极其不愿心爱的妻子在等我的时候独自荒睡。

　　我将不再走远。

　　我知道的，一直都知道的。

　　妻子最大的愿望是早日还清所有的债。

　　儿子说，妈妈才是家里的太阳，暖烘烘。我差点跳起来了，小孩子也竟然口出游心骇耳之语，见得他心里有了自己的尺度，刻度之外的空间填实了足够的信心。而属于冰雪温度智商的我，决然不会有此自唯至熟的想象力。

双尖山

每一阵的风，每一场的雨
重复着并不简单的符号
用浑身的解数，去素履
温柔的，火辣的，平和的，冷漠的
于是，有了从容落座的四位姊妹
于是，有了岁月积叠日子
于是，又有了生命和心的絮语
不惜倾却以往固然的气息和味道

不道流年似水，不言蹉跎
日积月累堆砌成隙缝间的逗号
轮回，但从不去抢先
千万个前世和彼岸的梦
统统跌入被颠覆的童话
围拢起，行走品味过歌谣
都是各自所需的
都是时光的脉络
我终于明白了一些道理
启动心跳的，属于星星
而每一滴的露水
注定不是一场燃烧的醉
埋伏在风里的灵魂
抑或就是不懂得招架的雨滴
湿漉漉的身体
撕了一层又一层的面孔
一次又一次，与露水，与阳光

一起数着日子开始替换曾经的密码

问君初心痕迹里流落的醉字
是否甘愿或者寡淡
那些缘生缘起的情窦
对于仰躺静听流水音符
就像辘轳，琢磨被勒的黎明说说好话
总想挣脱木桶上的绳索
总想和它和解，反而
渐次厚重了年轮之中的岁月

  任岁月怎样流逝，人生本是一杯陈酿的老窖，醇浓洌香。一个家，同样在悠悠岁月的如梭里走着，寻找着、拾掇着光阴中的一些悲欢。然而，真正很难找回的，或是以往的像腐烂了的树叶已经消失了，或是此时此刻已被遗忘了的全部生活。有人说，过去的都是过去，记得不要过度吝啬，不要刻意追悔，记得舍得就好。活在当下，拥有现在，拥有领悟，拥有珍惜，未来可期。如果在匆忙中忽略了早年没留意的半句话，那我的或她的一个眼神，也会激起更加热爱的存在的再次贯通。

  "不是人间种，移从月中来。广寒香一点，吹得满山开。"南宋杨万里的《月桂》，念兹在兹，在最高处、最深处，遇见彼此，感恩。

  日子，就像一本还没有封面的书，只要内瓤充实了，剩下的封底即使不会烙上岁月的生动或叹咏青春里的青涩与美好，那么，人生铸就的那本爱与情的书，也就未必不会显得精彩绝伦。岁月原始如歌而峥嵘，却如流沙般从指间滑落，赐予世界所有激情的、活力的、飞扬的抑或是有情无情的，不应该不是生命的至味。

克绍箕裘

盛夏

盛夏，有风，有雨，更有酷热的天气。

日子也就这样那样地匆匆地走过，匆匆地忙碌，也匆匆地交替着苦与乐。尽管我生长在农村，却向来自渡清欢，心怀善念，犹如端坐云端，隔着彩云追风，纵是千里之外，亦可不问归期。能让自己在静谧中寻得一份清凉，未必一定是在春暖花开的季节。盛夏酷暑，即便伸出手都是燥热的温度充斥着。倒也早已习惯了它的炙烫，它的狂野。我想，随便哪个人，这种习惯已经无法复制粘贴回曾经的留白，无论是童年，无论是少年，无论是成年。

太阳在东山还没露头，雄鸡的阵阵啼叫声已把人们从床上拉起来了。随着各家各户的开门声，人们起来后的吆喝声，本来还蜷缩着的大狗小狗也跟着吠叫，此起彼伏。顿时，村子开始热闹起来。男人们照常洗了把脸便拿上农具到田里去；女人呢，有的先把自己梳理停当，才扫了地抹好桌椅，然后往灶锅里填了一些水，放进一点米和红薯之类的，算是早餐了；而不少女人则火急火燎地匆匆洗了手洗了脸，烧上早点，或收拾屋里屋外，或赶着早去田畈帮丈夫干点活，或给自家的猪和羊割些青草，都说早上沾露水的草鲜嫩，而且挺养肥的呢。

村子醒了。

我们家人口多，吃饭的多，在队里劳动挣的工分往往入不敷出，年年是典型的超支户。队里分得的粮食一茬接不上一茬，连中午常常都得喝稀粥。我还在学校念书的时候，每年的夏天要么在家看护弟弟妹妹，要么去生产队放牛。不过，在读初中到高中期间，小弟小妹可以由大弟照看，我必须得去队里干活挣上几个工分。特别是"双抢"的七月，天上太阳炙烤，田里的水滚烫，我也凭着农家人的样子天天跟着父亲上生产队劳动，一个暑假还满勤呢。虽然挣的工分不多，却也填补一点家里的超支。

"双抢"是乡村人最忙乎的季节。那时候，为了多种粮食支援国家建设，乡村普遍种的是双季稻。农忙开始了，我也放暑假了。天还没亮就起来，跟着母亲到生产队的屋子帮着背晒谷子的竹篾地垫。我个小，背不了地垫，母亲就叫我趁着月光扫地。干完了活，天也大亮，母亲叫我回家看着土灶烧火，她自己忙着去田里拔秧苗了。

大概因为年轻，并不怎么怕热。烈日下，和大人们一起割稻子从不戴帽子，走在路上也不穿凉鞋。家贫，也买不起凉帽、凉鞋。光着头，赤着脚，特别是中午，路上被太阳烤得都冒着火气，烫得人不敢踩上去。不过，我是尽量靠着路边走，有草还是不烫的。回到学校了，我的身上、脸上、手上，被太阳晒得先是红红的，之后脱了一层白白的皮儿，渐而通体黝黑。割稻子、挑稻秧都不怕，唯一怕的就是拖青稻草。队里每天都要把打下稻谷的青稻草揪成一小把一小把，然后按照家庭户人口与实际工分计算，分给农户，各自赶在牛犁田前必须搬出去，必须是利用饭点或休息的空当，不得请假搬。不然的话，影响犁田抢时间种秧子。

家里人多，分得的青稻草也多。我人小，够不着盛稻草的挑子，也就用稻草缚牢三五把背着到附近山上晒。青稻草又湿又重，背着爬山十分吃力，还没几趟已是大汗淋漓，擦干了这边，那边又流下来了。有时候，背到半山腰，脚一滑，稻草连人一起滚落山下，爬起来，又背；有时候，近的地方被劳力好点的人家占去了，不得不爬到高一点的山上。等我搬完了稻草，吃饭的时间已过了，多少年来第一次感到了饥饿。大家都回来了，我不得不喝了几口带来的水，算是吃了饭。一个人背完青稻草的不多，也是第一次，很多时候都是大哥二哥和父母搬的。

我想，过去年代的生活虽清苦，但也是快乐的。我不是有意在给故事添一些激情，带一些思绪，能够有那种生活的体验，感觉上还是美妙的。没有了群体之中的压抑，或也难平置身于浮华之外的安然与唯美。心灵上的快乐和忧伤，你拿什么去洗涤？滞留人间的年华与沧桑，你拿什么去释怀？品尝过的酸甜苦辣生活，你又能拿什么去记忆？

有老师这么说，生活没有桃花源，淡然便是水云间。现实与过往，土地与山水，心念中似乎曾是遥不可及的一幅版图，但在那物我两忘的空灵时刻，仍然深藏着未必可以更改的遗憾与闪烁着一道镶着金边的光，心中燃烧着一团跳跃美好的火焰。人就在这么一个世界，也就这么一个过程，每天在忙碌中求一份平稳和安康，这才是幸福的一个心经。

我平凡，却也算得上经历过一些磨炼。要说苦，我生在阳光时代，快乐着的。一生虽然有过痛苦、有过饥寒，毕竟还是不足挂齿的。童年、少年时代的生活还是历历在目。至少，我还没把自己框在时光的相册里。

我难忘那个时候的锻炼，难忘那个时候经历的精彩。

夏天的雨，来得急也来得猛，风更烈，来雨的时候从不言低调，每每是以迅雷不及掩耳之势说到就到。经验丰富的大人看到了天上的云朵在大北山的巫平尖那里悠荡，便会说暴风雨即将来临。话音还没落地，暴雨已经被大风卷着沿山而至。田里的人们顶着酷热还在拼命割稻子，一下子来不及跑上附近的山冈树下，田野里风雨交加，人淋湿了，心情也湿了，整个世界都湿了。不过，压在心头的燥热顿时消散了许多……

突然的一场暴风雨来临，可苦了前园明堂晒谷场上的女人们。刚刚耧耙好了一遍稻谷，看着还烈日当空，骄阳似火，没想到一阵"噼里啪啦"的大雨随着狂风把地垫掀翻，不少的谷子跟着水流被冲走了。顿时，晒谷场上女人们尖叫着，也有人哭喊着地抢收谷子。每个生产队留在晒谷场只有两个女人，一个男人专负责挑担，其他的都上田畈里去。只有田里打下的谷子多了，队长才再另叫两人留在晒谷场帮着。况且，每个人都各自为政，只是自己生产队上谷子收好了，才会去帮人家的。突如其来的狂风暴雨越下越大，彻底击溃了女人们的反厌心理。晒在地垫上的还好说，没被风掀翻的只要反卷一半回去，也不至于让谷子淋得太湿；硬地上的谷子就没这么幸运，一时拢不及的即被雨水冲走。有些女人眼见来不及拢，任风刮任雨下，自己索性在晒场的低凹处躺下身子拦截雨水淌来的谷子……田畈里割稻种秧的人们急奔慢赶地回来收谷子，风也弱了，雨也停了。

看着满地都是杂乱的谷子，人们跺脚搓手地叹息不已。

"双抢"让整个田野经历了生命的轮回，换了新妆；一汪水让嫩绿的秧苗从浅绿、深绿到金色的稻浪，秋天的阵阵凉意给人们又带来一次丰收的喜悦。纵然秋收的粮食入户不多，好收成的愉悦足以调剂人们生活的清平世界，就像湛蓝高空中人那嘹唳而过的却仍然规矩的"人"字形雁阵，并不见得有什么乏味。

其实，我是无法抗拒这个年龄段在盛夏里的诱惑的，特别喜欢下水游泳。看见水，就像意大利航海家、探险家克里斯托弗·哥伦布发现了新大陆那样惊喜、狂野，掐不灭心中的那一团火。当然了，学会游泳还是在六七岁的时候。

人小，水塘里不敢去的。先是跟父亲去村前的前溪里洗澡，次数多了，慢慢地几乎每天都要去。但父亲是生产队里的犁把式，收工了还要牵着牛在路边给牛吃个饱才回家，已很晚。母亲怕我不安全，绝对不让我一个人去溪潭里洗澡，我只能干巴巴地等父亲回家，后来还是大哥二哥轮着带我去。站在还淹没不到屁股深度的浅水区，不敢再往溪潭中心走，心里总免不了有些紧张、有些害怕。看着村里的小伙伴们赤条条地像鱼儿一样嬉闹，羡慕不已，也控制不住自己的性子，也学着猛钻进水中，却呛得我鼻孔胀痛，一个大大的喷嚏，险些将溪水喝进肚子里。大哥、二哥扶我到深水区，托住我的胸部，让我的两只手奋力向前拨水，同时，两脚往后蹬。训练了几次，也渐渐地学会了游泳。

整条前溪里的水潭有后溪两个潭、凉潭、石塔山潭、前溪潭、三石潭、水碓潭，成了我们这些野小子的乐园，我们的天然浴场。直到回学校念书了，也老想着暑假里能玩水。从上游玩至下游，因为不熟悉新梅村西溪水，不敢再去。我们基本上还没到傍晚，大家就商量好拎上菜篮子说是去割猪草，其实大部分时间都泡在溪水里。况且，大家都不仅仅满足于游泳，也觉得太乏味枯燥。于是，便变着法子玩，花头很多。比如看谁举起双手自己只用双脚踩水，能直立水中而不沉水下，就是最了不起的人。但会的人很少。打水仗，玩水的最开心。有时还分组开仗，谁赢了让输的那一组人出钱去代销店里买糖吃，每人一颗。我们谁都知自己没有钱，所以人人尽最大的力气拼命用手往对方泼水，谁也不让谁，谁也认定不了谁赢。处于劣势的一方，俏皮点的伙伴一个猛子扎入水底，悄悄地游到对方伙伴身边，拽下他的短裤衩，向空中一扔，迅速窜进水中逃之夭夭……

酷暑难耐，玩水太疯了太过了也不好，"乐极生悲"之事竟然让我性情巨变。我十来岁的那一年暑期，游泳技术相当不错了。我们的眼中，溪潭里玩水已经太没劲了，纷纷跑到水库里去。在水库边上，大家商量着要游水比赛，对安全全然不顾抛之脑后。大家齐刷刷地脱光衣裤，猛扎深入水库中。时仰时俯地游,又憋着一口气,潜进水下,露头一会儿,又憋上一口气,猛潜,近千米的水面被落在身后。然后,歇了十来分钟时间,又用同样的方式游回了对岸,也有几个已体力不支,从水库边慢慢游回。意犹未尽,有伙伴提议到机埠上的铁水管那里跳水很刺激,还真有很多人响应,在旁休息的一个大人竟也不阻止,还大赞谁跳得好跳得快,伙伴跳得更加嘚瑟了。有的站在直径约三十厘米的铁水管上翻着跟头跳水,有的背朝水库反身跳水,有的还是头朝下倒立数分钟后再翻着跟头跳水。起初,我不敢跟着跳。看他们玩的时间长了,也忍不住跳了几个回合。我也想试着在铁管上跳一次,意外发生了。我从水里上岸,人还没站稳就跳水了,脚底在湿漉漉的铁管上滑了一下,整个人失去重心,沿着水管跌下,后背被铁罗丝钩住挂在那里。我昏迷不醒,事后才知道我是被村上和我同年名叫吕根跃的人背回家里,父亲和大哥急忙把我送到卫生院。医生说,后背撕开的大口子缝了十三针才闭合,骨头都看得见,好在失血不多,又及时送来救治。

母亲第二天急去婶婶家借了点钱,在代销店里买了点干面条煮了,还放了三个鸡蛋给同年送去,当面向他致谢。

乡村的夏夜,忙也忙,闲亦闲。忙的是妇女们,白天跟着在生产队干活,收工回家了烧好晚饭,囫囵吞枣地胡拌了饭填填肚子,赶紧拿了家里大人小孩刚换洗下的衣裤往池塘里走,等洗好往往已是深夜了。池塘水埠头挤满了洗涮的女人,女人们的说话声和洗搓声、捣衣声混合一起,此刻此景要在平常是很难见到的。大热天的在水田里割稻种秧,衣裤上沾上的泥巴和汗臭味特别难洗,女人们一洗就是一两个小时,但也已经习以为常了。

一轮圆月高悬夜空,皎洁、恬静。劳累了一天的大人们在生产队会计家记完了工分,三三两两地闲坐一起唠嗑,边摇自个儿身边的上下左右赶着蚊子,边叨上天南地北的趣事。每家每户挣了工分养家，根本买不起电风扇或者空调，只有公职人员的家里或许还置上一台解暑，算奢侈的了。乡村的夜晚，农家人也只有这样的方式能放松一下"夏收夏种"紧绷了的神经，也只有晚上这纳凉的空儿解解闷，也只有一阵阵清凉的晚风算是最好的消乏享受了。就是半夜了，有的等妻子抱着拖着小孩来喊，才悻悻地哼上不着调的曲儿回家去；有的仍旧坐着或躺着继续接着话题谈笑。

夜深了。

夜色轻柔地拽拉着一帘朦胧的帷幕，微醺的风送着漫步在河边或依偎在大树下的一对对情侣。也只有这些痴情男女并不觉得白日的酷热炎暑带来的是烦躁，也只有他们踏着月光款款漫溢的皎洁清辉沉浸在这样幸福浪漫的馨香中，似乎田野里的青蛙夏虫唱着欢快的歌都在为他们祝福。他们并没有因了劳作了一整天的困乏而早早入睡，倒趁着这皎好的夜晚无人干扰，无拘无束地可以卿卿我我。两颗年轻多梦的心，默默地合着静悄悄的夜色，把柔情蜜意濡化成一种悠长的激动，也忘却了明天还要起早开工。今晚的世界只是两个人的世界。天地间铺开的缱绻柔情，抚慰着他们疲惫的灵魂，如舒展的莲花，温柔、清香、风情万种。

盛夏的天，盛夏的乡村，盛夏的激情。一首婉婉绵绵的歌，一幅淳朴素妍的风物图。

月光淌的情债

子夜，有些萧疏而栗锐的况味，原来就被白天的酷暑熏蒸透了的村子，俨然裹在了才是初秋的浓黑夜色之中。虽然还有些许的闷热，但这个时候未必不比大白天舒服了许多，累了一天的大人们早已忙完该做的事入睡。听不到狗的叫声，看不见哪家哪户还有从窗口亮出灯光，整个村子连同会流动的空气都在安享着人们发出香甜的鼾声和美美的梦呓。

夜很静，村子也静得出奇。

村东的桥头，除了听得见溪水叮咚，虫鸣啾啾，偶尔还听得见有人在低声地说话。不过，所有的声音都淹没入阵阵吹过微凉的风里了，似乎还带着一丝丝的湿润，草尖儿上都有了晶亮的小水点了。显然，那是夜的露水。

桥上有一对男女并排坐在边上。男人叫顾之方，女的叫谢玲仙。顾之方叫她的名字时都很轻，只有她听得见，有时候连他自己都听不到。她说，她很喜欢听叫她的声音。这种话令顾之方很兴奋。他俩时而相依相偎，时而又抵额相笑。可是，谢玲仙今天却不是很好，好像有心事要和顾之方说，几次想启齿，始终咽回肚子里去。这次，顾之方居然没看出她的异样。

按理说，这个时候了人们应该都在家里睡觉了，顾之方和谢玲仙又不是守夜人，守夜的有守夜的地方，不应该是在桥头。

本来嘛，入了秋的夜晚可比白天凉快了，大多数的人忙完家务，拿上一把扇子找着哪里有风就坐在哪里乘凉。其实，扇子根本不用带，露天旷地很少有蚊子。但谁都怕蚊子叮咬，用扇子左一下右两下扑闪着赶蚊子，同时也扇出一点风来给下半身凉快一些,大多的人不过坐上一两个小时就回家睡去了。

夜空中吹来的风轻拂着谢玲仙长长的发梢,轻拂着草丛的叶头。风在高空的远处吹过去又吹过来,时常喜欢仰头看看天的人,看云朵的飘移也会入迷。在平时也很少有人会去看树叶的摇动,顾之方也不例外,何况这是入夜时分。而谢玲仙却不同,时不时地双手后撑着看天上的云,时不时地又瞅瞅桥头的大柳树几眼。

谢玲仙心里多少有些紧张,确切地说应该是害怕已太深的夜晚,还有压在心底的话不好意思和顾之方讲。何况,村外的这桥上就她与顾之方两人,远离村落,这个时候罕有人来往。谢玲仙几次欲启齿自己最近老想呕吐,却总也说不出口。她有的是焦虑和不安,更多的是苦恼。

月亮应该是夜空的主角,有一种神秘的吸引力和感染力。她把自然界的现象,将人的情感带入旷瀚的夜色里,不受拘束,或咆哮,或柔美,或欣喜,或悲情,或希冀,或喟息,荡涤着人间的恩恩怨怨,漂泊着情绪的丝丝缕缕,解密着万象的菁华。她既是一个溟蒙骀荡的大世界,又是一只萌心潜素的大染缸。但是,今晚的月儿似乎特别害羞,躲在厚厚的云层里就是不愿出来。偶尔间才露出半个脑袋,又赶紧悄悄地藏回去。而桥边的顾之方和谢玲仙心里很感激今晚的夜色,自然不愿月亮露脸。

一对热恋中的男女。

想必天下的女子,一旦坠入情网中都会有一抹难以自拔的情愫,在心底发醇、生芽。

毕竟已过子夜,两人还在桥上。

这时,一只鸟叫了。

"咯喽喽咯、咯喽喽咯——"

谢之方知道这是猫头鹰的叫声,在离他俩不远处的一棵樟树上叫的。停了片刻，又是一声，这一声有点响，余音拖得且长。突然，树冠中发出"呱呱呱"的连叫声，是只乌鸦叫的，或许是猫头鹰的叫声惊动了它的好梦。乌鸦扑棱着翅膀惊恐地飞出樟树，落在顾之方、谢玲仙他们前头的大柳树上。乌鸦好像看见了他们在桥边，还没停稳又"呱呱呱"连叫了几声，飞走了。

谢玲仙被这突如其来的乌鸦叫声吓了一大跳，心一慌差点掉下桥去。顾之方眼疾手快，迅速把谢玲仙上身扳回桥面，才不至于发生可怕的事来。顾之方是下意识地拼了力气不愿谢玲仙有任何的危险，没想到两人身体正好撞着挨在一起。顾之方明显地感觉到谢玲仙的心在不住地起伏着……顾之方闻到了她身上散发出的体香，脸上顿时不自觉地泛起了红晕，直到脖子根部，整个身子旋即又燥热起来。又是一次的天赐良机，给了他们一次实实在在的肌肤之亲。谢玲仙从来没有这样冷不丁地被鸟吓着过，也从来没有像现在这样紧张过。她并没有马上推开顾之方，或许有他在，自己稍微会心安一点，至少现在不会觉得很害怕。过了一阵，谢玲仙开始抽泣起来，身子有些颤抖。随着哽咽地起落，顾之方像是坐在波涛中的舢板船中，任其自然，任其飘荡。

的确，谢玲仙貌如天仙，本是初发芙蓉，花期夺艳，水灵欲滴。她与顾之方正是蜂蝶相恋，似胶如漆，不由自主地紧紧地抱住了他。

猫头鹰照样自个儿在那棵樟树上叫着。

女人天生胆小。

谢玲仙并不是在做作，也不是在顾之方面前故意作态。她真的有点害怕。如果换作别人说不定已战栗不止了，所以害怕，固然不是所有女人的通病。谢玲仙怕就怕这黑咕隆咚的夜里会发生意想不到的状况，更怕回家晚了被父母亲知道了而没完没了地数落。说实在的，她倒不怕顾之方对自己有任何的举动。她从认识顾之方那天起一直喜欢着他，喜欢他从来没有木讷的时候。她知道，女人爱一个男人和这个男人的优秀不优秀无关，而是一种感觉，全凭怦然心动了却又觉得很害羞的感觉。它绝对不只是生理上的一种需求，恰恰是基于性情相投共鸣，抑或从感觉中产生了的怜惜互补于仰慕之中，哪怕是对方再丑再坏，有一股适合了自己的胃口的阳刚和帅气就好。

顾之方领会谢玲仙的心思。但是，他无法明白她心里的另一份委屈。谢玲仙自与顾之方私下确定关系后，父母知道后却极力反对，尤其是父亲。谢玲仙心里的痛苦就像吞下的玻璃碎片，满口是血，却吐不出来。

谢玲仙想回家，顾之方极力要求她先到他家喝口水，放松一下情绪再说。谢玲仙一个人回家也该十来分钟时间，再说了，顾之方回来也是一个人，她又不放心了。

顾之方的家在村中，是座老宅，祖上留下的，雕梁画栋显得极为别致。谢玲仙前段时间去过一次。

村里静悄悄的，连狗叫的声音都没有了。

夜的确太晚了。谢玲仙催着顾之方快点回家，而他似乎是属猫的，仍然一点困意都没有，感觉良好，一路上沉浸在胜利的喜悦之中。

他俩刚绕过一条小街，谢玲仙突然间快速转到顾之方身后，有些惊恐地紧紧抱着他，并用手指着她这边的小屋子。她是听到了里面有异常的响动。

这里原是一间废弃了很久了的捣台屋，现在多存放一些不用的农具或柴火稻秆的东西。以前村里没有碾米机，大米麦子类食物都是用捣台人力弄好的。

顾之方本能地抱紧着谢玲仙。心里在想，这屋子里黑灯瞎火的，能有什么呀，莫不是为刚才桥上的事还有些心有余悸？谢玲仙示意他别出声,里面肯定有人,是小偷还说不定呢。

不一会儿,里面忽然又响起了哼哼唧唧的声音,伴有一阵一阵的但又说不上有一定节奏的啪啪啪的连续出拍声,湿乎乎的而又清脆。这种声音在寂静的深夜里传得特别清晰,像一条狗老远就被走路人的脚步声惊醒了的,即使发出再轻的吠叫声,整个村子都能听得到。顾之方虽觉得十分诧异,但也忍不住心里在笑。那是男人和女人在一起时发出来的一种本能的呻吟。这种声音是不是有点夸张?从黑洞洞的小窗口飘出来,他平生第一次碰到这种事,而且也是平生第一次听见这种声音。在他眼里,在这种地方的这个时间点会遇见这种事情,简直有些让人难以置信。但丑陋与堕落与这小屋子不是住人的并没有什么本质的关系,而人性与兽性的说辞却有本质上的区别,大致不会有太大的矛盾。顾之方他们路过的小屋子,里面又乱又脏,他在小时候和伙伴们玩捉迷藏谁都不敢进去。顾之方觉得世间动物们几乎是存在或者无法摆脱原始会有的那种人性化的浑身燥热,同样不愿放弃以往由于视野的封闭而微不足道起来,至少在现实的生活中还有超然而不自然的方式,从而不再是种成见的践行者。

顾之方俯在谢玲仙耳旁悄悄地说了什么,谢玲仙并没有听清楚,仍然不知就里,只一个劲儿地往他的怀里钻。此刻,顾之方没有明着向她直接点破。他自己的身体里先是血流加快,继而似乎又有些口干舌燥,心里却早有了那么一团火在上下蹿动,还带有那么一点儿的冲动,连自个儿都无法解释,反而倒怀疑起她是不是在装糊涂。每一次和你在一起,我要找的,不就是通过最原始的方法悄悄传递给你,而且一遍又一遍地在你的身上翻找,每个地方都想进去。我从你的嘴唇的温度,把我所有的激情作为最神圣的秘典,找到你,找到你的热情、深情、激情。

都大半夜了,顾之方也想不到这种地方有男女在调情,不可思议。

顾之方拉着谢玲仙快步离开此地。

这一夜,谢玲仙没有回家。

谢玲仙和顾之方不是同一个村的人。两人的村子很近,徒步也用不了十分钟的时间。要说两人的认识还是前几年的事。

刚刚高中毕业的顾之方一直在家待着,没有像以前那样学校放暑假了就到生产队去劳动。父亲说过帮他在公社里谋个差事,也就一直游手好闲,所以,心里老是怏怏不乐,很想约个人出去玩玩。但约了一个晚上都没人做伴,心里愈发郁闷。人家不像他是家里的宝贝儿子,不用去生产队里挣工分。第二天的早上,顾之方只好自己一个人骑上自行车去集镇书店里逛逛,顺便买几本书回来消遣。

说来真是巧了,今天好像与谢玲仙约过似的,谢玲仙出村也去集镇。离顾之方的村子不远的路口,两边是小山包,与谢玲仙的村子去集填方向呈"T"字形,如果顾之方这边在路口骑慢点或注意一点,自然也就不会容易出事了。谢玲仙也骑着自行车,也许是公路上铺的细石砂子稍厚了些,她有些艰难地骑着,车有些摇摇晃晃的。别说她自己了,让路人看着不担心才怪呢。

谢玲仙才学会骑车不久。

顾之方与谢玲仙在路口撞在了一起。谢玲仙的自行车的前轮被顾之方的自行车压弯了,两个人都摔倒在地。顾之方车骑得并不快,但由于冲击力的惯性,谢玲仙首先着地的。幸好公路上的细砂子比较多,谢玲仙的手掌、手臂擦破了些皮,渗出了道道血痕。她是平生第一次碰上了如此倒霉的事,受了伤的疼痛更是说不出来的涩味,瘫坐在地不由得抽泣不已。顾之方见状,忍着痛到她的身边,口里忙不迭地一个劲儿道歉,并伸出双手押着她腋窝去扶。顾之方突然又放了手,谢玲仙一个屁股蹲重新着地,痛得她直叫唤。她也不知道顾之方为何又松手,后来和他相处了才晓得的。原来是顾之方的手无意间碰到谢玲仙的胸,像被电触了一下,一股热流袭遍全身,慌了,赶紧缩了手……

一个还在流着泪叫疼,一个忙支好自己的自行车,扶她上后架赶紧载往卫生院去。

顾之方这几天很不轻松。

顾之方与谢玲仙认识了。

一连有半个多月,顾之方终日寝食不安。而谢玲仙却不同,一颗本来有些沮丧的心反而充满了激情,还有一些希望,而且变得越来越浓。

谢玲仙恋上顾之方的事,时间也足有了半年之久。世上原本就没有不透风的墙,他俩的恋爱还是谢玲仙妈妈最早知道的。谢玲仙妈妈是过来人,早在背地里见谢玲仙时常呕吐,以为是身体偶遇不适,没把此事多放在心里。谢玲仙骑车被顾之方撞倒,本来是一件挺简单的事。顾家赔了新的自行车和医药费,这事也就了结了。谁承想,偶然发生的小小交通事故,倒给了他俩相识相恋的一次特殊机会。谢玲仙偏偏看上了顾之方,这让她妈妈意想不到,双方父母全被蒙在鼓里。顾之方虽瘦了点,个子倒不小,却比她想象中的要帅。这是谢玲仙的看点。

顾之方有一个在公社当干部的爸爸,还有一个姐姐嫁了个城里的政府机关干部,而且家境也不错。这点在谢玲仙的眼里都不重要,能与顾之方在一起才是最重要的。她甚至在家养伤的日子里也想过,对顾之方的喜欢已经有超乎常人的激情,根本上是一种义无反顾的举动。在和顾之方相处之前,他到底是一个什么样的男人她并不了解,全凭着自己一见钟情的冲动。

年关了,家中的事特别多,谢玲仙妈妈很担心女儿的肚子太扎眼了,得尽快处理好,要女儿认真对待这件事情。

谢玲仙知道这也是爸爸的意思。

谢玲仙不语，只顾流泪。

妈妈几乎每天唠叨着，但语气并不强硬。她明白女儿的心事，毕竟生养是女人一生最光辉的根本。如果要女儿与顾之方断绝关系，让她堕胎，无疑是要了她的命。谢玲仙几次想和顾之方说，都没有讲清。她挣扎在痛苦的深渊。她万万也想不到生活中居然有这样残酷的事发生在自己身上，令她有些不知所措，有些战战兢兢了。

谢玲仙妈妈见女儿始终没有开口，无奈之下搬出了她父亲要说的事，让她惊悚不已。

原来，谢玲仙祖上是殷富人家。中华人民共和国成立后，她父亲成了地主分子，列入被清算的对象之一，好在没有像其他的人一样有十恶不赦的罪行。那时，全公社组织各村骨干联合大行动，挨村开展查抄工作。谢玲仙父亲悄悄把一些祖传的遗物和金银首饰藏在床底下的瓮中，结果还是被发现了。顾之方父亲是村里的新党员，也被安排到谢家。当然，这次的行动战果累累，顾之方父亲从此进入公社工作。而谢家认定是顾之方父亲有意作对，不然的话，埋在地下的一瓮子东西不可能被发现被挖出。那都是些祖上留下的宝物，别说稀罕，比生命更珍贵着呢。那个时候，谢玲仙还没出生。

妈妈说出的事让谢玲仙感到十分意外。她恋上顾之方，开始就有自己的想法从未改变过，但还是不知道父母说的与想的究竟是什么意思。与其这样，还不如自己上顾家当面问个清楚。要么遵照父母的意愿和顾之方一刀两断，但她的确不忍心；要么马上结婚，自己宁愿有负父母也要好好地和顾之方在一起。

谢玲仙不止一次地幻想过，想象着在顾家与相爱的人厮守，会有多么幸福。为了这样的梦想，女人是最感性的，往往在情不自禁的地步会更加掺和进女性固有的信念，面前所有的阻碍都不是问题了。谢玲仙不止一次思忖过，自己的选择在父母面前是手拿把掐的事，关键是顾家持啥态度，她心里还是没有十分把握的感觉。

谢玲仙一个人到了顾家。

顾之方去上班了。他是父亲介绍在公社里做文职，只有顾妈妈在家。谢玲仙把事情原委向她和盘托出。

顾妈妈当然很开心。但她的眼神也很复杂，里面有些措手不及的惊愕，有些喜出望外的兴奋，也有些忐忑不安的无奈。

谢玲仙没有回家，也不愿回家去了。顾之方和父亲下班回来看见她的到来，围着她转来转去，像个小孩子似的欣喜万分。他还不知道谢玲仙的来意，母亲把事情说开了，一下子瘫坐在地。顾之方被父母溺宠惯了，关键时刻啥事都得靠人点拨，根本不会拿什么主意。而顾父倒是十分镇静，思考再三决定先向谢家提亲，毕竟这是儿子的婚姻大事。况且，谢玲仙有孕在身，更不能耽误她的青春，还有她的声誉。

一个姑娘的声誉就是她的尊严，不容忽视。

次日，顾父让儿子先去上班，顺便把自己的请假条递给领导，说在家处理事情。他让妻子备好了相应的礼品，正要去谢玲仙家，谢妈妈却火急火燎地赶来了。

谢妈妈是由村支书陪同来的，眼睛里还噙着些许泪水。

顾父原想也约上村支书一起去谢家的，看着村支书与谢妈妈来了，更是巴不得了。然而，谢妈妈没等村支书落座，"哇"的一声大哭起来，令全屋子的人惊慌失措。其实，顾家一见她的到来，就已经明白了七分。谢妈妈来顾家自有其中之意，但带给大家的是一个骇人惊闻：谢父自杀了。

这一消息真把大家吓呆了。

谢玲仙方寸大乱,只觉得眼前一片黑,整个身子不由自主地瘫软下去,昏晕过去不省人事。大家又是一阵手忙脚乱,叫着她的名字,给她掐人中的掐人中,喂水的喂水,好不容易才醒转过来。谢妈妈见女儿醒了,也连忙止住哭,抱住谢玲仙并一个劲地赔笑脸说:"不急,不急。你和大家都没听我说完,你爸还好,现在在医院。"

大家被谢妈妈的一惊一乍弄得十分的尴尬,一时真的不知怎么好。

谢玲仙急着要去医院,顾妈妈说让顾之方爸爸和村支书陪同她一起去比较好,众人不约而同叫好。

好在医院离公社不远,顾父特地前往领导办公室和书记说明了缘由,书记满面笑容地立马答应;"好事,好事,赶紧去。"顾父交代儿子到了医院里,一定要当着大家的面和谢玲仙一起叫声"爸爸"。

谢爸爸躺在病床上见这么多人进来,心里的一股热流迅速涌往全身,脸上泛起的红晕并不亚于害羞的姑娘。他苦笑着,欲言又止,有气无力地示意大家坐。他显得十分憔悴。谢玲仙一个箭步冲到父亲的面前跪着,这次她没哭,但已泪流满面。顾之方也急忙紧跟着跪上,两人几乎是异口同声地喊了"爸爸"。谢爸爸环顾了众人一眼,还是没有应出声,但无力的眼睛里含着泪水了,看得出他已心有所答。他伸出手拉了拉女儿和顾之方,意思是别跪着,坐在他的身边。他是不认识顾之方的,而顾父是二十多年前就已经认识。谢爸爸之所以喝农药寻短见,原初只想就来那么一点点吓吓女儿,另外还有一层针对顾父的意思,好让女儿断了这门亲事。没料到自己稀里糊涂竟然喝了一大口,幸好没有酿成太大的悲剧。

谢爸爸从女儿和顾之方恋爱开始,也不知道她找的对象长得啥样，今天才看到顾之方相貌堂堂、一表人才，心中大喜……

自然，大家都少不了寒暄，少不了家长里短地嗑上一些。

言谈中，顾父一再请求谢爸爸原谅当年的事，谢玲仙嫁到顾家自然会待她如亲生女儿一样，让他放一万个心。村支书也一味地夸顾之方的好，什么高中生了，什么公社里的年轻干部，什么大有作为，一大通的恭维说得谢爸爸连连点头，更是无言以对了。

谢玲仙和顾之方陪着爸爸至深夜才出了医院。

临近年关的夜不是很黑。月光从中空倾泻下来，还看得清大地上的一切。谢玲仙和顾之方顺着不是很宽的沙石子公路往家赶。本来走得再慢也用不了一个小时就可以到家了，但两人竟然走了两个多小时。他们两人一会儿牵着手走上一段路，一会儿一前一后地踢踏地闲步，一会儿又互相拥抱着走……月华笼住了谢玲仙的全身，在地上幻化出一个窈窕的倩影，她一头披肩的秀发，她那张被寒风吹得微澹的红唇，顾之方看着，心里想着，随时都会情不自禁地紧紧地拥着她向前走。有的时候，顾之方甚至都怀疑起自己是不是在荷尔蒙的刺激下，体内的血清胺以及苯乙胺醇分泌太多了。顾之方只要靠近谢玲仙的身边，她身上的体香，连同她呼吸时吐出的一股幽香，让他有一种莫名的冲动，往往禁不住迷醉。更有甚者，她含有一种不可解的魅力、媚态，使顾之方的感觉搅动着血液中的多巴胺逐渐地增稠，从而得以随时爆发。一路上，顾之方想了很多。走着，想着，心里的乐自然地乐。这种乐，掺杂进许多的荷尔蒙的膨胀而热血沸腾，亦自然热乎了全身，一点都不觉得冷。尽管天气已进入寒冬，谁都知道，就是刮来的一点微风，自不必说是冷不冷的了。

夜阑人静。

此刻，夜风吹着寒气掠过天边的云朵，似浓非淡的云中露出一点儿圆圆的月儿，与天上闪烁的零落的星星互相打着招呼，大地上似乎也笼罩着一层藕灰色的轻纱，或是时光的沉醉，仿佛又是在给顾之方和谢玲仙提着灯笼回家。谢玲仙的家就在公路右手拐进去不远处的村庄，虽说是小，但依水傍山，一个很不错的地方。她和顾之方老远就听得见村里传来的几声犬吠甚觉清晰，可是，两人并没有加快脚步急着回去。她也不觉得身上很冷，心里反倒热乎乎的。她尽量放慢脚步，尽量让顾之方挨得近一点，尽量让他抱得紧一些。圆月周围有一圈微黄色的彩晕，跟着月光渡过了浓厚的云层，一齐在空中欣赏着地上重复发生的一切。

有时候，一种愉悦可以躲过一个祸端，就像风一样，时刻会闯进人们的生活中，一直困扰着每个人。其实，祸与福之间不远，不近，中间不过仅隔一道风的距离而已。谢玲仙这段时间的确太累了，心情自然郁闷、沉重，尤其是被父亲寻死觅活的那番折腾，已经是疲惫不堪了。自在医院看到父亲转危为安后，整个人才如释重负。回家的路上她时不时地仰起头来，让风吹吹，也降降脸上微烫的温度，洗沐她泪腺湿肿的眼眶，感觉格外地轻松起来。

谢玲仙从来没有像今天这样的心情舒畅，似乎感觉到寒意中的夜色，俨然已经把自己变成了遍体蒙纱的新娘……

"宽慢"二字，串上人间的情与味

还好，今年的正月并不曾下雪，只是连绵的阴雨天，只是有点冷。带上妻儿大小一家人，在丈母娘家吃了、喝了，脸上红嘟嘟的，身子也暖烘烘的，要不是小孙子闹着早点回家，还要看着妻子与丈母娘一通天南地北地唠嗑呢。已年逾古稀的丈母娘笑呵呵地揣着的两个大红包连哄带塞给她的两个小外曾孙，一直到车里，举着手不断地说："小宝贝，再见，宽慢了。"

我们的车子早已驶出了村头，后视镜里看得见丈母娘还在村头缓缓地摇着手，还在时不时地拭着脸颊，显然是在抹眼泪；嘴唇一动一动，显然还在不停说着"宽慢"。

我是记忆犹新的，从小都熟悉不过的我们金华人的"宽慢"声。无论是逢年过节，还是闲时平常，有客人来自然掸尘让座、敬烟递茶，免不了总要说一声"宽慢"吃、"宽慢"呷的。客人回去了，仍然是恭送门口或者更远，仍然还是那一句"宽慢些，弗急，弗急"。小时候并不懂得大人们"宽宽慢慢"的真正含义，甚至还嫌大人们太过于"迂腐"的较真，太过于"唠叨"的客套，太过于"常态"的礼节了。曾想，没一个大人不是如此客套的，更不是没有一家一户不如此较真的。久了，也就慢慢地听着顺耳，也就慢慢地学上了，也就慢慢地懂得了其中的大道理。

这种礼节古来有之。一般来说，农村人固然比城里人纯朴一些。城里人送客人至门口已是很好的了，自然是也有些面子的。而农村人大多都还再三地挽留，并恭送到户外，除了常见的道别"宽慢些，弗急"的声音，一路的"唠嗑"依然是聊得不断，依依不舍的"常态"更是屡见不鲜。

双尖山

在我还是小学生时，我们村的一位老农人，现已不健在了。那个时候，他应该是壮年了，与邻村的一人交上了朋友。两人很对脾气，嗜酒，同是各自村里的犁田把式。估摸着不是在农闲的时候，两人约在一起先是在我们村这个的家里拉着家常。好酒的嫌喝茶没劲，于是，叫上老婆炒了几个菜，你一杯我一盅地喝上了。从上午到傍晚仍在喝着聊着，不知天还有多高地有多厚，究竟是谁醉了，谁分得清？晚上的广播都已偃旗息鼓了，两人仍在不停地互碰酒杯。也不知是大儿子还是小女儿被尿急醒哭了，他们还在斗酒呢。或是朋友在酒醉里还是有一丁点的清醒，意识到夜太深了，也有些对不起他的家人，便告辞回家。才起身跟跟跄跄刚跨出门槛，只听到扑通一声，朋友已跌在地上。"宽慢点，我叫你宽慢点的。"自己急忙冲出门外想去搀扶朋友起来，却也不由自主地瘫倒在地了。待醒转过来，早过了两个时辰。见朋友还躺在门口直打呼噜，连忙叫醒他，互相扶肩送他回家。虽说邻村并不远，但那时的路不好走。何况都是田塍路，窄窄的，又弯来歪去的。过了村西的凉亭，中途还有一口水塘，万一两人都掉进去咋办？还好，两人不顾天黑路难走，摸索着也回到了朋友家。一路的跌跌撞撞，一路的夜风洗脸，两人的酒醉大消。或是朋友觉得很不好意思，留住他又喝上了酒聊上了如何养牛，如何耕田耕得匀耕得好……喝得差不多了，也该回家了。朋友劝他别回去了，他不高兴了。朋友见劝不住，也只好随他的便。朋友站在自家门口看看天实在还太黑，"路不好走，我得送送你，宽慢"。朋友送他回了家，见桌子上酒菜还在，喝酒的人看见了酒"喉咙打跟斗"。他也拉住朋友又喝上了酒。两人好像都着了魔一般，如法炮制，竟也喝得尽兴、聊得痛快。两人来来回回地喝，又来来回回地送，天也大亮。

两人一宿没睡。

第二天，两人还是趁着酒劲，背着犁具，牵上牛上生产队耕田去了。大晌午都过了好几个时辰了，要放牛的小子就是找不到他的人影和他的牛。家里的老婆说中午饭没回家吃过，也不知去哪了。等生产队队长找着他，水牛泡在水田里扒出了好大的一个大坑，而他仰着头盖着笠帽在田塍上呼呼大睡呢……

"宽慢。"

因了"宽慢"的两个字，爆热了差点是世界性的茶余饭后的话题，爆热了街头巷尾和田见间地头的笑柄。

都说岁月如梭，时光却从不因宽而不争朝夕，也从不因慢而不惜往昔。农村生活是简单的，却又是丰富的。一句俚语的那些笑着闹着的热度，未必见着因艰难生活而悲怆的痕迹所折腰。相反，倒是在口袋里揣满了钱，浪得比谁都洒脱，却少了这种惯用的"宽慢"了。人生是一场旅途史，我们需要平和心境、笃定淡然，"宽"里看天，"慢"中见地。宽宽慢慢，不光是地域文化的心气使然，倒是农村生活独有的另一种表现的匆忙、结实。

其实，我是极其不愿意在文字里虚与委蛇地感慨，欲借乡野俚语醉言花间意的另一个维度的天空，忱之以歌于"宽慢"中，而不枉坦然模样矣。

还是妻子的眼宽、眼尖，一直看好我。真应了古话说的"实要味，嫁个老公做手艺"那样。我是做油漆手艺活的，且貌不惊人，家里兄弟姊妹多，穷得叮当响，要房没房，要钱没钱，但我是交了"桃花运"的。想当初，妻子天生丽质，亭亭玉立，气质优雅而"丹唇外朗，皓齿内鲜；明眸善睐，靥铺承权；环姿艳逸，仪静体闲；柔情绰态，媚于语言"。妻子窈窕的身影，一见就让人有一种惊艳的感觉，迷得我朝思暮想，茶饭不香。对于与妻子的恋爱，起初是我或有单相思的可能，几次交往下来，却令我喜出望外了。原来，她也有所倾慕于我，只是不敢大胆地向我表白，只是她有个闺蜜一定要她嫁给镇上的舅舅。这个事情还是妻子和我恋爱的时候告诉我的。我曾经一度地惊恐，不知所措。我不知道妻子告诉我的真实意思，但我知道像她这样标致的姑娘肯定有不少的人追她，本在意中之内，情理之中，更是无可厚非。

当年追求妻子，是在"宽"里穷追，在"慢"中不舍，终也胜利而归。我在意"宽"，唯独不能欣赏"慢"的。记得我那一年是在农历的八月中旬去了东阳一趟，带回一瓶雪花膏送给了她，她收下了。我欣喜若狂。那一夜，我竟然失眠了。

有一天的早上，我的心头忽然有与其他的日子不一样的振作，一种略微带有异样的感觉从心底深处一点点升腾，奇怪的暖流迅速向全身扩散，老觉得自己的手有些微微地发抖，心跳的节奏时快时慢，不知道自己这是怎么了……那是一个快到年关的晴朗的清晨，我还住在老屋里。当我在开门瞬间，门口站着的是我日思夜想的妻子。我揉了揉眼睛，似乎还是有点不相信自己的眼睛。我们之间并没有正式约定过呀，妻子今天来了，我做梦也想不到呢。回过神儿来，发现妻子正在羞答答地看着我。穿着红色绒毛衣的妻子，貌如天仙突然降落在我的面前，别说那个吃惊的心情抬头，激动的眼泪真的差一点蹦出来了。我老妈还在栏舍里喂牛喂猪，也许是要我再给她提点水，说我开个门要老长的时间。要不是老妈不喊我，竟也忘了叫妻子赶忙进门了。老妈一见我大清早领进一位俊俏的媳妇，高兴得合不拢嘴，连忙撤掉粗洋布做的围巾，好生烧水泡茶招待，煎了四个荷包蛋给我妻子吃。我老妈是个勤俭持家的人，积攒起来都是贴补家用的。我们儿女很难吃到，老妈自个儿更舍不得吃了。那个时候像我这样做油漆手艺活的人，在年关该是最忙的时候。妻子的到来，我给自己放了三天的假。从此，我的人生也步入了"宽慢"之列。纵是心宽而宽，现实是再慢不起来的，一路走来却终究还是一介布衣之家。

宽慢。

仔细想想，岁月本来就不饶人，而我始终亦耿耿于怀"宽慢"。也许我就是一个感情性的人，一个注重感情、信仰感情的人。人生格局的高傲并不等同于已经习惯了的习惯，同样在我们心灵的深处，永远不可能忽略一个不可错误的实在，枕藉其永远健康的颜色。事实上，我还是自信自己不敢恣意地泛滥不切事理的崇拜，相信诸多的人们都会有这样的理念。催促时代潜在的神圣的潮流思想，或也在传统理念的根本转向之上感觉有了一个新鲜的影响，唯奉献极致。但是，我能声明的是，如我曾经应用诸多的词语表述曾经的传统思想和观念，那肯定是因为我自始至终都不能克制由衷而强烈的感想。徐志摩说："因为思想与意念，都起于心灵与外象的接触，创造是活动与变化的结果。真纯的思想是一种想象的实在，有他自身的品格与美，是心灵境界的彩虹，是活着的胎儿。"每个人都是充满感情的，包括我自己。之于妻子很多时候的急性子，反让我回到原始的"宽慢"之中，工作、生活如此，说话、做事如此。久而久之，我在这"宽慢"的音乐里学会了理解，学会了说话，学会了拥有。

在回家的路上，想着丈母娘的惜别，想着丈母娘的一声"宽慢些"，泪水止不住往脸下流。别急，走稳，走好。即使每一个人都沦陷于当下诸事快节奏的旋涡，步履匆匆，也千万别乱了方寸，学会听懂那一句"宽慢"，很好，也很关键。

爱心天使莲心儿

认识莲心儿老师应该有多年了。

要说友情，我与莲心儿老师遥遥千里之外，说不上深交却远比挚友之谊要深得多，同在字里行间穿梭，遨游诗坛文海之间，多有沟通，贵以至交颇又缘见拙诗《北山，相约洞源桃花》承蒙她的赏识，在《中国燕京文化诗刊》上发表。之后在与其他文友的交流中渐渐了解她的状况。

莲心儿老师的名字很多人并不陌生，很多都知道她和她的事，在文坛里也一样，她的人生是一个传奇。

陈欣鸿，原名陈雪薇，笔名莲心儿，号妙因，公益网名：好人好梦，黑龙江省佳木斯市人，肢体二级残障。专职公益人，自由写作者，作协会员，编辑。少年时期就开始发表文学作品至今，有诗、词、散文等结集出版，五部长、短篇报告文学曾获文学金奖。

自认识陈欣鸿老师以来，我也和大家一样都喜欢叫她莲心儿，很少直接叫她真名。莲花，古往今来都是文人形诸笔端的歌咏之物；她将自个儿比作莲心里的花朵，潜物言志而予独爱莲之"出淤泥而不染，濯清涟而不妖"，正如陈欣鸿于2012年11月2日在自己的博客上写的：

当所有的心事/一如晚风拂过水面/而难再回首/那层层花瓣啊/绽开的/又何止/一颗水嫩如初的莲心

其心其意已不言而喻。诗人自结缘诗歌和"摄影与诗歌"至今，诗歌佳文频出，一直是创作诗歌文学作品的佼佼者。

都说在苦水中长大的孩子十分坚强。因为痛过，或许每个人都会有极其渴望并接受阳光温暖的本能，而且更需要爱的呵护和拥抱。

陈欣鸿的身世离奇多舛，经历的苦难非常人所想，历经的辛酸悲痛更非常人所想象。她不知道自己的亲生父母是谁，也不知道父母在哪，从小到大就没有得到过父母真正的爱，没有像其他孩子们一样有一个天真无邪的童年。梦里喊过，睡里哭过，曾经的曾经都在想，自己的一双小手能牵着父母玩耍、游戏，又能在父母的怀里嘟嘴、撒娇……这一切的一切对她来说，犹如天方夜谭里的梦。她只知道自己就是一个被遗弃的女孩，甚至于因本人的实际年龄和身份证年龄不符而遭人质疑，但她不屑一辩。她一直以来都是依靠国家的孤儿抚恤金和学校减免学费，完成了小学、初中、高中、大学的学业；依靠在学校食堂打杂、找点手工活和做家教等维持生活。于是，陈欣鸿学会了坚强，明白了一个人如何学会感恩报德。在人们的心目中，她小时候是一位懂事乖巧的女孩；学习上，勤奋好学、成绩优异；工作上，认真负责、兢兢业业……

陈欣鸿告诉我，2002年还在读大二就申请了去陕西支教。在那个支教的小村里，一个名叫小翊的男孩自幼失去母亲和本该应有的父爱，全靠"百家饭"接济生活。学校里，常常见到小翊趴在课堂的窗台上，听老师讲课的入神劲儿令她动起了恻隐之心，从他的身上仿佛又看到了另一个的自己。从此，她在心底里就有了要呵护照顾小翊的强烈念头。2005年大学毕业并到一家外贸公司做文秘工作后，便领养了小翊，成了一位还没爱人没结婚就有了孩子的"母亲"。

正是陈欣鸿这种悯天忧人之怀，和她善良、无私大爱的本质,一颗慈母般的心。2008年,陈欣鸿到佳木斯的一家医院治疗手伤,无意之中听说冰城还不到两岁的小卢亮的悲惨遭遇(母亲被歹徒杀害,自己又掉进开水锅里烫伤面积达95%)。面对可怜又无助的小孩,她顾不上自己还有手痛,却义无反顾地悉心照顾起小卢亮。很快,小卢亮就把她当作了自己的妈妈,她由此又多了一个"儿子"。

由于陈欣鸿很早就参加了不少的公益和志愿者团体做公益活动,2010年成为中华骨髓库志愿者。同年加入佳木斯市红十字会,工作期间,尽管是无偿的,但她依然积极、认真,丝毫没有什么怨言。多年来,平时生活省吃俭用,利用自己创建的"爱心无价"公益群,参与管理"十五元公益群""冬日阳光公益群"及"西部爱心公益群",曾经先后救助了自闭症大学生、肾病少年、无脾女童、火灾余生的一家人、病危产妇、植物人大学生、双胞胎贫困学子、重症肌无力小男孩、脑瘫少年、脑瘤后遗症女童、掉入豆腐锅里的贫困大学生父亲、癌症母亲和精神病儿子、桦川县横头山镇中心学校28名贫困学生以及其他贫困学子等数百人。

陈欣鸿做了无以计数的慈善公益事业,从来没有去计较有什么得失,把个人的利益全然倾泻在那些需要救助和关爱的人们身上。她本来就是十分不苟言笑而内向的姑娘,一直默默地做着公益,从不声扬,荣誉面前更不倨傲,曾婉言谢绝了佳木斯市第一届风采人物采访和推荐评选,而她所做的每件好事一再被人们传颂着,正如俗话说的:"恶事遭人唾,好事传千里。"《哈尔滨日报》、哈尔滨电视台、佳木斯电视台、《佳木斯日报》《生活报》和天涯社区、《佳木斯日报》新闻网、冈易新闻论坛等全国众多相关新闻网站相继报道了她的事迹。就在2018年的1月,在第二届爱传递"感恩的心"征文比赛中荣获评委工作纪念奖。

一个人献爱心首先需要勇气，更需要努力，尤其是做公益慈善事业。可以这么说，中国社会各界对公益事业发展的重视与认可，在围绕"政府、社会组织推动女性发展"以及"赋权女性与可持续发展"等问题探讨的基础上，一直特别关注中国女性公益组织，对"减贫、创业、助学、健康、社会发展和生态环境保护、家庭关怀"等领域，重点支持社会资源的汇聚，有力推进了性别平等，推动了妇女儿童发展中的中国公益事业，有众多的中国女性参与其中，发挥了不可估量的作用。2015年在联合国总部举行的"2015年女性公益可持续发展国际论坛"上，中国妇女发展基金会首期向非洲捐赠100万元人民币项目资金及物资，用于支持非洲妇女发展公益项目。如此可见一斑，中国女性公益组织颇具庞大的规模。这种致力于女性公益事业的理念，让陈欣鸿感触极为深刻。她在电话里和我说："作为一位中国女性，为公益慈善事业尽一份心，尽管是微薄的，能够尽其所力尽其所能回馈社会，也是为中国女性展现固有的慈悲情怀和力量。与其说投身公益是对人民的热爱，对社会的负责，不如说利用公益救助贫困妇女和贫困山区的儿童，在彰显自身人生价值的同时，更多的是对社会发展和公益慈善的一种责任和担当。"

是的，就像有人说的那样："爱，不只是简单传递下去，更是一种温暖的扩散。"至少，我也是这么想的。

但是，天有不测风云，人有旦夕祸福，而那种不堪言状的痛苦偏偏砸在陈欣鸿身上。

2012年3月28日，佳木斯市桦川县横山头林场职工患重度肝癌的陈女士，因肝癌细胞扩散，急需造血细胞控制癌症发展，身为中华骨髓库志愿者的陈欣鸿便积极与佳木斯传染病医院联系，要无偿捐献并到医院采血配型。在陈女士和家人满是乞求和期待的目光中，仅一个多小时，陈欣鸿配合医院完成了血细胞采集工作。可是，陈欣鸿采血后，发现自己的左上肢采血点出现流血不止与淤肿现象，并感到浑身发抖寒战、无力，还以为是抽血后身体虚弱的缘故。被陪同她的志愿者送回住所后，当天就开始高烧不退而被送回医院就诊。陈欣鸿先后在佳木斯市中心医院、佳木斯大学附属第一和第二医院治疗二十余天，仍然处于昏迷之中，始终查不出任何病因……

陈欣鸿因抽血被感染，这位美丽的爱心天使倒下了。

4月27日转院至黑龙江省医院。入住当晚，因突发急性荨麻疹并发窒息，差点永远告别人世了，幸好院方医护人员极力抢救而脱离生命危险。医院诊断报告显示，陈欣鸿的左上肢由于采集造血细胞感染而形成深度静脉大面积血栓，加上身体连续发烧导致神经损伤而丧失自身免疫力，双下肢已完全失去知觉，经全力治疗也依然无效。5月8日，陈欣鸿转院到哈尔滨解放军221医院做康复治疗。住院期间，虽然有四十多位志愿者们组成的一支24小时陪护队志愿护理，毕竟大家都有各自的工作和生活，大多的时间都是自个儿拼力自理，但往往撑不了太久时间，好在病友们都会竭尽全力帮忙，令她稍有安慰之余也感激不已。陈欣鸿心里很清楚，自己一直习惯乐于助人，而今却变成需要别人来帮助的人，思前想后总觉得不是滋味。再说，陈欣鸿的病情在拉锯式地磨蹭，还有她吃的、喝的、消费的，全靠陪护人员各自凑的，只能是一时地解决，说不定这病的治疗会是一条漫长的路。

陈欣鸿的病迟迟不见好转，为了她的病因，陪护的志愿者们曾经提出过质疑，她自己也犯着嘀咕。通过佳木斯市卫生局的督促，佳木斯市传染病院院方才委派代表调解，但无果。一时间，有人来对她"劝说"，院方代表也"调侃"，甚至连她的代理律师和陪同她一起维权的志愿者们纷纷默默地离开。陈欣鸿的病开始了断断续续的治疗，她只好强咽下自己的泪水。正值青春妙龄，长年累月躺在病榻，与轮椅为生，失去了在花前月下原本应该属于自己的那份浪漫情怀，难以缔造罗曼蒂克的爱情故事，换作任何一位姑娘都无法接受，内心的那种苦楚远比肉体的疼痛更痛，更深。

陈欣鸿崩溃了，命运再次让她跌进了绝望的崖底。

陈欣鸿无奈，无助；哭过，痛苦过。

陈欣鸿长期面对身体的伤残病痛和莫大的精神压力，还有莫须有的质疑诽谤，甚至侮辱谩骂，首先想到过死。她曾经在网上留言，向关心、照顾她的好人们致谢，告别。"活下去，不只是你个人的维权，也是为公益维权。"陈欣鸿就是冲着那位志愿者说的这句话，坚定了维护个人和公益权益的信念。

"身残，爱不能残。"志，更不能残。

春夏秋冬，岁月无情，而上天还是眷顾陈欣鸿的，几番周折，2016年11月29日，陈欣鸿维权案件终在前进区人民法院的法庭上敲响了初战胜利的第一锤，或多或少地为她挺了一下腰杆子。

《法制热点报》标题"避免公益受伤，少不得法律规范的引导"一文，曾经详细报道了陈欣鸿受感染而倒下后的经历。为了爱心，为了维权，她也感慨颇多："献爱心，我也只是做了自己想做的该做的事，也更想为此而带动、感染更多的人参与和关注公益慈善。我的抗争，并不是为我自己，更多的是为了公益群体。"

几经辗转，在佳木斯市政府领导的亲自关怀下，陈欣鸿住进了现在所在的佳木斯中心医院康复中心。

俗话说得好，"人贵有德"。古往今来尽管世事多变，但道德依然与人类同存，知善、行善、扬善，仍是以德为做人的根本，缘因人类社会需要道德。据统计，全国有8500万名残障人士，他们很多人在接受爱心帮扶的同时，也都还尽自己所能去帮助他人。"从前和现在我始终都没什么钱，我帮扶这些孤儿、贫困单亲家的孩子或老人，不一定是要给他们多少钱，我只是尽我的所能，通过网络等各种方式发起号召，组织乐善好施的人，为大家搭建平台和桥梁，有钱出钱，没钱出力，有时间出时间，哪怕是帮上一句话也是好的呀，你看我现这个样子，也只能用手机联络义工朋友们了。"用陈欣鸿的话去理解，去发现，人们的困难和不快乐好像都是她的事。自己已经病痛缠身，受尽折磨，还在想着爱心帮扶的事，还在处处为他人着想，做好事，应该说她的心中还是无奈的，快乐的。

2013年10月29日下午，中国精英网（即现在的赤子杂志网）领导李会存和高记者去医院看望陈欣鸿，离开医院时送给她2000元钱，她随即叫人把钱全部送还。

陈欣鸿知道，自己的病情是否能够完全康复还是一个未知数，但她也明白"付出多少，得到多少"这个众所周知的因果关系。而今降临她身上的灾难实在出乎她的意料，尚且是个沉重的打击。陈欣鸿的身子是倒下了，可她的精神没有倒下，意志没有倒下！六年多来即便病魔不停歇地折磨她，她依旧心向公益慈善，想看那一群群贫困儿童受到帮助，觉得自己还是找到了活下去的理由。

当然，在当下功利主义的泛滥已引起不少有识之士高度警觉和认识的同时，思想道德教育以及中国古代道德教育的价值诚然被人不断重新认识。这是社会发展的进步。鲜明强烈的时代意识，无不浸染着人们的思想道德修养，并在提高个人思想道德修养的前提下，去区分美与丑、善与恶、真与假，固然只有在日常的道德生活实践中明确方向和目的，依靠自身的德行、德行、知识、能力去衡量或者体现人生价值。

用道德思想和行为去推动社会发展，成为个人立身处事的行为规范。道德进步已经在促进社会公益和公益慈善的发展，道德行为的目的就是善；从本质上讲，这些真理是一种社会价值形态，也是追求高尚的道德品质和优化社会道德风气的一个目的，正确的理论与实践意义有益于达成社会和他人的目的。

陈欣鸿顽强地活着，有过悲伤的泪水，有过常人没有的委屈。面对所经历的不幸和苦痛，她并没有屈服，没有逃避，也没有什么缺憾，而是不断地努力，有着难能可贵的"哲人无忧，智人常乐"的大度。她义无反顾地在慈善公益爱心救助的路上前进着，用行动证明她的无私，用精神气召唤道德的灵魂。在中国人体器官捐献管理中心获悉，全国目前人体器官捐献志愿者共有211万余人登记在册，陈欣鸿是第211363位志愿登记者。

> 我全身的口袋都是空的
> 包包和银行卡也是空的
> 我把我的全部都给了
> 那些孩子和老人
> 除了肉体
> 我只能把赤裸的肉体给你

陈欣鸿说过，人的生命属于大自然，灵魂属于自己。人活着就是为了爱，面对生活应该积极向上，乐观实在，活出精彩。她还那么年轻，多么希望自己像健康人一样站起来，一样快乐地学习着、工作着、生活着。于是，热爱生命，热爱生活，成了陈欣鸿的爱，成了一种懂得，成了一种需要。

陈欣鸿是大学中文系毕业生，文学是她生命成熟的天堂。本着一颗对文学艺术特别爱好的心，对诗歌的一种偏爱，在病榻上寄托于文字减轻身体的疼痛与病魔抗争，用文字吐露心声，用诗歌激励精神，倾心真情。她的诗歌，以生活的酸甜苦辣说体会，以命运的跌宕起伏明心迹。朴素而精练的诗行，或表，或述，或评，将生活的点滴码成文字，去歌唱生命，诠释生命的真谛，感悟人生的精彩。即使人间世事横生百态，但对陈欣鸿来说，用健康的姿态热爱生活才是最重要的，才是追求人生、追求幸福的最高理想。陈欣鸿一直用心、用情，把生活所有的喜怒哀乐写进诗歌，一个字，一句话，淋漓尽致地裸露无遗。

陈欣鸿一再表明自己的人生观点：以满腔的热血，吟唱至真至善；以灵魂发声，悲天悯怀；以公益慈善践言践行，用文字召唤人性。

——本文获得2018年12月第三届爱传递全国征文比赛"爱的奉献"作品比赛一等奖、主人公奖和最佳人气奖。

见微知著

报恩井

古人早先就有甘棠遗爱之说，道是素锦流年，量其典范从来自是怀瑾握瑜且脍炙人口了。即使时逾千百年，世间博拾的荟萃，皆只因天感动了地的颜值得遇而熠熠生辉。金东区源东乡雅高村的这一口"报恩井"，至今仍然保留完好，在浙中甚至省际想必是屈指可数。

"洞林子素多立，先母为我吃斋，礼星默祷，寿如南山早生，哲嗣幸值明年三月先母九旬，扦扦以祝冥筭。道光二年冬，陈祀扦。"

寥寥数语，并不见其辞富膏腴，亦不为驭光逐影之流泻，素心逸然，却大有如司马光《登宿州北楼诗》"潆洄澹兹土，平敞诚寡俦"的款款容与，含章素质，冰絜渊清。天下之大，唯孝当先，人皆有之，人之常情。陈祀扦自亦不外乎。驻于心迹的，不仅仅是"父母本是在身佛，何须千里拜灵山"之所念，不仅仅是因为阳光，但与孝与顺并存，心之所向，愿之所祈，切切关情。陈祀扦为母挖井，无不在乎老母康健延寿，至少可以减少不为生活琐事之累牵绊担心，至少解决了年迈老母取水难的大问题。一口小井，且世且心陈情，母与子的扼臂啮指，晚辈之拳拳寸草春晖，昭昭赫赫，囊括殆尽。

报恩井，位于雅高村中老院，离现在的鞋源公路左侧十几米处，与原先的陈氏祠堂（现为源东乡中心小学）仅隔这条路，是陈祀扦回乡时为九旬老母亲饮用方便而挖掘。根据村中老者记忆介绍，并从井边地面的坡度观察，中井上面应该有座井亭，六柱六坡，半间房子大小，不论风霜雨雪，都能保持良好的使用状态，只不过是年代已久，井亭已不复存在。井台周边，近高远低，呈放射倾斜状，洗菜、洗衣的废水迅速排泄顺流到阴沟里，防止脏水渗入井中造成污染，构思设计十分巧妙，布局精致。水井地面原为小小鹅卵石铺就，以防滑脚，可惜现在已被水泥砂石铺盖。井圈为一块青岗岩石镂空打凿而成，有10厘米厚，直径60厘米，高36厘米，周长188.4厘米，呈八角八面，向天，内口圆形天窗，正对天日，美观实用，古朴大方。

雅高村地处巍巍金华山东北部山脉的金东区源东乡境内、自古享誉"洞源小盆地"的中心。全村地势平坦、土地肥沃，坐拥北山，南面紧依后山，东紧毗沈店村，南连施堰头村，西邻王安村。东至著名浙中桃源基地丁阳岭，村西北方向紧紧延伸至革命先驱施复亮、人民音乐家施光南故居的东叶村。一条诗歌桃源风景线由西而东紧绕村庄，无论是村中还是村南的沥青柏油公路，横穿村庄成为东西南北交通要冲，交通十分便利。源东境内东部的两条溪流统称东溪：一条自双尖山丁阳岭和跌水岩源头水流汇入紧绕着村庄而至洞源水库。雅高村始于宋朝，原称"下甘陈"，据《北溪陈氏宗谱》记载，陈姓始迁祖善五公从金华乾西雅宅迁居而来，后又有高姓（迁始祖高家聪公从杭州徙居）聚族而居形成的古村落，开基迄今已历千年。但关于报恩井主人陈祀扦究竟是何许身份，至今为止仍不得而知。雅高村党支部书记、村主任陈根洪对此耿耿于怀且深感遗憾：村里原有的老宗谱已缺失，很多东西都无从查考，村里历史资料更是寥寥无几，他万分诚意地希望有志者能有舍我其谁、予取予求的精神而圆他的梦。

由于报恩井至现在已历经两百年的风霜雨雪，青石井壁上镌刻的字体有不少残缺不全，面目全非，好在功夫不负有心人，经过反复比对，终于让井壁上残缺之字完整复原。于心于情如释重负一般有说不出的兴奋。可是，望着其井北面只剩一些令人惋惜不止的断墙残垣，又自是唏嘘不已地添堵。若还有当年原汁原味的古代建筑物在的话，与古井自是相得益彰、交相辉映不说，人的第一视觉与第一感觉里，起码有的是两者会更好、更多地衬托出环境的优美和村庄的古老与原始。

瞧着"报恩井"三字，先别说是被水汪着柔着的感觉，只要你轻轻地念着，个中滋味涌了上来的固然是在鼻翼随着呼吸的张弛，一股酸酸的却又是甜甜的味儿，旋即两眸又噙满了的泪水情不自禁地滚落而出……

有一种爱很深，扎根心里。

有一种情却很痛，沉溺岁月的沧桑中。

"树欲静而风不止，子欲养而亲不待。往而不可追者，年也。去而不可得见者，亲也。"陈祀扦之所初衷，挖井的目的固然是为了尽早孝顺老母亲，中国传承信奉了五千年的道德准则和传统文化理念，在他的身上得到了淋漓尽致的表现。一种来自传统社会，旧体制和旧观念形成的势力和力量不可小觑，至今还在深刻地影响着我们的思想。当一个人长大了，原本眼中的小世界也大了，山只是山，水只是水，心中的太阳出来了，却迈进了清代王永彬《围炉夜话》的儒家思想。百善孝为先，从孩提便逐渐熏陶并加深了人们道德品质和情操的永恒，以至人人"谦尊而光，卑不可逾"。

"人之为人，具有大大小小的简单又复杂的责任和使命。"不妨引自湖北襄阳何俭功的一句话，道出里面无限的情感哲理。

报恩井壁上的数语，妙不可言之处，也许陈祀扦说不出来的话就在字里，道不完的珍重也许就在句子中，表达不尽的爱和牵挂也许就在行间。远在他乡的陈祀扦想着升腾的缕缕炊烟，仿佛又看见了母亲姣美而忙碌的身影。

不是有时候，却是更是更多更长，对那袅袅娜娜的炊烟情有独钟，盖过他的思念，盖过他的好奇和猎胜。一个"报"字，都是爱和思念的前缀，都是甜的，即便星霜荏苒且居诸不息，仍是晚辈珍重萱堂日永兰阁风薰。一个"恩"字，都是孝顺和亲情的涵养，无疑是很美的，就是凡夫俗子缅邈岁月又碌碌平生，且也葳蕤繁祉延彼遐龄。其美德，如兰蔻囤积居奇，非凡魅力必将泽被来兹，垂馨千祀。其善念，如松柏长春渊灵，卓越致远更为禧延萱阁，觞晋椒樽。

纵然往事自视欤逾，似水流年，别梦如烟却又依依，恰似一江春水向东流有其归宿。然而，任之任性，任之奈何，谁都还是淡然的平和在意翼翼斯斋矣。好在唯天之道，德以世重，又有了寿以人尊，已不至于淹没了素质含章之增华。且满盈着萱荣堂北、婺焕弧南之德合，显然更多的是坤厚载物恩泽无疆，颇有置身于一卷书香之中，倾听一曲红尘梵音的袅袅荡漾，煮一壶岁月执念的清浅悠然。

拿一根长竹竿插入水井中试深浅，因为长年没人汲水加之并没有清过淤泥，还有井水的浮力作用，竟也插不到底儿，起码有三四米深。井壁由东溪水里捞的鹅卵石砌成，没有像其他的一些水井是经过打凿而成的青石叠砌。整个井壁凹凸不平，显得很不平整，鹅卵石块却比地面铺就的要大百倍，光光滑滑，错落倒是十分恰到好处。浸没井水中的石块，光滑的石面上长满毛茸茸的苔藓，四季常绿不衰，水溺溺，柔柔软软地更觉油汪汪，道是上善若水，水过且留痕，丝丝痕迹刻在这里，一点不假，一缕生机盎然其中。老人们常说，此井中的泉眼并不知其有粗细，无论阴雨旱季，无论人们用水有多少，源源不断的井水会及时涌出补充，基本上始终保持一个恒定的水位，不会下降，也不升高。

叠砌的井，自是水样的井。更是有水的天地，有水的人儿，有水的炊烟，有水的故事。一口井水，地下石缝隙间渗流的水，盛着的是自然的地下水，盛着双尖山，盛着村庄，盛着一位游子心底对慈母的爱。所有的日子，从喜怒哀乐的生活节奏感中品出油盐酱醋的味儿，都会是水灵灵的，甜甜地在井中水面上悄无声息地漫漶开来。

过去，最常见的就是每个村庄都会有一口水井，但任凭岁月沧桑悄悄溜走，任凭冬去春来，一切依稀仍旧是原来的样子。不过，光阴却让一代代的人们看着水井慢慢地也默默地成了古老的水井，让人们也渐渐地静静地默化入心了履践致远的那一种积极上进思想，焚膏继晷，霞明玉映。水井本是一个村庄动脉延续的保证，是一个乡村社会最具乡土真味的象征。水井的历史，大多与村庄历史同步，而报恩井与雅高村史相径甚远。雅高村现存留的包括报恩井在内的就有五口水井，不同的是挖掘于各个年代，各自镶嵌着不同年代的烙印。本来，一个村庄的久远，往往掺和着的历史天空与历史尘埃相折叠，从而势必使文化底蕴渗透得越深厚；古老的水井、古老的故事顺理成章地丰富多彩起来。雅高村有五口水井，村北的原静岩寺（俗称"石岩寺"）内也有一口深水井，且其寺的历史比雅高村史要久远得多，而报恩井在民众中却恰恰相反而有口皆碑。雅高人常常谈起报恩井的神采飞扬状，与别的村的人多出的几分自豪感，油然时现于脸上，不亦说乎。于是，其心志心迹正比孟子之曰"孝子之至，莫大乎尊亲；尊亲之至，莫大乎以天下养"而有太多的褒誉。

报恩井自然是无语的、沉默的、静谧的。井边上，必然也是热闹的、温馨的、和谐的。一样的水井，一样的自然景色，成就的却是独特风光的自然风景带，天地恩赐灵魂深处的祥和泽园。勤劳善良的雅高人视报恩井为精神家园的标志，精神文明的灵魂和不朽的标本。同样，因为报恩井的存在，雅高人想着的，行动着的，始终如一"恩"字于心，"恩"字在先；萦绕着的感恩理念可圈、可嘉、可乘；实至名归的骄傲可见、可闻、可志。在村头、在村中，荡漾在人们心上、脸上的，诚如双尖山汩汩流淌的泉水，酣醲着报恩井里的玉润甘甜，滋润着洞源的泥土泥香，勾勒出一幅幅悠悠古韵的稀世画卷。

其实，这一口报恩井给人岂是只有吉光片羽、雪鸿流爪之感，其深远意义于历史文化方位的精神文明体现与人文文化，仍是踔厉笃行。于人，自在"神与理冥，形随流浪"了；于心，偏于"椿萱并茂，棠棣同馨"矣；于情，更著"含英咀华，焚膏继晷"哉。

一个古村落，千年的繁华自然是属水的。

一口古水井，似有一任返璞归真的妙趣。

一颗报恩的心，恰如一种与生俱来的精神文明共存。

游埠早茶，江南人间烟火气

兰溪市的游埠镇在天地间静悄悄，而早晨的阳光却早已把她嵌入沉甸甸的市井乡味之中了。远远望去，袅袅娜娜的炊烟在风中轻盈地飘浮着，翩翩起舞的样子俨然像一个个身着白裙的美人，柔和、曼妙又婀娜多姿，这样的那般的，让人多了些像司马光"漾洄澹兹土，平敞诚寡俦"之意境了，因此其隐含着的缠绵美质固然成了时代影子的复制。淡言星霜荏苒居诸不息而少有踪影可觅，但春去秋来却也不至于记忆恍恍惚惚，自然有的是缅邈岁月，缱绻平生。

我也一直有饮茶的习惯，哪怕是劳累奔波之后或是闲着没事做了，也要砌上杯茶喝着解乏消困。早就听人家讲，游埠古镇里常年开着茶馆铺子，而且整条街都是。毕竟禁不住游埠早茶街那吸引人的诱惑，驱车前往寻找这座古镇的脉动。

未到游埠之前，对我一个生活在同一地区的人来说，她有些熟悉又有些神秘。虽说距离也不是很近，但一个古镇竟然把我的灵感世界提起来，我的心情抱有足够的期待，寻找旧辰光里的古镇灵魂，寻找新时光古镇晨曦里夕阳下的诗笺。这个时候去的游埠古镇，还好没有想象中的糟糕。因为时节让天气还有些许温柔的春风，带上些许的醉意，也并不觉得它有那么一些摇摇晃晃地抹过山野、田垅和城市、乡村，催着时光迈入了初夏的行列。好在天遂人愿，一路出行，阳光明媚，倒倍感亲近许多而踏进了这古老的早茶街。

我们带着勃勃兴致走进了古老的游埠古镇，走进了临江而建的美丽风景中，走进了梦境般的故事里。这时，我才相信了它存在与众不同的热闹、喧嚣。其真实性基于目睹了它千年多来的江南古镇独特风景，重要的是游埠的水路码头的兴衰直接与当地文化的深度密不可分，"钱江上游第一埠"果然名不虚传。游埠古镇埠头之多于大江沿岸，实属罕见。听镇上的人说，在宋末明初就已是不小的镇子了，虽说衢江水流经游埠溪而多修建桥梁，百步可见一拱桥。当然，主要当见南来北往的商贾云集游埠，给了游埠人无限的商机。游埠镇紧挨游埠溪，古埠头就有十一座，南商北货及各种农副产品辐射浙赣闽皖各地。千百年过去，古埠的繁华虽已不再，但曾经一度沉寂了的古镇千年文化渐渐地在抬升复苏，无疑是振奋人心的，在当今时代也让人耳目一新。

清代文学家李渔形容游埠古镇"看一眼不足为奇，看两眼怦然心动，看三眼引人入胜"。难怪游埠与桐乡的乌镇、湖州南浔、义乌佛堂并称"浙江四大千年古镇"。可惜！我还没有去过湖州南浔。遗憾！其貌其扬必是很难容我去较长较短的。但需要遐想，需要冥想，需要穿越。

从永安码头进入，很难想象古镇上还保留着如此完好的古貌原状，一股浓厚的原汁原味乡土味扑面而来，已容不得我思绪再多飞扬，脑子中立马回到了儿时曾经跟着父亲看到过的一些市井集市的面貌。不怕你笑话，我是在十多岁时候就帮父亲挑上三四十斤重的红糖，翻过太阳岭到过兰溪的墩头镇、马涧镇（以前隶属浦江县），远点的就是兰溪城卖红糖。想必这些镇子现在或已找不到了当时的影子了吧。

还是凌晨的两三点钟，游埠早茶街通常是比其他街道和闹市的人气要早得多，茶铺子主人伙计早已生好了炉子，烧着了的红彤彤的火苗欢快地跳跃着，蔓延着有些炙热的火气，与水壶口不断往外窜的热气，乍见着好像是被风吹散的云彩，无声胜有声地游曳，似窈然无分，却又是漠然而合。那些做早点的铺子也是一样,一样忙碌,一样开门生火煮水,一样互相道个早,然后各自做事。街道两旁各家门口都透出一缕缕些许昏弱的光线,一街的尽头如出一辙地变换了晨起苏醒的模样。所不同的是,早点铺子里传出的主人揉面舀水与碗罐铁勺的碰撞声清晰而又曜灵容与。

游埠人喝早茶是出了名的,尤其是整条街道除了茶摊还是茶摊,可以毫不夸张地说举国尚亦首屈一指。茶馆带上小吃货,生意红火不说,对茶客和早餐用膳的人来说,可是件极其享受的事。街上偶尔插在里面的两三家理发店,客人叫上理发师理理头发,修修边幅再挤进茶铺喝上地地道道的茶水,也不影响茶肆生意,反而更显得有早茶街的繁华面貌。

黎明悄然来临,古镇街道上的青石板渐渐地从梦里苏醒,此时已不再静谧了,似乎纷纷竖着耳朵在听着人们嘈杂的脚步声,分辨这些声音是不是还是当年背着肩褡的生意人,还是当年满身是汗的露膀扛活的装卸伙计们赚到了并不是很多的辛苦钱,却仍然有说有笑地拥进早茶街……青石板有些幽幽地匪夷所思,极其不乐意他们来打破了清晨里那份独有的宁静。纵然时光荏苒穿越,一种源自序列的震惊到了该是沉默的大多数,青石板对于历史变迁依然柔心允容有加,并不像衢江上朦朦胧胧的缕缕晨雾,慢慢悠悠地升起又慢慢悠悠地飘拂江面。青石板对晨雾从来是有点讨厌的,不过,它还是愿意欣赏晨雾如少女挽起裙摆的轻盈多姿,至少看重流淌的衢江水长年累月地记录同时也在诉说着岁月的沧桑,至少给了在江面江岸上与码头上忙碌的人们许许多多虔诚的目光。

早茶街并不怎么宽,却异常热闹。一年之中,很多游埠人就喜欢待在这里,坐在里屋或街上的长条木桌边,各有所需,各有所乐。忙碌与休闲的,清清楚楚,明明白白。每个人都愿闻嘈杂的声音,乐之于喧嚣的烟火气息之中,出入熟稔如自家,随遇而安。一杯茶水入喉，滋润的感觉便如望梅止渴般惬意，流遍全身顿时精神焕发。一杯茶水入肚，叫上一二早点，便不用着急吃，不用着急喝，慢慢品尝，慢慢品味。一杯茶水入腹，回味着暖在心里的茶香，听着外面世界的奇闻趣事，睇见着幸福的真谛揉捏的人间最接地气的生活模样。

游埠人喜欢赶早。晨曦微露，老街里刚才人还寥寥可数，茶馆渐渐地满座起来。天空大亮，整条街已是熙熙攘攘、人头攒动，整整一条街拥挤着人群，根本无法让人一眼从这边望到那一头。大多数的人在街市上买了些鲜肉和蔬菜，顺便喝口茶水，省得在家里烧了。赶早的人匆匆吃了早餐捧起茶杯喝了少许便起身上班去了。实际上，大多的茶客来到这里，无非就是想占个好位置。

故乡本是灵魂安放的地方，并成为传统的文化思想和文化因素叠加的一种习惯的沉淀。游埠古镇就是这样，游埠人就是这样的。我们初来乍到，走进早茶街，如走进了一幅敦煌莫高窟的壁画之中，走进了陌生却又十分熟悉的实实在在的风景里，走进了古老而又倍感温馨的世界。说句实话，能在茶馆里坐上一整天或者隔三岔五地来，已是见得宽心宽慢之上了。且不说这里藏龙卧虎之辈不显山也不显水固然有的是，许许多多的传统文化和文化底蕴深厚着呢。上至天文地理、国际时事、国家大事，小到村庄轶事及家庭生活，甚至极其隐秘的小道消息皆可在这里耳闻目睹。听着外面世界的事，听着远乡近邻的奇闻趣事，更是人们在奔波忙碌之中难得的一个休闲。坐在茶馆里看似极其平凡、极其简单甚至是极其乏味，殊不知此地正版的乾坤无极所谓坐标大挪移呢。随便在哪家门前都可选择一张长条木桌，或选择靠窗户的地方，既可浏览江上风景，又可聊聊家长里短，总比"井底之蛙"式闭门造车而自然无适大众脸谱要好得多。回眸古镇，早茶街是古镇穿越历史时空的老街道，恰似滔滔衢江水中晃晃悠悠地载着岁月沧桑的驳船，来来往往，重复着古老而平凡的生活，写满古今传奇与故事。

我不知道从来不进茶馆的人是如何想的，有人说茶馆里尽是些老者常客，难与现在年轻人设计的三维品质的高档茶楼相比。从形态上讲确也有很大区别，从经济经营模式和消费识别又是悬殊。可是，传统茶馆引动的地方优势却是无与伦比的，谁都懂细水长流总比一夜暴富持久。古镇，古街，古色古香的茶水，就像一位饱经风霜的老人，从古代直至今天都在从容淡定地向世人讲述着自己的经典故事。纵然是晚辈欲来此处待上一个时辰而听到故事的经典和精彩，内心则肯定是澎湃不已而感到酣畅淋漓，还会更加心怀敬畏。

我在早茶桌上待了整整五个小时。

不管咋样，身在古街，脑子里总有些落伍的感觉。我是极其嗜好喝茶，看同桌几个朋友的茶杯中茶叶也甚多，似乎也是浓茶最好。而说喝茶有了醉意，听起来不怎么好听，况且，茶家主人好客而客气，并不在乎茶叶的份儿，是在不断地加茶叶加水，时间久了茶杯里也就自然满上了。我是真的醉了些，有些像茶杯中的茶叶，开始冲水时还是可以上下浮动一下，最后便难以摇起叶尖儿。这不是错觉，要是错觉倒也罢了，否则自然是欣喜若狂的。想着世界上的一切，假如能在随心所欲之中有意地纠偏，说白了，那都是些灵魂出窍的醉态。别说我没感觉，那天、那地、那人、那物、那事、那情、那岁月，都已经在历史方位写过醉字而烙下了时代的烙印。同在茶桌上的几个老者，看上去确也能说会道侃侃而谈，一则故事在他们嘴巴里，简直完美动听；一个消息在他们的口气中，空间极限竞速跑酷又进化。而说起游埠的历史，他们又像竹筒子倒豆豆般地向人讲述，那种原始的自豪、那种坚定的自信感令我一下子没辙，就是没辙。游埠的天，游埠的地，游埠的人，说一千道一万都还是有游埠这根"根"好，哪儿也比不上。说心里话，他们不是有意撒欢，而我倒想真正有意撒欢一次，想出卖一回我的情感。

因为茶香，因为醉意不轻，因为心有灵犀。

如果说清晨的游埠是静默的，那么早茶街则是游埠最热闹最繁华而灵动的一条街。不管是老者或者是年轻人慕名前来探寻古街风貌而趋之若鹜，一些结伴而来或是单身时髦女郎，尽数从容不迫地走过或坐在桌边品茶，引得不少茶客们的目光。但绝不是异常的目光，却有一分好奇、一分新鲜感。也正是有这么一股新鲜血液的注入，使古街愈发生机盎然，此中场景不亚于电影里的画面，征服着这里的一切。在早茶街这里，时光会在你兴致勃勃的时候悄悄地溜走，在你待上一天或仅逗留的小半天，也可以看到古镇烟火气息的黎明，看到古镇烟火气息的黄昏。

夕阳，早已收拾起它的行囊，把人们一天的劳累、快乐、痛苦统统装进去，向着西山的脊背渐行渐远。店家提着水壶望着那些离去的茶客们清晰的背影，却怎么也无法从视野里消失。此时，店家想起茶客之间说的故事有了些喷鼻的滑稽处，竟也忍俊不禁而忘记收摊了。

有人说，喝茶是一种安逸生活的简单过程。其实，喝过早茶之后，在游埠镇里走一走，穿游一下大街小巷，享受其中的慢生活方式和情调，或也会慢得让你忘记了城市的喧嚣，忘却了城市生活的今夕何夕。我想，这样的生活可是最实在的意义倾向。在漫长的历史递进的同时，人们对于家乡的概念如同过年、清明、端午、重阳这些泯消不了的乡俗，便也没有了无可挑剔的理由，且不懈努力地坚守着。同样，对于日常生活乐趣的获取，不同年代的人存在不同年代的特征，唯一热衷于传统实体文化的真正享受,也就是每个人的生活自由地过成了最真实最幸福的样子。

　　记得大作家席慕容说:"生命的本象,不在表层,而是在极深极深的内里。"我深以为然。我们固然渴望深处能够在沧桑岁月的沉沦中仍然焕发灵魂的可贵,并非得要在饱经世故之后才懂得瞬间的饱满。于是,那个邂逅的呼唤会有些无力。

　　初夏的天,暖和暖和的,风也不大,可以说是无风。云儿浮在天上,淡淡的一丝一丝的薄云,任你怎么眺望,还是似静止不动的样子。每个到了游埠的人,几乎忍不住要给游埠古镇、老街、码头、拱桥、古树拍几张照片,留下它们的影像,也留下我们的记忆。好在现在无须那种相机,各自使用手机也可以记录它们生命的娇丽。

　　可不能说我固执地认为游埠是个宁静而充满诗情画意诱惑的古村落,但我始终以为她是个母性的村落。祥和、质朴、热闹,因为富有的哲理和禅意而窖藏着悠悠岁月的静好;珍藏的一种历史,因为具有各个历史时期的特色而风华浸远,其中蕴藏着一种玄机;承载从未断了的文脉焦点被古朴之中的焦点所包围,又是因为裸露着的一种文化有着颇深渊源而令世人瞩目、惊艳。

　　游埠老街有些深重的模样,沉淀着更多的传奇故事;有些平凡的模样,却更有不平凡的光彩与不平凡的未来。一座古镇,捧出一江兰花的风骨和神韵。一份乡愁,掂出无与伦比的气度和重量;一街早茶,呷出一镇人间真谛的味道和香气;一杯热水,蒸腾一个江南水乡的烟火和气息。

稻香味儿浓

2022年的7月，田里的早稻谷黄灿灿的，又可以收割了。

今年才进入小暑便感觉特别热，七月天的烈日炙烤着大地，持续高温竟达41℃，热浪翻滚，难得有一丝风吹来，整个世界仿佛都被罩在烤箱之中，浑身难受。热得院子里的老公鸡也不敢时时围着那些老母鸡身边转圈儿，更不敢去太阳底下的水泥地上抢食了；热得常常跟在屁股后面的大花狗蹲在房檐下，肚子像风箱一样一鼓一瘪地起伏着，张咧着大嘴巴子伸着长长的舌头"哈嗤、哈嗤"地喘着大气，舌尖和嘴唇下流淌着黏糊糊的唾沫；热得路边上花坛里的一些不知名的草儿花儿叶子都打了卷儿，显得格外地无精打采。就是不干活儿，去小院子里一下，不一会儿也会大汗淋漓。不过，田野里的庄稼却完全不在人的感受之中。站在公路上放眼望去，四处满眼是闪耀的金黄色的早稻，格外引人注目，连过往的汽车司机也忍不住瞧上一眼。一阵微风吹过，空中弥漫着的稻香味儿扑鼻而来……

又是一年之中农事最繁忙的抢收抢种的"双抢"季节，春天的梦自然而然被盛夏打开并构筑了繁重而紧张的农事序曲。

自去年整治农田非粮化之后，田野上渐渐地又恢复了我们孩提时光的农业情景了。虽然已不见了小时候所看到的一拨一拨的男女社员在田里劳作，好在如今村里的大部分农田被个人承包种植了。现在田里的农事操作基本上实现了农业机械化，比起那个年代省时省力很多，村里人大多已经选择在金义大都市的企业工厂单位里放心地找上一个好工作上上班，免了躬着腰背负青天面朝黄土汗流浃背的。然而，想要品尝到那个时光劳动的劳累和艰苦是咋般的味儿似乎没那么容易了。但是，还总是有那么一些人像我一样对稻谷充满根深蒂固的眷恋和铭心刻骨的记忆。

大多数"60后""70后"，我想应该多少还是经历过那个年代生产队里的农事生活。尽管多是学生时期的假期里的事，现在想着也只是自己从记忆中尚且能娓娓而谈的一种记录了。

"有收没收，庄稼赶立秋。"一句农谚，在农人们心中什么都抵不了它的重要，无论远行在外还是人有微恙，也要回家忙收忙种。"双抢"时节，季节不等人，容不得半点疏忽。

那个时候，早上三四点钟，天刚蒙蒙亮，各个山垅田野里便有了农人劳作的身影。起早赶工是农村的家常便饭，生产队队长一般在晚上便把农活做了系统的布置。至少每天有两班人先割掉一部分成熟了的稻子，另外叫两三个妇女趁大晴天气晒稻谷。犁手则看田里的杂草多与少，正常情况下，割了稻子的田块马上可以用上底肥，来回滚耙一下就可插秧。用不了一个星期，进度快的生产队基本上已割了一半的早稻，于是，部分的正劳力可以腾出手来开始种田。

忙碌的时光，忙碌得疲惫是少不了的。夏收夏种的这段日子，人们常常在酷热的天空下挥汗如雨，上有烤箱闷烧般的烈日暴晒，脚下是像蒸笼里辣烫的田水，浑身上下的汗水泥水搅在一起，没一寸干燥的地方。这种上蒸下煮的感受现在的人是无法体验到的，甚至无法想象。青天白日，热浪翻滚，太阳一个劲儿地把大地烤肉般地猛晒。田野里，一群人弯着腰照样在割稻子，两个男人照样在使劲地用脚踏着打稻机打稻谷，打稻机发出阵阵"咯隆、咯隆"的沉闷声音，与脚底下的打稻机横木击拍田水发出清脆的水声搅在一起，仿佛置身于战场。你用不着看到便也能想象到农村"抢收"粮食的紧张而艰苦的农田生活景象。烈日下，泥土路上冒着的滚烫火气，即使太阳已经偏西，但余威犹在，赤脚走在路面上，脚底板那个的烫钻心般火辣辣地痛。人们仍然肩上挑着满满的一担稻谷，似乎并不感到那个火烫般的痛，仍然一路笑容满面地挑到晒谷场。那个时候，也有人还会穿上自家做的草鞋，也就烫不着了，但多数人还是光着脚板走的。其实，也就是为了省一点钱罢了，赤脚走路也无妨。人们一样煎熬着，一样忍受着，依然一样精神抖擞地劳动着，从来不服输，也不认命。不仅仅是挣几个工分养家糊口，更重要的是打下粮食，全都是响应党的号召鼓足干劲积极生产，一定要交足公粮。偶尔间扑面而来的一阵风是此时最大的享受，就像是一个人刚刚在烈日中走进冰凉的空调房间里，顿时凉爽遍袭全身……

在这个农忙时节，生产队里没有午休的习惯。即使下雨天也都穿上蓑衣戴笠帽坚持劳动，无非是割稻子的确不行了，队长便安排全体社员拔苗种田了。每天都要顶着烈日全天候收割抢种，何况是一点雨，根本不在话下。

其实，曾经有过的枯燥无味的盛夏，从万物复苏百花起舞春天里的缠绵中走来，终究不会彷徨；于是，酷暑的难耐自也不舍纯真。纵然烈日肆虐，也奈何不了人的坚强意志。汗水仅仅是湿透满身污泥的衣裤，仅仅是迷糊过本已湿润了的眸光，而真正欣赏各自领域里，绝然不用猥琐或等待被生活困顿的解救。这种精神无疑与中华民族上下五千年承传的美德紧紧联结在一起，曲折、艰辛、困苦，统统不是问题了。于是，人们咽下嘴角的苦涩，在心里告诫自己，再苦再难也唯有前行。

"双抢"季的劳累，也只有农人们一年之中农作的最终版。一天下来，整个人的身子骨都像散了架似的，要是城里人能够扛下一天已经很不错了。而农村人自然是从不适应慢慢地练就了一副结结实实的好身板，尽管是风里来雨里去的通身黝黑，恁是乡村姑娘们青睐有加呢。

稻子割完的田块和待插秧苗与未割完的田块,生产队队长心里在没开割前早就有了统筹的安排。清晨,生产队里的男女老幼都会去拨秧。这会儿凉爽,拨秧苗虽然说是要点技术,却总比其他活儿来得轻松点,再说我们暑期生也可以挣个两三分的工分,还是很不错的。俗话说得好,"三个早工抵一个工",一点儿不假。生产队队长把大家早工拨的秧苗,安排一些正劳力在上午基本上可以插完,插不完的就放在下午的四五点后再插。但是正中午决不插秧,以免秧苗被太阳晒枯和被田里的水烫伤根系。当然,我们这些暑假生只有挑秧的份。有时候出于好奇,往往趁队长不注意,也偷偷地下田去学插秧。不过,这插秧还真的是技术活,没有学过就去做,田里几乎被踩得一塌糊涂不说,还忙得人困体乏,插上的秧苗很难成活。

　　整个夏收季节,村里人忙归忙,一到晚上还是有人闲不住。农田里灌水是夏种的关键,不然的话,杂交水稻秧苗无法插种。各个生产队服从大队统一安排水库放水,白天连着黑夜灌水是常有的事,看水员的辛苦和责任自也可想而知了。

　　起风了,也只有夜的风才会让人深感它的凉快和惬意,也只有还在田野中的看水员才会真正感受到夜的风带来的温馨,卸掉了盛夏酷暑带来的辛劳和疲惫。月光下,微风阵阵,带着整片田野的稻穗子随风从这边摇过来,又从那边晃荡过去。一阵阵稻谷香味夹杂着泥土芬芳味扑鼻而至,清清而又淡淡的,沁入心肺,说不出的感觉和心情,够让人享受了的。

　　夜走田畈,此时,不只是鼻子,连整个身体都被浸染着甚至是淹没在原野的自然之中。于是,多出了的一份清凉,比在平常的日子里,既是很难得的一种浪漫与诗意,又多出了一份渴盼与憧憬。那些曾想忘却但又难以忘却的过往,循着淡淡的记忆链,堪与往事缠绵不休而成别样的缱绻和情意。看一看,闻一闻,又走一走，又听一听，夜的色，夜的凉，夜的清静，此刻的氛围无论谁遇上了还不能情不自禁？唯独那稻田间传出"呱呱"的青蛙叫声，此起彼伏响遍整个田野。不知是哪个树丛间的蝉虫高唱"知了——知了——"，时而高亢、时而柔和、时而雄浑，又时而沉吟，就像大舞台上演奏的交响乐，让风不再吹，让稻子不点头了，让夜幕下的看水员支着锄头也驻足倾听，想着今年又是一个丰收年，脸上溢满着得意的笑容。

流年似水，莫过于岁月如歌；谁晓铅华褪尽又苍老了稚嫩，细数时光一隅的碎碎念。蹉跎年华，却不再是尘世中凋落一地的淡淡忧伤。光鲜亮丽的世界太吸引人。很苦的努力，很酷的坚定信念，并不是与世无争的姿态。曾经的时光带走了汗水，带走了泪水，也带走了一身的疲惫。心存的一丝幻想挤走困惑，即使偶尔陷入生活的泥沼，仍然选择仰望天空，就在努力的一刹那带着期望，内心的那一份善良依然深藏在坚毅的眸子里。

有人说，大地才是人类的靠山。山只是大地的脊柱，仰仗它忠实的守护。绵长而巍巍的金华南山、北山，在茫茫的碧蓝晴空下相拥金东之畿。黛黛的山色，淡淡的清风，写意着盛夏难得的似已着色的素描，有些朴素、有些淡雅、有些躁动，却也不失慵懒。而正是这种慵懒，给人留了些空白，亦如一些画的留白，之于找寻、努力、坚持地储力而厚积薄发。

看着稻浪，闻着味儿香，谁都喜欢夏天的热烈和浪漫！

轻拂，是春风；缠绵，是春雨；绿油油，是春天栽培了的禾苗；稻谷的香味儿，却是大地田野献给盛夏的第一个吻；金灿灿的稻穗子，又是盛夏给人世间的第一份大礼。今年的盛夏，是整治农田非粮化初见成效的第二年，连知了都不知疲倦地在为她欢唱赞歌……

见微知著 301

春分

庚子匆过，辛丑值序。

才告别料峭里的初春寒意，还是天道酬勤，予以春天这个时节一分为二，又是应了"春分秋分，昼夜平分"时令。

春分的温柔，带来了暖暖阳光，带来了霏霏细雨，带来了微微信风。她轻轻地抚摸着大地，抚摸着山乡古村小巷、农家小院、田园小路、流水小桥，"随风潜入夜，润物细无声"。

春姑娘伫立初春的彼岸，带着魔幻般的节奏走进了山乡，踏着轻盈的脚步，酝酿着春雨，逐渐丰满圆润了雨滴，让寒冬清瘦了的许多希望纷纷破土而出，长出信念、长出欢乐、长出幸福，长出满是山乡的泥土芳香。

桃花笑红了，梨花笑艳了。

三月的阳光，春天的温柔。三月的风，春分的情思。三月的雨，春天的甜蜜。杨柳青青，虫唧蜂鸣，万物更替，草长莺飞。

静静的时光折叠起一缕一缕起伏的音律，犹蝴蝶舒展灵动的彩羽，翩若惊鸿，醉卧花瓣间，且将往事搁浅。邀一缕清风，放逐残梦，流一脉衣带渐宽里的爱意脉脉含情，交织的缠缠绵绵直至心田，绚丽多彩来为之加冕。

春分，拉起了迷离的窗帘，少了些彷徨，少了些惆怅，少了些无奈，却多了些诱惑，多了些思念，更多了些留恋。

如果，这世界都是你的风景，曾经的心念，是否会如月夜里的童话，流连了又愈发增添许多的思绪如歌如赋？如果，仅仅把回忆涅槃，昨日的疲倦是否会如沐浴般温情，惬意之中还能期待更多的亲幸如梦如痴？如果，只是将片段剪辑，今天的缱绻，是否会如谢幕之时还在品尝更好的清闲如深如浅？是念，是梦，总被岁月轻轻划过，终究注定与你有缘。

三月的情思
拒绝躲在梦乡之中
被晨钟暮鼓重新复制

在我之前还俗的佛祖
翻阅随带的经卷
翻手为云，抑或覆手为雨
口里还是念念有词

春分隔断的，是欲望
红尘隔不断的
却是她欲望里的涌动，她的歌

《洞井村，千年古村落的涅槃》的写意

说起写作关于纪实草根的文章，源于去年作协组织诗人作家们至源东乡洞井村采风的亲历感受，源于中国古文化与民族传统文化中具有广泛存在和特殊价值的密切相关的重要性。自完成《洞泉井》一文后，心里老觉得还没有把洞井村古村落的千年风貌写出来，于是，也就有了写《洞井村，千年古村落的涅槃》的很多的冲动。

我是源东人，对洞井村的一切在小时候就已经有点懵懵懂懂的熟悉。原初以为让我感动的只是村口那座石雕牌坊，并为邵氏的德守贞节写上一首《"旌节坊"上的水》以志。可是，当我走进现在的这个村子的时候，所看到的、听到的，以至对那一口古老的"洞泉井"，却深深为之动情，忍不住的创作灵感油然在腹底成形，故特意写了个专题。尤其在写作中，把古井旁废垣上的那蓬木莲藤作为"洞泉井"一个特写的衬托之物。原先，洞井村干部们想把洞泉井旁的那堵残墙和木莲藤统统推掉。村干部曹兆磊征求过我的意见，意思是保留还是废除，我当时就说明了那一堵墙和那些植物存在的好处。于是，古井旁废垣和木莲藤完整地保留下来。不但如此，我还在《洞井村，千年古村落的涅槃》散文里又进一步加以描述，本意是想给文章一点润色，没想到仅此一写，无意之中却调动和提高了洞井村的干部和村民们对绿色保护的重视与主观意识；既让文章愈至灵动，又为古井增添了一道欣欣向荣勃发朝气的景观。

洞井村，不同于邻乡近村的特有原始风貌和乡土人情，缘因有一口古老的洞泉井，缘因有那一条古老的街道，缘因有一条贯穿于村的太阳岭古道，得以自古曾经的繁华、昌盛。在村中，与其说是有身临其境的美美感受和大饱眼福，倒不如说切切实实是一次有生以来的千年古村落的历史传统文化深处的灵魂触动。

洞井村，地处北山之下，这个地方，风光旖旎、钟灵毓秀，且人才辈出；特殊的地理环境造就了传统文化和历史发展的悠久体系，促进农村历史、传统文化的深厚底蕴以及人文观念根本性地发生与变化，在潜移默化中为群众的世界观的形成产生深刻影响，从而使新农村美丽乡村建设、文化建设的热情一并激发出来；同时，传统历史文化成为农村经济发展的动力，从而又驱动了农村的经济大力发展。当然，这与党和政府重视地方传统文化的重在挖掘、重在体现的思想是分不开的，尤其是"五水共治"直至现如今打响"剿灭劣五类水攻坚战"以来，充分发挥着农村基层文化建设结合传统古文化传承的作用，干部村民一条心，全力保持村内自古以来古建筑的原汁原味。古井、老街、石磴小道，以前什么样，现在依旧什么样。所以，我在散文中以景以点一一描述，让旧时留下来的文化宝藏不再被岁月沧桑的无理由"封印"。同样，洞井人的文化自觉与文化自信越来越受到重视，越来越受到强调，在农村生活水平的大幅度提高之后，有力地支撑着农村文化建设。

习近平总书记指出，要加强对中华优秀文化的挖掘和阐发，努力实现中华传统美德的创造性转化、创新性发展。洞井村村两委本着让更多的启发带动更多的人去重视农村历史和传统文化，在新的社会环境中开发与利用并举，通过切实可行的文化建设，增强群众对传统文化的归属感，加大对本村历史传统文化的宣传力度，让人们看到了本村诸多的地方性历史传统的文化亮点。说实在的，我写《洞井村，千年古村落的涅槃》的真正动机，正是基于洞井村历史传统文化和农村文化建设的内涵和视域。尽管我的能力有限,但我想我可以从多方面的客观有利条件,给洞井村千年古村落的文化精华以语言、文字上的把握和运用,从根本上真正体现一个区域的文化性格和传统文化的承载体的延续。

宁夏作家、中国检察官作家高研班学员苏小桃老师给我的拙作《洞井村,千年古村落的涅槃》写下析评,现摘要如下:

洞井村,一处地域风光、一处人文景观、一处绝美境地,在作者邢世樟的笔下唯美又有深度,清秀不乏厚重,古朴暗含禅意,为读者呈现了一处不同凡响的千年古村落,可见作者除了善于观察生活,深入思考生活,有一定写作功力以外,就单写这篇文章也是下了功夫的。

应该说,这是一篇非常成功的散文!它的成功之处,不仅在于作者文字的空灵优美,表达上的洒脱自然,更在于主题思路的饱满,还有所写的认识与思考。这都是散文写作的可贵之处。不论写什么,我们都是通过语言、通过句子来表达内容的。就句子来看,很多表达渗入了作者的思想和感情,或许这也是一种与人与事的现实态度吧。

例如:

*木莲细腻而欣喜地临风而立,满身黛绿,满垣黛绿,满噙晶亮欲滴的朝露,带着清浅,带着笑容,带着季节的盛情,恰如出浴美人,轻盈摇曳,风姿绰约……

*以其独特的韵味交替着时令里那种脉脉柔情的坦然,升腾于心灵深处的那份喜悦,自然无异于故人久别重逢的瞬息,让青山沃土懂得,让世间懂得……

能给读者美的感受,心灵上的启迪、思想上的熏陶、境界上的提升的散文,我们力求它的完美,最大化减少留给读者遗憾,应是写作者的一种态度,也是我们自我进步的要求。所以,这篇散文的精彩与亮点,此处不再多赘述了。

从某种意义说,我现在写这篇文章不仅意在表现《洞井村,千年古村落的涅槃》空间的自由发挥,力展时空的重构和组合时间元素,去达到时间的延伸、逆转、闪回,又在空间交替之余,借重构的时间和空间,塑造一个经典的又独具象征性的千年古村落。虽然拙作浅平,但我努力通过借物咏情、道今话古之手笔,抒发来自传统乡土文化的深邃,展示浓重的农村历史、传统文化的"根"意识。

乡韵，乡愁，诗里集结的深情
——卢晓天的诗歌《在村口望月》析评

写诗，要写上一首好诗，很多人都会觉得很难。但读上卢晓天老师的《在村口望月》，我倒觉得不尽是特别的轻松，还有特别的豁然。"望月，夜风锋芒外露/把能够阻挡月光的身外之物/一一数落/月晕知风/让似醉非醉的眼波/在风里打旋/撩拨老家村头的饭馆/霓虹灯疯狂闪烁。"一种纯粹的乡韵所流露的真情，从夜的风是"我"，"我"又是夜的月开始，与风相处，与月相契，与霓虹灯相通，从而使面向的视野阔了，从而再度尽情联结起有思想、有活力、更有温度的深意情感语言来表达，突出锐意艺术性的诗歌表达方式。其营造的氛围富孕于灵性和诲人不倦的气质。

这样的诗歌的确很好。

我欣赏余秀华诗歌的写作大胆，同样欣赏卢老师诗歌的写作细腻。在文学圈内，或者说圈外，不是，抑或是类似款式的诗歌，其实已经见惯不惊了。深感观念之于创作诗歌的重要性，而且不受大众语境干扰的绝对自觉的呈现，就像医生深入到手术刀剖开皮肉才能发现的黑洞区域，卢老师真正做到了。我认为的真正意义上的创作，是你的文字很美，有灵性，有童话般的气质。营造的氛围感特别好。"让似醉非醉的眼波/在风里打旋/撩拨老家村口的饭馆"，有些有力量的东西把人推向深处，推向远方。并且，有意把完整结构兼具叙事与穿透性的文学概念串联在一起了。一般来说，写诗歌不比写小说和散文，也大抵需要严谨的构思，尤其是对于情感类抒情，很多人都走不出自闭式圈罗列陈的彩色臆境。

一位在外多年的游子,把自己当成风儿看到家乡的一切,不是梦,不是臆想。回家来了,看到了四十多年过去的家乡,乡貌已改,乡音却在。老母亲,老村长,还有酷似当年小芳模样的老板娘……其题材本身的创作已经从按照时间先后的平铺直叙中跳出来,这分明是独到的诗歌写作领悟。有了在细节上绵柔而神秘的质感,自己的情感与乡情这个主题让人物脉络成了更为巧妙的切点。即使试着去写,我想已经是不容易了。全诗几乎用的都是叙述写实的语言,把诗歌语言轻中有重、重中又柔地尽量让语言轻盈起来,卢老师的这种诗句写作手法,着实是很多人也不能轻易表达出来。谁都知道,赋予诗歌以内核的,即是思想和思维的重量并重的关键。无论怎么样,诗歌和散文都有语言区分。如果诗歌语言过于直白化,没有创新,都是不能抵达事物的深处而获取的现代诗手法,最多算是垃圾诗了。虽然说诗歌的结构都很传统,但诗歌的静、闲、淡的诗境还是最自由的一种表现。坦白地说,就是因其"自由"属性,最终还是得落到语言表达上。多样的修辞手法对诗歌文体来说,在卢老师的诗中,我真正体会到了情感很充沛的"某种"意义。诗歌的情感深入而浅出,适时节制又引而不发,充实了诗歌的韵味。给我更大的语言惊喜,平凡中见诗意,切切实实充满着诗歌的韵味。

"今晚/从城里踏月色而来/我让游离了四十年的思念 村头圆月/在酒杯里打晃/照耀发小们/脸上的沟壑衣襟上/异乡的风尘 归来兮/离别的时光悠悠……"

全诗把场面细化处理,多了些体察的笔墨,给读者留有更多的想象和玩味的空间。诗歌的发声,有人以为忌用情太深,尽量避免表面抒情,说起来似乎还是足取的。因为,诗歌语言的效果不是完全来自美丽的辞藻,而是淡笔中所倾泻的无以名状的情感。

有人说过,"诗歌,到语言为止"。

诗歌语言的本身都在收放文笔的写作中。用情有深有浅,以淡笔辞工,以效果倾泻,以无以名状的有回味的真挚情感溢于文字中。卢老师语言娴熟,节奏陈述式表达,将一种怀念家乡和亲情思念的情感采用相对完整的构思,把情绪、灵感、想象构成意境,同样把读者的胃口吊在意犹未尽的感动中。

夜的风,夜的月,夜归的游子,一个纵横交错的命题。我似乎听到的都是夜月下的沉思与对话。这是一首发自诗人内心的向生而作,期望、企盼,都是诗人与这个时代的乡愁和家乡的对话。时代在变,每个人的思想都会在历史的发展中,从来不因出现在夹缝中生存的尴尬和灵魂信仰的缺失而遗憾。即使再有强烈的愿望,自在一定程度上,就有时代的社会语境和相应的现代诗语境有所转换。应该说,如此动作只有诗人能做的,而且不断地用语言创造出自我,创造出时代特色,与这个社会共呼吸、同发声。灵魂噬心的主题,诗歌独标的真知,在社会发展中,时时彰显出执着的诗学禀赋和富有良知的个性立场,更有以诗歌的语言、想象力和独创的手笔,至少自然而然地兼叙着文体的完整结构和丰富情感的穿透性,至少自然而然地以强烈的震撼力以及手笔立在读者面前。

采访柳小妍当年的家谱制作随感

我原本对历史一直抱有很高的兴致,尤其对历史研究、文史的真实性。从文以来,除了写写散文、诗歌外,也写些关注或者研究探讨当地的历史、风俗以及村史、家史,并自然而然地成了我的生活主题。于是,一些挖掘性的关于史学的拙文经常在期刊报纸上出现。

2017年的5月前后,源东乡山下施村村民曹延勇先生在金华广播电视台编辑部那里得到我的联系电话。他在电话里告诉我,他家有祖藏的木活字模版,希望通过我捐献给金华市博物馆收藏。我放下手中的工作赶紧到了他家里。经过面对面的交谈,才知原来柳小妍是柳瑞楠先生的小女儿,家里存藏的木活字模版是她父亲留下的,老两口想把这些木活字捐献出去,这是他们一直以来的心愿。金华市博物馆的领导也十分重视,随即联系了市电视台记者和报社记者,但电视台记者临时有了新的工作而未能前行。2017年6月22日,柳小妍老两口带着金华市博物馆的朱颖老师、徐峥晨老师和《今日金东》报社记者陈婺一行人在一间破旧房子里的木板楼上,悉数将所有的木活字认真仔细又小心翼翼地搬下楼来,用车子运到市博物馆。柳小妍说,父亲留下的东西尽管遗失了一点,说起来还是比较齐全的。我们也知道,这些木活字能够保存至今实属不易,在金华地区没有第二家了。遗憾的是,由于两位老人家的个别晚辈对这些木活字缺乏保护意识,没有形成统一的思想,伙同几个人又将这些木活字从市博物馆拿回家。最终,两位老人因心愿未能实现而痛心疾首。

看着两位老人的无奈和无助,我们的心里也觉得惋惜不已。

为了让两位老人的愿望有所安慰，抑或有所寄托，我也下决心写篇文章以便存世。我知道，要写好文章，首先要弄清楚木活字印刷的口诀。这个口诀是关键，也是整篇文章的主导，就像木活字印刷离不开口诀的引示一样重要。柳小妍老两口也带我去过离山下施村不远的付村镇溪口村的柳瑞楠先生的师傅后人家里寻访，无果。柳小妍老太自小跟父亲学木活字印刷，如今只因年纪过大，记忆力下降了，我只好叫老人家慢慢回忆，不要急。功夫不负有心人，历时一个月左右，在老太断断续续的记忆中，渐渐地把口诀表大致想起，但她的普通话说得不标准，多少带点本土方言，这也让我费了好长时间来校准。在这个口诀的基础上，我又特意赶往义乌市佛堂镇光明村王益均先生的后人家中，在那里证实了木活字印刷口诀表的完整性，这才放下心来。至于文中诸多的细节都是柳小妍老太的亲身经历，都是通过老太的面述一一撰写了散文《金东修谱师柳端楠先生的木活字文化》于2017年8月中旬终于完稿。

读《陪你到生命的最后一刻》随笔

高秀秋老师的散文《陪你到生命的最后一刻》，立足主题，面向母亲生命弥留之际的深意，尽情囊括了有思想、有活力，更有温度的情感语言表达，锐意艺术性的文学模式。一篇类似富于深厚情感又深感于观念的散文，其营造的氛围富孕于灵性和诲人不倦的气质。这样的散文的确很好。

一般来说，写散文大抵需要严谨构思，尤其对于情感类抒情作品，很多人走不出自闭式圈罗列陈的彩色臆境，其题材本身的创作很难从按照时间先后的平铺直叙中跳出来，让人从头到尾只是一览无余而于人敬而远之，这分明是缺少独到的写作领悟。而高秀秋这篇散文就突破了这种写作手法，有了在细节上绵密的质感，自己的情感与母亲这个主题人物脉络成了更为巧妙的切入点。整篇文章的收放写作文笔已经将女儿感情的真挚溢于文字中，有回味的可信。语言娴熟节奏陈述式表达把一种思念亲人的感情完整体现出来，没有拘泥于手法来叠加，而是情绪、灵感、想象构成的意境，同样的敏感度较于精致度，同样把读者的胃口吊在意犹未尽的感动中。至少这样的手笔自然而然地已经立在读者面前了，更是有着完整结构兼叙事与穿透性的散文。

"树欲静而风不止，子欲养而亲不待。"高秀秋老师的散文，无不是在抒发这世上最让人痛心的这一句名言了。

读张洪明散文《牛二好吹》偶感

　　牛二的"吹",与其绰号"大茶壶",名副其实的牛。一把"大茶壶"装下了"好酒",装满"牛话",又把酒吹上了天。作者站在人性深处覆盖的道德观念,给灵魂安了个家。

　　人品,人性,全部在张老师的小小说中昭然若揭。从小说的体裁角度来说,张老师的文笔都不是沉默的,能跟读者说上话。文风以吹为线,以酒贯穿,无不充溢着作者对人间真情的揭示,给人以启迪。如果说文章触及魂灵,倒不如说是在洗涤人性失格之中的雾霾遮蔽,寓于情感交织哲理的深远。全文大致是透亮的、平和的,文风也周正,又体物缘情,其中个人的立场、个体的风格,以文字集中的主题拿得住人,读来令人觉得情深而不诡谲。作者深知文体的构思、写作,能让读者静下心来,运用文字的表白化而又不铺张,从文字的气息反映自己的文学功底,而绝不使文章形体流露散文的格调。好的小说文笔应该这样。

　　生活中真正能做到心有所交、眼有所观、笔有所示,对于一个喜欢文字的人,的确难能可贵。因此,作者对于书写人物的尊重,不难说同情之余又理解的可贵。但从全文深度看,对于牛二这个人物的内心解剖似乎又肤浅了些。最后,在文中"其实早已酒虫上来了",是否还需要仔细推敲提炼?可否"其实,他们的酒虫早已上来了"这样?个见,纯属个见,教请指教。

贺胡兴来顺口溜一书的出版

艾青说，文学的顶峰，是诗，也是文学的最高样式。而顺口溜的格调，正是基于文学艺术细胞因子的作用，于古于今发生、发现、发展的核心素养与文化自信，仍是经久不衰。正像马克思主义所认为，历史是人民创造的，而人民则是历史的主体和实践者。所以，胡兴来老师主撰的纯顺口溜一书，无疑是文学史里的民俗文化又一大象征性的创新。

顺口溜，首先不同于诗歌，最大的着落点取决于形式、格调和其文学性、艺术性以及文学概念的区别。顺口溜作为民间文俗的一个独特视角，为汉语文化宝库中的一部分，以其独特的语言方式来表达并储存了一种民俗的政治、历史、文化、经济、生活和民生发展等领域的多种多样信息，将古往今来生活中的种种道理和迹象用清丽的文字表达出来，朗朗上口，易懂、易记、易诵，而且以启示，以启发，不乏为特别受人们欢迎的一种文学艺术形式和一种浓墨重彩的民俗文化。

众所周知，顺口溜是中国民间民俗文化衍生的语言表达形式，颇具幽默诙谐的风格。历史的悠久、文化遗存的丰富，承兼传统意识的色彩斑斓，来之于生活，又产生于日常工作之中，其优势为各人所异的人性本质和人文精神相结合的充分反映，可谓物尽其用、文从其华了。因此，无论在人们的心目中还是在生活中，不仅具有其伦理属性，同时亦颇有把握民间文化组成部分的直接或间接创造物质财富和精神财富的产物，抑或者是再生。概而言之，社会生活中世代传承而相沿成习的民俗文化，始终存在着人的心理上和行为上所需要供养的一部分基本功能，而且基本上是一个已发展到较高阶段的原始观念，与生活习惯相贯通的一种民俗概念、民俗现象和民俗文字。

再者，顺口溜原本就是从历史中传承下来的为广大民众所创造、享用的民俗文化和生活文化。在历史的递进中，其内涵真正的传承结果，往往也是在吸纳新的元素并囊括古代民俗传统，不断改变和发展民俗文化的灵魂。虽然说顺口溜是一种从民间文化传承而生的产物，但它的真正文化内涵一直是从社会基础的经济活动变化和发展的根本所有，以及到相应的社会关系，再发展到上层建筑的各种制度和意识形态，有一定的民俗总体行为、生活主题、心理活动。通常情况下，顺口溜这种民俗文化先之于民间俗话、谚语、谜语、歇后语等，而且无不在联结着社会生活的一个整体，又存在着相互关联、制约、影响、促进的真实。当然，它也随着时代的发展而不断发展、更新。

其实，在当今这个的时代，像胡兴来老师这样出版了象征性的民俗文化产物，实属不易，也实属文学界的一个创举。从全书阅览，胡老师已经更广泛地从多方面入手，无论搜集或阐述包括创作表达，都是一种难能可贵的文学又回归了本位基础的表现和文学成就的创举。另外，胡老师真正把握住了社会现象和动态，立足人生哲理、修身立德的人文情怀，字里行间由衷地流露出文有文眼、情有情牵的文韵。因为顺口溜所表达的美妙，不仅仅是生动而幽默的独特性，显然是民俗文化的社会、群体、生活中所表露的一语双关的作用性。在众多出版的关于文学、民俗之类的书籍中，能够像胡老师整体撰著的并不是很多，在文学领域是出类拔萃的了。不管当今对此青睐与否，胡老师的顺口溜的付梓，作为现代社会主义非物质文化遗产的挖掘与现实文化的并举，已经是一项功德无量的伟大工程。

胡老师利用空闲时间，孜孜不倦、锲而不舍，乐而不疲、呕心沥血地创作了208首顺口溜，看了的确令人怀心大悦。胡老师的所有付出，他所追求的个人事业过程都是他人生轨迹所付出血汗的证明。因为当今还是少有人热心去关注此类民俗诸文，只不过是摘录或者引用几句以为润色作用而已。在这里，我们有幸看到了胡老师本着浓厚的兴趣，愿意坚持、愿意坚守、愿意坚强，走近爱好、走进文学，大展文学梦的方向标。同时，胡老师也找到了属于自己的文创位置，很大程度上，其选择的方向无疑是十分明智和正确的。

  我相信，胡老师就是抱着一种对历史文化的传承强烈的责任感和使命感，并且充满一种自我牺牲的精神，竭尽全力把中国民间民俗文化和灵魂奉献给读者；就是让广大读者更全面地了解民间民俗文化内涵的特殊性，并有继承、弘扬和发展民间历史文化的感染力以及文化核心的软实力。更重要的是，让濒临消失的民俗文化重焕光彩，让后人能够更多更广地传承民俗文化的精髓。

跋

安之若素　笃行致远

自散文集《从跌水岩飘来的歌声》出版之后，仅仅时隔不到一年，写着写着，不知不觉之中竟又写出了达二三十万字的文稿了。这次是我从事文学创作以来所出版的第二部散文集，还是以家乡的山山水水为契合点，去解读、去推介、去讴歌我们伟大祖国的繁荣昌盛和河山的壮美。这就是我以家乡的双尖山为散文集命名之由了。

有家乡一山一水、一草一木的美轮美奂的自然风光和新农村的巨大变化，有家乡人民为新农村振兴发展而努力奋斗的精神面貌。这些状况，我想在我的这一辈人当中，应该都是有所亲历而感慨万千的，无非就是没有用文字表现或是采取另一种方式表达罢了。我或许是因此而被煽情的其中之一吧。"冲深其智则厚，昭明其道乃尊"不无所谓，直坦人之所以悟阐。山川之壮丽，家乡之美丽，若是只因"坐井观天"做蛙底之蛙，实在有负此生之缘。其实，我应该十分感谢时代给我的充实生活，尽管其中不乏酸甜苦辣咸，也就是这样的生活给了我应有的底气。生活，本是有生而活。大千世界有其给我的写作空间提供取之不竭的原始森林，且无所保留、源源不断地供给着我的视野，能让我广闻博取其故事、其情结的，其中多是名人轶事、人文地理，自然、山水、村庄、人物，童年的旧闻轶趣以及生活中鲜为人知的点滴。所涉猎累积的这些原本，自以为仅仅是对知识的一种真实体会和领悟，重要的是自己首先对知识深处的真谛有所品味而已。

当然，我是一个农民，自是才疏学浅不说，仅对我的这点文学基础和对文学的异样情结，与祖辈以及文学界大家相比，还是黯淡逊色很多。诸多因素，想必自个儿终究无法脱离农民这一身份，想必粗糙的思维也会是时代新材的弃坑，故不可与文学前辈和后继者相提并论了。一路走来，一路风尘，一路感慨，多少年来，家庭、事业也经历了太多的风风雨雨，但我至少在一定程度上也延续了祖辈的文脉。

我在每一篇散文中，所展示的本土乡味的乡村生活，说不上色彩斑斓，在其中除了注重散文的故事性，还在某种程度上浓墨重彩地勾勒人物的生活理性和多种性情交集的文学性。其渲染也好，猎奇也罢，只要有引人入胜的可读故事和有一种深刻感受的创造便是我写作的初衷。所以农民，所以感慨；所以想象，所以创作。透过诗意的山水、家乡、炊烟，都有抒写江南大地的激情澎湃，荡漾着血浓于水的故乡情结叙述着浓郁的乡土气息。著名作家苏童对于写作是这样说的："以情感人是永远不过时的写作法则，要努力把你的情感融入文学中。不要掩饰你的情感，真诚的情感融入是最能打动人心的。"抓住生活与现实的交叉口，写小事件成大文章，以读其中大境界。乡村文化的写实，题材与内容所目及是，唾手可得，无非是拿捏好其有力度、有广度、有厚度、有深度的文学创作，这才是关键，也是文学灵魂所在。"乡村文化作为中国本土文化的源脉和土壤，是构建新文化割舍不断的根。"一个人能为时代立传、为社会立著、为家乡而歌，传递正能量，弘扬真善美，也恰恰是在履行为时代担当文学先锋的使命。

我不敢说所有的拙作能光彩夺目，好在现实的生活还能完美地演绎自我，即使担任了普通的社念角色，也在恰如其分地奉行生活的真实。恪守真实，是我散文创作的生命。毕竟真实可以无限制扩展事和物的身份、经过、特点、情感而自由发挥。无论感知、联想、想象也终究离不开呈现意象化的情感交融，带来生动的形象性以及隽永的意象都让拙作达到了一定的美感。

其实，生活在农村真的很好。如果我仅仅生活在繁华都市里，很有可能写不出广袤的原野里的蓝天白云、小桥流水、桃红柳绿了，更说不上让拙作充满灵性和张力。所以，我是一直让把生活中的点点滴滴，通过散文随笔反映出来的强烈愿望左右着我，且对文学的嗜好时刻悄然滋长着。每当偶有感动情景，总喜欢去揣摩一番，或记于随身携带的书簿上或收藏于手机中，闲时或在用时拙笔飞舞。虽无文学界大伽之经典佳作，但一年下来亦可撰上不少篇目。只可惜区区一介布衣，终年为生计奔劳却只解皮毛而囊中羞涩，想付梓成册多是个梦想，很是遗憾！

这次出版的散文集，与《从跌水岩飘来的歌声》可以说是姊妹篇了，因为同样都是写时代的现实主义题材。"一直以来，让我最痛心的感触就是留存了千百年的一些乡愁，在渐渐地被湮没。既然留得了青山绿水，何不给后人多留住一点值得拥有的最原始的乡愁文化和文明精神家世界的明信片呢。"初心、信念在鼓动着我，长于对古村落文化的挖掘和记述，乐于对历史文化和民俗文化的记录和传承。再则，我没有辜负先祖寄予的厚望，在此亦可奉上晚辈并没有完全愧对书香门第的褒称，以告慰先祖。还有再次出版这本散文集，除了是为记录自己的人生经历或感想，弘扬国学，既得益人生，又可启迪子孙。记得中国文联主席、作家铁凝说："文学应该有能力温暖这个世界。"是的，舞文弄墨，其乐无穷，毕竟"所有的人生都是散文"啊。只是我功底尚还有所不足，力所不逮，自有败絮飞舞。拙作菲薄，献曝之忱，尚祈四方贤师良友，万以赐教为幸。

十分感谢中国作家协会会员、金华市文史馆馆员、金华市作协主席李英先生和源东乡文联常务副主席、文化站站长周承东先生在百忙之中，为我的《双尖山》散文集撰写序言；十分感谢两位主席在序言中多有的褒扬之词，且赞誉之盛，着实自感惭愧不已；十分感谢金东区宣传部、源东乡人民政府和众多亲朋好友的大力支持，对这本散文集的出版倾注了大量的心血，为我精心策划得以面世。一切感谢之意不胜言表。千言万语，谨让我在此带着无限感恩之情，再接再厉，勤读勤勉，继续在浩瀚无垠的文学天地遨游，多出佳作，希望给所有人带来无穷的惊喜。

邢世樟

2023年4月5日